国家出版基金项目
NATIONAL PUBLICATION FOUNDATION

华北抗日根据地及
解放区文艺大系

陈　晋　郑恩兵　主编

河北红色文艺
作品选

小说

第一卷

郑恩兵　王　勇　高露洋　编

河北出版传媒集团
河北教育出版社

图书在版编目（CIP）数据

河北红色文艺作品选．小说．第一卷 ／ 郑恩兵，王勇，高露洋编．-- 石家庄 ：河北教育出版社，2023.12
（华北抗日根据地及解放区文艺大系 ／ 陈晋，郑恩兵主编）
ISBN 978-7-5545-7687-8

Ⅰ．①河… Ⅱ．①郑… ②王… ③高… Ⅲ．①中国文学－现代文学－作品综合集②小说集－中国－现代 Ⅳ．① I216.1 ② I246

中国国家版本馆 CIP 数据核字（2023）第 066842 号

书　　名　河北红色文艺作品选·小说·第一卷
HEBEI HONGSE WENYI ZUOPIN XUAN XIAOSHUO DI-YI JUAN
编　　者　郑恩兵　王　勇　高露洋

责任编辑　荆　蕊
装帧设计　郝　旭
出　　版　河北出版传媒集团
河北教育出版社　http://www.hbep.com
（石家庄市联盟路705号，050061）
印　　制　石家庄众旺彩印有限公司
开　　本　787毫米×1092毫米　1/16
印　　张　29.25
字　　数　375千字
版　　次　2023年12月第1版
印　　次　2023年12月第1次印刷
书　　号　ISBN 978-7-5545-7687-8
定　　价　176.00元

编纂说明

在中国共产党百年发展历程中，文艺始终是党领导人民开展进步事业的有机组成部分，是党在各个历史时期的中心工作的实时反映和重要推动力量。“华北抗日根据地及解放区文艺大系”，是一部全面展示抗日战争和解放战争时期华北地区党的历史创造、奋斗风采和形象建构的大型革命历史文艺文献丛书，对于深入研究华北地区革命文艺史、红色新闻史，弘扬伟大建党精神、梳理中国共产党人精神谱系，是必不可少的第一手资料，是我们在新时代坚定树立文化自信的重要思想资源。

一、编纂缘起

抗日战争及解放战争时期，华北地处各方政治与文化力量激烈博弈的前沿，这种特殊政治、军事、文化、地理环境中产生的革命文艺，具有鲜明的地域性特征，是五四新文化运动以来的革命文艺发展史上的突出标识。

但一直以来，由于史料文献整理不足，对华北抗日根据地及解放区文艺的研究，始终未能深入，其独特的地域性实践价值和蕴含的文化创新意义被严重遮蔽。这些史料文献主要以党报党刊的形式呈现，梳理汇编这些党报党刊中的革命文艺史料，借之以探索华北革命文艺的发展路径、发展方向、创造机制和创新经验，是深入贯彻习近平总书记关于“把红色资源利用好、把红色传统发扬好、把红色基因传承好”，“用好红色资源、赓续红色血脉”等系列重要讲话精神的有力举措，也是新时代文艺研究者不可推卸的责任。

2017 年 6 月左右，我们去中国社科院文学所拜访时任所长刘跃进先生，协商合作研究事宜，寻求中国社科院文学所的帮助。请教过程中，刘先生建议我们结合地方特色，做好地方红色文艺文献的搜集整理与编纂出版工作。经过一段时间筹备，2017 年底，我们以“河北红色经典系列丛书”为名，正式申报“2018 年度河北省省级宣传文化发展专项资金”项目并成功立项，旨在通过选定刊行河北红色经典作品、梳理汇编河北红色经典研究资料、系统阐述河北红色经典发展历史等基础性工作，打造一个集大成式的河北红色经典文献资料库。

项目最初设计共二十四卷，包括六大板块：《河北红色经典史》一卷、《河北红色文艺作品选》六卷、《河北红色经典作家作品索引》三卷、《河北红色经典研究资料汇编》四卷、《〈晋察冀日报〉副刊文学作品全编》六卷、《晋冀鲁豫抗日根据地文艺作品及〈新华日报〉太行版文艺作品汇编》四卷。但在项目实施过程中，我们充分吸收专家意见，认为网络时代和大数据背景下的科研活动有了很大变化，《河北红色经典作家作品索引》与《河北红色经典研究资料汇编》的编纂工作，在当前学术生态中价值不大，并予以取消。同时，在项目实施过程中我们发现，《晋察冀日报》《人民日报》等党报除刊发大量文艺作品外，还有大量记录边区文艺工作者行迹，反映边区戏剧、音乐、文学、美术、舞蹈、曲艺活动与报刊书籍出版发行等各方面情况的文艺史料，以及体现我党文艺方向、方针变化的政策文件与重要领导讲话，是华北地域党和人民对敌作战的重要宣传武器，更是飘扬在华北地区军民心中一面旗帜。这些史料是华北地域革命文艺发生、发展与壮大的真实记录，对我们正确认识革命文艺的特点与历史地位有重要的决定性作用。

为此，我们精心整理了《〈晋察冀日报〉文艺文献全编》《晋冀鲁豫〈人民日报〉文艺文献全编》《〈晋察冀画报〉文艺文献全编》《晋察冀日报社人物志》（共五十一卷），同时收入全国抗战时期和解放战争时期与河北地域相关且被广大群众所喜爱并广泛传唱的红色文艺作品，结集为《河北红色文艺作品选》（共六卷），至此形成丛书目前的五大板块，而且将名称由“河北红色经典系列丛书”改为“华北抗日根据地及解放区文艺大系”，方便以后在此基础上做进一步拓展。

二、地域范围及文艺特质

华北抗日根据地包括当时山东、河北、山西、察哈尔、绥远、热河全部及豫北、苏北、皖北部分地区，分晋绥、晋察冀、晋冀豫、冀鲁豫、山东五大块。1941 年，冀鲁豫合并到晋冀豫，称晋冀鲁豫。其中晋察冀抗日根据地作为开辟最早、地域最大、人口最众的模范抗日根据地，是华北抗日根据地的坚强堡垒，牵制和抗击了三分之一以上的华北日军和二分之一的伪军。

在河北及其邻省周边地区开辟与创建华北抗日根据地，是红军长征到达陕北之后党中央迅速做出的重大战略决策。这些根据地地处对日武装斗争最前线，不仅打开了抗战的新局面，成为华北敌后抗战的主战场，而且进行了新民主主义社会的实践探索，对解放战争的历史进程产生了巨大影响，成为我党开辟东北解放区的前进基地和逐鹿中原的战略后方。随着抗日根据地的开辟，延安文艺工作团、西北战地服务团、东北促进纵队干部队、八路军总政治部前线记者团等大批文艺工作者，随同党政干部一道陆续抵达华北，东北、平津的青年学生也纷纷冒着生命危险来到边区。他们一手拿枪，一手拿笔，深入农村与抗战前线，切身体会工农兵的生活，深刻了解工农兵的需求，从而根本上克服了艺术至上主义思想倾向。所以，华北抗日根据地及解放区文艺，既响应了伟大的民族抗战对文学艺术提出的时代要求，亦充分兼顾到广大人民群众的接受习惯和欣赏水平，真实地反映了华北人民火热的战斗与生产生活。很多作者本身就是农民、战士或基层工作者，他们把自己的经历和熟悉的人和事，通过小说、戏剧、诗歌、报告文学、歌曲、绘画、舞蹈等文艺样式记录下来，语言通俗平实，富有生活气息。由于产生于特定时代、特定区域而又适应特定需要，故而无论是题材、语言还是风格，在体现革命大众文艺共性的同时，又具有强烈的华北地域特性。

华北抗日根据地及解放区文艺的繁荣发展，是专业文艺工作者与工农兵群众共同创造的结果。人民群众不仅是革命文艺运动的主导主体、推进主体、受益主体，还是一切成败得失的评判主体。华北抗日根据地及解放区文艺，归根结底，是“以人民为中心”的文艺。

三、学术价值

今天的河北在抗日战争、解放战争时期是晋察冀、晋冀鲁豫两大根据地的中心区域，有着悠久的革命历史传统和丰厚的红色文化底蕴。据不完全统计，抗日战争和解放战争期间，仅晋察冀边区专区以上就办有报刊四百余种，编印图书五百余万册。如果将这种统计扩大到环绕河北的整个华北抗日根据地及解放区，时间扩展至从中国共产党成立到中华人民共和国成立，数据更为可观。这些红色图书、报刊的出版发行，团结了一大批来自全国各地的著名革命文艺家和专业文艺工作者，其中有大量文艺相关信息，是研究近现代中国革命文艺的重要史料。但因受当时物质条件及复杂局势影响，它们传播范围有限，保存困难，如今已普遍出现老化或损毁现象，面临着消失、断层的危险。

长期以来，由于对抢救、整理和利用红色文艺文献的意义认识不足，现行的科研评价、出版机制亦难以有效刺激科研工作者积极从事老旧报刊等红色文艺文献的系统整理，大量有待整理的红色文艺文献尚未进入学界的视野。特别是华北抗日根据地及解放区的文艺文献，有很多甚至还是学术盲区。如《冀中导报》《救国报》《边政导报》《冀南日报》《团结报》《前进报》《新察哈尔报》《冀热察导报》等各类党报，以及《冀热辽画报》《冀中画报》《北方文化》《五十年代》《新长城》《新群众》《诗建设》《诗战线》等期刊，虽有部分学者对其办报（刊）历程、思想以及传播等方面予以研究，但均无系统的文艺文献整理本。“华北抗日根据地及解放区文艺大系”整理的《晋察冀日报》、晋冀鲁豫《人民日报》、《晋察冀画报》，是当时华北抗日根据地及解放区党报党刊的典型代表，是党的理论和实践同文艺结合的主要媒介和载体，是华北革命文艺重要的传播平台。这些报刊，既客观记录了华北革命文艺的传播与发展，也完整展现了华北革命文艺的特殊使命与风格特征，具有极其重要的史料价值。在此基础上，我们还会将视角延伸到《晋绥日报》《新华日报·太行版》《新华日报·太岳版》等党报，不断地充实这套大型文献史料丛书，以此来系统建构华北抗日根据地及解放区的“文艺史料学”。

四、丛书特色

这套丛书的编纂，主要以抗日战争及解放战争期间华北境内各根据地、解放区出版、发行、制作之图书、期刊、报纸等红色文献中的文艺资料为内容。编纂特色主要包括：

（一）抢救珍贵历史文献，弘扬伟大建党精神。

华北抗日根据地及解放区的红色文献发行于条件艰苦的战争年代，数量少，印制质量粗糙，历经岁月的洗礼，留存下来的品相完好者已经很少，有些到今天已成孤本。这些文献作为特定历史时期和区域的产物，见证了中国共产党领导华北人民争取民族独立和人民解放的伟大历程，反映了华北近代社会的巨大变化，蕴含着珍贵的史料价值和鉴往知来的现实意义，是中国共产党领导的文艺事业、新闻出版事业与意识形态建设发展的历史见证。它们诠释了党的初心和使命，蕴含着坚定的理想信念与崇高的革命精神，到今天仍然具有强大的感染力与说服力，是陶冶情操、磨炼意志，走好新时代长征路的有效精神资源。抢救性搜集、整理与研究这些珍贵历史文献，有利于增强党政干部政治信仰，弘扬伟大建党精神和践行社会主义核心价值观。

（二）文艺与党史密切融合，拓展革命文艺与党史研究的新视野。

革命文艺作品的创作、发表和传播，和党的历史任务和奋斗实践是分不开的。在艰苦卓绝的革命岁月，奋斗前行的中国共产党始终强调，既要拿“枪杆子”，也要拿“笔杆子”。革命的文艺工作者，一手拿枪，一手拿笔，深入农村与抗战前线，以人民大众易于接受和欣赏的形式，宣传党的政策，推行党的方针，为中国共产党顺利完成不同历史阶段的中心任务和伟大使命发挥了独特而重要的作用。本套丛书收入的文献史料，主要是抗日战争与解放战争时期党报党刊中的文艺作品与文艺史料，它们鲜明生动地体现了党的历史，党领导人民争取民族独立、人民解放的奋斗历程和精神面貌，从而为学界从文艺角度研究党史和从党史角度研究文艺提供了有力支撑。

（三）作品汇编与史料梳理并行，还原革命文艺的历史场域。

“华北抗日根据地及解放区文艺大系”的编纂，全面辑录华北抗日根据地及解放区党报党刊上刊登的诗歌、小说、戏剧、报告文学、散文、歌曲、版画等文艺作品，并系统梳理当时文艺发生、发展、传播以及社会各界文艺活动的各类消息和报导，同时选编了大量的河北红色文艺作品作为补充。这种文艺史料与文艺作品的配合整理，还原了革命文艺的历史场域，有利于构建对革命文艺的科学认识。

五、丛书内容

（一）《〈晋察冀日报〉文艺文献全编》共三十八卷：

诗歌三卷

戏剧一卷

小说二卷

文艺评论三卷

文艺史料九卷

外国文艺二卷

散文报告文学十七卷

歌曲版画一卷

（二）《晋冀鲁豫〈人民日报〉文艺文献全编》共十一卷：

诗歌一卷

戏剧、小说、文艺评论一卷

散文报告文学五卷

文艺史料四卷

(三)《〈晋察冀画报〉文艺文献全编》一卷

(四)《晋察冀日报社人物志》一卷

(五)《河北红色文艺作品选》共六卷：

诗歌一卷

戏剧一卷

散文一卷

小说三卷

六、编纂体例

（一）整套丛书题材丰富、门类众多，在体裁上不做强行统一。

（二）丛书中所录作品均为当年报刊发表的原文。为确保丛书的文献性、学术性、专业性和资料性，丛书编辑加工的总原则为保持文献原貌，内容上不做改动。

（三）文字的使用

1. 丛书中文字的使用以 2013 年教育部、国家语言文字工作委员会公布的《通用规范汉字表》为准。

2. 丛书中的古体字、通假字、俗体字，以及所涉及姓名字号、职官地理等专用字，均予保留。

3. 丛书原文字迹模糊残损，但仍可辨认或可依上下文校正，以字外加方框“□”表示；原文缺字或无法辨识，且无法校补，每字以一个方框“□”表示；如无法统计所缺字数，则以“▨”表示。

4. 丛书中数字的使用，保持原貌。

（四）标点符号及其他符号的使用

1. 丛书在不改变原文意义的情况下，将旧式标点改作现行标点符号。

2. 丛书原文中出现代表文字的符号，如“×”“△”“○”“▲”等，保持原貌。

3. 丛书原文中的着重号、专名号等不再保留。

（五）其他

1. 丛书原文中的注释，保持原貌；编者亦出部分注释，供读者参考。

2. 因为原始文献本身产生于战争年代，保存不易，漫漶不清处较多，丛书疏误之处在所难免，希望专家读者批评指正。

七、鸣谢

本套丛书得以顺利面世，要特别感谢中共河北省委宣传部、河北省社会科学院、河北教育出版社的资金支持，以及北京大学陈平原教授、中国社科院文学所刘跃进研究员、南开大学文学院李扬教授、河北师范大学文学院王长华教授等，为丛书编纂提供了多方面的学术支撑；晋察冀日报社老报人及报史研究会诸位老师，中国社科院文学所现代室、中国丁玲研究会、中国现代文学馆各位专家，也在丛书编纂过程中提出了许多建设性意见；院内外的数十位年轻科研工作者，在原文录入和校对方面付出了艰辛劳动，确保了项目的顺利进行。在此一并致谢。

把艺术交给大众（代序）

——祝贺“华北抗日根据地及解放区文艺大系”结集问世

中国社会科学院　刘跃进

由河北省社会科学院文学研究所编纂、河北教育出版社出版的“华北抗日根据地及解放区文艺大系”结集问世，值得庆贺。

文艺是时代前进的号角。1937 年 7 月 7 日，卢沟桥事变爆发，全面抗战由此而起。广大的爱国知识分子和青年学生，表现出同仇敌忾的民族气节，走出书斋，走出校园，用知识，用智慧，用不屈的精神力量唤醒民众，用实际行动担负起抗日救亡的历史重任。在此后的岁月里，延安文艺和华北抗日根据地及解放区文艺，是中国共产党领导下的两大主体，双峰并峙，展示着那个时代的风貌，引领了那个时代的风气。

随着抗日根据地的开辟，延安文艺工作团、西北战地服务团、东北促进纵队干部队、八路军总政治部前线记者团等大批文艺工作者，随同党政干部一道陆续抵达华北，东北、平津的青年学生也纷纷冒着生命危险来到边区。他们一方面积极创作大量街头剧、活报剧、街头诗、墙头小说、木刻版画、歌曲、舞蹈等革命文艺，开展抗日救亡宣传运动；一方面也通过开办文艺干训班，开展各行业、各阶层甚至全民的文艺创作与评选活动，吸引工农兵群众加入文艺队伍，掀起了"晋察冀一周""冀中一日"等具有深化性质的群众写作运动，以及"创造模范村剧团""穷人乐"等群众戏剧运动，为晋察冀文艺史添上了浓墨重彩的一笔。

说到这里，我想起2009年参加《北平学生移动剧团团体日记》捐赠仪式的一段往事。从1937年到1938年，在中国抗战史上唯一以大学生组成的"北平学生移动剧团"在长达一年半的时间里，历尽艰难，转辗于国民党第五战区的各个战场，演出话剧，创办报纸，宣传抗日，鼓舞斗志，谱写出响彻云霄的时代赞歌。移动剧团的成员每人一周轮流记述，用日记形式记录了那段不平凡的岁月，《北平学生移动剧团团体日记》就是这部历史的记录。它不是写给个人看的私密记录，也不是为将来面世扬名。作者完全出于一种历史责任，真实客观地记录了那段鲜为人知的历史，体现出强烈的史家意识。日记封面上有这样一段题记，"北平学生移动剧团·愿我永恒·中华民国二十七年二月二十三日始·璧华"。孤立地看这部日记，也许没有什么轰轰烈烈的战斗业绩，也没有什么感人肺腑的情感纠结。客观、平实是它的本色，正是这种本色，为那个历史年代留下一段真实。"北平学生移动剧团"的抗日活动，是文艺工作者投身抗日洪流中的一个历史缩影。

随着抗战的胜利，察哈尔省会张家口解放，晋察冀文协、晋察冀剧协、晋察冀音协、晋察冀美协、晋察冀通讯社、晋察冀边区剧社、晋察冀日报社、晋察冀画报社等文化团体随中共晋察冀中央局和军区领导先后开赴华北根据地，一大批文艺工作者也随之来到华北，开展丰富多彩的文艺活动。他们坚持毛泽东《在延安文艺座谈会上的讲话》中指出的方向，一手拿枪，一手拿笔，深入农村与抗战前线，既为切身体会工农兵的生活，也为深刻了解工农兵的需求，从而在根本上克服了自身相当普遍和严重的艺术至上主义思想倾向，为工农兵而创作，为工农兵所利用，以人民大众易于接受和欣赏的形式，普遍写人民大众的生产战斗故事。譬如左翼作家邵子南，于1938年10月随西战团到晋察冀，主持战地社日常工作，主编《诗建设》；1943年整风运动后，他到阜平任小学教员，在反“扫荡”中与群众、民兵一起转移、战斗，还直接在五丈湾跟随李勇的游击组对日寇展开地雷战；1944年5月随团回延安，在鲁艺任教，后调陕甘宁文协搞专业创作，开始大量创作反映晋察冀边区生活的小说。他以亲身体验为基础创作的短篇小说《李勇大摆地雷阵》（后改为《地雷阵》），运用阜平农民群众的语言，以口语化方式讲述了爆炸英雄李勇的抗日故事，明显吸取了民间说唱文学的优点，特别是在白话叙述中还插入不少快板式的韵白，更适合群众的喜好，因而在当时广为流传，家喻户晓，起到了很大的宣传鼓动作用。其他作品，如《荷花淀》《太阳照在桑干河上》《漳河水》《赶车传》《王九诉苦》《孟祥英翻身》《新儿女英雄传》《白求恩大夫》《我的两家房东》《穷人乐》《李殿冰》《戎冠秀》《没有共产党就没有中国》《团结就是力量》《没有土地的人们》《白毛女》等，都是成功的文艺典范，在现代中国文学史上占据比较重要的位置。

在华北抗日根据地及解放区的文艺创作成果中，还有数以万计的文艺作品和极具研究价值的文艺史料刊发在根据地及解放区所办的报刊上。很多作者，本身就是农民、战士或基层工作者。他们把自己的经历和熟悉的人和事，通过小说、戏剧、诗歌、报告文学、歌曲、绘画、舞蹈等文艺样式记录下来，语言通俗，富有生活气息。人民既是历史的创造者，也是历史的见证者；既是历史的“剧中人”，也是历史的“剧作者”。让故事中的人物自己编词、自己表演的创作方式，很好地反映出人民的心声，并让人民群众从生动活泼的艺术作品中得到教育，这确实是一个成功的尝试。

配合党的中心工作，“把艺术交给大众”，通过文艺唤醒大众，这已成为华北文艺工作者的自觉意识。他们积极响应伟大的民族抗战对文学艺术提出的时代要求，充分兼顾到广大人民群众的接受习惯和欣赏水平，创作了大量的作品，真实地反映了燕赵儿女火热的战斗与生产生活，起到了良好的宣传教育与鼓动激励效果。刘萧无编排新闻报道剧《李殿冰》，编剧与演员一起住到李殿冰家里，以便于熟悉主人公的生活，搜集真实生动的群众语言，还模仿他们的动作，理解他们的心理，甚至还让主人公李殿冰等直接参与剧本的修改和编排。描写群众的生活，邀请群众参与创作，这是当时文艺工作者走群众路线的生动体现。该剧演出后获得当地老百姓的极大赞赏，鲁中实验剧团还专门学习该剧的创作方法，创编了三幕五场话剧《过关》。艾思奇《前方文艺运动的新范例》更是誉其开创了前方文艺的新范例。抗敌剧社的《王老三减租小唱》、冀中火线剧社的话剧《我们的母亲》，也都具有这种特色。

这些文艺作品，可能略显仓促，有的甚至急就于战火中，所以在素材提炼、人物形象塑造以及语言的使用、细节的刻画等方面还有很多不足。但是，这不是一般意义上的创作，而是燕赵大地为争取民族独立、人民解放的集体记忆和行动号角，是中国革命事业的重要组成部分。华北抗日根据地及解放区的文艺，有很多这样未经沉淀的纪实作品，不管其艺术性如何，但在发动群众、组织群众、铸就抗击日寇和国民党反动派铜墙铁壁方面，发挥了无可替代的作用。20 世纪五六十年代，河北地区涌现出大量的红色经典，便是华北抗日根据地及解放区文艺的传承和发展。

2017 年 6 月，河北省社科院文学所郑恩兵所长来京与我们协商合作研究事宜。我根据所了解的信息，建议他们结合地方特色，做好地方红色文艺文献的搜集整理与编纂出版工作。“华北抗日根据地及解放区文艺大系”就是那次商讨的成果。全书由五个部分组成：第一部分为《晋察冀日报》文艺文献全编，第二部分为晋冀鲁豫《人民日报》文艺文献全编，第三部分为《晋察冀画报》文艺文献全编，第四部分为晋察冀日报社人物志，第五部分为河北红色文艺作品选。全书收录各种文体的作品六千余种，包括小说、诗歌、文艺评论、戏剧、报告文学、散文、文艺通讯、美术、书法和音乐、文艺史料，还有文艺信息、文艺广告，基本涵盖了华北抗日根据地及解放区的文艺创作情况，具有很高的研究价值。

时值中华人民共和国成立七十五周年之际，我们有机会阅读这部皇皇五十余册的“华北抗日根据地及解放区文艺大系”，更加深切地感受到新中国的建立真是来之不易，她是无数条战线的可歌可泣的人们不懈奋斗的结果。在这样一个特殊的日子里，我们感念当年那些有名无名的作者，感谢参与整理工作的学者，当然，更要感激我们这个伟大的时代。

目录

白桦

刘老爹的骡子

儿十辆送公粮的大车，长长地排成一行列，在白雪和阳光闪耀着的田野上驰过。

“领头的车真算起劲儿啦！这么着，等晌午就能过滹沱河咧！”一个跟车的老乡这样嚷着。

我和他们几个人走在最后一辆车的旁边。

“同志，你知道不知道咱村的刘老爹。”和我并肩走着的老郑向我说：“他的那头骡子可真强！”

于是，他便开始讲述刘老爹和他的骡子的故事。他讲得又认真，又有力。他一提起刘老爹这三个字，就带着无限尊敬的语调。

他的白头巾随着他的脚步，在他的颈后一飘一飘的。

刘老爹给俺们村大地主赵福堂家做了二十多年的长工。后来自己租种了几亩地，也还是被地主剥削得吃不饱、穿不暖地受困穷。可是，如今，他倒有了一匹肥头大耳的黑色骡子。

四十五岁那年，刘老爹才娶了邻村的一老寡妇做伴儿。她从二十多岁就守寡，一直没开过怀儿。她已经不能生育了。

年前，在村里，刘老爹分得了五亩地，又分得了粮食和其他的财物。他从分配果实的大会上回到家里，喜欢得半夜也不能合眼睛睡觉。

他的老伴儿从那夜起才彻底明白了什么是“土地改革”。她的老眼笑眯眯的，翻来覆去地叨咕：“这么个土地改革，对咱老百姓，可好得没的话说。”

刘老爹可是心中有了盘算，把分得的粮食、财物都卖掉了，再加上老伴儿纺织积赚下的钱，又外借了一点，凑成一笔款子。

在冬月初八的大集上，他仔仔细细地挑，精心在意地选，从心眼里看中一匹骡子，买还了乡。

大家都称赞刘老爹又有眼力，又内行。这头骡子真是呱呱叫的牲口，明年耕那新得的五亩地，可就一点也不费难了。

刘老爹高兴自然高兴，白天晚上倒有一件心事使他不能够安宁，他觉得自己也太对不住延安的毛主席。毛主席领导大伙儿翻了身他却没有什么可以报答毛主席。

听人家说，蒋介石打内战，进攻延安，人人都要保卫解放区，保卫毛主席，保卫自己的土地。青年小伙子都去参军参战，他却没有一个儿子。家里除了五十多岁的老伴儿，就只有这一匹新买来的骡子。

一天晚上，就是村里有七个青年报名参军的那天晚上，刘老爹看见他的骡子从圈里出来了，向他点了三下头，便变成了一强壮的小伙子，大大的黑眼睛，红黑的皮肤，身材高大，满够个上阵打仗的好汉。刘老爹喜洋洋地带着他这个神气的儿子去找村干部，他要送子上前线，保卫毛主席。欢送的锣鼓声在村里响起来了，人们一群一群地挤在刘老爹的院外……

醒来，却是一梦。刘老爹一边叹气，一边讲给他的老伴儿听。他再也睡不着了。披着衣裳推开门，走进黑暗的圈里，用手去摸他心爱的骡子。它正在默默地吃草料，用湿润润的鼻孔触触刘老爹的肩膀，温柔地向他哼了一声，嘘一口气，像说什么话似的。

忽然，刘老爹明白了，他虽然没有儿子去参军，得不到那样的光荣，可是，他这骡子也可以算做他的儿子，为公家出力，为自卫战争出力，为保卫毛主席出力。

他在他的骡子背上重重地然而温情地拍了几下，回到屋里躺下来，仔细地思量一夜，他变得真的高兴起来。

一次，一个过路的后方工作人员，住宿在刘老爹的家里，受冻病了发高烧，第二天还要继续赶路，却又不肯要村里出担架。刘老爹便不容分说，借来别人的车，套上自己的骡子，把那病了的同志，强行送出五十里。骡子跑得飞快，当天赶回家来，时光还不算太摸黑呢。

像这样的事，在刘老爹来说，并不算稀奇。其他的例子，还有很多。村中每有什么勤务，需用牲口的时节，刘老爹总是抢先让他的骡子去服务。他闲着没事，就到村公所里去问问：“今儿公家不要牲口吗?”

过年的时候，村长领着几个干部，到刘老爹家里去拜年，主要是为了慰问一下他的骡子。

“你这牲口可真给村里出了力啦!”

刘老爹听了，乐得说不出话来。

刘老爹和老伴儿在家里计划了今年的春耕，今年的增产，并且计划除去公家的勤务以外，他的骡子还可以出二十天的工，替村里的抗属代耕。

抗属家里的儿子出去打仗了，出去保卫家乡了，他就让他的骡子去替代人家的儿子，帮助人家种上地。这样，他的骡子不也就真的变成了一个儿子吗?而且，不仅是自己的儿子哩!

刘老爹的想法便是这样的。

他早就把他的骡子看成他的儿子了。

大车的行列穿过了一个结灯挂画的村落，迎接翻了身的新春，一群孩子在村子的十字路口扭秧歌。

老郑接着说，这次送公粮，也是刘老爹自动请求让他的骡子配车的。听了老郑最后的话，我才知道原来领头的车，套的就是刘老爹的骡子；而拿着鞭子赶那辆车的，便是刘老爹自己。

我窜快几步，赶上领头的那辆车。那果然是一匹非常有精力的出色的骡子。而且，它的剪得分外整齐的鬃毛，它的颈饰，它的铃铛，也都惹我注意。赶车的老人瞧着我的神色，便和我答话，说："这是毛主席给咱的骡子！"

他的语音充满喜悦和真诚。我知道，他下面还有一句话不曾说出来。我知道，这灰白了胡须和头发的老人便是刘老爹。

他的脸上，布满苦劳的皱纹。他的凹陷了的眼睛，却闪耀着翻身农民所具有的倔强的光闪。然而，他是和蔼的，我和他谈了一路话。他的性格使我感动。在这老人身上，我发现了非常值得崇仰的东西。

临别时节，我郑重地用手拍了拍他的骡子说道："刘老爹，你是对的呀，你的心情真够高尚！晚间，好好喂喂你这吃草的儿子吧！"

（原载 1947 年 3 月 17 日《冀中导报》）

草明

解放后的“虎烈拉”

我搬进了我们那个办公的机关里不久，公务员李小泉便吸引住我的注意力。他有两个特点：第一，身段小，看起来好像十一岁；第二，他的绰号叫“虎烈拉”。你说奇不奇？我走过不少省份，看见过不少的人物，但从来没有听见过像“虎烈拉”那样稀奇古怪的绰号。

很快，我了解了他被人叫“虎烈拉”的原因。当他用咒骂以表示他的不高兴、生气、愤恨和恶毒的时候，他就不住口地说：“虎烈拉”“虎烈拉虎烈拉的”“虎烈拉你的吧”……日子长了，人们便不加思索地叫他做“虎烈拉”了。

“虎烈拉”这个名词，曾经和他的惨痛的命运分不开。

一九四四年八月五日的黄昏，小泉的妈软弱无力地躺在炕上，指点着小泉做高粱面糊糊。她病了许多天，只是怕日本人发现，说是“虎烈拉”，所以不敢请大夫瞧。

“火生大点，水煮得开开的。十二岁了，你不算小了，要不是那害人的鬼子——唉，你也许小学已经……你爹爹就要回来啦，怎么回事，还不回家？”

“哪里还有煤呢！”小泉十分不高兴地向他母亲说。

“门后面还有两根劈柴，勉强点，煮开了——”女人把身子费力地移到炕边，伸出瘦削的臂膊往门后指着。长头发又蓬松又满是污垢，披满她的黄色干枯的脸面上。她把手缩回来，用破碎的袖子擦着脸上的汗。虽然是上灯时分了，可是苍蝇还不知疲倦地在闷热的小房间里嗡嗡地叫着，撞扑着，使这屋里那种贫穷、简陋和不洁的特色更加鲜明。

“难道又遇着那倒霉的金海旺和姘头吵了架，满肚子怒气往你爹身上发作吗？这时候还不回家，是了，准是……”

小泉把面糊糊做好，拉起衣襟往脸上一擦，便溜出屋外去，母亲似乎还在炕上唠叨着，可是他再也不愿意去听。他最恨母亲一边抱怨他不懂事、不勤快，同时又去骂那“害人的鬼子”。

“鬼子害你穷，害你受罪，害你挨揍，难道是我叫他干的吗？哼，起先在老家，嚷叫活不下去，到张家口来，也嚷着活不下去。我怎样知道什么地方才能让我们活得下去？……”小泉愤愤不平地想着。离开了母亲，他感到全身都轻松起来，索性穿过院子，跑到大门外，沿着红砖墙走去。

这座宏大的红房子是“蒙疆运输公司”建造的。它毗连着三个大院子，每个院子密密地排列着四五十个小房间，那里面住着运输公司的“苦力”和他们的家属。中国的“苦力”们消耗了一天的精力，疲惫不堪地投进它的怀抱，第二天清早，便又爬起来，再去消耗那由于两顿高粱和黑豆面补充得来的力气。

李小泉愤恨地用指甲刮着红砖墙，然而它是那么结实，致使他徒劳。他虽然来张家口快两年了，不过他不喜欢这个城市。他回想着在家里的时候，跟着父母上地里去，躺在绿油油的山坡上，仰望着碧蓝的天空，哼着小调，那一阵子多好啊。

“那时节，谁也不管谁，妈的脾气也没有现在坏！”

在昏暗的前面，似乎有几个扭在一堆似的影子向这边来。小泉好奇心一起，迎了上去。一看，原来是他的父亲李元庆，被两个同伴搀扶着一跛一拐地走着来。他不言语，回过身子飞跑进自己的屋里，像下紧急命令似的对母亲嚷着：“爹爹给鬼子打伤了，拐着回来了。”

他没有让母亲听清楚，便又回身向大门外跑去，迎接他的父亲。

李元庆赤着胳膊，穿上一条破烂的短裤；进了红房子的院子，他便推开了同伴并点头向他们称谢，扶着儿子的小肩膀，往自己的屋里拐着。到了家，他那病弱的老婆早已扶墙抓壁地走到门框上候他了。

“你怎么啦，什么地方受伤啊，怎么回事啊，比上一次重一些吗？……”女人胆怯地向那沉默的丈夫发问。

李元庆没有回答，坐在木箱子上把儿子的头搂到自己的怀里，露出牙齿咬自己的髭须。灯亮起来了，但是微弱的灯光，只有这破烂的屋子更显得惨淡罢了。

“还不是为了家里没有煤，我揣上了一块，给狗肏的看见了。哼！”他停住了，用手抚摸那乖乖地伏在腿上不动的儿子的头。

他看见自己身上，给炭末弄得灰黑；儿子那长长的头发和衣服，也是那么灰黑；整个屋里的陈旧家具，同样是那么灰黑；只有他女人那张脸，苍白得和整个屋里的色调不和谐。他不愿意再看，低下头去。一会儿，他想起了什么，轻轻把儿子推开，从裤腰里掏出两块拳头那么粗的黑炭来。小泉看见，哈哈地笑出声来。父亲看见儿子乐了，便又搂住了他，齐声笑着。女人看见父子两人在笑，自己也一面擦着伤心的眼泪，一面露出牙齿干笑着。

“泉儿，我们什么时候才能像一个人似的生活呢，我们工人们，什么时候才能像一个人似的生活呢？”

父亲停住了笑，双手把儿子的脸捧起来，动情地问他。他的眼光是那么热烈，却又那么严肃。小泉看了，心里有点惶惑，他柔和地偏着头，回答他父亲说：“快了，爹爹，等我长大起来，我就把鬼子一个一个杀死。我和小三、茂儿、慎安他们都长大起来，我们要把他们杀个干净。”

“你怎么杀得着他们呢？”父亲用低哑的嗓子问。

“我们去当兵。”

“哼，”父亲冷笑起来了，“现在的兵就是不打鬼子的。”

小泉听了，垂头坐在地上。父亲伸了伸腰杆，用右手抚捏着受伤的左肩和右膝，徐徐地说。

“离我们老家不远，就有游击队，现在咱们中国的军队，只有游击队才去打日本。游击队，唔，听说他们这一两年又大大地发展了。日本兵天不怕，地不怕，就怕那支游击队，你说奇怪不奇怪！”

“爹爹，游击队会上张家口来吗？他们要是不来，我们去投他成不成？”

“他们怎么也不会上张家口来的，他们害怕火车，不敢上有铁道的地方来。”父亲果断地说。

“我们去投奔他，人家才不要我们呢。我们是卖力气的，又不会打仗。”母亲插嘴说。“再说，我是个女人，你年纪又小，顶个啥？”

李元庆站起身来，困难地走到门口，打开门扇偷偷往外张望一下，才放了心，扣上门，故意中断了刚才的谈话，大声嚷着：“怎么，还没有做好饭？”

“喔唷，你看，我们都把吃饭忘了，面糊糊怕起了锅巴了。”

饭后，熄灭了灯，他们把不幸、痛苦和各种幻想收拾起来，爬到炕上安息，沉沉的黑夜占有这人间。

李元庆在家里养了一天伤。第二天早上十点钟，警察所来了一辆卡车，在红房子停下来。四个伪警和两个日本人，神气十足地跳下车来，把守着大门口，然后把院子里的男男女女都叫了出来，叫人们一个一个去拉大便，然后用惊人的速度把二百毫升的药水往人们的肛门打进去。女人们忍气吞声地羞红了脸去拉裤子，用袖口掩着面。灌肠完毕，日本人便叽叽咕咕对伪警说：“拉稀拉稀的，虎烈拉的有，嗨？……”

伪警察恭恭敬敬地立了一个正，然后不由分说地把李元庆两夫妇拉上了汽车。

小泉的妈惊慌得几乎死过去，她一手抓住丈夫，一手拉着儿子，哀叫着："我没有虎烈拉，我没有虎烈拉，他也没，没有……泉儿，我丢不下你，妈丢不下你……"

伪警察一巴掌批在女人的脸上，立刻留下了三道红色的指印，跟着他一拖把小泉摔到三尺以外。

小泉一声都没有哼叫，按着擦伤的脸部，爬起身来："妈，我跟你们去，我跟你们去……"

女人们把小泉拦抱着，安慰着他："明天你爹妈病治好了，就要回来的。"

汽车快开的时候，小泉妈用惨痛的声音呼喊她儿子："泉儿，火炉下面，压住一块砖，把土拨开，下面有两只现洋，你肚子饿了，可以……"

这是母亲给他的最后的遗言和唯一的遗产了。从此之后，他的父母再也没有回来。

开头，小泉在大婶娘的怀抱里大哭大闹了一阵，后来他自动停止了，开始沉默起来，帮助大婶娘做饭、收拾碗筷。

红房子被划为虎烈拉的传染区，圈了起来，两个伪警察在把守，日本人还早晚来巡逻两次。不让外出，不让干活，没有吃的给发下来，这样整整过了八十一天。

恢复了自由，小泉头一个便去拜访他父亲的老朋友张鹏伯伯。老人一看见这个失了父母的孤儿，便搂住他，说不出话来。过了好一会儿，他一面流着老泪，一面颤声说："中国人遭了殃，中国的小孩也遭了殃！生一个人，养一个人，多么不容易啊！活活把他俩烧死，活活把他俩烧死！东山坡的西……西面，唉，我……我亲眼看见的，你娘还在哼着，火焰却哔哔剥剥，比……比你娘哼得还响。你爹原是个强壮的汉子，那时节，他大腿却在微微抖动……"

孩子尖叫了一声，把脸撞过去堵住老人的嘴，十个手指头使劲抓住老人的胳膊和后脑勺，仿佛在和一个仇人搏斗的样子。

第二天吃了早饭，小泉悄悄挽了一个小篮子，藏过了一根三寸来长的铁筷子，跑到东山坡西面的那群起伏不平的小丘陵上来。经过了两个多月的风吹雨淋，小泉发现不出什么火葬的痕迹，偶然有几根长长的被野狗啃剩的骨头，无限寂寞地躺在枯草丛里。小泉心里默祷着："泉儿来替你们收拾骨头安葬了，我不知道哪一根是你们的，你们显显灵吧，如果是你们的，便很沉重，像铁那样沉重，显显灵吧……"

他一拾着骨头，便抓起往掌心掂一掂，觉得很沉重，就放在小篮子里，然后继续去找，把篮子装满了，看一看，他心里想着两个人的骨头不止这小小的一堆。他把骨头倒在一边，提着空篮子再去找。一直到自己两条腿实在跑累了，他也就觉得两个人的骨头差不多了。他动手挖起坑来了，用短铁筷子、用手指去挖成一个两尺来深的坑，足足花了两小时的工夫。等到他把骨头都倒下去，埋上一层薄土之后，他便疲乏不堪地坐在地上，把两只手臂盘在膝盖上，把脸面埋在臂膊里。他沉思着，毫无目的地沉思着。"妈！"他突然叫了一声，便软弱无力地往下想："你怎么不打我了呢？怎么不骂我了呢？……只要你活着，打我也成，骂我也成，我再不去恨你。你活转来吧。妈，你不理我了吗？你不——理我——了吗？"全身有一种痛楚的感觉，他眼泪不由得像泉涌。在他眼前，整个世界都模糊不清。

小泉的性格大大地改变了。他学会了刻毒地骂人，学会了做一种缩起上唇表示最轻视的鬼脸。此外他还学会说谎和破坏别人兴致，使得红房子里的女人们没有一个喜欢他的。

大婶娘把李小泉送进了救济院。不到一个月工夫，李小泉因为每天喝两顿小米粥喝不饱，逃了回来，躲在张鹏老伯伯家里。因为生活没有办法，老人又把小泉送到大婶娘那儿。

“你不学好——李元庆竟留下这么一个孽种——你再也不会有出息的一天了！”大婶娘给他的咒骂多于给他活命的粮食。

真的，李小泉一点也没有改好，他越来越不听大人们的劝告，好些女人们也越来越讨厌他，有些小孩们也因为母亲的禁止只好渐渐和他疏远。

一九四五年的五月，大婶娘把李小泉再度送到救济院去。李小泉在院里鬼混着，调皮捣蛋，在院外瞒过日本人和伪警察偷上街去要饭。

一九四五年八月，八路军解放了张家口。

当日本人败退的时候，李小泉跟着同伴们去仓库那儿抢日本人的东西，他拿到了一匹红缎子和一双大皮靴，用两只短短的胳膊紧紧地把胜利品挟着，飞快地朝张鹏老伯伯家跑去。他刚走到怡安街拐角的地方，保长杨少敏迎面跑上去，一把拦着他，吆喝着：“你往哪里跑？小贼子，抢别人的东西，放下！”

李小泉哪里肯听，他避开了那为非作歹的保长，两条短短的腿跑得更快，破碎的衣衫像是他的保卫者，一缕一缕地飘飞着追随着他。杨少敏迈开脚步，从后面夺了那匹红缎子，大踏着步跑掉了。小泉在后面追赶着，哭闹着，终于声嘶力竭地提着一双沉重的大皮靴，跑到他的唯一的亲人张鹏老伯伯那儿。

“孩子，不义之财，丢了没有什么可惜。不要哭，好孩子！”

张鹏听了小泉哭诉之后，安慰着他。他身材很高大，因为要替受委屈的小孩子揩抹眼泪，他弯下腰来，胸脯紧贴着他的刺猬似的脑袋。

小泉在老人跟前，觉得自己暂时得到了安慰。他抬起了头，仰望着他，用还在伤心的调儿问道：“我不明白，伯伯，当强盗的人，偏爱说别人是贼子。杨少敏抢了我的东西，抢了别人许多东西，还欺负全街的穷人，他不是强盗谁是强盗？伯伯，人们为什么都喜欢欺负别人呢？山本次郎欺负金海旺，金海旺欺负杨少敏，杨少敏欺负刘大叔，刘大叔便骂大婶娘，大婶娘却来打我……我们穿不上、吃不上的人，就活该受罪受气吗？”

小泉这一质问，老头儿没有半点准备，他因为不能马上回答他而感到了惶惑。最使他苦恼的，正是这样的问题，他曾经思索了好久，但是到现在，还未得到解答。小泉那还是孩子气的圆面孔，给尘垢盖得厚厚的，几道洁净的泪痕，勇敢地冲过尘垢，直流到他的腮帮。老人望着这张面孔，又是爱又是疼，他不由衷地、含含糊糊地说着：“什么！穿不上、吃不上的人也有扬眉吐气的一天！共产党不是来了吗？你等着吧，马上就要变了，你等着吧。”

老人越说声浪越高，叫人不能不信他。但是小泉凭经验判断，老人又在哄骗他，不过这个时候，他需要的是同情和慰藉，其他的问题他可以完全不管。

他在老伯伯家里住了一夜，在漆黑的夜空里，整夜听得见断断续续的几声枪声。第二天，他把大皮靴送给老人，自己便通过非常混乱的街道跑回救济院去。

当人民政府的社会局派人到救济院登记的时候，李小泉面孔板得紧紧的，用轻蔑的眼光和简短的答话回答穿军服的人。

“今年多大了？”

“十三岁。”

“呃，是中国算法还是外国算法？”

“当然是中国算法，我不懂得日本算法。”

“父母还在吗？”社会局的同志微笑地望了他一眼，又继续问。

“全都虎烈拉去了。”小泉咬住牙齿说。

“上哪儿去了？”社会局的同志吃惊地问。

“日本人在时，说他父母得了虎烈拉，拿去烧死了。这样死的不少哩!”旁边一位老太婆夹着叹息代他回答。

那位同志登记完毕，便安慰大家说日本鬼子已经给共产党八路军打出去，当今的人民政府是替老百姓办事的，要穷人们翻身，以后不再是两顿稀粥，吃的是小米干饭，还要吃白面馍馍和猪肉。让老的得到归宿，小的得到受教育的机会，能生产的还要组织他们去生产……这群饥饿、老弱的不幸的人们将信将疑，又惊又喜地纷纷议论开来，老太婆立刻抱怨小泉过于没有礼貌：“你那样子会得罪那位什么，嗯，对了，那位同……同志的，不管怎样，人家总是当今的官府派来的。”

小泉坐在炕边，骄傲地摇摆着两条腿杆，心里却想着另外一件事。

“那家伙他不懂得虎烈拉！他不懂。他真不懂？他真不懂!”

在这里，小泉所碰见的人当中，不了解虎烈拉所包括的悲惨和野蛮的意义的，他还是第一个。因此，他很生气，以致忽略了那位登记者的和善友谊的态度。

过了三天，张鹏老伯伯跑到救济院来找他。

“伯伯，你上哪儿去呢？我找了你好儿回都找不着。”

老人微弯着腰，两手牢牢地按着孩子的肩膀，与其说是快乐，不如说是严厉地对孩子说：“人们选我当街道的小组长了，那王八蛋郝文孝滚蛋了，杨少敏逃跑了。当今官府还让我们和他们算账，有冤报冤，有仇报仇。孩子，你听说过吗？斗——争——，和坏蛋们斗——争——。唉，当一个小组长不容易，孩子，我过去不懂得斗争这个词儿。我真的不懂得斗争吗？哈哈，我现在懂得斗争了。八路军教会我斗争，哈哈，我枉活了六十五岁。可是，你怎么流起泪来了呢?”

老人抚摸这圆圆的、被感动的面孔。他慢慢俯下身子去亲那给不幸剥蚀过的、还是稚气的面颊，这时节，他才发现自己也流下了两道老泪。

“伯伯，原来打日本的不止游击队，还有八路军呢。”他擦着眼睛说。

“傻小子，八路军和游击队都是一路的。他们还有新四军，还有纵队和横队，他们都是共产党领导的。谁对我说过了，我记不清，年纪大了，没办法。”

“他们都是一路的吗？”小泉高兴地笑起来，他想起那个不懂得虎烈拉的同志，他想起在马路上匆忙地走路的穿制服的干部。“怨不得，怨不得日本鬼子跑得那样快！嗯。原来八路军就是游击队。”可是他马上又想起了一件事，担忧地问道：“不过，唔，他们，那么，火车呢？他们不怕火车吗？”

“你真是个十足十的傻孩子。八路军会开火车的多着呢，他们会扒铁路，也会修铁路；他们还会使大炮呢。”老人把声音压低说：“听说，他们现在打绥远使大炮打呢。你知道，下午我还得和大家开会，我要回去了。这朝代，什么事情都等大伙来商量，大伙说什么就什么。过去，我们躺在那些王八蛋皮靴底下，这朝代我们可顶天立地，好好干一番事业。现存大伙都是这一号，这一号。”他竖起大拇指，哈哈笑着离开了救济院。

有一天的黄昏，李小泉在车站上缠住了杨少敏。杨少敏倚仗着个儿高，力气大，把他压在地上，打得他鼻孔和牙齿流血，后来人们来了，把小泉救起，把杨少敏扭送到法院去。居民们跟着发动起来了，把无恶不作的杨少敏推出来开会斗争他。大家扬眉吐气。李小泉每天都去开会，成为一个积极的参加者。

十月初，李小泉便坚决要求参加八路军。在某机关工作了三个月，一月中才调到我们这边来。在工作上，除了有点贪玩之外，他是负责的、积极的；在政治认识上他有着惊人的进步；而对文化的学习他拿出了最高的热情。他每天晌午总拿着铅笔和本子跑到我房子里来，如果看见我在案上写字，他便站在门口装作并不打算来打搅我的样子，低头在本子上写着什么。

“小泉，是不是要问字？”我叫他进来。

“唉，这个两位减法我还没搞清楚，真笨，学了又忘了。”

我发现他和成年人接触的时候，爱装大人样；可是在球场或和公务员们玩的时候，他却跑得最快、声音最响、说话最多；他还最爱和人开玩笑和角力。角力，他总是输的；开玩笑，他却要占便宜。此外他每天写日记。他的日记是生动活泼的。我把它摘录两段在下面（用字和文法，经过我的修改，但竭力保存他的原意）：

“一月十五日，今天开会。贾国宝批评我狡猾，李德批评我嘴不好，批评我爱骂人，开玩笑开得过火。管理组长说我的狡猾毛病，鬼子在时政治坏，红房子生活环境坏，养成我的毛病。我要改它，不改它下次再开会别人再批评我不好看。我也对两个同志批评了。这世道谁都可以批评谁。”

“一月二十日，今天我回红房子看大婶娘，他们吃的再不是搀白土的棒子面，不是和沙子的高粱面，吃的是小米，还买了大米和白面，留在过年时吃。真奇怪，刘大叔不骂大婶娘了，大婶娘看见我也欢天喜地了；杨少敏、金海旺给斗了争，山本次郎也有虎烈拉的一天！如果爹爹还活着，我一定要问问他：‘现在我们可像一个人那样生活啦？’他准是点头的。”

“一月二十七日，今天朱同志来看我，我二人谈了半天。想起他头一回上救济院，我看不起他，现在我们是好朋友。他现在懂得虎烈拉了。不过八路军来了之后，现在便没有虎烈拉了。不，还有一个虎烈拉，那是解放了的‘虎烈拉’——那就是我。”

三月初，我离开了我那工作机关，同时离开了那解放了的“虎烈拉”，不知他的近况怎样了；但据朋友来信，那边的公务员们要在四·四儿童节选出解放了的“虎烈拉”来当模范儿童呢。

一九四六年三月二十日于龙烟

丁克辛

一　天

县生产委员会下了通知，为了工作步调非常紧急，这次下乡干部一律要在今天回县，明天十二点钟在县政府汇报总结。县抗联会李主任接到通知已经是下午。他这次工作的典型村是八区刘家台，离县里足足八十里，马上动身也得赶到半夜。幸好半个月的日夜苦忙已把预定工作完成，收获很大。他立刻找到村生产委员会——村长和村抗联会主任他们，告诉他们马上要回县。

村抗联会主任带着羊倌郝三毛正来找他：郝三毛的东家对郝三毛的工资明增暗不增，吓唬着欺骗着郝三毛一直没敢说。这回李主任到村里来住了半个月，把好多土地问题工资问题弄清楚了，把绝大部分雇工佃户连好多雇主地主的脑筋也弄开了。郝三毛憋到今天，再也憋不住，把东家的吓唬欺骗和自己糊涂胆小也说了个痛快，而且说到末了哭了："李主任，你这回来，是来救我来了！"

"不是我救你，工人该翻身。你敢把你东家找来吗？"

"我要不敢我就不找你来了……"

等到把这问题彻底解决，村抗联会主任、郝三毛连他东家送李主任出村的时候，太阳已经搁上西山头。

"可要使劲赶呢，明天走不行吗？"

"那怎么行？"

走了一节，五里路出去了，浑身燥热起来，背上刺痒痒的，他脱下大袄，搭在肩上，脚步跨得更大一些。这次下乡是做"户计划"和"家庭会议"的典型村，是一九四五年开展大生产运动的头一步最基本最重要的工作。——去年大生产运动的经验总结尖锐地证实了这一点。因此这次派下去做典型村的，都是主要干部：县政府派了科长秘书，县抗联会派了工、农、妇、青各部长。李主任自己还是县生产委员会的副主任，也亲自下乡了半个月。

现在，他一面走，一面老想着县里的事情。离开了半个月，一定又有不少紧要问题等着解决，土地问题是一年三百六十天短不了的，机关生产要抓紧，五区夏家庄的那件人命案不知弄明白了没有，干部新调动和配备……

到县早过半夜。组织部长老张起来开门，点上菜油灯，照着他满脸油汗和灰尘，背后棉袄也湿了青隐隐一大片。连擦脸的热水也没有，把肩上的破毛巾抹一通算了。

老张本来睡得正酣，点上灯说了一两句话又迷迷糊糊睡着了。

“家里没有碰到什么大问题吧？”

“唔……多……哩……”

他想了一想：“夏家庄那妇女上吊的事儿怎么样了？”

“唔，没有什么……打老婆……上了……吊……活该！……”

“可是人命关天！……”

“关天不关天的……你赖不着人家……地主……睡吧……明天再……”

他的确是很累了，一口气爬山过岭走了几十里夜路，现在两条腿软绵绵的，头也昏沉沉。但是明天十二点要汇报总结，一睡不知要睡到什么时候呢。就坐在坑沿上，掏出工作日记来，想先看一遍，把材料组织一下，明天好报告啊。可是，“人命关天”，他自己的话在耳边刺刺地响。

小本子上的字一个也看不到眼里去。下乡的那天就嘱告老张他们在家里挖根追究，慎重处理这件事，而现在……

越想越纷乱，越想越难过，好像他自己的老婆吊死了一样！可是实在太困倦，天就快亮了还是先睡吧。

随随便便，衣服也不脱，蒙上被子就躺下了。可是背一靠到炕席，湿棉袄冰冷地刺了他一下，不由了自语着：“嗨唷唷……”他翻来覆去觉得不对劲。他想起自己的事情来了：抗战前一年他也上过一次吊！种了本村地主王志豪五亩租子地，那年打的粮食光交租子还不够。王志豪不管他一家死活，租子一粒也不能少。求了多少情，说了多少好话，下了多少跪，回到家来流了多少眼泪，有什么用啊？……地主就是要逼穷人的死！可是穷人的命虽然不值钱，死难道是容易的吗？下了多少决心，才在一天夜里等老婆睡着之后，套了一条井绳，刚刚套上脖子，老婆醒来了。一看见，吓得她那个样子哭得那样伤心，说：“保儿他爹……你不能死呀！……”自己也就一场痛哭，可是再也不想死了……死难道是这样容易的吗？……他越想越不是那么回事！反正明天十二点才开会，上午还有时间。他不再思索，随即下炕来，走到另一间屋里，叫醒事务员，叫他天一明就到夏家庄把吊死者的丈夫、邻居、村抗联会主任都叫来，务必在早饭前叫到。

回到炕上一睡着就睡得那么香。不光今天累坏了，半个月来在刘家台动员组织按户做生产计划，白天一面帮他们送粪跟他们到地里去，一面个别闲谈、调查、说服、解释；黑夜又要开小会，开大会，要调解婆媳间的纠纷，要动员懒汉和顽固老头。一个家庭会议一开就开到半夜，要是开好了开成功了，全家老少男女都兴致勃勃地发表意见，时间就拖得更长，半个月来几乎就没有睡过一夜好觉……然而事务员把他叫醒了：夏家庄那一帮人们叫来啦。

掀开被子，把松开的棉袄扣门扣了扣，用衣袖抹一抹脸和嘴唇，就开话了。死者的丈夫一说话就要哭，说他打老婆固然是不对，可是老婆寻死实在是因为地主夺了他家舍种了十多年的地……村抗联会主任却赶快从旁插上来：“这我证明，不是！我当过农会主任，我知道要保护佃权，尤其是永佃权，可是这不是……”

"这不是，都是你是，人家吊死，活该!"李主任说。

"啊呀呀，李主任，你何必跟我生气呢？我当干部也不止一年二年了，难道说我也会帮地主？执行政策，不能右，也不能左，李主任你说？"

"我是说你右了一点，右出人命来了!"

"……"两只眼睛翻白眼。

从早上七点钟，一直到十一点钟，整整四个钟头，问题到底追究明白了：是地主买通了村长，村长蒙蔽了村抗联会主任，捣鬼夺了地。死者几次力争，都没有用，埋怨丈夫没出息。丈夫真是没出息，无处出气，打了老婆一顿。第二天早晨女人跑到祖坟旁边的一棵杏树上吊死了。

县长早派人来，叫他准备今天的总结会，十二点钟一定到。他却还没有吃早饭。稀里糊涂走到伙房里，大司务要把饭菜给热一热，他说用不着，十分钟内就吃了三碗冷小米饭。赶紧又回到炕头桌子上，拿出工作日记。上面歪歪斜斜的，但是很清楚地写满一页页的钢笔字。把典型村的"型"字写成"形"，模範户的"範"字写成"范"，诸如此类。而且记得很不通顺，也不太完全。但那有什么关系呢？他自己能看懂，看了记下的，把没有记下的也能完全想起来。以前他一字不识，从三八年到区农会当伙夫开始学识字，到现在能记下一本一本的工作日记了。今年，他整整四十岁了呵。

总结会开得很热烈，内容实在丰富。每个干部都详细生动地报告了各个典型村典型户的"家庭会议"和"户计划"的组织经过，具体经验和成绩收获。

李主任除了一般的报告以外，他很兴奋地报告了三个典型户：一家抗属，一家孤儿寡母，一家有九口人的中农。而这三户都是很麻烦的。但在他的滔滔不绝的报告里，不断引起全场的大笑和掌声。他用了许多办法，经过了许多曲折，克服了很多困难，三个典型户完全做成功了。特别是那个中农家庭，婆媳不和，父子不和，兄弟不和，妯娌不和，真不好闹。老头子非常顽固小气，说“家有千口，主持一人”，光骂儿子媳妇不好好干活，不肯放一点手。老太婆袒护三小子，挑拨老头子无理压迫老大老二两个媳妇。二儿媳妇本来挺能干，挺有魄力，能计划，因为全家闹不好，也就不好好干活，成天斗气……

“我用两个晚上一个白天的工夫，从各方面把这一家的复杂情况完全了解清楚，”李主任滔滔不绝地说，“先说服二儿媳妇，再动员老两口子，又跟三弟兄谈……家庭会议开成了，老两口子勉勉强强愿意二儿媳妇当主席。主席听了我的话，先来了一个诚恳的自我批评，并且请公公婆婆大伯大娘跟小叔都原谅她的缺点，为的把今年的大生产运动闹好，使光景好过起来……这么一闹，大家也都检讨起来，连老头子也说了自己一些缺点……”

李主任用毛巾在额头抹了一把汗，继续说下去：“等到对全家生产计划提意见的时候，尤其是谈到实行家庭分红制、提高生产效率的时候，连两个孩子也发了言。他们说‘他们上学回家每天割的柴火要给分红的话，他们就能保证全家不要买柴烧……’老头子听得也禁不住眉开眼笑，死脑筋真正转开了！”

会场上笑声掌声接连不断，李主任的话收不住了：“总结的时候，那当主席的真强，说得一清二白，像机关枪一样，我们的干部轻易比不上……无怪散会以后老太婆也高兴地对我说，她二婶子原是个机灵角色，就是不正干嘛。我就说，这回全家和睦了，生产有计划了，我保证她一定正干，眼看着你们家业就要兴隆啦，我也敢保这个险！全家都哈哈大笑了，说‘这都是托八路军的福啊！’”

又是笑声掌声过去之后，寂了几分钟。这寂静，好像都在说：“还以为自己这次做成功了哩，差得远呢，人家李主任才是真正成功的哩！”

接着是民政科郭科长汇报。他做的典型户恰恰是李主任家里，郭科长没有说话就先对李主任笑了笑，说：“我这个典型户没有做好，李主任他媳妇横竖不听我一句话。动员了半天，她说，家里没有男人，光凭一个妇女三个小孩有什么用，你想法把我家保儿他爹叫回家种地，我什么话都听你们的，啊哈哈哈……”

大家也不禁哄堂大笑，笑得一个个前仰后合。

李主任的脸红红的，眯着眼睛也跟着微笑了一阵。接着就想拿肩上的破毛巾擦额头的汗，可是毛巾没有了，他忘记了却捏在左手里，找了一回，就用衣袖在脸上用力抹了一下。

开完会回来，就吃下午饭。他吃得特别快，很早就放碗了。于是大家开玩笑说：“李主任听说媳妇要他回家，连饭也吃不下啦。”

报告工作虽然滔滔不绝，可是平常是不爱多说话的。他说：“哪里，我比你们又吃得快又吃得多！”

这倒是真的，不管是吃粗粮细粮，一概是又快又多。可是今天老张有意逗他，又说：“大家说李主任今天是想媳妇了不是？”

“是。”

李主任说：“是就是，我今年过年只回家两天，有一宿还跟保儿他娘吵了一架。三个孩子缠腿缠胳膊的，还有什么意思？哪像老张媳妇狐狸精似的，一回去就是七八天，才带劲呢！”

大家没想到李主任也开起玩笑来了，都笑得喷了饭。可是他又正正经经地说了：“快吃吧，吃了好生产啊。成天光老叫百姓做计划，闹生产，咱们的机关生产要闹不好才丢人哩！”

说着，脱去鞋袜，卷起裤褂，到猪圈里出粪去了。一面还嚷：“大家快来呵！”

送着粪，郭科长的报告又来纠缠不清。他一想起老婆就有气，死不进步。对付落后群众有办法、对付自己老婆反而没有办法了。送粪回来，路上老张跟他说："青年部的干事小王，上级要调他去做经济工作，他固执不愿去，需要跟他好好谈一谈。"回家刚洗好脚，还没有坐定呢，小王找他来了。

"你先说说你不愿去的理由。"他先问小王。

"我没有做过经济工作，做不了。"

"再没有别的理由了?"

"没有了。"

"我看是还有吧。都说出来好帮你一起解决。"

"我是没有了。"

"光是这一个理由容易解决。"李主任说。于是他解释目前工作需要，只能服从工作。这好像是"老一套"的理论，但这是实在情形。而且说："天下就没有学不会的工作，也没有学不会新的工作的人。"接着他就举自己为例，说他这几年一直在区农会县农会工作，去年突然调他去公营商店的经理，他起初也不敢去，不愿意去。但后来一想，到哪儿不是为了工作，就去了。嘿，料不到一年下来成绩挺好，调剂了内地贸易，扶助了私商小贩的大量发展；这还不算，还替公家挣了几百万块钱。

这些事实小王都知道，因此无话可说。

"再说我是个老粗，你高小毕过业，还怕什么?"

他等小王回答，小王不说话，他就等着。忽然腰里的虱子大肆活动起来，痒得要命。他翻开裤腰，一摸一个的卜卜地捏死。接连摸了有六七个，捏了两手指的血，最后把血抹在鞋头上，两手按着肚皮摸摩了好一阵，又说："你要想明白了，明天就走。"

"不!"小王固执说："我不去……除非你也去!"小王的确舍不得他。

李主任眯眼睛笑了：“你不是一个青年干事，好像是一个儿童团团员。”

“反正你怎么说我也不去！”

李主任愣了一会儿，突然站起来说：“本来倒可以多待一天，你要不听说，明天就走！”过了一会儿，他又缓和下来说：“你晚上想一想，就会想通的。一定明天吃了早饭走，我叫大司务给你烙两个饼……”

这时候天早已黑下来，七区甘河村的几个农民找他来了。

从七十里以外赶来的，上午动身，此刻才到。小王给点上灯，退出去。李主任请他们几个在炕沿上坐下，亲自到伙房里打了开水请他们喝。

有区里的介绍信：大部分是关于当地回赎问题，小部分减租问题。现在开了春，都要送粪种地了，这些土地问题早在去年冬天就解决了的。可是特务分子从中破坏，现在地主都打了反攻：承当户佃户此刻去送粪种地，地主们也去送粪种地……

李主任和他们谈到深夜，自己很少发表意见，启发他们自己去讨论。灯里的油都添了两次，问题逐渐明白了，可是大家的意见和考虑还是很多，拿不准一定的斗争方法，还没有坚强的信心，因此你一句我一句的，还是说个没完。大多数人愤恨自己阵营里的赵子和，不该因为受了一点打击，就被特务地主用几斗粮食和五亩不要租子的地就买过去了。有一个竟至大声地骂起来，说：“赵子和啊赵子和，老子斗不过地主还怕斗不了你！”

李主任斜靠着桌子的上身急忙竖出起来，说：“你们一讨论就光知道恨赵子和，恨他比恨地主还凶……你们就不知道争取他！”

“争——取——？”

“为什么不能争取？一定要争取他回来！一定要！不争取他回来

你们就胜利不了。”

所有的眼睛都望着他说话说得绯红的脸，闪闪地放光。

“不过我的意见也许是主观的，”他的声音低了一些，“大家还有意见可以再商量。”

这时候他突然感到困乏得要命，像要发疟子似的，浑身发冷，眼睛酸麻，头也昏痛。他伸了一个懒腰，想要尽力驱除这困乏，可是不行！于是他趁大家不说话，就说：“你们要是一时想不出意见，就都去睡吧，给你们早预备下铺盖了，有话明天再说。”

农民们嘴里答应，可是拖拖延延一个也不走，又开始嘀嘀咕咕讨论起来。有的就说：“李主任，你要是困你就先睡，咱们再在这里嘀咕一会儿，要商议平妥了才行哩，想不通了还要问你哩。”

头痛得太凶，他也顾不得脱衣服，就盖上被子躺下。农民们就把门关起来，都先先后后在他的炕边地上蹲下，放低了声音继续讨论。

刚迷迷糊糊睡去，突然白天郭科长的报告和大家的哄笑又清晰地在耳边响。他不愿意想起的偏偏要想起，一恼就又睡不着了。过年的时候，他让所有的干部都先回家几天，自己在机关里留守，等大家回来了，真正的新年也早过去了，他这才回家了一趟。老婆孩子一见他回去先还喜欢，可是连给孩子吃的东西一点也没有买回去，老婆就生气了，孩子们也很失望。他走过集上的时候，倒是想买点麻糖什么的带回去的，可是一想身边就只有两百块钱，留着快有半年了，一直没有敢用，买了麻糖要一个钱也没有了怎么办呢？万一碰上要化个零钱……再说现在减了租子，小孩过年也不少吃的，因此就没有买。可是他不愿意把这些话对老婆申说，一见她那股“自私自利”的落后劲就生气。她光叨念家里没人，最好不抗日回去种地，光养一个老婆三个孩子，她就不想想八路军要不来还不是逼得要上吊。再说，日本要打不出去，还有什么安生日子，什么老婆孩子哩！这些话，晚上睡在一块他到底对老婆讲了，可是老婆就是“自私自利”八面不听。对落后群众有千千万万的耐心，可是对自己老婆却吃不住劲，要不还叫什么“夫妻”哩……孩子们是谁也喜欢的，可赶工作要紧，不要干部们给提了意见，那可受不了，宿了两宿就赶快回来了。回……来……了……他着实困了，可是脑筋还跳了一下：抽空再回去一趟……再……一……趟……他真的睡着了。

约摸一个多钟头，他又突然醒来，似乎有人喊他。屋里的灯已经灭了，他以为是做梦哩，可是的确有人喊他。原来炕边的农民们还没有走，还在嘁嘁喳喳商量哩。有一个问题不能解决，喊醒他问他哩。

虽然疲劳得要命，可是他不好意思再睡了。有意说了一声：“唷，你们还没有去睡啊。”就掀开被子起来了。再把灯点上，又把他们刚才商量的分析总结了一下，农民们的意见是一致了：搞清楚了，认为先要争取赵子和，越打击他事情就越坏，而且恰恰中了特务和地主们的诡计。可是他们就担心一点，特务地主们有钱有粮食有地，把赵子和买死了！

“咱们还是请李主任再详细说一说，回去就好闹了。”大家笑嘻嘻地说。

于是李主任尽量压制疲劳，振起精神，详详细细反反复复又说了许多。告诉大家只要问赵子和，他是不是甘心情愿因为一念之差把几年的抗日功绩和好名声就一笔勾销了，落到乌龟王八的卑鄙无耻的圈套里去？问他到底特务地主们利用他是为他好？还是大家真心诚意为他好？……这样，哪怕赵子和争取不回来！

这一席话，说得每个农民都眉飞色舞，精神焕发，于是大家高高兴兴、有说有笑地到另一间屋里去睡觉。好多人扑哧扑哧地抽着烟，好多人还诚心诚意、万分抱歉地对李主任说：“李主任，你也睡吧，都是为了咱，叫你深更半夜的睡不好觉……”

李主任笑笑，没有说什么，拿着油灯站在门口送他们到西边一间屋里去。

等到李主任再躺下，吹熄灯，纸窗上已经开始透射出白光，晓风吹得窗纸忽悠忽悠地响，天快亮了。

这一回可真是睡得烂熟，呼呼的鼾声像牛吼一样。

小王回到自己炕上想了一深夜，把问题想明白了，决定明天走。可是青年性情，还憋不住一股说不出来的劲，决定天明就走，不吃早饭，也不吃什么烙饼。这倒一点也不是和李主任闹什么气，就是憋不住那一股子劲。

天刚大明，他就背上背包来找李主任，李主任的鼾声像牛吼的一样。他推了他两下他也没有醒。此刻他就只有一种情绪，他舍不得离开李主任。一想心一酸，他就想不告而别。可是他的脚步刚跨出门就又缩回来了，他一面推他一面喊："李主任，李主任……"

"唔，什么?"

"我走啦!"

"唔，"还有点迷迷糊糊，"怎么这么早就走？你真是小孩子。"

可是小王早走远了。

李主任掀开被子一骨碌跳下炕，大袄也来不及穿上，就追了出去。

初春的清早的风又冷又硬，他和小王两个人一前一后在冷风里奔跑着。风呛住了喉咙，但他仍然大声地连连地喊："你怎么也得吃了早饭走啊，你怎么……也得……吃了早饭……走……啊……"

小王流泪了，他不忍心再不停下了。

等到李主任追上他，他说："我想不告诉你就走的，这么冷，你看你……"

"吃了早饭再走。"他还在喘气。

“我不饿。”又一股眼泪扑簌簌流下。

“你这个孩子……”声音也哽咽起来。“你要是真正不愿意去做那个工作我们再商量。”

“不是！我愿意！你回去吧，我走了”。

他呆呆地站在冷风里看小王走了一节，突然想起了什么似的，忙着掏口袋。口袋的小黑布包里还有二百块钱呢，昨天夜里从刘家台赶回来，赶到半路很饿了，想买两个烧饼吃，他咬一咬牙也就没有买。现在，他掏出来，飞步又追上小王，把钞票硬塞给他：“你拿着，不吃早饭，要走九十里路呢……”

一九四六年三月二十九日于张家口

（选自《解放区短篇创作选》第 1 辑，东北书店 1947 年版）

村长和他的兵

——献给全晋察冀边区的游击小组和县、区、村干部们！

一、“我们立刻就动员起来，干！”

反“扫荡”开始了！

村公所里满是人：游击组、民兵和村干部，有坐在炕上的，有蹲在地下的。靠窗的炕头上，大大小小七八个地雷排成一长条，像一个个酒瓶子。游击组员们都穿着爬山鞋，腰里束着腰带，腰带上挂着黑皮的子弹匣。虽然在开会，大枪也都舍不得取下来，仍然挂在肩膀上，或是拿在手里。

区里的许大队长在讲话。他披着羊皮袄，戴一顶黄军帽，腰里挂一支“七星子”。他个儿不高，眼睛又大又亮，说话很快；话越说得快，眼睛越眨得快。

村长在地下墙角里，用心听着，一句话也不让漏掉；有时听得忘记了抽烟，烟都熄了。

今天成立了战时村公所，上级规定村长、抗联会主任、中队长，治安员和粮秣主任五个人参加，专门负责领导反“扫荡”期间的一切工作，领导游击组，村长负总的责任。

村长把熄了的烟又点着，听着听着烟又熄了。

大队长把游击组的人物和纪律都已经详细讲过，现在他说：“你们水村是易县九区的一个重要村庄，它是一个中心：东面通齐村，东北过小米岭通苑村，北面通苇庄，西面通张庄王庄，南面通大坡村；不管哪一面发生情况，这里就立刻吃紧。所以你们这个游击组的人物，就特别重要……”

游击组员刘叔伦偷偷地从子弹匣里抽出一排子弹，侧着脑袋研究了一会儿，轻轻地推一推他旁边的游击组长马发财，说：“你看，这尖头的好还是圆头的好？”

发财瞪他一眼，不理他，扭扭嘴叫他听讲话，不要吵。

接着他又碰碰后面的马黑小，对他说：“黑小，你看这粒子弹的屁股眼很深，准是一粒臭子。”

“你是臭子……”对方低声笑着说。

“你们民兵什么也不懂。”

黑小把手榴弹在刘叔伦的秃子头上敲了两下：“你懂！你懂！”

治安员马老广走近他两个，轻声骂道：“区里老齐同志讲话了，他妈的你们不听！”

老齐同志穿一件旧棉大袄，戴一顶破毡帽，年纪二十五六，面孔白净，横背着一支大枪。他说：“许大队长把要紧的话都说了，我也再没有别的话；我们立刻就动员起来，干！你们水村平时的工作都是模范，首先是村长领导得好，这一回游击组也一定要做模范！”

他看看大家，末了看看村长。问：“村长，有把握没有？”

村长立刻从墙角站起，笑嘻嘻说：“不敢说有把握，反正干嘞！”

村干部和游击组也都笑嘻嘻说：“打日本反正不落后。”

大队长接上去说：“特别要开展地雷爆炸运动。你们除了游击组长受过爆炸训，还有谁？”他的大眼睛一眨一眨在找人。

“牛肚子。”大家说。

叫牛肚子的那个青年农民从炕上站到地下，脸红红的有点难为情。

老齐同志拍拍他的肩膀说：

“你要做爆炸英雄李×。你们知道李×吗？”

“知道！”大家回答：“村长给我们讲过，日报上不是还登过吗？”

刘叔伦挤前一点说："将来牛肚子也到报上去登他一登。"

牛肚子向他撇一撇嘴，心里骂："秃子！"

会就算散了，有人问大队长："游击组吃战粮不吃？"

大队长让老齐同志回答，老齐说："这个上级还没有指示，先不能吃。"

村长说："事情还没做，先问吃战粮，看你们不嫌臊！"

那个问吃战粮的游击组员伸伸舌头，做了一个鬼脸。

二、"我是村长，我要光顾了家，那还叫什么村长？"

临走的时候，老齐同志把村长拉到一边，轻声对他说："我们虽然要争取模范，要大家勇敢；可是也要防备游击组员受损伤，先要提高他们的情绪，从小胜利中取得大胜利，从一次一次的胜利，慢慢变得敢干起来、勇敢起来……你千万要注意这一点！"

"对，我一定注意，我一定注意。"

第二天，情况又紧了一些，村长把战时村公所的干部又集合到一起，商议着督促彻底坚壁，分头到各个附村去检查。

抗联会主任提出来，说就是小庄上麻烦，怎样督促也总是坚壁不彻底，麻痹，又不能强迫命令。

"麻烦。"粮秣主任跟着说。

"是麻烦。"又一个说。

村长两个眼珠子慢慢转了一圈，使劲抽一口烟说："强迫命令就强迫命令，旁的事不行，这是为了他们自己，怕什么！"

中队长又提出群众转移的问题，上级布置按地区按街道分组转移，这事不好办；群众不听指挥，自由行动。

"这是上级的布置，不听指挥不行！"治安员老广说："不执行命令也不行！"

大家又都看看村长，村长说：“我同老齐同志大队长商量过，分组是一定要分组，可是不按街道分，让他们自愿，你硬把两家不和气的编在一组实在也不行。”

村长家里住着八路军的后方机关，有电话。这时，他们的通讯员挎着匣子急忙忙走进了村公所。

“村长，”他说，“电话上说，管庄的三几百敌人现在到了口村，部长叫你们准备准备。”

口村离水村不到二十里，在齐村东面，和齐村只隔一个岭，叫风岭，齐村和水村是一道沟，离水村八里。

村长的嘴动了两下，然后使劲咽一口唾沫，问通讯员：“敌人就只一路？”

“就只一路。”

“别处没情况？”

“别处没有。”

“那么，老广。”他对治安员（老广也是游击组员）说，“你马上去找游击组长，叫他立刻把游击组集合，先从东山梁上派上个哨，敌人一上风岭，就吆喝！”

老广是执行命令的模范，说一声“好，我去”，连走带跑的就不见了。

“群众分组转移，中队长你负责。”村长又说：“部队要粮食要锅，粮秣主任多负责，还有检查坚壁，现在来不及……”

抗联会主任说：“我看主任是没问题，检查不检查都行，我负责到小庄上去督促一下好了。”

“行，”村长说，“就这么办。”

粮秣主任是个开明财主，已经五十岁，工作尽职。这时村长看出他有困难，就说：“情况一紧，供给军队粮食锅灶是件麻烦事，大家都要帮他办。”另外又叫中队长派一个民夫帮他找锅背粮食。

“这，这就好了。”老头儿的八字胡子笑开啦。

回到家里，电话上的情况又紧了一些；敌人从口村沿沟北上，到了苑村；苑村离水村只十五里，中间隔一个小米岭。恰好游击组长集合了游击组来找村长，村长就叫他马上派两支枪上小米岭监视敌人。风岭上的哨撤回来。大家帮牛肚子把地雷坑先挖好。

村长是回家计划自己家口转移的，现在他就催他们立刻转移。他有四个儿女，大小子才十七岁。

“你不跟我们一齐吗？”他媳妇问他。

“你们跟互助小组转移，有组长带领，怕什么？”

“那你丢下家口全不管！……”

“管？你不怕人家笑话！我是村长，我要光顾了家，那还叫什么村长？”

“村长！村长！谁不知道你是村长！”

然而没有用，媳妇孩子还是跟了别人转移了。

三、游击组有游击组的纪律，它就是军队，要和军队一样有纪律

家口一走，村长就把家里当村公所，叫游击组民兵都宿在他炕上；为的靠电话近，地方也宽敞，坚壁真彻底，连门和窗都坚壁了。中秋过了不到几天，天气还不冷。

游击组民兵的被子都是卷成圆筒形，或是卷成一长条再把两头一绑，只有秃子刘叔伦学子弟兵打成长方形的背包。他们一进屋就挤满了一炕扯开闲话了，被子和人横七竖八。

牛肚子一个人却不言声地把一个一个地雷从村公所搬过来，靠炕头放好。

隔壁屋里传过话来，叫这边说话声轻一点，吵得电话听不清。

村长心里本来急着一件事，就说：“你们光是闹了，也可以帮助贾辰尔搬搬地雷，再找几个钉子，把大枪挂在墙上。”

村长着急什么呢？他是担心这个游击组不好领导。游击组今年刚成立，都是老百姓，散散漫漫；他也是第一回领导游击组，毫无经验，虽说村里的各种工作都是模范，可是这个仗很难打！区里老齐同志说要派区的抗联会的老赵来帮助领导，那倒使他心宽了一点；可是老赵到现在还不来。

正好，恰巧老赵这个时候来了，天已经快黑。

村长和游击组很高兴，都笑嘻嘻去接他，说了一阵话，村长就问：“你听说情况到底怎样？”

“敌人可能今天宿在苑村了。小米岭有哨没有？”

“有哨有哨，”村长回答，“地雷坑也都挖好了。”

于是老赵放下背包，就同村长、游击组长、牛肚子几个人去查看雷坑的地位好不好。

水村的房屋是靠一条河沟的南岸，岸边有几棵大树。地基比河沟高有二丈，地基下面有一股泉水，通年不断地向河里流。河是东西横躺着。

上上下下都看了看，雷坑地位很合适，老赵很满意，不过说：“敌人离这里不远，要防备他夜里奔袭，吃过晚饭就把地雷埋上。小米岭上的哨可以撤下来，在河对面配合部队放上游动哨，一面监视敌人，一面看地雷。”

游击组员们回家吃晚饭，天黑了很久，都还不见回来。部队上等着配合他们两个胆大敢干的过小米岭去，侦察敌人到底住在苑村不住在苑村。马老广第一个回来，急着对村长说：“村长，这怎么行？你看大家一去都不回了！”

村长也着急，可是他早就想到，回家吃饭是不方便，大多数的家里都转移到小庄上或窝棚里去了，来回路不近。

“要遇到紧急情况，这怎么完得成任务？”老广又说。

村长不回答，他在盘算着怎么克服这困难，不克服是不行。他问老赵，老赵当下也没有好办法。

总算先先后后回来了，只差秃子一个人。

老广就自告奋勇地说：“过小米岭去侦察，我算一个，还有谁去？”

大家你看看我，我看看你，都不言声。

“游击组长派，派到谁是谁！”

游击组长叫村长派，村长愣了一会儿，就派，可是那个被派到的说肚子痛，去不了。

“什么肚子痛，怕死！”旁人说。

“你才怕死！你不怕死为什么你不去？”

“村长没有派我！”

游击组长就止住他们说：“好了好了，你们不要吵，我去！”说着就把大枪背上肩。

村长等他同老广走了以后，才放出一口气。

敌人是住在苑村，第二天整天在村子四近搜索坚壁的粮食和东西，晚上仍没有走。

村长和区里老赵商量，主张游击组集体做饭。先吃村里的战粮，否则行动不一致，任务完不成。

老赵同意集体吃饭，但吃战粮上级没指示，不敢答应，粮秣主任也说他不敢负责。村长早打好主意：吃少由他一人归还，吃多了由村里“份数”多的分摊。游击组不是别的，是保护本村……

晚上一餐饭抢得很凶，平均每人下十二两米，还都说没有吃饱。

村长暗暗里皱眉头。他自己是农民，了解农民，皱眉头不是讨厌这些，而是想不出好办法一下子把这个游击组领导好。

和老赵商量的结果，晚上就开了一个会。

游击组长是不爱说话的；治安员老广爱说话，可是一到会上就说不完全；村长叫中队长说，中队长推村长，说有了村长什么都行了。

村长就只好说了。他说："游击组只集合两天，发生的事情已经不少，这样下去这个仗是打不好的，区里大队长在动员会上早已说过，游击组有游击组的纪律，它就是军队，要和军队一样有纪律……第一要服从命令，完成任务……"

"不执行命令可是不行！"老广说。

"可是昨天晚上派人出探竟派不动，还装肚子痛，"村长说，"区里指示过，游击组不是保护别人，是保护我们自己，胆小害怕，那还行？昨天老广和游击组长是模范，自告奋勇……"

于是，大家讨论通过，以后一次不执行命令，就罚执行三次！

刘叔伦昨天回家吃晚饭，一去就不来，非常不对！以后要请假；谁再不请假回家，罚勤务三天！

两个民兵送心的时候摘人家枣儿吃，老百姓会说游击组和日本一样了，以后再摘也要罚！

"村长，"有人说，"大家到处拉屎，实在不卫生，你不提防踩上一脚，臭得要命，怎么办？"

大家决定：谁再乱拉一回，罚他打扫两天！

末了，叫大家还看到什么，有什么意见，尽量提。有人提出抢饭不好，以后吃饭分组，像部队上一样。

大家都赞成。

秃子刘叔伦也提了一件：说马黑小老是用手榴弹打别人的脑袋……

村长说："这样是不好，不爱护武器；并且用武器打人，很危险，以后再不准！"

散会的时候，大家都很痛快，觉得这个会开了挺好。

村长要抽烟，几个人抢着替他用火链打火，牛肚子一下就打着，笑嘻嘻不言声地把火绒送了过去。

四、"我们向区里去个报告，说我们做了李×了！"

半夜的时候，电话上说：齐村东面五里的武庄又到了二百多敌人，一门炮，两挺机枪，苑村的敌人仍没有动。

村长盘算着：敌人很有可能两路会合水村，三星平西的时候，他就叫把饭做好，等到吃完饭，启明星已经很高，吹起小风，天就快明了。

老赵有事昨天回了区，村长向老广、中队长、游击组长等商量，他先把他对敌人的估计说了说，接着老广就说："依我看，小米岭上和黄泥坨上都放上山头哨，马上出发，赶天明上到山顶，一个监视苑村的敌人，一个监视武庄的，不过黄泥坨上只看到齐村，看不见武庄，我心思着立刻派人到齐村去，和他们的游击组去联络，叫他们的山头哨监视武庄，敌人一出动就嚷给我们黄泥坨上的哨。"

大家都觉得很对，两个哨和去联络的都立刻派出去，谁都不再讲价钱，一派就去。

"你们要是来不及嚷，就打枪！"村长说。接着又派两个民兵去通知各个转移小组的组长，叫他们都派上山头哨，和黄泥坨上的哨联络好，敌人要是向这个方向出动，马上再向南沟转移。

游击组长马发财在想，怎样叫敌人蹚地雷，他想，干游击组大家都还是头一回，他也一样，连大枪都还没有放过，杀伤敌人主要靠地雷，虽然埋地雷也是头一回，可是他受过训，只要敌人趟上去，保管他响。

“我可是没有准儿。”牛肚子说。

“不要紧，什么事不经过头一回！”

“对！”

牛肚子把烟管往脖子后面一插，就把十三斤的一个地雷抗上肩，拿起铁铲、压板，两个民兵捧了两个三号地雷跟着他。

村长说：“埋下就把线接上，看着！可不要不看着，炸了自己人！”他又问游击组长：“发财，你听说了没有，五区、六区的爆炸开展得真好，单是××一个村，三天之内就炸毁了敌人的三辆汽车、十七个鬼子，里面有两个军官。”

“可惜这里汽车来不了，我们炸洋马！”发财一面回答，一面又想起了什么，又说：“村长，我得帮他们去埋，怕他们……”没有等村长答应他就追出去了。

太阳刚探出小山头，敌人的飞机就来了，飞得真低；就在白杨树顶上，呜隆呜隆转了几个圈子，打了两梭机关枪。

防空的时候，老广对村长说：“敌人今天一定向这边出动。”

村长的意思，五支枪两支放了哨，只剩了三支，今天主要任务是掩护看地雷的，敌人一路来也好，两路会合也好，拿定主意打个地雷战，老广比较胆大敢干，他叫他帮助游击组长领导，把今天这一仗打好。

“行啰！”老广高兴地说。

村长又看看秃子说：“刘叔伦，仅有你可要听指挥。”

“村长，我几时不听指挥的？我是冲锋在前，退却在后……”

“你就是会说，说的鸡蛋没缝儿，看你，谁叫你这时下枪栓的？”

“这支枪撞针太短，我想弄长一点。”

“你真是扯淡！”老广说。

“啃，老妈坐飞机，你抖起来了！”他还想说下去，看见村长在瞪眼，就不敢再说了。

好久好久，哨上没有动静，黄泥坨和小米岭高高地蹲在那里，都不言声，河沟里的水哗哗地流着，要不是远处的飞机还在转，就像什么事也没有。

天慢慢变得阴沉起来，太阳早已不见了，又过了一会儿，竟有雨一滴一滴落下。

马发财回来，着急说：“糟糕，下起雨来了！村长，你说地雷起不起？”

“不起！”村长说：“一下雨敌人就会出动。”

“可是淋湿了就不响。”

“你受过爆炸训，你不能想法子？”

这却把游击组长提醒了，趁雨不大，他同牛肚子立刻去把雷管都盖上瓦片，重新伪装好。

不到一会儿，果然黄泥坨口的瞭望哨上传过来：武庄冒大烟，点了房，敌人进到了齐村，我们的部队打他呢。

“洋人从齐村上来了！”

雨还稀松地下着，听得见东面一响两响的步枪声。

电话机向西转移，临走时部长告诉村长：只有二百多敌人，不要紧，苑村的敌人没有动，紧急时向南或向北靠一靠就行。

村长使劲咽着唾沫。等电话机一走，他立刻叫游击组长说：“告诉黄泥坨，敌人离村三里才撤哨，过河向北靠；敌人要不上来，就不撤。”他又把情况写了两个简单的纸条，叫张庄和大坡村的坐探回去报信。粮秣主任和民兵们把锅坚壁好，小米分带着，先上北山。

敌人离村只三里了，村长同老广、游击组长、刘叔伦三支枪才冒着小雨过河向北。叫了看地雷的牛肚子和另外两个民兵一齐上了北山坡，等到黄泥坨的哨撤下来追上他们，敌人已到了黄泥坨脚下。这时雨不下了。

“他妈的，你看你看，都是便衣。”老广说。

“嗯，”村长说，“见鬼啊，他们不顺河槽走。”

老广叫大家把枪擦干，子弹都上膛，两支枪先上山顶，掩护下面两支枪，他和游击组长就在下面。

敌人从南山坡根下来，快要进村的时候，牛肚子紧张起来了，他从一块石头后面探出头来，为的是看对面看得更清楚，老广叫他不要暴露目标他也听不见：村道口有他亲手埋的地雷呢！

——轰！

冒起一股浓烟，地雷炸了！

牛肚子两双手像鸟翅膀向上一扶，眼睛和嘴张得很大，不出声地大笑了一会儿，随即他爬到村长身边，低声说：“村长，还有两个雷都在河这边呢，鬼子不过河怎么办？”

村长笑着点点头，不回答什么。

这时敌人都吓得不敢进村了，下到河槽里来，乱七八糟向西走，快走到地雷对面的时候，村长就叫老广他们打枪。

游击组长还是头一回放枪，头一枪跟着老广打出去，手都有点抖，第二、第三枪就好一些，但是有一股敌人追过河来了！

“撤吧？”他说，有些吃惊。

“不！”老广说：“再揍他两枪。”

敌人继续向北追。轰！又一个地雷蹚翻了，烟雾里倒下六七个，其余的鬼子乱成一团，慌慌张张拖了死伤的同伴，顺着河槽加快向西去。有的怕再蹚地雷，也不嫌冷，就在水里走。这中间，又被老广射倒了一个！

敌人向西去碰了个大钉子：在张庄被我们的部队迎头痛打了一

阵，空空洞洞放了五六炮，傍晚的时候，又退回武庄去了。

村长和他的兵们回到村里，高兴是不消说的，个个人都喜气洋洋，舞手舞脚，说话也分外的多，分外闹得厉害，村长也尽是笑嘻嘻的，不禁止他们闹。吃过晚饭，他对大家说：“我们向区里去个报告，说我们做了李×了——大枪跟地雷配合得挺好！”

秃子刘叔伦还不断在嚷，说只有他算倒霉，被派到山头上打掩护，敌人怕死不上山，他连一枪也摸不着打。

第二天清早，两处敌人都退出九区了。

五、一到晚上，村公所里就非常热闹：讲课以外，有说有笑，也唱歌，也唱小调

接连三天没有情况。区里老齐同志和大队长又召集战时村公所和游击组，民兵开了一个会。说明这次反“扫荡”是长期的，要有长期准备，指出这一时期敌人“扫荡”的重点在三、四分区，一分区是牵制；进到九区的敌人是武装侦察性质，不是主力，所以这一次虽然打了胜仗，却不要因此麻痹，轻视敌人。

目前的中心工作是：加强游击组教育；加紧完成秋收种麦；进一步坚壁清野；组织群众更好地转移；深入除奸工作；保护粮食，保护青壮年……

把敌人在各地大批抢粮和抓捕青壮年的事实广泛宣传。

把子弟兵和游击组的伟大胜利广泛宣传。

“在过去十天当中，”大队长眨着大眼睛说，“单是我们易县五、六、七三个区游击组和民兵，就杀伤敌人四百〇五名，炸毁敌人汽车二十四辆，坦克一辆。”

“杀伤敌人几百名？”一个民兵问。

“四百〇五名。”别人代答。

“还有二十四辆汽车，一辆坦克。”

“嗨，地雷连坦克车也能炸！”

“所以我们要更好地干！”老齐同志说：“要改良技术，比如埋地雷，要多埋连环雷，多埋假雷，这里一个，那里一个，真真假假，叫敌人弄不清，死得多！埋雷要快，伪装要好，选择地点要灵活，坑要挖得深，叫他蹚上去就跑不了。雷下面顶好填一块石板，炸起来力量大。屋里要多埋张手雷，到处都埋，叫敌人进了屋也不敢住……总之一句话，要打胜仗就要多研究作战技术！另外，游击组还要加强政治教育，纠正许多错误观念，提高大家的认识……从今天起，情况如果不紧，游击组白天解散，回家收秋，晚间集合，一面防备突然发生情况，一面区里派人来给你们讲课，你们说好不好？”

“好！”

“那还有不好的，老齐同志你说呐？”

于是，一到晚上，村公所里就非常热闹：讲课以外，有说有笑，也唱歌，也唱小调。

村长和游击组员一样，也是每晚上都去，不但一同听讲，也同他们一齐说笑。

——他顶喜欢听大家唱：

“九月里，秋风凉，

日本强盗来抢粮；

一年辛苦血和汗，

怎能拿来喂狗狼！”

听完了村长还不满足，就说：“刘叔伦，你再唱个杀退鬼子兵。”刘叔伦马上就唱起来：

“杀退鬼子兵。

一齐下关东。

城头上，

站着两位大将军。

威风凛凛是哪个……”

另一个抢着唱，

“朱德毛泽东！”

秃子被人接唱了有些不满意，就说：

“不是，是你爷爷！”

“是你爷爷！”

两个人吵起来了。

另外有一个人从外面进来说：“哈，我想又没有人烤火，怎么屋里这样亮，原来秃子在这儿呢！”

一屋子人都笑了。

村长说：“刘叔伦，这是我叫你唱的，你可不能生气。”

“王八蛋才生气哩，”秃子说，“不信村长我和你再来摔一跤。”

“来就来！”村长把黑大袄一撩，说。

可是村长身体弱，又被摺倒了。大家抢着把他扶起来，替他拍去身上的灰尘。

睡觉的时候，村长心里很高兴。他想：头几天晚上集合有些困难，现在赶他们回去也赶不走了，老齐同志说得对，人倒是爱“集体”的。

六、没有组织是领导不好的，村长就召开了一个会，决定分成四个班

差不多一个月工夫，九区很少有情况。在区、村干部加紧领导、督促、突击，以及游击组民兵轮流放哨保护之下，秋收和种麦工作全部完成，并且彻底坚壁好，接着，敌人“扫荡”的重点就向这边转

移了。

村长接到区里的指示：要特别准备、特别警觉、特别紧张起来，迎接更加残酷的战斗！并且说：如果情况紧急，游击组需要白天集合，可以吃战粮。又说：因为村长有办法领导，区里干部又少，老赵同志要帮助别村，不能来了。

区里也允许了村长的请求，加发了两支大枪，并且又送来一批地雷。

村长早计划好：两支枪给两个新加入的游击组员。两个都是退伍军人，一个叫马老殿，是去年因为残废刚从×团退伍的子弟兵，当过机枪射手，村长刚想起他，他却自动请求参加了；一个叫刘老朋，事变前在中央军里干过连排长，都说他枪法好，老广同他说过几回他总不干，直等村长去请他，他才答应参加。

游击组有这两个加入，信心就更加高，更加活跃。有的说："这回可棒了！"有的说："秋收坚壁都完毕了，就等鬼子来挨打，打他个稀里糊涂！"村长更加鼓励大家说："游击组本来是保护家乡、保护本村，上级却还叫我们吃战粮，使劲干吧！"

这次情况一来就不同：东南西北四面都有敌人，单是放哨，出探和送信，就要更多的人，因之每天轮流值日的民兵也不得不增加，队伍就扩大起来了。没有组织是领导不好的，村长就召开了一个会，决定分成四个班：大枪班、地雷班、民兵班、事务班。大枪班班长马老殿，地雷班班长贾辰尔（就是牛肚子），另外选一个排长，村长介绍治安员马老广，他说："老广有很多优点，胆子大，敢干，坚决执行命令，不怕吃苦，忠实可靠，军事上也有些经验；不过也有缺点，就是性子急，有时候闹一点脾气，这个在团结方面有妨碍，不过可以克服……"

大家一致赞成："老广排长！老广排长！"

游击组长马发财担任副排长。

“村长，你就当连长。”马黑小笑着说。

“团长！”另一个说。

“怎么团长？”

“连长太小，当个独立团团长。”

“好！”大家都闹起来：“拥护团长，拥护团长……”

飞机又来了，趁机会防空，会就圆满结束。

七、一动桌子，张手雷响了；一提水桶，张手雷响了……

接连几天虽然四面都有敌人，主力却在北面，是从涞源黄土岭过来的，可是他不向里面来，总在三十里以外的一带村庄大烧大杀大抢！离得近的，就是东面口村一大股敌人，有七百多，可是也一直不进来，每天就只飞机来侦察、轰炸。

每天大部分的时间是防空，紧张里面却显得很闲散，游击组除了放哨的，都在山坡根里晒太阳、抽烟、捉虱子，否则就擦枪，或是说笑话，比如刘叔伦讲唐僧上西天取经，骑了一匹大叫驴……不过这个笑话已经讲过七八遍，谁也不笑了。马黑小说一个人胆子小，飞机一来就一面跑一面尿尿，也说了好几遍，有一回别人就说，莫非说的就是你自己，这样一来，马黑小就再也不说了。

“嗨，看样子日本人今天又不来了？”

“不来好啊，你倒想他来？”另一个说。

“你恨他你打不着他，来了好打啊！”

仇人相见，分外眼红！敌人老不来，倒有点不带劲了……

好，村长从村里快步跑过来啦，叫大枪班快走快走，原来区里老齐同志和大队长来信，叫去配合区里的中心游击组，今夜到高庄袭击敌人呢，村长说：“去五支大枪，留下两支看家。”

五个人都分外高兴，立刻跑步出发。

第二天一早他们赶回来，都淋了雨。村长心里不好过，安慰他们，替他们生火烤。他们却只记着胜仗，记着老齐同志，一面烤火，一面你一句我一句地向大家讲。

“是赶回了四头驴？”有人问。

“四头。”

“打死了多少鬼子？”

“夜里看不清，不过老齐同志一枪就把哨兵撂倒了，那时看得准准的，离得不到三几十步。”

“老齐同志像个大姑娘一样。”村长说。

“人家真模范，真敢干！”老广说：“你不要看他像个大姑娘，上山走在头里，提了一支三八式，叉叉叉叉的，谁也追不上。”

村长就号召大家向老齐同志学习。

“确实。”残废军人马老殿慢吞吞地说：“以后咱们要干不出一点成绩来，算白闹，对不起老齐同志他们的领导。”

说着就开饭。饭刚吃完，雨停了，情况却紧了：南面西面两路敌人同时逼近，都离水村不到十五里了。

估计敌人一定是合击水村，先通知群众立刻转移。

可是敌人暂时停止了前进。“肉电话”——山头联络哨不断传过话来，说敌人在王庄一道沟里反反复复在烧房：

筐子村点着了！

双安庄也点了！

月台和天台都冒大烟……

村长把各人的任务仔细分派好，不断地从自己屋里走到院子里，又从院子里回到屋里，不断地抬头看看屋顶……两年以前——一九四一年秋天，他的房屋给敌人烧得精光，现在这房屋是去年冬天重新盖起来的。

一直到太阳平西，两路敌人才在张庄以西会合，张庄离水村只二里。

老广和村长商议好：南山上的哨先撤，等敌人到张庄，才撤西山上的哨，估计南面可能还有敌人，东面口村的七百多敌人没有动，游击组向北靠。

刘叔伦和别的两个主张大枪都上河北西山，打敌人一下。

“不打！”老广说：“今天敌人多，前哨部队都是轻装，白天轻易不能打，等夜晚再看。老殿临走时也这样说的，他有经验。”

正说着，一个炮弹落到村西麦田里，等到村长他们过到河槽北岸，飞机又很低很低地在头上转了，同时哨上嚷：敌人到了张庄。

一个民兵知道村长身体弱，抢着他的铺盖卷替他背上，说：“村长，你快走！”

“不，你们和抗联会主任、粮秣主任先走……当心飞机。”

村长要等一等马老殿和牛肚子他们，马老殿在河南山头上放哨，已经叫他撤，现在还不见回来；牛肚子他们正在河槽里用驴粪伪装连环地雷呢。

河北西山上的哨是游击组长和刘老朋两个。刘老朋一见敌人到张庄，就说：“发财，我们快撤吧！”

“再等一等……”

这个二十一岁的瘦长小伙子，这个年轻的游击组长，虽然不爱说话，心里却就好强，自从上次打了个胜仗，昨晚上又跟区里老齐同志大队长袭击了敌人，信心就更高，胆也放开了。

“等一等看看敌人是不是全向这边来，”他又说，“等他全出了张庄我们再走。”

“那就来不及了……你不走我先走！”

发财心里想：你还在中央军当过排长，怎么这样沉不住气？就是敌人到山脚底下，再撤也不迟呀。可是他没有说。

“你不走我先走了！我去告诉村长向北靠。”

刘老朋就一口气下了山。

“老顺！老顺！”他连声喊村长：“敌人下来了！快奔苇庄吧！”

“发财呢？”

“走吧！走吧！”

敌人有一千多，只有三百人向水村来，七百多爬了张庄的北山，爬得真快呀！马发财看得清楚，他想这股敌人一定偷偷地直扑苇庄，于是他撒腿就向北跑，刚下山，看见村长他们还正在向前赶，他一面追一面喊：“村长，老广，不要走啦，快上东山，上神仙坨！”他觉得血在喉咙口直冒。

村长他们连忙向东山靠，到半山腰，敌人已经上了苇庄的西山，向苇庄打开机枪了。

奔水村的三百敌人分两路：一路走河南，一路走河北，都在麦田里走。河南的一路走到村边就停住，向村里打枪，一面等河北的过去会合。河北的一百多人下到河槽里，怕地雷，从道路旁边走，走到河边，前头的几个从一摊驴粪上踏过：

轰！

立刻倒下了四五个。

后面的鬼子围上去：扶住受伤的，拖死尸的，也有找地雷碎片的，越围越多……

轰隆！

旁边又蹚翻了一个，来得更大更响！许多人倒下了，没有倒下的挤成一团，在火药浓烟里吓得昏头乱转，哇哇哇哇，大声地哭，大声地叫……

过了河，一个个伸手提脚，像戏台演戏似的，好容易才进了村。

街道里，一个影壁后面有一片空地，上面乱七八糟铺满了踏烂的粟秸，好地方，于是把洋马拴过去。

轰！……轰！

又爆炸了两个，人的血肉，马的肠肚，飞上天，掉下来，和烂粟秸混成一片。

中队长小队长看中了村长的新屋，就带了几个鬼子住进去。

天气冷，叫把一张破桌子生火烤，一动桌子，张手雷响了！

要睡觉，风大，叫把军毯挂上去，窗档上的张手雷响了！……这时候，太阳已经下去，山头上还亮，山脚下渐渐阴暗了，扑苇庄的敌人就在苇庄住下，不过不住在村里，在村西搭起了棚铺。

村长他们看清楚以后，也就计划着暂时找地方休息，做饭吃。神仙坨的半山腰有个大石洞，里面有人有锅，可以做饭。这时，监视口村的哨也回来了，说口村敌人已进到苑村。离这里不远。

“唉，老殿还没有回，就怕他刚进村碰上了敌人。”村长又想起他，非常担心，吃饭时老是停住不吃。

大家也是一样担心，可是都安慰村长：“不要紧的，村长，老殿有经验。”

“他的脚残废，个儿又大，走不快。”村长还是不放心。

今天是十一月七日。吃过晚饭，阴历十月上旬的月亮已照在头上，因为有云，白乎乎的不大亮，照着山上的茅草一片黄沙沙，照不着的山窟窿黑幽幽，一个一个黑幽幽。

“这怎么移呀？这怎么移呀？”

“老朋，你又嚷了！”游击组长说：“有什么不好移？”

“好移？”老朋说：“水村、苇庄、苑村，三面有敌人，明天一定包围神仙坨……”

“十面包围我也不怕！这时候说什么泄气话，吓唬人！”

“谁？我吓人？我……”

老广着急地说：“大家正在商量，你们吵什么？”

“不要吵，”村长说，“现在是想办法的时候，不是吵的时候，不是叫困难的时候，你们有意见以后开会检讨，现在不要吵！”

随即决定偏坡向南到小米岭，察看敌人到底住在水村还是走了，如果在，想法扰乱他。

夜很静，什么响声也没有，月亮照着，从小米岭上，向西南看去，东西横躺着的白亮的河槽那边，靠近灰隐隐的山坡根，一簇夹白夹黑的房屋，屋顶上飘着白漫漫的夜雾，那就是水村。

大家不顾寒冷，伏在山梁上的厚草里，仔细听，一开始什么也听不见，但到后来，什么声音也听到了，有大批瓦片掉在地下的声音，有劈木柴的声音，以至吆喝声、脚步声、碗筷碰触声……接着又闪出了不大的火光，先一处，后来二处、三处……

“村长，洋人找不到木柴，一定拆屋椽子烤火了！”刘叔伦说：“摸他去吧！”正在商议着怎样下去摸，要等他们睡了以后。这时，村子南面忽然响了一枪，是从南山上打的，接着又是一枪，村里的几摊火明立刻都熄了。等了好一会儿枪不再响，火明又亮起来，可是枪声又响了，偏西了一点，火明随即又熄了。

大家估计也许是齐村或是大坡村的游击组先下手了，怕发生误会，就决定不下去，在山梁上打了几枪。这一打，村里的火明就再不亮，却听得杂乱的响动更加厉害，一直到村长他们回到石洞里去睡觉还没有停止。

睡觉以前，村长同大家把明天的行动布置好；等大家都已经睡着，他还在抽烟，想着残废军人……

八、“你是谁呀?”“我是马老殿!”

村长迷迷糊糊睡着的时候，老广就起来了，为了防备敌人万一包围搜山，天明以前他们要上这个神仙坨的尖顶，控制制高点，监视三面的敌人，紧急时就分散转移。村长和游击组长负责带领一路，他和中队长负责带领一路，一向依赖村长惯了，现在要离开村长单独负责，就感觉到肩膀上很重。另外，村长又特别提出来，游击组要坚持不离开本村保护本村的原则，天明以后主要的任务是监视水村的敌人，想法打击他；等敌人一走就立刻回村，供应作战部队的粮食和住宿，担架和运输，叫老百姓立刻回家。

这时候月亮已经落山，三星偏西了。凭他胆大，也不怕冷，他一个人就爬了好多山，上到一个小坨，可是还看不见水村，却能见到苇庄，四面什么动静也没有，只很远的地方有一声两声狼叫，老广此刻忽然想这个山真是大，敌人有什么办法搜山？这样一想，轻松了许多，就专想怎样打击水村的敌人，来了，不能白白的让他回去，于是他立刻像野兔一样跑回石洞，叫醒大家，吃饱，随即摸黑上山。

在神仙坨顶上，四面都看得很远很远。可是太阳升起了很久，三路敌人一路也不动。东北方向的龙华五区却从天刚亮的时候起，就四处冒大烟，太阳照着，成了一个一个通红的大烟柱，直冲天空，靠近地面一两丈高的几十里方圆之内，更是笼罩了昏黄一片，像下大雨时候的浓云，把太阳都熏黄了。游击组和民兵看着这个，一个个都咬牙切齿，不断地骂：“啊呀！啊呀！他妈的烧啊……”有几个的眼眶里都挤出了眼泪。

村长更是深深地皱着眉头，不断地咽唾沫、咂嘴。他突然回转头又向西南看了，他想起了自己村里和自己家里！

“老广，”他说，“敌人不会搜山了，我们回去！”

他估计水村的敌人今天可能向东奔齐村，也可能向北和苇庄的再会合，马上下去分两处监视追击他们。

“要追击就集中火力！”老广说：“碰不上就便宜了他，要碰上了就打像个样子！”

村长和游击组长都同意，留了两个民兵监视在这尖上，其余立刻下去，在水村到苇庄中间的一个低梁上，隐蔽好。

可是敌人竟不出动，水村竟像没有敌人似的。

水村确是没有敌人了，昨天夜里三面枪声一响，他们就立刻慌慌张张出了水村，过到河北宿在一个山窟窿里了。

不到一会儿，敌人从那个窟窿向这边路上走。

“喏，敌人！敌人！”

一个游击员眼快先看见了。

“我不叫打，不能打！”老广预先下命令。

可是南面山上打了枪，正是向敌人打的。敌人这一下可慌了，在大道上向北乱跑。

老广他们屏住了气，看着他们向这边跑：近了，近了……到了面前山脚下了。

“打吧？”刘叔伦发抖说，动着枪栓。

“不能打！不能打！”老广着了急：“等过了多一半再打。”

等着，等着。

到时候了。七支枪一齐下手：

乓！……巴！

乒乓……巴乓！……

那密射的枪声响，连山谷也在大声叫喊、助威！

村长看着敌人那慌乱劲儿：灰尘扬起来，人呀，马呀，乱叫乱挤，奔跑的，倒下的……笑得他直咳嗽。

“老广，打那个骑洋马的。”一个说。

秃子刘叔伦打一枪就骂一声：“我操你姥姥的！”

刘老朋打完了一排子弹又压上一排，打完了一排又压上一排。

“老朋，看准了才打。”村长和游击组长都说。

“我知道！”老朋说。又压上一排。

敌人退了。他还在打，看都看不见了，他还打了两枪。

这时不知道村里还有敌人没有，不能马上回村，正想法派人先去探，却听得村里有人叫喊：“回来吧！敌人都走了，回来吧！”

“谁喊呢？”

“一定是汉奸！一定是汉奸！”有人说。

不，游击组长听清了，但他还不放心，就大声问：“你是谁呀？”

歇了一会儿：“我是马老殿！”

“老殿吗？老殿吗？”村长连忙说：“好，我们完全胜利了！先下去打扫战场。”

敌人丢下了一匹毛驴，虽然大家可惜这股敌人牲口少，可是仍然很高兴，民兵马黑小赶着毛驴回村，一路上念道：“游击小组一上梁，吓得鬼子直叫娘！游击小组一上梁，吓得鬼子直叫娘……”

刘叔伦就唱：

“杀退鬼子兵，

一齐下关东。

……”

牛肚子特别跑得快，大家说他想着抢着先到村里捡“洋落”，可是当大家走到河槽里，他迎上来说：“你们看，村长，这两个坑炸得多大！这是一摊血，这里又是一摊！……”

血都变成了紫黑色，膏着地面，膏着驴粪和石块。四周密密层层的皮鞋脚印，还找得到压板的木屑，炸弹的碎片却一点也看不见了。

“炸得真凶呀！”大家说。

到村里，马老殿早把“洋落”都捡在村长屋里了：两面太阳旗、一把指挥刀、一本日文的《步兵操典》、地图、军毯皮鞋、杀菌药、空洋铁罐头、两匣酱、切菜刀、锅铲、三只杀死的鸡、一只割下头的猪、碾上只碾了一半的大米……（猪、鸡、大米都是别处抢来的，水村除拆了两间房，什么也没有损失）

窗口烧了一大堆谷草灰，窗框档都烧黑了，因为没有门窗，没有引火柴，敌人要点房没有点着。

村长看了心里太高兴，禁不住说：“看日本算是没法了！”

马老殿从口袋掏出两包捡来的香烟分发给大家，每人一支；把一个手电棒送给村长。

村长是见过电棒的，不过没使过，现在他一按就一亮，一按就一亮，心里挺快乐。

“好，真像个独立团团长了。”

村长笑笑，接着就问马老殿，他到底是怎么回事，大家也就团团围住这个残废军人。他站在中间，比谁都高出一个头，也特别显得粗胖。

原来昨天他一看过不了河，他就没有撤，在南山上看着四个大地雷爆炸，炸死炸伤的人真多。

夜里，他决计扰乱敌人。

“敌人刚点起火，我在山上先从东边打两枪，再跑到西边打两枪。”他说：“后来听到小米岭上打枪，我就猜到是你们。”

他听着敌人杂七乱八的出村，他猜他走不远，就在厚山草里睡了一觉；天一亮他又伏在山头上了，今早晨的枪也是他打的，后来东北山上打枪，他又猜到一定是村长他们……他就叫他们回村。

“那么你一天一夜没有吃东西，把你这个大肚子饿苦了。”

“我违反了一点群众纪律。”老殿慢吞吞地说：“我拔了十几个大萝卜，打两枪我就吃一个，打两枪我就吃一个。”

“好家伙！”大家说。

还没有做饭，村长先找了七八个红柿给他。

“大家吃，大家吃。”

九、“对敌人和汉奸，不提高警觉性或是心软，都是要不得的！”

有几个人没有等得及老殿讲，先又到处找“洋落”：结果找回来了一个面生老头儿，——是在一间耳房里找到的，他躺在地下草铺上。

老头儿穿一身半新旧的黑夹裤夹袄，背着两支洋洗脸盆、一小捆新的白布蓝布条、一个小孩挂的银锁链，浓黑胡子，瘦得像个大烟鬼。

他不肯走，一步一啼哭，说他的腿给敌人打坏了。

“汉奸！汉奸！”

“他装蒜！”

“揍他！”

人们七七八八地说。

治安员老广走上去，就问他：“你是哪儿的？”

“完县安阳的。”

“你怎么到这儿来的？”

“敌人捉来的。”

“捉住几天了？”

“二十几天了。”

“怎么这回敌人没有把你带着走？”

“我被打坏了。”

“为什么打你？”

“他们叫我背东西，我背不动，就打我。”

“你姓什么？”

“我姓安。”

“安阳有姓安的吗？”

“都，都姓安……”

“你的口音不像完县的？”

“我是完县的！”

“你这银锁链干什么的？”

“我，我到闺女家里去，去……去送礼，路上给捉住了。”

一个民兵说：“安阳没有姓安的，一定是汉奸！”

另一个说：“要是好人，哪有这些东西？这许多新布都是捡人家的！”

“看他的样子就不是好人！”

“揍他！”“揍他！”……“绑起来！”

“唉！”老家伙大声号哭，说：“中国人不打中国人，我是好百姓哪……”

村长说：“不要打。”

老广跟村长商议了一会儿，村长就来问他：“你到底是干什么的？照实说。”

“我是好百姓哪，鬼子把我捉来的啊……”老头儿尽是这么说，一面哭。

“不打不行！”几个人又要动手。

村长阻挡着他们说：“你们打什么呢？就是坏人，我们也不能随便打他，送他区里去；要真是好老百姓，岂不打冤了人……”

“我是好老百姓哪！我是好老百姓哪！”

村长又问了几句，猜想他也许是个好老百姓，不过有可疑的地方，末了决定把他送区。

“我一步也走不了啊，一步也……”

牛肚子趁着村长看不见，用膝盖撞老头儿一下，说：“老东西，你没有‘民族气’！”他认为，哪有跟敌人一路走二十多天还没有逃走的。

派一个民兵把老家伙送区以后，村长说：“中队长，再派几个民兵把村里老百姓都叫回来，告诉他们只拆了两间房，别的什么损失也没有。”

但是有两个民兵正在吵嘴。

一个说：“人家马老殿捡了那么多东西都交出来了，你怎么不交！”

一个说：“你真是老鼠捅猫尾巴，找事儿哩！我的事你管不着！”

排长老广说：“谁捡了东西，谁都得交出来，不要‘农民’！”

村长转着眼珠子，想了一想，说：“是的，都交出来，就是一把小刀也得交出来，归公家，同毛驴一齐送到区里去。”

有一个游击组员说他愿意出十块钱买那把切菜刀，他家里没有切菜刀使。

另一个就说：“我愿出十五块，我家里也没有得使哩！”

嚷了半天还是村长决定：谁也不准买。大家都赞成。

接着村长又说：“我不能让人说闲话，我这个手电棒也送区。”

“谁说闲话？谁说闲话？”大家抢着说。

“村长，你真是……区里要批评你，我们负责。”

“对，老广说得对，我们大家负责。”

吃晚饭的时候，村长和村干部们商议好：一个猪、三只鸡和几升稻米，不送区，让游击组吃，鼓励鼓励大家。

“区里若要批评，我顶着！”村长说。

大家高兴得都敲起饭碗来。

吃过晚饭天就黑了，一会儿，那个押送老头儿的民兵红着脸喘着气回来，说老头儿在路上逃走了！

大家一下子大闹起来，都说这个民兵该死，而且断定那个老家伙一定是汉奸！

村长越想越难过，从来很少发过火，这回发火了！他大声责问那个民兵：“你真是没有脑袋的！你回家穿衣服，怎么不把他带上？却拴在路边！”

“我，我心思着他逃不了……他，他又一步也不能走。”

“一步也不能走！……”村长使劲咽唾沫，脸都变成灰色了：“你替我快去找回来，找不着不要来见我！”

大家都不说话，等那个民兵走了以后，才又议论纷纷。有的说他妈的老东西装得真像，有的说不该不看看他到底打伤了没有，有的说安阳确是没有姓安的，有的说敌人现在就是利用老头儿当侦探，被我们捉住了，就说是被抓来的民夫。牛肚子就说：“我猜到他不是好东西，哪有二十多天还不逃走的！”有的说：“要是真的好老百姓，就不会说‘中国人不打中国人’……”

“等到汉奸逃走了，大家又变得聪明了！”刘叔伦说。

“你呢？”

“我一样，村长也是一样……”

“哈，村长还不让我们打，还叫绑松一点哩……”大家笑着说。

村长说：“确实我也太大意，心太软……这个给我们一个好教训，对敌人和汉奸，不提高警觉性或是心软，都是要不得的！以后无论如何要注意，错误只能犯一回，不能犯二回！”

这时，村里的老百姓派代表送来了一头羊、几十斤白菜跟萝卜，慰劳游击组，为的是他们保护了群众，村里不受损失……不怕辛苦，不怕危险……

十、“我来给大家念念，信上写得挺好，‘关于你们优良的成绩，以后区里是要奖励的……’”

村长自然更加高兴，一面把最近的胜利成绩和汉奸的事情报告区里，一面就和开明财主粮秣主任两人拿出二三十斤黄米，请大家吃糕。

大家叫村长不必这样客气，村长就说：“只要把敌人打走，只要不受损失，我花费一点不算什么。”

这顿丰富的会餐在第二天下午举行的，把全体游击组民兵都乐坏了，也都吃足了：有羊肉、有糕、有白菜萝卜，还有敌人“慰劳”的猪肉、鸡、大米……

没有开饭就说了许多笑话；等到一面吃，有的还在说：“嗨，这块羊肉大大的！”

“你米西米西的，不客气的！……”

许多人抢着替村长拿糕、盛菜，不让他下炕来。

许多人让马老殿吃几块大肥肉，特别慰劳慰劳他，抗联会主任一直兼做伙夫，今天又做厨子，他说：“老殿，凭你肚子大，一顿吃八碗，今天吃十碗也管你够。”

许多人都吃得肚子直直的，腰也不能弯。

有一个就说：“嗨，不吃饿得慌，吃又撑得慌。”

谁都吃完了，秃子手里还拿着一块糕，看着直喘气。

每个人都是嘴上油光光，脸上红堂堂。

村长也和大家说了许多笑话；不过后来说：“村里慰劳大家，大家要更好地干。”又说：“今天的猪肉大米都是敌人抢了别处的老百姓的，不要光是吃，要替别处的老百姓报仇！”

“村长就是想问题想得多，也想得好。”谁说：“我们可不行，我们只知道有得吃就吃，洋人来了就干！”

村长正要说话，有人叫他了，区里送来了一封信。

拆开来，村长一面看一面就微笑。

大家都围拢去，问说些什么。

“是区长和老齐同志回的信。”村长说：“我来给大家念念，信上写得挺好，‘关于你们优良的成绩，以后区里是要奖励的……现在又送区大小地雷六个，子弹一百发……’”

区里还指示：要特别防备敌人的反复；要特别注意粮食的坚壁和青壮年、牲口的转移；这个阶段敌人“扫荡”的特点是大烧大杀大抢，用相当大股的兵力反复奔袭：一下子来了，一下子又走了；你以为他走了，突然间他又来了。

“来吧！”老广排长说。

“来吧，揍他个妈那比的！”大家说。

十一、牛肚子被捕了！地雷还捧在手里

村长和他的兵们把山头联络哨布置得更好：不但村子四面有哨，而且主动地帮助邻近各村，想法和他们的山头哨都联络上；从南到北，从东到西，一喊百应；敌人在二三里以外一出动，几个山头哨一传，这里马上就知道了。

“嘿，有了这样好的‘肉电话’，敌人反复个屁！”村长和他的兵们都骄傲地这样说，虽然情况一直很紧，村里老百姓照常能安住在村里。

可是敌人接连几天竟不走近来，只是一架破飞机呜隆呜隆转。

老广和牛肚子他们家里缺乏劳动力，地里的萝卜白菜都没有起，天冷了，再不起就要冻坏。上级有过指示，必要时民兵可以帮助起，因为民兵是轮流值日的，这样好使游击组安心一意和鬼子干，村长就抓紧时间动员民兵在一天里帮助他们起完了。

天气一天比一天冷了，游击组员们放哨回来，大家都打了很多柴火，烧火烤。

团团围着烤火，说笑又多了。

游击组长马发财丢了包头的毛巾，戴上敌人的一顶旧的高顶呢帽，个儿原来就高，这样更加高了，大家就叫他“高丽棒子”。

他很爱他的媳妇，平常也很听她的话，可是一打起游击来，就不同了——他打日本打上了瘾！有一回因为情况太紧，他媳妇叫他不要去，他就大声说：“你待着吧！”女人因此啼哭了半天。

“高丽棒子，回家看看你媳妇吧。”有人起头了。

“去你的，你不回去看看你媳妇？”

“我媳妇是二五眼，哪像你那个：又胖，又白，又挺会……啊哈哈哈哈……”

这年轻的游击组长不但不爱说话，更加不会说笑话，这一来脸就红了，脸越红大家就越逗他。

村长也笑着说：“他是你们的上级，你们可不能欺侮他。”

游击组长的脸就更红了，接连地说：“村长你……村长你……”

秃子刘叔伦没有抢到机会说话，心里痒痒趁大家笑得起劲的时候，他就转移了目标，大声嚷道：“喂！你们知道马老殿为什么退伍？你们知道吗？”

大家有意说不知道。

“我猜到你们不知道，”秃子说，“老殿肚子大，一顿要吃二斤小米，一天四斤，部队供不起……”

老殿比谁也吃得多，这是真的，一顿吃一斤小米满不在乎。个儿比谁也都高大，退伍以前他的军服和鞋袜是另外定做的。他的头像个大号西瓜，脸孔又大又圆又胖，红得发紫，像冻了的柿子，脾气挺好，对人和平，尊重上级，做事沉着，从来不倚老卖老。要没有人告诉你，谁也猜想不到他是战斗过四面的子弟兵，并且是有名的机枪射手。

人不找他说话，他就一天不说话，说起来也是慢吞吞的。走路像骆驼，可是爬起山来谁也赶不上，他一步比别人两步大。

秃子看他不答话，又说："老殿，你说是不是？是不是？"

"是。"老殿笑嘻嘻。

"我们来比一比，"秃子又说，"你到底比我高多少？"

"好，来比一比。"老殿就站起来。

秃子也站起来，靠到他右边，他的头比他的肩膀还低几寸，老殿乘空用右手臂把秃子的脑袋一夹，向上一提！秃子两脚离了地，在空中乱动；嘴里透不出气，呜哇呜哇直叫。

等到放下来，破毡帽掉了，露出光光的秃头。

"哈，汽灯！汽灯！"

"真亮啊！真亮啊！"

大家大笑大闹，鼓着掌，火块踏得满地。

敌人在北小区寨头村挖上个大土坑活埋了男女老少一百二十多人，这惨案像雷声中的一个霹雳，把村长和他的兵们一时吓呆了，心里埋下了更深更大的仇恨！青年农民是喜欢说笑的，可是他们更用心报仇。从此以后，他们谁都不大愿意多折腾，只日夜盼望着更勇敢更凶猛地打敌人。

可是敌人还不来，每日每夜，就叫老殿讲部队上战斗的故事来过瘾，老殿一面讲，一面把军事常识和战斗经验传授给大家。除了村长，他渐渐成了这个小小队伍的中心。

“老殿，听说×团和×区队在满城徐定一带又收复了二十多个炮楼……还有冀中……还有大批伪军反正！”

“那还少得了，”老殿说，“敌人兵力太缺！这回沟线外净是咱们的天下了！”

“嘿，鬼子‘扫荡’咱们，咱们扫荡他！”牛肚子说。

一天傍晚，情况突然紧了起来，四面敌人都逼近。最近的是北面，有一千多人，到了苇庄一带。

苇庄离水村只七八里，为了防备敌人夜袭，游击组决定立即掩护全村老百姓向东南方转移，过黄泥坨那边有几个小庄。

“贾辰尔，”老广喊牛肚子，说，“地雷班把线都割断，不要炸了自己人。明天一早再接上……明天可不要忘记啊！”

“忘记？忘记拉屎也忘记不了这个！”牛肚子说。

刘老朋来找村长，说他的家口在另外一个小庄上，怕互助小组靠不住，要回去照顾转移，今晚不能跟游击组走。

“那不行！”村长干脆说。

“不行我也得回家，老顺！”说着，把大枪放下就走了。

村长气得脸发紫，尽是咽唾沫，一时说不出话。

“哼，金子是金子，他妈的大麻子叶也只是大麻子叶！”谁愤愤地这样说，同时，几个民兵就抢着要带那支大枪。

天黑了，老百姓都走了，游击组才走，一个老头儿走在后面，笑嘻嘻对村长说：“村长，快走吧，你们不去，我们睡觉就不踏实。”

夜里还响了几声大炮，据说是敌人的信号……

第二天照例天不明就吃完饭，上了黄泥坨，牛肚子几个下到村里，把四处的地雷线接上。

老广和村长商议好：假使今天发生战斗，让老殿负责指挥。老殿推辞了一会儿才答应说："这是暂时这一回。"

此刻东方透了鱼肚白，老殿就叫刘叔伦、马老忍、马正军、马应天他们四支枪留在黄泥坨尖上，掩护他和马老广、马发财三支枪下到离村更近的一个低山头。牛肚子几个接好了地雷线回来，就跟他们在一起，一面看守地雷，一面想看看马老殿打枪。

太阳刚露面，飞机就来了，在齐村以东武庄口村一带打圈子，末了在武庄投下两个黄色烟幕弹，也是信号，武庄有三几百人。

苇庄方面暂时竟没有动静。天气很好，满天没有一点云彩，小风也不太冷，红亮的太阳光首先照上西面远远近近的大山头，照成灿烂的火黄色，南一片，北一片，真是好看。

高尖上派一个人监视着，其余的人坐在厚茅草里打火抽烟，枪搁在肩膀上。

"老殿，"地雷班的一个人说，"再讲'涞灵战役'吧。"

"赞成，赞成。"大家说，他们听这个听上了瘾。

老殿慢慢地说，一锅烟、两锅烟……讲得个个人都眉开眼笑。这时太阳射到他们头上脸上来了，太阳光也在动，也在笑。

老殿停下又装了一锅烟，歇一歇气。

"接着讲！接着讲！"牛肚子催促他。

"那个山也像这个山头，不高，"老殿又讲下去，"离村子也不远，好比下面我们这个村子就是，重机枪早已支好，看准了我就一梭子……啊哟，你们猜想猜想……接着我又是一梭子——"

"听着点，听着点，北边哨上嚷哩！"监视哨打断老殿的话。

大家立刻准备，果然大队敌人从北面过来了，走得很快，不一会儿就到了水村河北的一片沙滩里，乱七八糟一大堆停歇下来，像大群羊卧地似的。原来被我们×团追击了一阵，一口气跑了八里地。

敌人一歇下来随机分出四五十个向村里走……可是在河槽里蹚翻

了一个大地雷，立刻又退回去了，而且大队也马上起身，慌里慌张、杂七杂八地向东走，向齐村方向去了。

“打吧？”

“不要打，”老殿说，“太远，打不到，浪费子弹。”

“追上东边的山头去打？”

“不，追不上，而且说不定后面还有。”

牛肚子估计着敌人花样多，可能还要返回来，马上捧了一个地雷，带了两个班员奔下去，打算刚才爆炸的地方再埋上。

“我们掩护你，你的眼睛也多管点事！”

“不要紧，”牛肚子说，“洋鬼子他捉不住我！”

他比谁也跑得快，一个人走在老前头。

后面两个人刚在村里，突然看见从刚才的沙滩岸边钻出来一股敌人，有四五十。可是牛肚子已经下到河槽里，他们喊他他也听不见，等到山头上老殿打一枪他才站住，敌人已经到了他面前，三面包围住他。

牛肚子被捕了！地雷还捧在手里。

十二、就这样，他们三支枪，打退了三四十敌人三次顽强的冲锋！

牛肚子眼前一阵黑，同时觉得沉重的皮靴踢在屁股上！“民族气”立刻在他心里。“民族气”就是硬骨头。

牛肚子是硬骨头。生死关头和天大的仇恨使忠实憨厚的“硬骨头”马上有了智慧和计谋。

“你是‘地狗子’的？”敌人恨透了游击组，怕极了游击组，叫游击组就叫“地狗子”。

牛肚子心里话：“我操你八辈祖宗！”可是他说：“我不是，我是埋地雷的。”

“谁叫你埋的？”

牛肚子骗他们：“是八路军叫埋的，不埋不行，八路军要打的。我自己是大大的良民的。”

“良民的？”

“良民的，我领‘皇军’挖窖的，公粮大大的有！”

敌人解开了他的绑绳，牛肚子咬着牙关就跪下去磕头。

把地雷的火药倒在河水里，四五十“皇军”就放心大胆地跟着牛肚子进村里去挖窖。

在一条大街转向麦田去的拐角地方，牛肚子从埋地雷的上面稳稳妥妥地跨过去，敌人跟着他，牛肚子一跨过去就快跑，向老殿他们那个山头跑。

牛肚子一面跑一面想：怎么还不“轰”啊？……

轰！果然一个二十五斤的大号地雷蹚翻了。

敌人这一下恼恨之极，剩下三四十人，也不管炸死扎伤的，就没命地追。这时，低山头上密密的枪弹有力地打下来！

“上去的！上去的！”小队长大叫。

三四十敌人就丢下牛肚子向低山头上冲。

黄泥坨高尖的枪也响了，马老殿马老广马发财三个被掩护着向高尖上转移。等到敌人冲上低山头，他们七支枪到了一块了，可是敌人不顾密射的子弹在耳边在脚下哧哧地叫，也不顾被打倒的同伴，仍然顽强地一股劲儿向上冲。

“发财，打右边。”老殿说：“刘叔伦，你们四个先往后撤。”

“你们呢？”

“你不管，你们快撤！”说话之间一排子弹又压上了。

老广和发财又都射倒了一个，可是敌人离得不到一百步了！

老殿一个手榴弹扔下去，滚翻了几个，可是敌人还是冲！

老殿就只有一个手榴弹，老广和发财一个也没带。

“你们两个撤吧。”老殿说：“不要撤远，看着我。”

“你呢？”

“我掩护你们，我不要紧！”

这个残废军人早就上山头找好了非常好的隐蔽地，紧急时可以躲藏。这里山陡，敌人也不容易冲上去。

他一颗子弹一颗子弹有力地准确地发射着。太阳光照得他东面半个大圆胖脸，又红又亮，冒着蒸蒸的热气。枪栓闪烁着铁的白光，一股一股青烟从枪口喷发出来。

然而野兽一样的敌人哇哇哇哇号叫着，还是冲！冲！

离得很近了，马老殿才提着枪转身跑。脚虽然有点残废，一大步还能跨五尺远，一会儿就不见了。

敌人上了高山尖，却看不见刚才打枪的人，四处搜索。只有山，只有大石头，只有厚厚的茅草，就是找不见人，一个人也没有！

鬼子恼怒得要命，可是鬼子一点法儿也没有。折腾了半天，只好没精打采地回去。

可是刚下去不远，上面又打来了枪，而且又是三个人，三支枪。

敌人恼怒着又冲上去……可是又一个人也没有。

再下来……哈嗨，枪又响了！

小队长说：“再上去的。”

另一个就大叫：“不去的！不去的！”……

就这样，他们三支枪，打退了三四十敌人三次顽强的冲锋！

看准敌人走远以后，他们立刻下去检查射击的成绩，摸不清到底杀伤多少敌人，但草里和石头上，找到四五处斑斑的紫红色的血迹。

全部敌人都向武庄方面退去了，民兵们也爬到了高尖上，马黑小就大声道念起来："游击小组一上梁，吓得鬼子直叫娘……"别的民兵齐声附和着。

这时飞机来了，不丢炸弹，也不打机枪，却散下大批的传单，飘荡在半空中，像一大群野鸽子。

好多游击组员和民兵拾了一大把一大堆，不愿意拾的就说："都是胡说八道，拾他干什么？""我拿回去糊窗"；有的说："我拿来抽烟"。而且有几个真的学八路军卷着烟抽起来了，有几个识一些字的也在念。一个游击组员念了一段，就对大家说："敌人叫我们把粮食送到'和平区'去，他替我们保管。这就叫黄鼬给鸡拜年，没安着好心！"另一个说："他××'和平区'，洋鬼子粮食太缺，着实急坏了，你们听听那上面写的！"

有一个民兵不参加这个热闹，只顾一个人在念。他识字不多，一个字一个字地念："所，以，说，抗，日，的，人，就，是，汉，奸……"怎么抗日的人倒是汉奸呢？他想不通。想了一会儿突然想通了，就一下子把传单撕得粉碎，而且骂道："狗屁！狗屁！吐，吐，吐！"随即他又抢了好多别人的也都撕得粉碎，马黑小着急说："我擦屁股！我擦屁股的！"……

敌人更远了！

晚上回到村里，新的胜利带来了新的热闹，真是闹翻了天。村长也不禁止了，他一直笑嘻嘻，含着烟管，同这个说几句，同那个说几句。

刘叔伦用大嗓子压住了人声，说道："今天牛肚子可真是悬！幸亏掩护得好。"

"你？"牛肚子撇撇嘴说："秃子！"

"马老殿可是全靠我在上头掩护！"秃子说。

老殿笑笑。

村长说：“今天大家全有功劳……可是也有缺点！”

“牛肚子太胆大。”胆小的马黑小说。

“胆大勇敢，这是很好的。”老广接着说：“不过他今天太大意，那是不好……不过贾辰尔真是好样儿的。”

“是好样儿里面的好样儿。”村长说：“以后再细心一点，就考头一名了！”

老殿站在人群里，比谁也高出一个大脑袋，末了他对大家说：“以后地雷班一定要带上两支大枪，这是一。第二，带大枪的一定要持手榴弹。我说过几回，大家都说挎着嫌麻烦，也用不着它，今天看见了，怎么样？以后大枪一定要和手榴弹配合……”

十三、“马老殿是模范，贾辰尔是模范……大多数人都是模范……”

区里又来了指示，说敌人“扫荡”九区的第二期可能又告一段落，至少要缓和几天，应抓紧时间进行以下许多工作：调查损失；慰问救济受灾受难群众，深入宣传敌人大烧大杀的空前暴行和我们伟大的胜利；鼓励和发扬民族气节；游击组和战时村公所特别要慎重总结检讨两个月来的战斗工作，鉴定干部，奖励模范游击组员和民兵，加强组织、教育和领导，准备迎接第三期再接再厉的斗争！

于是，在晚上，一个空前的总结检讨大会召开了，出席战时村公所全体干部，全体游击组员和大部分民兵，地点就在村长的新屋里。墙上一长排挂着七支大枪和子弹匣；炕头新发下的地雷又摆成一长条，像一个个酒瓶子；地下烧着大堆红红的柴火。大家围住火堆团团地坐成一个大圆圈，火光照得每个人的脸都是红喷喷、亮堂堂。

今天谁也不闹，连刘叔伦马黑小也都规规矩矩，听着一个个检查自己，检查别人，偶尔有一句两句引起大家笑一笑，随即又安静了。

大家都是说不大好：有的不会说；有的害臊；有的说了一句半句就停住，再伸出手去烤火，想起来接上了就再说几句……可是一点钟两点钟过去，要说的话也就都说出来了。

末了由村长做结论。

村长从火堆旁边坐直起来，从嘴里拿出烟管，用袖子抹抹嘴唇，使劲咽一回唾沫，才说："我也是不会说话，我怕总结不好。说不上是总结，不对的地方大家随时提出来。"

他首先把自己也检讨了一番。说虽然大家推他做模范，实在是不够模范，他的缺点还有很多：第一，他还要发脾气，比如对马兰子（那个让汉奸逃走的民兵）……

"其实我自己就没有提高警觉性，心软得没有道理。"他说："还有睡觉总睡在热炕头，吃饭也时常麻烦人家替我盛……"

"呀，呀，"谁说，"村长，你说这些有什么意思？你是身体弱，倒叫我们青年人睡炕头，让你挨冻？"

"再说，盛饭打菜也是我们愿意，我们高兴……"

"我顶大的缺点，"村长接下去说，"是做许多事情没有都同各位干部商量。比如领导游击组和民兵，主要是中队长游击组长……"

"商量不商量的，我们没有意见。"中队长和其他干部们都说："你就是领导得好，各式各样事情想得周到，办得好，我们倒是麻烦了你，自己躲了懒……"

"村长，"另一个干部说，"你领导着我们干就得啦，就只要这么着也就什么都办得好……总结我们吧！总结我们吧！"

村长又说了很多：关于模范的，像马老殿、牛肚子、马老广、马发财等不消说；另外，就像粮秣主任，五十几的人了，还一直跟着大家爬山过水，白日黑夜的打游击，走不动也硬走，供给部队的战时粮食没有缺过一回；抗联会主任共同负责领导工作以外，还怕游击组员们太疲劳，不让他们轮流做饭，自愿担任伙夫。

“对，对，”老广插嘴说，“俗语说得好，做活不做饭、唱戏不唱旦，这一点抗联会主任真是模范，功劳不小！”

关于有错误有缺点的大家也都说了，村长特别提出刘老朋来，他认为他不但有缺点，而且犯了很大的错误，思想意识不正确，自愿落后，他说：“老朋一开始就不愿参加游击组，等到参加了，先是说大话，说一个子弹至少要打死一个敌人，这是好的，可是怎么样？上一回在神仙坨下面，他一口气打了五十多发子弹，一个敌人也没打着。人家批评他不爱惜子弹，他反而说‘这叫大姑娘坐月子，费力不讨好’，不肯虚心接受错误，遇到一点点困难就叫苦、动摇、吓唬人，倚老卖老，跟别人抬杠……自己是个游击组员，情况不紧或是会餐，他无有不到，情况一紧就只顾家；不服从命令，不遵守纪律，开小差，逃跑，怕死……他总觉得游击组是替别人干似的……”

“这是旧军队上的光荣传统。”刘叔伦正正经经说。

“我来说吧。”谁冷冷地接上去：“刘老朋的心眼儿里面是长着牙的！”

其次，村长又说到民兵马黑小也有许多缺点：第一是胆子小，把一分情况说成十分；说笑话闹着玩他挺带劲，一派到他放哨或是送信就不干了，说为什么不派别人老是派他；看地雷不当心，离开老远去大便，几乎叫自己人蹚翻了；又违反一次群众纪律，摘了人家两个柿子；吃饭打冲锋；什么事都大嚷大叫……

“马黑小，村长说的你承认不承认？”老广问他。

“承认！”黑小把包头的毛巾按一按，红着脸说：“这都是我的错误，以后我保管改正，大家看着！”

“那就好，”村长说，“人不怕有错误有缺点，只要能改正，就是毛主席跟聂司令也不能一点缺点也没有……可是不改正那就不行！”

“总归起来说，我们的仗是打好了！胜利了！”村长又说：“我们把雇工观念（雇佣观念）纠正了！不执行命令，违反群众纪律，完全克服了！只是战粮还是吃得太多，过了上级规定的数目，以后要想法补上……照大家的意见，马老殿是模范；贾辰尔（就是牛肚子）是模范；马老广马发财是模范。依我说，大多数人都是模范，不过模范有大有小，以后大家要向前看齐，不要向后看齐，更不要向刘老朋去看齐！大家同意不同意？”

“同意！”

“这才算真正是好样儿的，是从青壮年里面挑选出来的好样儿的……大家要再没有意见，今天的会就算结束了。这两天情况缓和，游击组暂时解散，一有通知马上集合！……”

时间不早了，阴历十月十七日的月亮光都很高了。大劈柴烤去了一大堆，可是大家都还依依恋恋，不愿意回家，舍不得这个“集体”，舍不得他们的村长。

十四、不是补记的补记

敌人对九区的第三期“扫荡”从十一月十八日开始到十二月九日结束，这一期主要是奔袭部队，合击机关，用大股兵力常驻一个地方，再四面出去骚扰，反复搜山、“清剿”，行动特别迅速！

谁也能想到：水村的游击组在村长领导之下战斗地更英勇，作风更艰苦，获得了更多的胜利，他们为了节省战粮，每天完全喝棒子稀粥，把过去吃亏的数目补上了大半。为了适应更加残酷的“清剿”和合击，来了一次精兵简政，单剩下十一个游击组员和三两个村干部，游击组打仗以外还做民兵的勤务工作。愈是这样，他们愈加自觉地执行命令，遵守纪律，完成一切任务，团结得像一个人一样。敌人是残暴的，斗争是艰苦的，然而这班青年农民燃烧着复仇之火，他们热爱着斗争，承受得了所有的艰苦：站岗，放哨，送信，出探，埋地雷，打伏击，掩护群众转移，配合部队作战；他们单纯，忠厚，勤劳，实际，在集体面前只看见集体的乐趣，不再有自我打算；他们决没有无缘无故的不快活，是最能埋头苦干的标本！

他们战斗的第一个原则是：大股敌人合击，就分散监视扰乱；小股敌人搜山“清剿”，就集中火力坚决消灭他。在好多次胜利中他们又有了两次比较大的胜利。一次是击退敌人的抢掠和烧房，房都开始点着了，抢的东西都上了驮子了，游击组的枪四面一响，敌人房也不点了，东西也不要了，连带来的牲口也丢下了！一次是帮助部队作战，我们的×团×连，在南面的大坡村附近袭击敌人胜利之后撤退，敌人用尽优势兵力回头追赶，相当危急；游击组七支大枪由马老殿带领，虽在飞机轰炸下，坚决赶上去打敌人屁股，敌人以为中计了，慌忙向横里逃走……这两次战斗刚好都下着小雪，天气很冷，战斗是艰苦的，但他们却兴奋而快活。

牛肚子他们的地雷前后又爆炸了几个，有一个三十斤的大地雷炸得最响，四外的村庄都听到了这响声，都说：“水村又爆炸了大地雷啦！”

这一时期残废军人马老殿更成了领导战斗的核心，而刘老朋却一直没有回来。村长呢，不论下雪刮风，身体那样弱，始终没有离开游击组一步，紧紧掌握着。有时还亲自站岗，黑夜查哨，同甘苦，共患难，他是这支战斗队伍的灵魂。

由于这样，整个反“扫荡”结果，水村仅仅被拆了两间房，此外再没有被打开一个窖，被伤害一个人，没有损失一粒公粮，也没有损失一点私物。

由于这样，整个反“扫荡”结束，水村的社会秩序始终很安定；群众转移都离村不远，敌人一走就马上回村，没有受冻，没有挨饿。

游击组末了一次检讨会也开得更加好，每个人已习惯这个，喜欢这个，知道这个有大用处，因此个个人说得更坦白更诚恳，也说得更清楚更深入！

亲爱的读者，这一切都不是偶然的！我决不替他们擦粉戴花，也不能擦粉戴花的。农民有农民自己宝贵的本色，他们在伟大的地区受着神圣的教育和锻炼。

反“扫荡”结束了，村里又大大的慰劳了村长和他的兵们，谢绝也谢绝不了。区里评定的结果：水村游击组是全区模范游击组之一，奖洋二百元；村长是模范干部；马老殿、牛肚子等等是模范游击组员。区长、老齐同志和大队长共同写了一封赞扬慰问他们的信。

十五、不是说明的说明

反“扫荡”虽然结束了，游击组员，民兵和村干部以至群众，还是常去看村长，和他随便谈些什么。在他家门前大树下面的石头上坐得很久。他们离不开他。

关于村长，读者有几样还没有知道，他今年三十七岁，叫赵文平，又叫赵顺天，又叫老顺，可是全村的人都叫他“村长”。只有两种人叫他“老顺”：一种是和他年岁相仿或是年老的人，为的表示亲切和高兴；另一种是……比如刘老朋，也叫他“老顺”。

他家里养着一百多头羊，种二三十亩地，因为孩子小，自己多一半时间又要放在村里工作上，所以雇了一个长工，凡是他家里做过长工的都不愿意再到别家去，他对他们宽宏大量，格外优待。

抗战以前他识字二五眼，接连当了五年多村长，现在能看过区里的通知，也能写个简单的信和报告了，《晋察冀日报》可以看懂一半模样。

除了工作和下地的时候，他常常坐在门前大树下面的石头上，一看见区里县里的工作同志，他就笑嘻嘻地站起来迎接你，不用你费时间去找他。他嘴里含着烟管，仔细听你关于工作的每一句话，有时回答你一两句："唔，都做了，都完成了。"或者说："都布置了，都检查了。"

他有一个习惯：着急时就咽唾沫，使劲咽着唾沫的时候，两个眼珠来回地转动；一面着急，一面也就什么办法都想出来了。

他是黄褐色的长圆脸，戴一顶毡帽头，穿一件黑大袄，身材不高不低。虽然身体很弱，走路爬山却很快，你轻易赶不上。

他的身体是抗战前搞坏的，抗战以前他要钱玩乐，加上捐税兵灾，家业几乎变卖完了，现在的光景净是边区成立以后努力挣起来的，人也完全变了一个样子。五六年光明生活的体验和正义工作的锻炼，使他对八路军有极深刻的认识，有很正确的政治远见，现在见到他的人，谁也不会相信他就是抗战以前曾经那样荒唐的一个人。但这是一点奇怪也没有的，正如现在的边区和抗战以前截然不同一样，今天我们的赵村长也完全经过"质"的改变了！

最近他的手电棒里的电用完了，他非常可惜，每逢遇到县区干部们或是部队上的同志，他就问："还能配上电吗？还能买到吗？"。

一九四四年新年前后初稿

丁玲

我在霞村的时候

因为政治部太嘈杂，莫俞同志决定要把我送到邻村去暂住，实际我的身体已经复原了，不过既然有安静的地方暂时休养，趁这机会整理一下近三月来的笔记，觉得也很好，我便答应他到霞村去住两个星期，那里离政治部有三十里路。

同去的还有一位宣传科的女同志，她大约有些工作。她不是个好说话的人，所以一路显得很寂寞。加上她是一个“改组派”的脚，我的精神又不大好，我们上午就出发，太阳快下山了，才到达目的地。

远远看这村子，也同其他村子差不多。现在已经看到靠山的几排整齐的窑洞和窑洞上的绿色的树林，我觉得很满意这村子。

从我的女伴口里，我认为这村子是很热闹的；但当我们走进村口时，却连一个小孩子、一只狗也没有碰到，只是几片枯叶轻轻地被风卷起，飞不多远又坠下来了。

“这里从前是小学堂，自从去年鬼子来后就毁了，你看那边台阶，那是一个很大的教室呢。”阿桂（我的女伴）告诉我，她显得有些激动，不像白天那样沉默了。她接着又指着一个空空的大院子：“一年半前这里可热闹呢，同志们天天晚饭后就在这里打球。”

她又急起来了：“怎么今天这里没有人呢？我们是先到村公所去，还是到山上去呢？咱们的行李也不知道捎到什么地方去了，总得先闹清才好。”

村公所大门墙上贴了很多白纸条，上面写着“××会办事处”“××会霞村分会”“……”。但我们到了里边，却静悄悄的，找不到一个人，几张横七竖八的桌子空空地摆在那里。我们正奇怪，匆匆地跑来一个人，他看了一看我，似乎想问什么，接着又把话咽下去了，还想往外跑，但被我们叫住了。

他只好连连地答应我们：“我们的人嘛，都到村西口去了。行李？嗯，是有行李，老早就抬到山上了，是刘二妈家里。”他一边说一边也打量着我们。

我们知道了他是农救会的人，便要求他陪同我们一道上山去，并且要他把我写给这边一个同志的条子送去。

他答应替我们送条子，却不肯陪我们，而且显得有点不耐烦的样子，把我们丢下独自跑走了。

街上也是静悄悄的，有几家在关门，有几家门还开着，里边黑漆漆的，我们也没有找到人。幸好阿桂对这村子还熟，她引导着我走上山，这时已经黑下来了，冬天的阳光是下去得快的。

山不高，沿着山脚上去，错错落落有很多石砌的窑洞，也常有人站在空坪上眺望着。阿桂明知没有到，但一碰着人便要问：“刘二妈的家是这样走的吗？”“刘二妈的家还有多远？”“请你告诉我怎样到刘二妈的家里？”或是问“你看见有行李送到刘二妈家去过吗？刘二妈在家吗？”

回答总是使我们满意的。这些满意的回答一直把我们送到最远的、最高的刘家院子里，两只小狗最先走出来欢迎我们。

接着有人出来问了。一听说是我，便又出来了两个人，他们掌着灯把我们送进一个院子，到了一个靠东的窑洞里。这窑洞里面很空，靠窗的炕上堆得有我的铺盖卷和一口小皮箱，还有阿桂的一条被子。

他们里面有认识阿桂的，拉着她的手问长问短的，后来索性把阿桂拉出去了。我一个人留在这屋子里，只好整理铺盖。我刚要躺下去，她们又涌进来了。有一个青年媳妇托着一缸面条，阿桂、刘二妈和另外一个小姑娘拿着碗、筷和一碟子葱同辣椒，小姑娘又捧来一盆燃得红红的火。

她们殷勤地督促着我吃面，也摸我的两手、两臂。刘二妈和那媳妇也都坐上炕来了。她们露出一种神秘的神气，又接着谈讲着她们适才所谈到的一个问题。我先还以为她们所诧异的是我，慢慢我觉得不是这样的，她们只热心于一点，那就是她们谈话的内容。我只无头无尾的听见几句，也弄不清，尤其是刘二妈说话之中，常常要把声音压低，像怕什么人听见似的那么耳语着。阿桂已经完全变了，她仿佛满能干的，很爱说话，而且也能听人说话的样子，她表现出很能把握住别人说话的中心意思。另外两人不大说什么，不时也补充一两句，却那么聚精会神地听着，生怕遗漏去一个字似的。

忽然院子里发生一阵嘈杂的声音，不知有多少人在同时说话，也不知道闯进了多少人来。刘二妈几人慌慌张张地都爬下炕去往外跑，我也莫名其妙地跟着跑到外边去看。这时院子里实在完全黑了，有两个纸糊的红灯笼在人丛中摇晃，我挤到人堆里去瞧，什么也看不见，他们也是无所谓地在挤着而已。他们都想说什么，都又不说，只听见一些极简单的对话，而这些对话只有更把人弄糊涂的：

“玉娃，你也来了吗？”

“看见没有？”

“看见了，我有些怕。”

“怕什么，不也是人嘛，更标致了呢。”

我开始以为是谁家要娶新娘子了，他们回答我不是的；我又以为是俘虏兵到了，却还不是的。我跟着人走到中间的窑门口，却见窑里挤得满满的是人，而且烟雾沉沉地看不清，我只好又退出来。人似乎也在慢慢地退去了，院子里空旷了许多。

我不能睡去，便在灯底下整理着小箱子，翻着那些练习簿、相片，又削着几支铅笔，我显得有些疲乏，却又感觉着一种新的生活要到来以前的那种昂奋。我分配着我的时间，我要从明天起遵守规定下来的生活秩序，这时却有一个男人嗓子在门外响起了："还没有睡吗？××同志。"

还没有等到我答应，这人便进来了，是一个二十岁左右的、还文雅的乡下人。

"莫主任的信我老早就看到了，这地方还比较安静，凡事放心，都有我，要什么尽管问刘二妈。莫主任说你要在这里住两个星期，行，要是住得还好，欢迎你多住一阵。我就住在邻院，下边的那几个窑，有事就叫这里的人找我。"

他不肯上炕来坐，地下又没有凳子，我便也跳下炕去："呵，你就是马同志，我给你的一个条子收到了吗？请坐下来谈谈吧。"

我知道他在这村子上负点责，是一个未毕业的初中学生。

"他们告诉我，你写了很多书，可惜我们这里没有买，我都没有见到。"他望了望炕上开着口的小箱子。

我们话题一转到这里的学习情形时，他便又说："等你休息几天后，我们一定请你做一个报告，群众的也好，训练班的也好，总之，你一定得帮助我们，我们这里最难的工作便是'文化娱乐'。"

像这样的青年人我在前方看了很多很多，当刚刚接触他们的时候常常感到惊讶，觉得这些同自己有一点距离的青年们实在变得很快，我又把话拉回来。

"刚才，他们发生了什么事吗？"

"刘大妈的女儿贞贞回来了。想不到她才了不起呢。"即刻我感到在他的眼睛里面多了一样东西，那里面放射着愉快的、热情的光辉。

我正要问下去时，他却又加上说明了："她是从日本人那里回来的，她已经在那里干了一年多了。"

“呵!”我不禁也惊叫起来了。

他打算再告诉我一些什么时，外边有人在叫他了，他只好对我说明天他一定叫贞贞来找我。而且他还提起我注意似的，说贞贞那里“材料”一定很多的。

很晚阿桂才回来睡，她躺到床上老是翻来覆去地睡不着，不住地唉声叹气。我虽说已经疲倦到极点了，仍希望她能告诉我一些关于今晚上的事情。

“不，××同志！我不能说，我真难受，我明天告诉你吧。呵！我们女人真作孽呀!”于是她把被蒙着头，动也不动，也再没有叹息，我不知道她什么时候才睡着的。

第二天一早我到屋外去散步，不觉得就走到村子底下去了。我走进了一家杂货铺，一方面是休息，一方面买了他们很多枣子，是打算送给刘二妈家里煮稀饭吃的。那杂货铺老板听我说住在刘二妈家里，便挤着那双小眼睛，有趣地低声问我道：“她那侄女儿你看见了吗?听说病得连鼻子也没有了，那是给鬼子糟蹋的呀。”他又转过脸去朝站在里边门口的他的老婆说：“亏她有脸面回家来，真是她爹刘福生的报应。”

“那娃儿向来就风风雪雪的，你没有看见她早前就在街上浪来浪去，她不是同夏大宝打得火热吗?要不是夏大宝穷，她不老早就嫁给他了吗?”那老婆子拉着衣角走了出来。

“谣言可多呢，”他转过脸来抢着又说。这次他的眼睛已不再眨动了，却做出一副正经的样子：“听说起码一百个男人总‘睡’过，哼，还做了日本官太太，这种缺德的婆娘，是不该让她回来的。”

我忍住了气，因为不愿同他吵，就走出来了。我并没有再看他，但我感觉到他又眯着那小眼睛很得意地望着我的背影。

走到转角的地方，又听到有两个打水的妇人在谈着，一个说：

"现在呢，弄得比破鞋还不如……"

另一个便又说："昨天他们告诉我，说走起路来一跛一跛的，唉，怎么好意思见人！"

"有人告诉我，说她手上还戴得有金戒指，是鬼子送的哪！"

"说是还到大同去过，很远的，见过一些世面，鬼子话也会说哪……"

这散步于我是不愉快的，我便走回家来了。这时阿桂已不在家，我就独自坐在窑洞里读一本小册子。

我把眼睛从书上抬起来，看见靠墙立着两个粮食篓子，那大约很有历史的吧，它的颜色同墙壁一般黑。我把一块活动的窗户纸掀开，看见一片灰色的天（已经不是昨天来时的天气了）和一片扫得很干净的土地，从那地的尽头，伸出几株枯枝的树，疏疏朗朗地划在那死寂的铅色的天上。

院子里没有什么人走动。

我又把小箱子打开，取出纸笔来写了两封信。怎么阿桂还没回来呢？我忘记她是有工作的，而且我以为她将与我住下去似的了。

冬天的日子本来是很短的，但这时我却以为它比夏天的还长呢。

后来我看见那小姑娘出来了，于是跳下炕到门外去招呼她，她只望着我笑了一笑，便跑到另外一个窑洞里去了。我在院子里走了两个圈，看见一只苍鹰飞到树林子里边去了。那院子里有很多大树。

我又在院子里走起来，走到靠右边的尽头，我听见有哭泣的声音，是一个女人，而且在压抑住自己，时时都在擤鼻涕。

我努力地排遣自己，思索着这次来的目的和计划，我一定要好好休养，而且按着自己规定的时间去生活。于是我又回到房子里来了，既然不能睡，而写笔记又是多么无聊呵！

幸好不久刘二妈来看我了，她一进来，那小姑娘跟着也来了，后来那媳妇也来了。她们都坐到我的炕上，围着一个小火盆。那小姑娘便察看着那小方炕桌上的我的用具。

“那时谁也顾不到谁，”刘二妈述说着一年半前鬼子打到霞村来的事，“咱们住在山上的还好点，跑得快，村底下的人家有好些都没有跑走，也是命定下的，早不早迟不迟。她爹正在替她讲亲事，是西柳村一家米铺的小老板，年纪快三十了，填房，家道厚实，咱们都说好，就只贞贞自己不愿意，她向着她爹哭过。别的事她爹都能依她，就只这件事老头子不让，咱们老大又没儿，总企望把女儿许个好人家。谁知道贞贞却赌气跑了，就那一会儿，落在火坑了哪，您说做娘老子的怎不伤心……”

“哭的是她的娘吗？”

“就是她娘。”

“你的侄女儿呢？”

“侄女儿嘛，到底是年轻人，昨天回来哭了一场，今天又欢天喜地到会上去了，才十八岁呢。”

“听说做过日本人太太，真的吗？”

“这就难说了，咱也摸不清，谣言自然是多得很，病是已经弄上身了，到那种地方，还保得住干净吗？小老板的那头亲事，还不吹了，谁还肯要鬼子用过的女人！的的确确是有病，昨天晚上她自己也说了。她这一跑，真变了，她说起鬼子来就像说到家常便饭似的，才十八岁呢，已经一点也不害臊了。”

“夏大宝今天还来过呢，娘！”那媳妇悄声地说着，用探问的眼睛望着二妈。

“夏大宝是谁呢？”

“是村底下磨坊里的一个小伙计，早先小的时候同咱们贞贞同过一年学，两个要好得很，可是他家穷，连咱们家也不如，他正经也不敢怎样的，偏偏咱们贞贞痴心痴意，总要去缠着他，一来又怪了他；要去做姑姑也还不是为了他？自从贞贞给日本鬼子弄去后，他倒常来看看咱们老大两口子。起先咱们大爹一见他就气，有时骂他，他也不说什么，骂走了第二次又来，倒是一个有良心的孩子，现在自卫队当一个小排长呢。他今天又来了，好像向咱们大妈求亲来着呢，只听见她哭，后来他也哭着走了。”

“他知不知道你侄女儿的情形呢？”

“怎会不知道？这村子里就没有人不清楚，全比咱们自己还清楚呢。”

“娘，人都说夏大宝是个傻孩子呢。”

“嗯，这孩子总算有良心，咱是愿意这头亲事的。自从鬼子来后，谁还再是有钱的人呢？看老大两口子的口气，也是答应的。唉，要不是这孩子，谁肯来要呢？莫说有病，名声就实在够受了。”

“就是那个穿深蓝色短棉袄，戴一顶古铜色翻边毡帽的。”小姑娘闪着好奇的眼光，似乎也很了解这回事。

在我记忆里出现了这样一个人影：今天清晨我出外散步的时候，看见了这么一个年轻的小伙子，有着一副很机灵也很忠厚的面孔，他站在我们院子外边，却又并不打算走进来的样子；约莫当我回家时，又看他从后边的松林里走出来。我只以为是这院子里人或邻院的人，我那时并没有很注意他，现在想起来，倒觉得的确是一个短小精悍、很不坏的年轻人。

我的休养计划怕不能完成了，为什么我的思绪这样的乱？我并不着急于要见什么人，但我幻想中的故事是不断地增加着。

阿桂现出一副很明白我的神气，望着我笑了一下便走出去了。

我明白了她的意思，于是来回在炕上忙碌了一番，觉得我们的铺、灯、火都明亮了许多。我刚把茶缸子搁在火上的时候，果然阿桂已经回到门口了，我听见她后边还跟得有人。

“有客人来了，××同志！”阿桂还没有说完，便听见另外一个声音扑哧一笑：“嘻……”

在房门口我握住了这并不熟识的人的手了。她的手滚烫，使我不能不略微吃惊。她跟着阿桂爬上炕去时，在她的背上，长长地垂着一条发辫。

这间使我感到非常沉闷的窑洞，在这新来者的眼里，却很新鲜似的，她用蛮有兴致的眼光环绕地探视着。她身子稍稍向后仰地坐在我的对面，两手分开撑住她坐的铺盖上，并不打算说什么话似的，最后把眼光安详地落在我的脸上了。阴影把她的眼睛画得很长，下巴很尖。虽在很浓厚的阴影之下的眼睛，那眼珠却被灯光和火光照得很明亮，就像两扇在夏天的野外屋宇里洞开的窗子，是那么坦白，没有尘垢。

我也不知道如何来开始我们的谈话，怎么能不碰着她的伤口，不会损害到她的自尊心。我便先从缸子里倒了一杯已经热了的茶。

“你是南方人吧？我猜你是的，你不像咱们省里的人。”倒是贞贞先说了。

“你见过很多南方人吗？”我想最好随她高兴说什么我就跟着说什么。

“不，”她摇着头，仍旧盯着我瞧，“我只见过几个，总是有些不同。我喜欢你们那里人，南方的女人都能念很多很多的书，不像咱们，我愿意跟你学，你教我好吗？”

我答应她之后忽地她又说了：“日本的女人也都会念很多很多书，那些鬼子兵都藏得有几封写得漂亮的信，有的是他们的婆姨来的，有的是相好来的，也有不认识的姑娘们写信给他们，还夹上一张照片，写了好些肉麻的话，也不知道她们是不是真心，总哄得那些鬼子当宝贝似的揣在怀里。”

“听说你会说日本话，是吗？”

在她脸上轻微地闪露了一下羞赧的颜色，接着又很坦然地说下去：“时间太久了，跑来跑去一年多，多少就会了一点，懂得他们说话很有用处。”

“你跟着他们跑了很多地方吗？”

“不是老跟着一个队伍跑的，人家总以为我做了鬼子官太太，享富贵荣华，实际我跑回来过两次，连现在这回是第三次了。后来我是被派去的，也是没有办法，我在那里熟，工作重要，一时又找不到别的人。现在他们不再派我去了，要替我治病。也好，我也挂牵我的爹娘，回来看看他们。可是娘真没有办法，没有儿女是哭，有了儿女还是哭。”

“你一定吃了很多的苦吧。”

“她吃的苦真是想也想不到，”阿桂露出一副难受的样子，像要哭似的，“做了女人真倒霉，贞贞你再说吧。”她更挤拢去，紧靠她身边。

“苦吗，”贞贞像回忆着一件辽远的事一样，“现在也说不清，有些是当时难受，于今想来也没有什么；有些是当时倒也马马虎虎地过去了，回想起来却实在伤心呢，一年多，日子也就过去了的。这次一路回来，好些人都奇怪地望着我，就说这村子的人吧，都把我当一个外路人，有亲热我的，也有逃避我的。再说家里几个人吧，还不都一样，谁都偷偷地瞧我，没有人把我当原来的贞贞看了。我变了吗，想来想去，我一点也没有变，要说，也就心变硬一点罢了。人在那种地方住过，不硬一点心肠还行吗，也是因为没有办法，逼得那么做的哪！”

一点有病的样子也没有，她的脸色红润，声音清晰，不显得拘束，也不觉得粗野。她并不含一点夸张，也使人感觉不到她有什么牢骚，或是悲凉的意味，我忍不住要问到她的病了。

“人大约总是这样，哪怕到了更坏的地方，还不是只得这样，硬着头皮挺着腰肢过下去，难道死了不成？后来我同咱们自己人有了联系，就更不怕了。我看见日本鬼子吃败仗，游击队四处活动，人心一天天好起来，我想我吃点苦，也划得来，我总得找活路，还要活得有意思，除非万不得已。所以他们说要替我治病，我想也好，治了总好些。这几天病倒不觉得什么了，路过张家驿时，住了两天，他们替我打了两次药针，又给了一些药让我吃。只有今年秋天的时候，那才厉害，人家说我肚子里面烂了，又赶上有一个消息要立刻送回来，找不到一个能代替的人，那晚上摸黑我一个人来回走了三十里，走一步，痛一步，只想坐着不走了。要是别的不关紧要的事，我一定不走回去了，可是这不行哪，唉，又怕被鬼子认出来，又怕误了时间，后来整整睡了一个星期，才又拖着起了身。一条命要死好像也不大容易，你说是吗？”

她并没有等我的答复，却又继续说下去了。

有的时候，她停顿下来，在这时间，她也望望我们，也许是在我们脸上找点反应，也许她只是思索着别的。看得出阿桂比贞贞显得更难受，阿桂大半的时候沉默着，有时说几句话，她说的话总只为的传达出她的无限的同情，但她沉默时，却更显得她为贞贞的话所震慑住了，她的灵魂被压抑，她感受了贞贞过去所受的那些苦难。

我以为那说话的人丝毫没有想到要博得别人的同情，纵是别人正为她分担了那些罪过，她似乎也没有感觉到，同时也正因为如此，就使人觉得更可同情了。如果她说起她这段历史的时候，并不是像现在这样，心平气和，甚至使你以为她是在说旁人那样，那是宁肯听她哭一场，哪怕你自己也陪着她哭，都是觉得好受些的。

后来阿桂倒哭了，贞贞反来劝她。我本有许多话准备同贞贞说的，也说不出口了，我愿意保持住我的沉默。当她走后，我强制自己在灯下读了一个钟头的书，连睡得那么邻近的阿桂，也不看她一眼，或问她一句，哪怕她老是翻来覆去的睡不着，一声一声地叹息着。

以后贞贞每天都来我这里闲谈，她不只是说她自己，也常常很好奇地问我许多那些不属于她的生活中的事。有时我的话说得很远，她便显得很吃力地听着，却是非常要听的。我们也一同走到村底下去，年轻人都对她很好，自然都是那些活动分子。但像杂货店老板那一类的人，总是铁青着脸孔，冷冷地望着我们，他们嫌厌她，鄙视她，而且连我也当着不是同类的人的样子看待了。尤其那一些妇女们，因为有了她才发生对自己的崇敬，才看出自己的圣洁来，因为自己没有被敌人强奸而骄傲了。

阿桂走了之后，我们的关系就更密切了，谁都不能缺少谁似的，一会儿不见就会彼此挂念。我喜欢那种有热情的，有血肉的，有快乐、有忧愁、又有明朗的性格的人；而她就正是这样。我们的闲谈常常占去了很多时间，我总以为那些谈天，于我的学习和修养，就是非常有帮助的。可是日子一天天过去，贞贞对我并不完全坦白的事，竟被我发觉了；但我绝不会对她有一丝怨恨，而且我将永远不去触她这秘密，每个人一定有着某些最不愿告诉人的东西深埋在心中，这是指属于私人感情的事，既与旁人毫无关系，也不会关系于她个人的道德。

到了我快走的那几天，贞贞忽然显得很烦躁，并没有什么事，也不像打算要同我谈什么的，却很频繁地到我屋里来，总是心神不宁的，坐立不安的，一会儿又走了。我知道她这几天吃得很少，甚至常常不吃东西。我问过她的病，我清楚她现在所担受的烦扰，决不只是肉体上的。她来了，有时还说几句毫无次序的话；有时似乎要求我说一点什么，做出一副要听的神气。但我也看得出她在想一些别的，那些不愿让人知道的，她是正在掩饰着这种心情，装出无所谓的样子。

有两次，我看见那显得很精悍的年轻小伙子从贞贞母亲的窑中出来，我曾把他给我的印象和贞贞一道比较，我以为我非常同情他，尤其当现在的贞贞被很多人糟蹋过，染上了不名誉的、难医的病症的时候，他还能耐心的来看她，向她的父母提出要求，他不嫌弃她，不怕别人笑骂。他一定觉得她这时更需要他，他明白一个男子在这样的时候对他相好的女人所应有的气概和责任。而贞贞呢，虽说在短短的时间中，找不出她有很多的伤感和怨恨，她从没有表示过她希望有一个男子来要她，或者就说是抚慰吧；但我也以为因为她是受过伤的，正因为她受伤太重，所以才养成她现在的强硬，她就有了一种无所求于人的样子。可是如果有些爱抚，非一般同情可比的怜惜，去温暖她的灵魂是好的。我喜欢她能哭一次，找到一个可以哭的地方去哭一次。我希望我有机会吃到这家人的喜酒，至少我也愿意听到一个喜讯再离开。

"然而贞贞在想着一些什么呢？这是不会拖延好久，也不应成为问题的。"我这样想着，也就不多去思索了。

刘二妈，她的小媳妇、小姑娘也来过我房子，估计她们的目的，无非想来报告些什么，有时也说一两句。但我总不给她们说话的机会，我以为凡是属于我朋友的事，如若朋友不告诉我，我又不直接问她，却在旁人那里去打听，是有损害于我的朋友和我自己，也是有损害于我们的友谊的。

就在那天黄昏，院子里又热闹起来了，人都聚集在那里走来走去，邻舍的人全来了，他们交头接耳，有的显得悲戚，也有的蛮感兴趣的样子。天气很冷，他们好奇的心却很热，他们在严寒底下耸着肩，弓着腰，笼着手，他们吹着气，在院子中你看我，我看你，好像在探索着很有趣的事似的。

开始我听见刘大妈的房子里有吵闹的声音，接着刘大妈哭了。后来还有男人哭的声音，我想是贞贞的父亲吧。接着又有摔碗的声音，我忍不住，分开看热闹的人冲进去了。

“你来得很好，你劝劝咱们贞贞吧。”刘二妈把我扯到里边去。

贞贞把脸藏在一头纷乱的长发里，望得见两颗狰狞的眼睛从里边望着众人。我走到她旁边便站住了。她似乎并没有感觉我的到来，或者也把我当作一个毫不足介意的敌人之一罢了。她的样子完全变了，几乎使我不能在她的身上回想起一点点那些曾属于她的洒脱、明朗、愉快，她像一个被困的野兽，她像一个复仇的女神，她憎恨着谁呢，为什么要做出那么一副残酷的样子？

“你就这样的狠心，全不为娘老子着想，你全不想想这一年多来我为你受的罪……”刘大妈在炕上一边捶着一边骂，她的眼泪像雨点一样，有的落在炕上，有的落在地上，还有的就顺着脸往下流。

有好几个女人围着她，扯着她，她们不准她下炕来。我以为一个人当失去了自尊心，一任她的性情疯狂下去的时候，真是可怕。我想告诉她，你这样哭是没有用的，同时我也明白在这时是无论什么话都不会有效的。

老头子显得很衰老的样子，他垂着两手，叹着气。夏大宝坐在他旁边，用无可奈何的眼光望着两个老人。

“你总得说一句呀，你就不可怜可怜你的娘吗？……”

“路走到尽头总要转弯的，水流到尽头也要转弯的，你就没有一点弯转吗？何苦来呢？……”

一些女人们就这样劝贞贞。

我看出这事是不会如大家所希望的了。贞贞早已表示不要任何人可怜她，她也不可怜任何人。她是早已决定，没有转弯的，要说赌气，就算赌气吧。她现在是咬紧了牙关要坚持下去的神情。

她们听了我的劝告，让贞贞到我的房里边去休息，一切问题到晚上再谈。于是我便领着贞贞出来了。可是她并没有到我的房中去，她向后山上跑了。

“这娃儿心事大呢！……”

“哼，瞧不起咱乡下人了……”

“这种破铜烂铁，还搭臭架子，活该夏大宝倒霉……”

聚集在院子中的人们纷纷议论着，看看已经没有什么好看的了，便也散去了。

我在院子中踌躇了一会儿，便决计到后山去。山上有些坟堆，坟周围都是松树，坟前边有些断了的石碑，一个人影也没有，连落叶的声音都没有。我从这边穿到那边，我叫着贞贞的名字，似乎有点回声，来安慰一下我的寂寞，但随即更显得万山的沉静。天边的红霞已经退尽了，四周围浮上一层寂静的、烟似的轻雾，绵延在远近的山的腰边。我焦急，我颓然坐在一块碑上，我盘旋着一个问题：再上山去呢，还是在这里等她呢？我希望我能替她分担些痛苦。

我看见一个影子从底下上来了，很快我便认识出就是夏大宝。我不作声，希望他没有看见我，让他直到上面去吧。但是他却在朝我走来。

“你找了吗？我到现在还没有看见她。”我不得不向他打个招呼。

他走到我面前，就在枯草地上坐下去。他沉默着，眼望着远方。

我微微有些局促。他的确还很年轻呢，他有两条细细的长眉，他的眼很大，现在却显得很呆板。他的小小的嘴紧闭着，也许在从前是很有趣的，但现在只充满着烦恼，压抑住痛苦的样子。他的鼻是很忠厚的，然而却有什么用？

“不要难受，也许明天就好了，今天晚上我定要劝她。”我只好安慰他。

“明天，明天，她永远都会恨我的，我知道她恨我……”他的声音稍稍的有点哑，是一个沉郁的低音。

“不，她从没有向我表示过对人有什么恨。”我搜索着我的记忆，我并没有撒谎。

“她不会对你说的，她不会对任何人说的，她到死都不饶恕我的。”

“为什么她要恨你呢?”

“当然啰……”忽的他把脸朝着我，注视着我。“你说，我那时不过是一个穷小子，我能拐着她逃跑吗？是不是我的罪？是吗?”

他并没有等到我的答复就又说下去了，几乎是自语：“是我不好，还能说是我对吗，难道不是我害了她吗？假如我能像她那样有胆子，她是不会……”

“她的性格我懂得，她永远都要恨我的。你说，我应该怎样，她愿意我怎样？我如何能使她快乐？我这命是不值什么的，我在她面前也还有点用处吗？你能告诉我吗？我简直不知我应该怎样才好，唉，这日子真难受呀！还不如让鬼子抓去……”他不断地喃喃下去。

当我邀他一道回家去的时候，他站起来同我走了几步，却又停住了，他说他听见山上有声音。我只好鼓励他上山去，直望到他的影子没入更厚的松林中去，才踏上回去的路，天色已经快要全黑了。

这天晚上我虽然睡得很迟，却没有得着什么消息，不知道他们怎样过的。

等不到吃早饭，我把行李都收拾好了。马同志答应今天来替我搬家。我准备回政治部去，并且回到延安去；因为敌人又要大举“扫荡”了，我的身体不准许我再留在这里，莫主任说无论如何要先把这些伤病员送走。我的心却有些空荡荡的，坚持着不回去嘛，身体又累着别人；回去嘛，何时再来呢？我正坐在我的铺上沉思着的时候，我觉得有人悄悄地走进我的窑洞。

她一耸身跳上炕来坐在我的对面了，我看见贞贞脸上稍稍的有点浮肿，我去握着那只伸在火上的手，那种特别使我感觉刺激的烫热又使我不安了，我意识到她有着不轻的病症。

“贞贞！我要走了，我们不知何时再能相会，我希望，你能听你娘……”

“我就是来告诉你的，”她一下就打断了我的话，“我明天也要动身了。我恨不得早一天离开这家。”

“真的吗？”

“真的！”在她的脸上那种特有的明朗又显出来了。“他们叫我回……去治病。”

“呵！”我想我们也许要同道的，“你娘知道了吗？”

“不，还不知道，只说治病，病好了再回来，她一定肯放我走的，在家里不是也没有好处吗？”

我觉得她今天显得稀有的平静。我想起头天晚上夏大宝说的话了。我冒昧地便问她道：“你的婚姻问题解决了吗？”

“解决，不就是那么吗？”

“是听娘的话吗？”我还不敢说出我对她的希望，我不愿想着那年轻人所给我的印象，我希望那年轻人有快乐的一天。

“听她们的话，我为什么要听她们的话，她们听过我的话吗？”

“那么，你果真是和她们赌气吗？”

“……”

“那么，你真的恨夏大宝吗？”

她半天没有回答我，后来她说了，说得更为平静的：“恨他，我也说不上。我觉得我已经是一个有病的人了，我的确被很多鬼子糟蹋过，到底是多少，我也记不清了，总之，是一个不干净的人了。既然已经有了缺憾，就不想再有福气，我觉得活在不认识的人面前，忙忙碌碌的，比活在家里，比活在有亲人的地方好些。这次他们既然答应送我到延安去治病，那我就想留在那里学习，听说那里是大地方，学校多，什么人都可以学习的。大家扯在一堆并不会怎样好，那就还是分开，各奔各的前程。我这样打算是为了我自己，也为了旁人，所以我并不觉得有什么对不住人的地方，也没有什么高兴的地方。而且我想，到了延安，还另有一番新的气象。我还可以再重新做一个人，人也不一定就只是爹娘的，或自己的。别人说我年轻，见识短，脾气别扭，我也不辩，有些事情哪能让人人都知道呢？”

我觉得非常惊诧，新的东西又在她身上表现出来了。我觉得她的话的确值得我们研究，我当时只能说出我赞成她的打算的话。

我走的时候，她的家属在那里送我，只有她到公所里去了，也再没有看见夏大宝。我心里并没有难受，我仿佛看见了她的光明的前途，明天我将又见着她的，定会见着她的，而且还有好一阵时日我们不会分开了。果然，一走出她家的门，马同志便告诉了我关于她的决定，证实了她早上告诉我的话很快便会实现了。

一九四〇年

（选自《丁玲文集》（第3卷），湖南人民出版社1983年版）

方纪

副排长谢永清

当我赶到三营的时候，天已大亮了，太阳正在东面天际烧起玫瑰色的早霞。这使得山顶与天空之间，显出一条闪动着的白色的流苏，像是炮火的硝烟在流动。这时，在离此不过三里路的左前方阵地上，稀疏的炮声夹着一阵阵的机枪声，还在疲倦地断断续续地响着。

队伍刚刚从第一线上换下来。战士们一班一班地隐蔽着。从他们身上，散发出浓烈的火药味。面孔被炮火熏得黧黑，浑浊的眼睛，闪着兴奋的光。谁也不想讲话，他们只默默地坐着；间或有一两声短促的耳语，在队伍中间跳荡。显然，战场上的那种紧张兴奋的情绪还没有过去。在一群战士中间，高营长坐在地上，把帽子推到脑后，在低着头默默地吸烟。当我走近的时候，他忽然瞥见了我，一下子就跳过来，抓住了我的手说："老方，你来晚了！"

他把手用力地摇了几摇，表示非常遗憾的样子。我也握紧了他的手，抱歉地微笑着。

"早半个钟头也好，"他继续说，"那你会看到我们怎样在那个小山头上挨炮弹的！"说着，他把头向后一摆，大笑起来。我从他肩头上望过去，在不远的一个小山上，炮弹还在落着，炸起一阵阵的灰色的烟雾，弥漫在空中。

"打得很激烈吧？"我说。实际上，我早在司令部就已经听说，×团三营在完成任务上最漂亮。而且，我也正是因为这才特地赶来的。

"激烈？"他不同意似的反问着。"打他妈这样的阵地战，我当兵十年了，还是头一回！蒋介石王八蛋，仗着他美国爹有钱，就豁着炮弹上……"

这时，通讯员来请营长进房子休息。于是他拉了我的手，到了作为临时营部的一所民房里。教导员来同营长交换了些关于战斗部署的意见，便又到连上去了。我同高营长坐在院子里东拉西扯地谈着这次战斗。他给我介绍了战斗的一般情况，和已查明的一些英雄模范事迹。当我正要到连上去进行访问的时候，进来了一个用一只绑带吊着左胳膊的伤员。他离得老远便立正敬礼，把右手举到几乎歪在耳朵上的帽沿边说："敬礼，报告营长……"

"什么事？谢永清，你这次打得不错呀！"高营长热情地问。

"报告营长，我要休养去！"

"什么？"营长惊奇地说："你不是不下火线吗，怎么倒要求休养去？"

"是，营长，我要求休养去！"谢永清规规矩矩地站着，声音异常平静。

"你搞什么鬼呀！"营长搔了搔头皮，望着他，显然他为这事弄得有些困惑了。

"报告营长，我负伤了。"

"我知道你负伤了……"

"那么我休养去！"

谢永清仍是那么平静地、一动不动地把浑浊的眼睛盯住了高营长。

老高沉默了，把眼睛望着他，好像不认识他似的，端详了好半天，终于，无可奈何地把手一挥！

"好吧！你休养去！"

忽然我发现这句话在谢永清身上引起了相反的效果——他低下头去，满脸的倔强气消失了，倒显得有些羞愧。停了好了会儿，他才突然举起手来，喃喃地喊了一声"敬礼！"，立刻转过身去，头也不回地走了。

高营长目送着谢永清挺得笔直的细长身影消逝在门外以后，霍地站起来，双手握得紧紧的，在院里走了几步，然后转过身来，自言自语般说："这家伙，真调皮！打起仗来，可不错，很勇敢，就是他妈的爱捣蛋！"

"你是说……"我望着他那沉思的面孔漫不经心地问。

"他，谢永清，七连二排的副排长。"他迅速地说，不停地来回踱着。"从前给我当警卫员，人倒是好人，就是调皮。一闲下来，净和人家闹架，今天偷了伙夫的菜，明天拿了通讯员的鞋子，要么就是埋怨伙食不好，嫌衣服太破，还老叨叨着要我给他弄个老婆！你看，就是这么个捣蛋货！"

他停了一会儿，又接着说下去："可是一说打仗，他兴头就来了。跟我说'营长，算了，这算什么问题，一切都等打完了蒋介石再说！'……"

他的话停止了。教导员走进来。他已经查明了这次守山头的战斗领导核心是七连二排五班，领导人便是谢永清。

"你看，怎么样？"营长望着我苦笑了一下说。

"是的，"教导员也同意地转向我，"他打仗非常勇敢，负了伤还不下火线……"

营长插断了他的话说："他现在可要求去休养呢！"

"哦？"教导员惊异地叫了一声，正想要说明他这一次的英勇战斗行为，而谢永清又出现在门口了。一种因为受了委屈而不满的倔强的神气，盖在他脸上，用绷带吊着左胳膊，晃呀晃呀地走进来。一进门，便规规矩矩地立正行礼："报告营长，我去休养吗？"

"是的！"营长故意沉着地回答。

"我怎么走呢？"

"跟着卫生员去呀！难道你是用手走路吗？你的腿并没有受伤

呀！”营长半开玩笑地责备说。

“报告营长，我走不动。”

“什么？”营长大声说，看样子他简直快要发脾气了。

“那么，”教导员赶紧安慰着说，“谢永清，给你弄头毛驴怎么样？”

“是，教导员，我的组织关系呢？”

“你带组织关系干什么呢？轻伤，很快就会好的……”

“报告指导员，我不能不过组织生活呀！”

“不要紧的！”教导员想尽量安慰他，慢慢地拖长了声调说。“你休养久了，我负责给你转去。”

“不行，教导员，”他固执地要求着，“你不是常说，组织关系就是我的政治生命吗？我不能不要命呀！”

显然，说出这样的话，连他自己也很意外。营长把嘴一撇，笑了。教导员也忍不住笑起来。而他，谢永清咂了咂嘴，鼓起腮帮子，用力把一个得意的微笑憋回去。

这时，教导员开始掏出小本子来写介绍信，营长搔着头皮，不耐烦地在院里来回踱着。我仔细地观察了谢永清——他还是一个不过二十一二岁的青年，瘦长的脸，大大的眼睛，在他笔直的鼻梁上和两道漆黑的浓眉之间，流露着顽强、勇敢和机智。

教导员从小本子上撕下写好的信，交给了谢永清。他接过信来，望了望营长，营长也正望着他。他们的眼光相遇了，忽然，谢永清的嘴唇嚅动了几下，像是要说什么，但他什么也没有说出来，迅速地举起手来敬了个礼，立刻转过身去走了。教导员跟在他后面，一直送到门外，咕咕哝哝地嘱咐了些什么。

当教导员转回来的时候，营长生气地说：“他搞的什么鬼呀？”

“他就是这么个怪脾气。”教导员说。“不过打起仗来，可真是好样的！”

接着他转向我说："在这次战斗中，就是他，成了战斗的核心。带了一个班，坚守着一个不过二十方步的小山头。光是敌人朝他们打的炮呀，我计算了一下，每人平均至少也合得上五十发炮弹！可是他们竟守了十三个钟头，打退敌人五次冲锋，而且最后，把敌人打退了！这在保卫张家口的阵地战来说，是了不起的事呀！"

沉思了一下，他又补充道："他就是在反冲锋时负的伤。"于是，我要求他讲一讲谢永清负伤的情形。

"据七连连长说，"教导员继续说下去，"拂晓时，我军开始反击了，他听到冲锋号一响，喊了一声'同志们，跟我来'，自己就端起一挺机枪从山头上冲下去了。敌人的密集炮火打过来，他往地上一扑，恰巧栽在弹坑里，一跟头翻下去，机枪拗断了他的膀子！炮弹在他身后炸开来。机枪炸坏了，他也负了伤。但他一抬起头来，看到离他不远的敌人阵地上，正有一挺重机枪在那里射击。'美式机枪'这个念头在他脑子里一闪，随即一个手榴弹飞出去，敌人丢下了机枪，向后溃退。他只喊了一声'机枪'，便去继续追击敌人……"

这时，连长们陆续进来，战斗部署会议开始了。忽然，一个背着红字挂包的卫生员，气喘吁吁地跑进来，报告营长说，二排副走不了，他骑在毛驴上，摇摇晃晃，刚一出村，就摔下来了。

"那怎么样呢？"高营长平静地问。

"他，要求一副担架。"卫生员嗫嚅地说。

"搞的什么鬼呀！"营长生气地站起来，大声说。"给他弄副担架。"

卫生员答应着去了。营长咕哝着骂了几句，又坐下来继续开会。但不久，卫生员又跑回来了。

"报告营长，二排副不肯走。他说，他说……"

"他说什么！"高营长完全发火了，霍地站起来，睁大了眼睛望着卫生员。

“他说有问题没有解决，在七连连部等营长去……”

“七连长！”营长不等卫生员说完，便大声喊起来。“跟我去。教导员继续主持开会。”

营长大踏步走出去，七连长跟在后面。我觉得这一下谢永清准得挨批评了，而且这人也实在调皮得没有道理。于是我也跟了去，看到底是怎么回事。

谢永清坐在连部院子里，低着头在沉思什么。他似乎没有料到营长会来这么快。看到我们进去，便敏捷地跳起来，立正、敬礼。高营长走到他面前，把眼睛上下打量了他一阵，他低下头去了。

“你到底有什么意见，说吧！”营长简单地说。

“我有个问题没有解决。”他平静地说。“我的机枪问题没有解决……”

“什么？”营长吃惊而愤怒地望着他。“什么机枪问题？”

“我们排的机枪。”

“你的鬼机枪呀！你的机枪不是打坏了吗？”营长完全为他这种无理取闹的调皮行为所激怒了，高声地喊叫着。

“可是，”他低着头，但声调仍是那么平静地说，“我又得了敌人一挺呀，一挺美式的！”

“哪里，”七连长插进来说，“那是一排得的呀。”

“不对！”他忽然抬起头来，目光炯炯地望着连长，他的声音变得肯定而高亢起来。“那是我一个手榴弹打下来的！一排捡了我们的便宜……五班机枪组长牺牲了，我们的机枪打坏了，全排人都给我提意见，让我要回来……我不愿意闹本位，还不让我提意见！这，这算什么……有本事抢敌人的去呀，蒋介石有的是……”

完全出乎我们意料地，谢永清，他竟嘤嘤地哭起来！右手掩着脸，肩膀一抽一抽的，哭得非常伤心，完全像个小孩子似的哭起来了。

营长望了七连长一眼，然后慢慢地走到谢永清跟前，看着他，把双手搭在他肩膀上，轻声地说："谢永清，你这是怎么搞的呀！"

接着，他迅速地转向七连长："机枪在什么地方？"

"在前沿阵地上。"七连长回答。

"给二排。"营长命令着。

这时，从敌人阵地上，忽然响起隆隆的炮声，密集的炮弹，开始在村庄的左近爆炸着，营部通讯员跑步冲进院子里。

"报告营长，敌人向本营阵地进攻！"

"命令连长各归建制，坚守阵地。"

通讯员一转身，跑步去了。谢永清立刻把伤胳膊一甩，扯掉绷带，上前一步，笔直地站到营长面前。

"报告营长，我要上去，再夺一挺机枪来，补充本排的损失。"

"你的伤……"

"不要紧！"

说着，他跟在七连长后面，跑步去了。

这时炮弹更猛烈地爆炸着，机枪声也响起来。战斗又开始了。

一九四七年三月于河间

（原载 1947 年 3 月《冀中导报》）

葛洛

雇　工

窗子外枪声密密地响着。房子里点着一盏昏暗的油灯，房门口的地上生着一堆木柴火，浓烟向上升着，整个房子里都是烟沉沉的。村农会主席和几个村干部围在方桌的旁边。这里原先是村农会的办公处，现在成为村指挥部了。

一月十四日，国民党的军队过了黄河。战争还在向这边继续扩展。从今天黄昏起，情况更紧急起来，枪声直响了半夜，现在是越响越近了。全村的民兵和农会会员都去参了战，农会主席和几个村干部在最后地布置着全村的工作。

房门开了，一个人进到房里来，他是村里的情报委员老陈。农会主席放下手里的一支步枪，从方桌旁边站起来，老陈看着他，从怀里掏出一张叠着的纸递给他，那是前边村里传来的情报信。房子里所有的人都向着情报信围拢来。

老陈口里补充着说："中央军已经占了油房庄。咱们的队伍转过桑树岭去了……"

"村里的人是不是全转移到西沟了？"农会主席从信上抬起头来，向着村长问。

"我进来的时候，已经走得差不多了。"村长答。"后勤委员还正在街上催哩。"

"现在还有一件事要办一下，"农会主席说，"找个人把那个家伙送到韩村……"

大家互相看着各人的脸，一时沉默下来。各人都有各人的紧急任务要去作的。农会主席的眼光在每个人的身上扫视着。

枪声沉默了一会儿，但紧接着就响起一阵震耳的手榴弹声。"老陈，你去!”农会主席最后决断地说，一面把身旁的一支步枪递给他。

老陈接过枪来，把子弹上了膛。等村书记写好了介绍信，他便接过信揣在怀里，向门口走去。

农会生席最后对他嘱咐着：“到了韩村，把他交给区农会的姚主席，他在那里的。现在情况很紧急，这个人就嘱咐给你了。”

老陈“嗯嗯”地答应着，走出了屋子。村长帮着他打开厢房的门，黑暗里把一个被缚着的人拉出来。老陈接过绳子，跟在被缚着的人的后边，走出大门去。在他们的身后，传过来农会主席的声音：“跟着我来!”脚步声踢蹬着，村干部们都走到街上了。

被缚着的人名叫孔庆昭，是村里敌人统治时代的伪保长，一个恶霸。在就任伪保长期内，他在村里勒索敲诈，吸尽了群众的血。群众的冤仇是深重的。在不久以前，大家起来和他算了账，迫使他减了租。他在大会上哭哭啼啼地向群众作了“坦白”，承认了错误，并保证以后不再做坏事情。群众宽大了他。接着情况紧急起来。随着情况的紧急，村子里却发现了各种各样的谣言。而且在一天早晨，村干部们在村里的墙壁上揭下了许多“黑头”帖子，帖子上写着：中央军在当天晚上就要打到村里来，到那时候要把村里在农会的人杀得一个不留。村干部们对这事严密注意起来。于是在一个半夜里，民兵队长发现有一个陌生人，来到孔庆昭的家里，他立刻带着民兵去搜查。那个陌生人跑掉了，民兵们却在孔庆昭的抽屉里，发现了一张没有写完的“黑头”帖子。于是村指挥部将他逮捕了，扣压了起来。

老陈是孔庆昭的雇工。他是一个外乡人。在闹大灾荒年间，一天傍晚，村子里来了一个高高大大、穿得破破烂烂的人。他逢人便作揖磕头，请求人们帮助他一件事。他是从东路逃难来的，一路上他用一辆破小车推着他七十多岁的老娘。但当他们走到村子外边的大路上的时候，他的老娘在小车上饿死了。他到了村里来，希望慈善的人家能舍给他一张破席子和一小块能够埋下他老娘的土地。人们把他引到了保公处里。保长孔庆昭在听了他的来意以后，却命令保丁，把他立刻赶出村去，因为在保里埋一个外乡的死人，是一件不吉祥的事。最后，一个老年人出来劝住了保长，并替这个外乡人出主意，劝他留在这里给人当雇工，用挣得的工钱埋葬老人。外乡人噙着眼泪接受了这个忠告。但这是一件触及保长的事，谁敢出来收留他呢？青年人只有找保长说好话。保长在考虑半天以后，答应了这个请求，于是老年人作保，给写了文契，外乡人在文契上按了手印。当天夜里，外乡人得到了一张席子，两件半旧的女人衣裳。他趁着月光，在观音庙后边的荒地里挖了一个坑，把他的老娘背去埋葬了。他呆呆地在新土墓堆上坐了半天，他没有哭。第二天，人们便看见他赶着保长的一对大黄牛，去犁保长海滩的地。从此村子里便有了一个雇工老陈了。

老陈每天背着镢头到地里去下苦，挑着担子去送粪，天黑便睡在前院一间堆放干草的屋子里。日子一天一天地过下去。但到了今年七八月间，一个黑漆漆的夜里，天下着雨，村子里突然响起枪声。枪声直响了半夜。天明打开门来看，村子里已经被八路军住满了。从此世道就不同了。随着八路军，来了农会的工作员。村子里整天锣声哐哐的，召集人们去开会。穷人们都活动起来，大家要算账，要清债，要减租增资。大家都在讲说着一句从来没有说过的话："翻身。"

老陈也跟着穷人们一起去开会。他被选为雇工组长，民兵小组长。每天他领导着全村十几个雇工，找掌柜们去算账，去说理。在他那窄狭的草屋里的土墙上，挂上了一条步枪，旁边贴着农会的口号标语。民兵和农会会员们在那小屋里出出进进的。世界变样了，人们变样了……

天黑得对面看不见人。风刮着，满天的乌云在慢慢地向南移走。远处黑黝黝的山峦起伏着，划分出天和地的界限。前边的山岭上，一片野火在蔓延着。枪声从东南方传过来，稠密得像爆豆一样。

老陈把枪掂在手里，紧紧地跟在孔庆昭的后边。他们向正东的方向走去。越过一个小山岭，他们顺着小路转入一条深沟里。风平静下来，枪声也不像刚才那样清晰了。

“老陈!”孔庆昭开口说，刚才因为突然被拉出来而受的恐惧，已在他心里慢慢消散了。“我听着你来送我，我的心里就好像二块千斤石着了地。我到了这个地步，是哭天不灵，哭地不应，我是无亲无故无依靠。好歹咱们是掌柜伙计一趟，在一块圪蹴了好几年。路远识骏马，日久见人心。不管怎样，你总算是我的一个靠手，一个贴近人。我在心里难受的时候，就想到你……咱们歇一歇再走吧。”

孔庆昭说着话，就在小路旁边的一块大石头上坐下来。

老陈停住脚步，说：“我看咱们还是实实在在吧！不要弄得不好看。你有话留着在大会上当着众人再对我讲，现在还是赶路的好!”

“是，我这就走……”孔庆昭说。“我到了这步田地，我不会叫你受连累的，你放心吧。给我抽口烟吧……你没有带烟吗……唉！你是清楚我的。我有顷把坡梁地，祖宗给留下的，同志们说我是‘地主’。我将我的骨头熬成油，挖干我的米缸面罐，给农会减了租，我可没敢说一句‘扯牙’话。我干过几天保长，我自己愿意干的吗？众人给你往火坑里推呀，可是我身为保长，我可曾做作孽的事吗？……现在同志们又说我是特务汉奸了……”

“你说你没做过坏事？逼死史成双的女人，打赵二旦的黑枪，这些都不是你干的？这些都是诬赖你的吗？”老陈狠狠地说。

“苍天老爷在上!”孔庆昭叫道。“杀人还要有杀人的心呀！凭你看，我像一个掂刀杀人的人吗？旁人不知道，你该知道我的。那年你逃荒到了这里，半路死了你的老娘。是谁把你收留下的？是人总得凭个良心呀……”

“你还敢再唠叨下去吗？”老陈咆哮地说，在黑暗里把枪托举得高高的。“你提起我的老娘，我把你的脑袋打瘪！……”

孔庆昭从石头上跳了起来，他的嘴里还在咕哝着：“是，是，我这就说完了。上天是长眼睛的，它看得见的……”

他们继续沿山路向前走去。孔庆昭沉默下来。山沟里很寂静，北风吹动着山坡上的枯草，发出轻微的沙沙声。远处的枪声还在继续响着，但比起刚才已经稀疏得多，模糊得多了。

他们走尽了山沟，又从一座山岭的半腰间转过去，眼前模糊地展开一道平川。平川里散布着一块一块深色的黑影，那是一个个村庄。正在这时候，枪声突然在平川里响起来。子弹发着嘘嘘的哨音掠过天空，手榴弹爆炸时的火光可以清楚地看出来。

“快走，不准说话！”老陈向孔庆昭命令着，带着他急急地转入路边的荒草地里，在一块大石头的后边伏下来。老陈依着石头向平川里探望。战事是在平川里偏南的地方进行的。根据方向来判断，那里是王虎村。王虎村离开韩村只有四里地。这样看来，环境是更紧张的了。

过了有吃一碗饭工夫，枪声冷疏下来，最后只有一声两声的冷枪了。老陈从大石头后边站起来，向着四周张望着。隔了一会儿，他向孔庆昭说一声“跟着我走”，便带起他匆匆地走上小路，以小跑的步子向山坡下走去。

他们走下山坡，穿过一个小小的枣树林，踏上了平川的路。他们继续疾走了一里来地，面前开始显现出一个村子的轮廓，那就是韩村了。

“老陈！”孔庆昭一面走，一面用发颤的声音说，“你忍心一定把我往死里送吗？”

“你用不到着慌，你死的时候还没有到呢。”老陈回答着。

现在是到了村子跟前了，村口的韩家祠堂和写在祠堂墙壁上的大字标语都可以清楚地看见。他们放缓了脚步，走进了村街。

村子里冷冷清清的，不见一个人影。各家的门户都紧紧地闭着。几条狗躲在墙角的黑影里，向着来人发出低沉的呜呜声。他们来到了村当中火神庙跟前，这里是村农会的办公处。火神庙的门是半掩着的。老陈带着孔庆昭走了进去，东边的大殿和厦房却都是空洞洞的，只有散乱的干草撒满了一地。他急急地带着孔庆昭回到村街上，他想到村农会主席的家里去找。但在这时候，村街上却现出一个人影。那人靠墙根站着，显然是有些惊惶。但后来他终于慢慢地走到老陈的跟前，审视着老陈的脸，压低着声音说："你是西柿村的老陈吗？我的天，这时候你到这里来干啥呀？！"

老陈把来意说明了。那人连声唉唉地说："区农会主席早到东边五里地的马王庄去了。现在南坡底三里地的麻塌村已经到了中央军，情报员刚才探回来消息，说他们正在向这边开。我们的队伍已经从这里转移走了。我是为着取走一件要紧的东西才回来一下的。"

"马王庄现在有敌人没有？"老陈问。

"不清楚。听说区长指导员都在那里的。我看你还是折回去吧。"

"不，我要到马王庄找姚主席去！"

老陈带上孔庆昭，折转身便向村外走。现在他的脚步已经变成飞跑了。他用枪口对着孔庆昭的背，紧逼着他飞快地跑。他们跑出了村街，跑上了大路。

"朝麦地里走！"老陈压低着声音向孔庆昭吆喝着。他们撇开大路，向着松软的麦田跑去。风在他们的耳边呼呼地响着。孔庆昭的长衫子绊着他的腿发出扑闪、扑闪的响声。最后在跳过一块地时，孔庆昭踉踉跄跄地跌倒在地。他在地上打着滚，用腿踢打着麦地，呜呜地哭了起来。

“好老陈，饶了我吧！放了我吧！我一生一世忘不了你的恩……我把我的家当统统给了你！我的红契文书全埋在茅坑里的大石头底下的，那里还埋着两万块老银洋。你不为发财，只为救命吧！你行行好吧……”

“坏杂种！你哭什么！你叫什么！你还想跟在大会上一样，要死狗吗？……”老陈狠狠地骂着，用枪托在他的背上狠狠地敲着，扯着他的衣领把他从地上拖起来。但正在这时候，麦田南头突然发出一声喊声：“口令！”

孔庆昭立刻静默下来。老陈抬起头向发出喊声的方向看去，在那麦地中间的小路上，已经密密地站满了穿军衣的人，他的脑子里立刻闪过刚才村里那个人的话：“我们的队伍已经转移走了，中央军正在向着这边开……”

“趴下！”他对着孔庆昭厉声说，爬到麦田里。紧接着一声枪声从小路上传过来。就在这一瞬间，孔庆昭挣脱了握在老陈手里的绳子，一直向队伍跑去。他的口里没命地喊着：“不要开枪！不要开枪！都是自己人！自己人……”

老陈托起枪来，瞄准跑去的黑影连打了两枪。他看见黑影打了一个踉跄，在麦田的土梗子跟前翻倒了。

枪声哒哒地从小路上扫射过来……

在黎明的时候，我们的队伍收复了麻塌一带的村庄。救护员搜寻伤兵，在村外的麦田里发现了一个农民的尸体。他的身上中了两枪，胳膊上和腿上都有伤迹。救护员同志对工作是细心负责的。她用手摸一摸农民的胸口，心脏还微微有些跳动。她立刻救护了他，找担架把他送到临时医院里。两天以后他恢复了知觉。当医生问他是谁时，他说他姓陈，西柿村人，是个雇工……

一九四六年五月十五日于邯郸

古立高

日寇投降的时候

一

一九四五年，毛主席号召扩大解放区，张长顺他们团奉命开到游击区来，解放这一带的敌占据点。八月间的一天，他们打下了刘家寨——一个中心岗楼，大家正在树林里休息，指导员老远喊着跳着跑来了。他手中举着一张红纸，摇着抖着，跑到队伍跟前，高高举起了双臂喊道："同志们！日寇宣布投降啦！"

这个消息就像一声春雷，大家都不约而同地问一句："什么？日寇投降啦?!"

"是啊！同志们，听听捷报吧！"指导员双手把红色的捷报打开，高声念起来。才念到半截，大家就憋不住劲了，轰一声都跳了起来，高举步枪，大喊："万岁——抗战胜利万岁——"这喊声此起彼落。大家笑着，互相拥抱，互相捶打。连平日最不爱说话的三班长张长顺，这时也张开嘴大叫，一直叫得眼里流出了泪水。接着不知谁起了头，他们用筷子敲着钢盔，奏起锣鼓点，这一百多人，就在这树林子里扭起了秧歌舞。三班长张长顺也随在大队的末尾，破例地跟着大伙扭了起来。

张长顺今年已经是三十八岁了。他是从伪军携枪投诚到八路军来的，到现在已有三年挂零了。平时，他对抗日表现得挺坚决；作战的时候，又表现得勇敢顽强，上级见他表现好，便一步步提他当了班长。可是他这人有个毛病，就是不大爱说话。尤其是刚到八路军来的时候，总是一个人待在一边，痴痴怔怔地想什么心事。

那时指导员问他："张长顺同志，你有什么意见吗？"

他马上站起来咔地立正答道："没有。"

"有什么意见就谈，可别闷在肚里。"

他就连连地回答："是，是，是。"

指导员不好勉强问他，事情也就过去了。可是之后呢？他仍是照旧那样，指导员就又去和他谈，他还是不肯说心里话。其实他心里的确有一个疙瘩，那是在指导员和他谈过四五次以后，他才说了出来的：他家离省城二十来里。在他十来岁的时候，他爹还活着，他们租种着地主孙大头十来亩地，每年除了缴租，生活当然很苦，可也还搁搁浅浅混得过去。他十五岁时爹去世了，丢下了他和他娘，孙大头便硬夺了他们的田，逼着张长顺去给他扛活。这一来，就算上了孙大头的套啦，只有被人家牵着鼻子，叫你向东不敢向西。后来日本人进攻中国，国民党夹着尾巴一溜小跑逃走了，这地区就让给了日本人。孙大头当了保长，那威风可就更大啦！张长顺老实巴交的只知道干活；孙大头见他老实，也就拢着他干，一干就干到了三十多岁。

他娘受了一辈子苦，老伴又死了，就整天琢磨着给长顺讨个老婆，生个儿女，好接替张家门的香火。她起五更睡半夜，接针挽线，为的是挣个吃喝，好积攒下儿子的工钱，给儿子办这门亲事。张长顺三十岁上，碰巧关里来了一家逃荒的，没了盘缠，他家有一个十八岁的姑娘，说是要想出聘；经人说合，他们把积攒了十几年的五十块工钱花了，把人娶过来。

这个姑娘叫素珍，弯眉大眼，长得实在俊气。她也是受苦人家出身，爱见的是穷人。长顺娘心肠好，就把媳妇当亲生的女儿待。长顺呢，是个好脾性人，两口子也过得挺和美。第二年生下一个男孩，起名叫宝童。张长顺自成了家，像变了一个人，精神也好了，话也多了，他似乎觉得比以前活得有意思了。

可是好日子不常在。一九四一年冬天，孙大头派他进城去应差，说是给日本人修飞机场。到了城里便被抓了兵，带进了拉着电网的兵营里。他哭，他哀求，哪里有用？招来的是拳打、脚踢。后来，有一天他在城门口站岗，他一个当家子大伯来偷偷告诉他，说大头丧了良心，把他弄来当兵，霸占了他的媳妇素珍，素珍羞辱难当，吊死在孙家了。最后向他说："长顺，你也要赶快想法逃走，孙大头怕你报仇，放出风来，说还要害你的命哩！"

常说：官逼民反。富人压迫穷人，穷人只有闹革命！这老实人听了这些话，立时心如火燎，他痴痴地瞪着一双眼，说："还要害我的命?!"

"是啊！他害了你的媳妇，怕你……你还是赶快想办法。"他的大伯惶惶匆匆说了这几句话，不敢多逗留，便赶快走开了。

张长顺心里呀，就像缠了一团乱麻，吃不下睡不着，他觉得天下的路绝了。睁开眼看看，到处是一片昏暗。孙大头是日本人的官，有理也没处伸！他想寻短见，又想到老娘和宝童；他想报仇，却又逃不脱人家的天罗地网，那时刀把是攥在人家手里啊！

他就这么天天在心里琢磨着，也想不出一条路来。

不久，他们随日本鬼子进山去"扫荡"八路军，他好像看见当头照着一盏灯，把他的心点亮了。在和八路军接火的那天晚上，他带着枪逃了过来，参加了八路军，回到了自己的队伍来。他知道了：只有跟随共产党干革命，才能报这笔血仇！

两三年出生入死，艰苦抗战，现在抗战胜利了，怎么能不使人高兴呢？张长顺又像刚成家那会儿一样，一下又变了一个人；所不一样的是，这时他已经成了一个有觉悟的革命战士了。

二

他们接到了解放省城的任务，连天连夜向山下开拔。

队伍急如星火地向前开着，歌声一阵连着一阵。沿路上，日本人的岗楼已经撤空了，老百姓正拆着砖，用毛驴往回驮运。多少年，这些无底洞的岗楼吸吮着人们的血汗，现在拆除了，他们心里的高兴，真是说也说不尽。他们见到自己的大部队开下来，烧水、做饭，说不出的亲热。

第一天，部队赶了一百四十里。第二天下午来到了山边上。站在最后的山岗上向下一望：西方的彩霞，照着这宽阔的盆地，那绿茸茸的田野，像一张栽绒的毯子，那稠密的村庄和树林，像绣的一朵朵凸起的花朵。真是多么可爱的地方啊！

三班长望着自己的故乡，心里像歪倒了四味瓶，酸甜苦辣什么味也有，嘴里却说不出一句话来。他想起了三年前的事，他怎样离开了自己的老娘和妻儿，怎样听到大伯向他说的话……后来跟日本鬼子开到山里去，就是经过这条路走的。又想到孙大头。一想到孙大头，就好像孙大头的满嘴金牙在眼前放着黄光，不由得心头的仇恨立时烧遍了全身。暗自问道："孙大头现在在哪里呢？"

他们向前走着，歌声笑声仍不断地飞扬。鲁大钧望着山下，羡慕地咂着嘴，向张长顺道："班长，嘿！瞧啊！你们这块儿真是好地方呀！"

张长顺甜甜地微笑了一下没说什么。战士小李又天真地喊道："班长，到了你们家可要请客呀！叫，叫大嫂给我们包饺子吃。"

"对！大家同意不同意？"高贵英也扭回头向大家喊。

"同意！"许多人高兴地开起玩笑来。

大家都知道三班长是被伪保长逼迫当兵的，知道他有孩子，可是关于他媳妇被污辱、吊死的事，谁也不知道。他向指导员谈的时候，还特别提出要给他保守秘密。所以在这高兴的时候，都开起他的玩笑来，谁知道正兜着了他的心事呢！

小李上来拉住他的胳膊，紧紧地盯着问："班长，你答应不答应？说呀，可别封建呀！……"

这叫他怎么回答呢？他的脸上一阵青一阵红，心里好像刀子绞。他磕磕巴巴地说："……不是封建，不是……"

"那你为什么不答应呢？"

"好，我答应。"

小李这才一拍手，用尖尖的嗓子喊起来："噢——班长答应了，叫大嫂给咱们包饺子吃哟——"

这队伍前呼后应，大家高兴地喊成了一个声，每一个人都是那么兴奋。队伍一阵风似的跑下山来了。张长顺越往前走，心里越感到沉重：在这肥沃的土地上，到处栽的是鸦片烟；许多地荒芜了，有的地方杂草、黄蒿长的比人还高。老百姓的脸色都是黄飘飘的，连小孩子都抽上了鸦片烟。他们见队伍过来，都悄悄溜回家去。

"娘和宝童怎么样了呢？"他想着，心里不由得怦怦地跳。他真想马上回家看看，但又有点怕。

天黑了。部队到达了预定的宿营地。各班刚进房所，正准备休息，指导员来了。"三班长，告诉你们排长不要卸装，马上准备继续前进！"

"怎么？……"

"今天夜晚要赶到城下，迅速包围敌人，迫使敌人缴枪投降。还有六十里路，动作越快越好。"

队伍又不停脚地向前赶路了。究竟为什么这样火急，战士们一点也不知道。这天晚上阴着天，显得格外黑；前面的队伍一股劲地跑，后面的就更得紧赶了。战士们抓紧着刺刀鞘，累得呼哧呼哧直喘气，好像反"扫荡"遇到敌情一样紧急，每个人心里都纳闷起来。

"莫非敌人又反口了吗？"但这是谁也不能够回答的问题。三班长在这茫茫的黑夜里辨认着方向，他认得出，这是向自己的家乡前进哩。他不住地鼓舞着同志们："快了，还有四十里。"过一会儿又向大家报告着："同志们，还有三十里了。"……小李喘着气问道："班长，离你们家不远了吧？"张长顺高兴地说："嗯，不远了。从左边这条路插过去，只有二十里地就到了。"

半夜以后，他们到达距城八里路的一个村庄。老百姓们还睡得正酣，村子里静悄悄没有半点声息。因为是新区，上级决定不要惊动老乡，队伍就在村外的树林里休息，等待天亮。这时，连级以上干部，集合开会去了。

夜里的露水很大，树叶上不住地掉下露水珠，衣服、被子都有些潮浸浸的。村中的狗叫声不时传过来，接着，四外的村子也隐隐传来狗叫的声音。这就是说，我们的军队正从四面八方向这里开来了。在这种情况下，战士们哪里还睡得着觉呢？他们仨一起、俩一堆，高兴地唧唧啾啾小声谈着。有猜测今天行动的，有议论敌情的，也有想象着进城以后的情景的，还有的回忆起这八年抗战的艰苦生活……三班长高兴地说："别的都是小事，同志们，瞧这一带的老百姓遭多大的劫吧！这回解放了，人们会有多么高兴呀！……"他忽然兴奋起来，不由得小声唱起歌：

"共产党像太阳，
照到哪儿哪儿亮，
减租减息闹生产，
生活一天比着一天强，
咿呀呼嗨……"

大家被他这歌声逗笑了。小李也情不自禁地喊起来："再来一个！"高贵英忙制止他道："小李！别叫，人家睡觉呢！"小李一吐舌头，鲁大钧用那大憨嗓子说："怕啥呀！你瞧瞧，哪个睡着啦？都急着进城呢！哎，小李子，这次进城我给你缴一支金钩小马枪，别叫这三八大盖老磕你这脚后跟了，好吧？”小李一撇嘴拧着脖儿说：“谁罕你‘打完了仗来献刀’！”鲁大钧哈哈笑起来。

拂晓的时候，连长、指导员都回来了。指导员向大家动员说，我们马上派人进城去交涉，命令敌人缴枪投降，敌人不投降，就坚决消灭他！并提醒大家不要松懈，积极作战斗准备。大家立时行动起来了，擦枪的擦枪，磨刀的磨刀，都憋足了劲，准备消灭那些不投降的敌人。“小李子！”鲁大钧在鞋底上磨着刺刀喊道：“你瞧着吧！一刺刀一个，叫它刀刀见血！前年冬天敌人‘扫荡’，杀了我们多少老百姓？他妈的，这次他要还敢不缴枪，咱就叫他尝一尝！”

“是啊！你忘了那个不到三个月的小孩，肠子都叫鬼子挑出来了！”小李鼓鼓地瞪着小眼睛。高贵英遗憾地说：“这回，它投降了！”鲁大钧刷地一擦刺刀，狠狠地道：“那也不能轻饶！”高贵英道：“可是咱们有俘虏政策呀！”三班长这时插嘴说道：“同志们，只管准备好，冤有头、债有主，杀人的他得偿命！别急。”

中午接到了消息：敌人拒绝投降！

上级命令：紧急准备战斗！

三

下午四点钟的时候，部队一切都准备好了，战士们仍然在树林里等待着命令前进。连长和排长们已经到城周围看地形去了，留下指导员、副排长们在这里照管部队。这时，忽然刮起了一阵黄风，在远远的地方旋转着，从绿色的庄稼上扫过来，扑到他们跟前。那黄风滴溜溜打了几个转儿，又向城池狂奔而去。战士们远远望着，那黄风顶在城墙上，竖起几十丈高的一根大黄柱子，长久地在城的上空浮荡着、旋转着。接着是一声吓人的暴雷。那乌云就像涨潮的海浪，只听一阵呜呜作响，立时卷过天心，布满了整个天空。接着，那一个点的大雨，就像倒水一样劈头浇下来。不一会儿，遍野的黄水漫上脚面，不分东西南北四处奔流……

“同志们，把鞋带绑绑结实!”三班长抹一把脸上的雨水向大家喊道。

战士们挺着胸脯，直望着省城的方向。这场暴风雨，似乎更加强了他们的警惕，提高了他们的战斗情绪。他们清楚地意识到，不仅要和敌人斗争，而且要和自然斗争了。

从远远的后方跑过来一支队伍，他们都赤着脚，身上背着什么东西。虽然已离他们不远了，但是大雨遮蔽着视线，却看不大清楚。走近来一看，原来是一队民工，为首的是团政治处的民运干事。他浑身向下流着水，急向指导员喊道：“喂！政治主任在哪儿呢?”

“前面，就在那儿!”指导员指给他。

民运干事向民工们说：“老乡们，你们先在这儿休息一下，我马上来。”说罢，他向前面跑去了。

民工们都向前靠拢来。他们扛着担架，担架都是临时绑扎起来的。在队前招呼的，是一个花白胡子的老人。他把衣裳斜披在左肩上，袒露出半个紫铜色的胸膛，胡子向上翘着，蛮有精神。

三班长定睛一看，不禁吃了一惊，他禁不住大吼出来：“大伯！是你——”

那老人一怔，扭过头来，他的眼光真尖，立时认出来了。他大叫着奔过来：“长顺！长顺，是你呀！好！……”老人高兴地笑着，抚摸着他的肩膀，嘴里喃喃地不知咕噜些什么。

“大伯，你好吧?你怎么来了?”张长顺高兴得不知道说什么好。老人说：“好，我好。我来了。你还挺结实。真是好军头！……好好歹歹，这东洋鬼子算是降服了，你也回来了……”

“娘和宝童他们还好吧?”

“呵呵，他们……”

“怎么样?他们……”

“他们……”老人脸上的笑容渐渐淡下去，阴沉下来了。他为难地望着张长顺，眼睛发了红，在那花白的眉毛下面，闪起一层白晶晶的水光。“长顺！……”他的嘴角搐动了两下，说道：“要给咱的人报仇!”

天空轰隆隆滚过一阵急雷，雨点似乎更大了，张长顺的头发支煞煞竖了起来。他急抓住老人的手，望着老人的脸问道：“我娘，咋了?”

“不，她还活着。”老人说，“可是，她疯了，眼也瞎了！你见了恐怕不认识她了。不到三年光景，头发全白了！……长顺……”

“啊！宝童呢?”三班长迟疑了一下问。

“叫孙大头用绳子勒死啦！把孩子扔进枯井里……你娘就为这，一股闷气……”

“孙大头杀了我的孩子！他……”

“是啊！他听说你干了八路，他要害咱挖苗断根！他……”

“他现在在哪儿?”

“城里！瞧！都在城里——那些小鬼阎王们！……”哗哗的大雨，轰轰的雷声，好像是敲着战鼓。战士们围着这两位亲人望着。开始他们为三班长和亲人相会而高兴，可是，接着仇恨填满了胸膛!

“班长……”鲁大钧叫道，“你别难过！报仇的日子到啦!”

“对！给班长报仇!”战士们一齐吼起来。

前进的命令传下来了。张长顺急向老人道：“大伯，我们就要向前方去了，你要是先见到我娘，告诉她，我们翻身的好日子就来啦！再见吧！大伯。再见!”

队伍冒雨向前去了……

四

只有几十分钟，部队便到了城下。因为阴天下雨，夜幕已经拉下来。敌人不断向城外打着枪。指导员站在队前向大家说道：

“同志们！日寇虽然已经宣布投降了，可是这里的敌军拒绝缴枪！不缴枪，我们就坚决消灭它！今天天气不好，大家要勇敢、沉着，不要轻敌大意，要把死老虎当活老虎打！听到没有？”

“听到了！”

“我们连担任第二梯队，大家要服从命令，听指挥，上级指哪儿到哪儿，要坚决完成上级给我们的任务！……”

指导员向战士们作了简短的动员，队伍便原地休息，等待号令前进。过了一会儿，一排长来叫张长顺，他们一齐到了连长那里。连长问道：“派三班成吗？”一排长答道：“是呀，三班很合适。”

连长于是向张长顺谈了所给予他们的任务，最后说：“同志，这个任务很重要，我们的第二梯队能不能顺利完成任务，你们是关键，记住没有？”

“记住了。”

“好好准备一下！”

“是。”他向来接受任务都是这样子的。

天越来越黑，黑得伸手不见五指。雨还在下着，炮打响了。突击队在向前运动。一排长带着三班和尖刀连并排向前面跑。跑出村来，一排长握着张长顺的手道：“你们前进吧。张长顺同志，无论如何，要坚决完成上级给我们的任务！”他只简短地说了声：“排长，你放心。”便带着全班同志和尖刀连分路向前跑去。

脚下一步一滑，敌人打过来的炮弹溅起朵朵的水花，战士们只管盯着前面的人，握紧着枪，一口气地跑上去。

敌人的机枪子弹漫天飘飞，弹道的火光织成火网，在当头吱吱地鸣叫。但谁也没有停一步。

“三班停止前进!”张长顺小声喊。

他们趴在一条铁路下边，望着攻击的部队在侧面飞跃地向前跑去。谁心里都是痒痒的。鲁大钧说：“班长，瞧人家多美!”三班长鼓励大家道：“同志们！不要慌，我们马上也要上去的。赶快完成我们的任务!”于是，他们围在一起小声谈起来了。双方的炮火在他们头上呼啸，把天空照耀得忽明忽暗。他们借着炮火的光亮，顺着铁路屈身向前跑去。

不到二十分钟时间，城头打起一颗蓝色的信号弹。小李向起一跳喊道：“瞧！登上城了!”大家都转过身看着，一连又飞起了两个蓝球。

高贵英说：“真的登上城了，没事啦！瞧!”他也呼地站了起来。三班长仍趴在铁道上，一面紧张地弄着什么，喊：“趴下！趴下!”鲁大钧真压不住了，他向班长请求道：“我去看看吧！不然把我们丢在这儿算怎么着?”大家也都赞成去联络一下，三班长嘱咐了他几句，让他去了。

大家都急着进城消灭敌人，所以都有些不安起来。三班长却不言不语地埋头工作，他外表上很沉着，其实他也恨不能长上翅膀，一下飞进城去，立刻和仇人相会。

城头上响起一片激烈的手榴弹爆炸声。部队在扩大突破口。他们看着城上的炮火，一会儿靠里，一会儿靠外，心情都有些紧张。高贵英说：“班长，敌人投降了，抵抗还这么顽强啊！瞧，拉上锯啦!”三班长没有说话。又过了一会儿，城墙上再看不到爆炸了。

“打进去了!”高贵英高兴地喊。

三班长有些疑惑。这时鲁大钧气喘喘地跑了回来，他不待别人问就喊道："又叫狗日的反突下来了！手榴弹打没了，云梯也炸断了！妈妈的！……"话音没落，听到环城铁路空空空空响起来。三班长说："同志们！隐蔽好！"大家刚趴下，铁甲火车的喇叭哇哇叫起来，一眨眼，黑乎乎的长蛇驰过来了。战士们有些沉不住气，三班长急说："别暴露！"他们屏住呼吸，睁大眼睛直直地瞅着。可是雷管着了雨水，炸药没有响，铁甲车没有翻倒过来，而且一直叫着冲过去了。铁甲车上的炮弹、子弹朝直向我们部队前后扫去。这时城上城下打成一片火海，后续部队被截断了。

"鲁大钧！高贵英！跟我来！"三班长一跃跳起来，便向铁甲车冲去。铁甲车四面冒出火光，子弹不停地向外飞。他趴下来，观察了一下，向他俩说："直冲到车下去！"三人一个跃进冲到了车跟前。车下是死角，敌人打不到。可是好几寸厚的钢板，子弹手榴弹打不透，车门锁着，拉不开。三班长不顾一切地顺着车轮向前爬。这时，车子又向前开动了，把他们丢到后面。子弹在他们身边不住炸开。三班长很难过。他想着指导员的话："上级指哪儿到哪儿，要坚决完成上级给我们的任务！现在……"

一闪之间，火车又退回来，他们又跟着向回跑，但怎么能跟得上呢？眼看火车又驰过去，三班长猛向前一扑，一只手抓住了火车头车门上的扶手，身子拖在地下，被火车带着向前跑，腿磕破了，流出血，他没有放手；他的胳膊和身子像拉断了，他仍没有放手；他终于攀上了火车头。他一连向冒着烟的烟囱投下三个炸弹，火车停下了。

"鲁大钧！高贵英！拿炸药来！"他趴在车顶上喊。

铁甲车仍向外边放着枪炮。他探下身去向冒火的枪眼塞进一颗手榴弹。射击停止了。他从这个车厢上跳到那个车厢上，一个个封锁着敌人所有的火力。

这样坚持了十来分钟，他忽然计上心来，他向敌人喊：“缴不缴枪？不缴枪拉炸药啦！”

车厢里哑然无声了！过一会儿，里边起了争论。他又威胁地喊：“不缴枪要拉火啦！”

“缴枪！缴枪！”火车头上喊“千万别拉，我们投降。”

车门拉开，枪一支支投下来。

在这同时，第二次登城又开始了。城上的敌人见铁甲车失掉了效力，迅速向下溃退了。部队登上城，没有停脚，一直尾追敌人。三班也接到了登城的任务，他们随同自己的连队插向街中心去。

城被突破了，敌人还是拼命地抵抗。敌我在大街小巷追逐搏斗。老百姓不明白：鬼子投降了，为什么还遭这场战祸，都缩在家里不敢出来。战士们不明白：鬼子投降了，为什么还抵抗这样顽强？只有坚决消灭他！

一排一直插到一座方碉跟前。这是敌人最后的防线了。天色已经发白，大雨变成了牛毛雨，一片黑雾笼罩着城头。喊敌人投降，敌人还不住叫骂。

连长的肚子都气破了，冲碉堡连发三枪，喊：“炸掉它！”

一排长把四个班长找来，研究爆破。三班一个战士一起一伏地跑过来，他叫刘德昌，是解放过来不久的伪军士兵，他说：“排长，班长，我抱炸药上去！”三班长说：“我们研究一下再说吧，你使用炸药不熟练，还是……”刘德昌急说：“我行，这几天我学会了！班长，这里住的日本宪兵队，我挨了多少冤枉！你们看！”他敞开怀，露出一道道长长的伤痕，“是鬼子用火柱烙的！你们看！”他又伸出缺掉指甲的十指，“鬼子用竹签钉的！压扛子，灌辣椒水，说我反抗‘皇军’，勾连八路！排长，班长，他们杀了我的老爹、妹妹，现在投降了还打伤了我们这些弟兄！……我死也跟狗日的拼啦！”他抓着班长的手用力地摇晃着，脸色铁青铁青。

决定由三班担任爆破碉堡。刘德昌卸掉了累赘的东西，挽起袖子。张长顺一一指教着他。掩护火力打响了，三班长拍拍他的肩膀说：“刘德昌同志，完成了任务就是给人民立下了功劳，勇敢点！一下冲上去！”

刘德昌说：“班长，我誓死和大家一条心！”鲁大钧跷起大拇指说：“好同志！”热情地拍了拍他的肩膀。刘德昌听班长喊了声“前进”，便蹿了出去。他扛了四十公斤炸药，真像飞一般快，战士们都鼓起掌来说：“好样的！”可是，突然他倒下了，他挣扎着爬了几步，再不动了。

“班长，我去！”鲁大钧没等班长回答，早跑上去了。他扛起炸药继续前进，到碉堡底下迅速把药靠上，拉了火就向回跑。听到后边咕咚一声响，扭回头一看，敌人用刺刀把炸药撑杆推倒了。假若就让它这样爆炸，一定不能奏效；可是导火索在燃烧，再返回去靠上它，说不定正碰上爆炸。但是鲁大钧没有管这些，返身又跑上去，撑起了炸药，导火索只有几分长了。他想：糟糕！要一块毁在这儿了！他拼力向前蹿了三步迅速卧倒下来，轰隆一声响，碉堡掀了半边，骤时冒起黑烟直冲上天去，崩起的砖土把鲁大钧埋起来。三班长他们一涌冲上了碉堡。

敌人的最后主牌崩溃了，司令部摇出了白旗。

过了一会儿，连长上来说：“三班就守在这里。伤员留在阵地上。伪军向我们交涉投降了。”

三班长放了警戒，回到碉堡底层看着给刘德昌和鲁大钧上药。鲁大钧炸伤了腿，砸坏了手。刘德昌的胸部被子弹穿透，伤势十分严重！可是他静静地躺着，心满意足地叫了声：“班长……”

五

在三班打下方碉以后，敌人竖起了白旗，并派人来和我们接洽投降。派来的是一个十分狡猾的家伙，他自称是司令部的中将参谋长。我们团的刘参谋长接待了他。寒暄了几句之后，刘参谋长便谈到投降的具体措施。可是那家伙却百般地纠缠，一直拖延了一点多钟，才算把投降条件拟好。之后，各带一份，他回到伪司令部去了。

战士们知道敌人要投降了，情绪都非常高涨。五连长命令三班和一个机枪小组守原防控制了碉堡，其余的部队全部调到敌人司令部附近去监视敌人。连长向三班长和战士们说："同志们！你们把火力准备好，敌人动一动就敲倒它！"三班长向首长作了保证，连长到前面去了。鲁大钧躺在地上，吃力地向起爬，他咬住牙忍住痛喊道："投降！投降！太便宜狗日的啦！我们伤了这么些人，就这样算了吗？"三班长急忙扶住他说："大钧，你不要动，别把伤口闹坏了。"接着，又坐在他旁边向他说道："敌人投降，我们也可以少受些损失，老百姓也少被伤害嘛！"

"哼！"鲁大钧仍气愤地说："妈的，临死还这样顽强抵抗，我真不明白这些汉奸头子们心是怎么长的！他们……"

"班长。"刘德昌也微弱地叫了一声。他缓缓地睁开眼，三班长又赶忙走到他跟前，看着他一抽一抽地喘气。他的脸一点血色也没有，无光的眼睁了一会儿又合住了。

"刘德昌同志，你只管好好躺着，等敌人投降马上把你抬到医院去，你……"

"班长，就……就这样叫他们利利洒洒……把枪缴了完……事吗？他们……"刘德昌咬紧牙齿瞪大了眼，仇恨燃烧着他，他说不出话来了。

"刘同志，只要敌人放下武器……"

"放下武器!"鲁大钧激动得猛力向起一坐，又痛得躺下去，他浑身颤抖着说："班长！俘虏的敌人我们宽待，这我没意见；可是打成这样敌人才缴枪，我们不如干到底！……"三班长急忙扶住他——他的脸色也沉沉的，但他没有过分激动。他说："大钧！仇总是要报的！刘德昌同志有仇，你有仇，我有仇，我们千千万万的父老姐妹都在人家刀尖上活着。可我们要往大处想。上级接受敌人投降是对的。"

"老鲁。"小李俯下身抓住大钧的手，不知说什么好。沉默了好一会儿，他终于自言自语似的咕噜道："是啊！那些最反动的家伙不能轻饶他们……"

三班长沉默了一会儿，说："大家不要着急，刽子手们一个也逃不掉的!"说罢，他便上碉堡顶去观察敌人了。天仍下着小雨，敌人的白旗向下滴着水。城里城外没有枪声，大街小巷没有行人，一切都是这样沉闷。

白旗向下垂着，滴着水，一下、一下，像时钟。一点钟过去了，仍不见敌人出来缴枪。战士们等得焦躁起来，有的喊："不缴枪打他狗日的吧!"正在这时，城外响起了火车的声音，三班长不禁一怔。接着，城外又响起了枪声，不一会儿，炮声也响了。炮弹打向城里来，在我们的阵地上爆炸开。小李急问道："班长，这是怎么回事?"三班长一怔，急命令道："同志们！各就各位，准备好!"这时城里的枪声也响乱了。

三班长从碉堡的枪眼向下望着，看见连长指挥队伍向敌人司令部冲锋了。他虽然闹不清是怎么回事，但估计可能是敌人又拒绝了投降，便亲自按住机枪掩护连长他们攻击。机枪、步枪一齐向敌人射去，敌人的火力中断了，连长他们便一拥冲进了敌人院子里去。院子里响起手榴弹爆炸声和肉搏的杀声。

“班长，我们也冲下去吧!”高贵英焦急地叫道。三班长观察了一下说：“不，没有命令，我们就守在这里，看情况的发展再决定。”

十几双眼睛向碉堡外望着，心弦一会儿比一会儿紧。啊！连长他们又被反突出来了!

“开火!”三班长喊，“掩护!”

子弹向前飞去。忽然，敌人的炮弹向碉上、碉下打来，立时升起几团黑烟。战士们被烟熏得睁不开眼，前后左右什么也看不见。等黑烟消散，连长他们已向后退去，敌人向前靠了，战斗在街上展开，奔跑的人影忽隐忽现，分不清是敌人还是自己人。

“我们怎么办?”小李急急抓住三班长。三班长闪闪眼，沉着地说：“不要慌，等命令。”

这时，大家真被闹糊涂了。可是三班长想：“不管怎么样，你也逃不脱老子的手心去!”他又向大家说：“同志们！要听命令，不准乱!”

过了一会儿，从大街冲过来一股子人，大家正怀疑，这股子人便向我们的部队开了火。看不到我们的部队，只听到枪声一会儿比一会儿远。这股子人在大街上和敌人汇合了。一个当官的和伪军的官长，和背着钢盔的日本人握着手，好像彼此道着辛苦。三班长急喊道：“同志们，向敌群开火!”

机枪一叫，握手言欢的敌人呼呼呼倒下一片。敌人开始向碉堡攻击了。先打炮，接着是冲锋的部队。“同志们！沉住气，今天我们这一个班，一定要和敌人拼到底！我们就是牺牲了，人民和党也会永远记着我们！打!”三班长喊着，便向下甩出手榴弹，手榴弹刚爆炸，战士们的手榴弹也一齐落地了。敌人死伤了十几个，又退了下去。

枪声、炮声仍在城里各处响着。可是敌人没有再攻击三班的碉堡。

天黑了，炮火的火光冒起来，红亮亮的。枪声一会儿比一会儿离得更远了，他们陷入了敌人四面包围的情况下，三班长感到情况严重。他的心微微有些跳，他想不出里边的缘由。不过他坚信：不管敌人怎么挣扎，最后也得被消灭。这时，一个叫钱旺的战士，哆哆嗦嗦走过来，说："班长，我们快点……撤吧！你看……"

三班长的手搭在他肩膀上，说："钱旺，别慌！看样子现在……"他没有向战士说下去，他想说，我们现在撤不出去了，可是他没有说出来，他只说："没有命令，我们就要守到底。你放心，连长不会忘记我们。"

天色黑得伸手不见掌，只有炮火不住地闪着火光。但是炮火的光渐渐移向城根下面去了。

"班长，班长！"高贵英的声音充满了兴奋，有些颤抖。他爬上来说："通信员小赵来了！叫撤退！"

"撤退？"

"是啊！你下去看看吧！"

"好，高贵英，你在上边监视敌人！"说罢，他便顺楼梯向下跑去。跳下二层楼听见小赵急喊三班长！"他的声音里充满着高兴，"三班长啊！"

三班长急制止住他的喊叫，问："怎么样？"

"哎呀，我的三班长！差一点我也牺牲了！……"

"到底是怎么回事？"

"妈的！"小赵突然气愤地小声骂了一句，抓住三班长的手说，"敌人快缴枪啦，从西边开来了国民党的军队，向我们……"

"国民党的军队？"

"是啊！用火车开来的，一共三个师，嗯，是三个师，一下冲进城来，我们……”

“国民党的军队从哪里来的?”

“听说，听说用美国飞机运过来的，妈的！……上级说为了避免内战，决定先撤出去。”

三班长问：“没有跟国民党交涉?”

“听说是交涉啦，人家连话也不答，就向咱开了火。这，没什么话说！走吧！快撤，四面都是敌人，要快!”

“才决定撤退吗?”

“不！第一次派‘花机关’（通信员外号）传你们撤退，过了二十多分钟也不见你们归队。连长又派我来，叫我坚决到达这里侦察清楚回去报告，谁知道你们还守在这里。”

“‘花机关’呢?”

“我走出六七十米远，发现他躺在地上，牺牲了!”

三班长不及多问，便派人召集大家集合。集合好，喊鲁大钧和刘德昌，却没有人答应，三班长在他们原来的地方摸，摸不着。

“这儿呢!”高贵英在枪眼跟前发现了刘德昌。不知什么时候他爬过来的，他枪口对外，手紧紧地握着枪机。“他牺牲了!”高贵英突然惊愕地叫。

“大钧呢?”

小赵忽然想起来，说道：“不是在外边堑壕放哨吗?”

“小赵！你赶快把他背回来!”三班长急说。小赵想问问，但他很快就明白了，一个人摸出了碉堡。

小赵背回了大钧，他们已把人配备好，并作了简单的动员。

鲁大钧急问：“这是怎么回事？上了当了吧！敌人究竟是缴了枪没有?”

“大钧!”小赵急说，“国民党军队抄了咱们的后路!”

“撤啦！咱们得快撤！四面都是敌人！”

大钧忍住痛，眼睛在黑暗里闪着，他突然叫出来：“班长！你给我留下几颗手榴弹！”

“怎么？”

“你们走！我的腿……好！我死也换他几个！国民党！国民党……”

“不！”三班长抱住他，“大钧，你放心，我们只要有一个人活着，也不能丢掉你！”他们开始向回撤。小赵带头，三班长掌握机枪组在前面，高贵英背着大钧。敌人已把大街通通控制起来，小赵带着大伙从原路向回摸。大家像打游击时一样，小心翼翼地放轻了脚步，爬一节，走一节，整整走了半小时。

他们走进一道非常狭窄的胡同。三班长说：“同志们，顺墙根趴下，不要动！”他们悄悄趴好，谁也不说话。

现在城里已经没有枪声了。这说明我们的部队已经全部撤走了。

三班长立起来，轻轻地拍拍每一个同志，自己向前摸去。房都是这样高，门都紧紧闭着。他拐了几个弯，才发现了一座矮房子。推了推门，紧闩着，这可以断定家里有人。这房子踏肩可以上去，他决定先把队伍带进院。他先回来叫了高贵英，把高贵英先送上墙去，又叫来第二个，又把第二个送上去。高贵英抓着第二个上来的步枪滑下墙，将门打开，六个战士悄悄进了院，又轻轻闩上门。

六

和张老汉说明了他们的情形，张老汉不住地叹气。他的儿子忠贵说：“官家认贼作父，咱们在哪儿站脚哇！?”他失望地蹲下去。三班长说：“老弟，我们都是一样的人，不要着急，咱们有共产党，有毛主席，咱们有办法！……”

钱旺对三班长说："我看，咱们先换了便衣躲起来……"

"干什么？"小李瞅着他说，"当俘虏啊？我不干！我死也不留在城里，坚决向外冲！""可是城里尽是敌人，怎么冲得出去呢？"

高贵英说："冲出一个是一个。钱旺，你可不能……"

钱旺一抬头，见大家的眼光都望着他，他的脸突然热了起来，忙说："你们不能误会我，我决不……"

"住嘴吧！"鲁大钧忘记了他的伤，拳头向炕沿上一撞，疼得咬住牙，眼盯着钱旺呼哧呼哧喘着："国民党不打日本，现在美国用飞机把他们运来抢咱们的胜利果实，你就……"

三班长说："同志们，大家不要吵。现在碰到困难，要商量解决。嗯，国民党来这一手，我们可真没有想到，有仇、有恨装在心里！事到如今，我们没有第二个办法，只有向外突！高贵英说得对，冲出一个是一个。共产党员、革命战士，誓死不屈服！我们决不当俘虏！是不是坚定，是不是对革命忠心，今天就是一个考验！大家发表意见吧。"

"班长！没说的，突！"大家都抓紧枪。三班长说："好！同志们！我们一定能够冲出去的！"钱旺说："碰见敌人怎么办？"高贵英说："拼！"钱旺踌躇了一下又说："城墙那么高，怎么下得去？"小李说："跳！""跳下去还不摔死？"三班长想了一会儿，说："要想想办法。"他想：借老乡一条绳向下滑，可是大家没有钱怎么办呢？"哎！有了！"他兴奋地说："同志们解绑带！""对！把绑带拧成绳！"大家都动手解下绑带。大钧看着大家紧张地解着绑带，向前爬了一下，抓住班长，眼睛红红的，说："班长！请你给我两颗手榴弹吧！我是……你们自管冲出去，把我抬到街上，我等着他们，我要看看国民党，我要见识见识他们！我……"

"大钧，你，不要焦急。"

“我是走不了啦！你知道。我只有……”

“老鲁，”小李上前抱住他，眼里有些润湿，“好同志，不要急，我背你！我背你冲出去！我们会突出去的！你好了……给我缴一支金钩马枪！行不行？”

“小李，”大钧望着他，眼也不由得浮起一层水光来，“不！你们不要再管我了！”

三班长握紧大钧的手，很久，他才望着他的眼说：“大钧，我想把你留在这儿，等伤好了再想办法！”

“班长……”

“大伯，”三班长走到老汉跟前说，“这你看到了，我们这位同志实在没法走了，留到你家养一养。大伯，你帮帮忙吧！将来我们一定好好答谢你！你把我们的同志掩护好，就是对咱们老百姓、对国家立下功劳。”

“同志，我给他换上便衣，就说我的儿子，你们看行不行？”

“谢谢你老大伯，”三班长双手握住老人，“……好！”他又急走到大钧跟前说：“大钧，没有办法，我们只有暂时分别了！我相信你，我相信我们能活着见面，希望你……”

“班长！你，你放心，你们只管走吧！我鲁大钧活着是党的人，死了是党的鬼！请你告诉连长、指导员，我鲁大钧决不丢脸！只是，只是我不能再和大家一块作战了……”

“不！我们能够见面的！我们都会活着相见的！”

“大伯，请你再指我们一条路，我们就要走了。”三班长又向老人说。没等大伯开口，儿子忠贵猛站起来：“班长，我带你们走！我想参加你们！”

“忠贵！……”老娘急扑上来抱住他。

“娘！不要这样，我没法这么活下去！我要跟他们去！爹，我要跟他们去！”

老汉望着忠贵，又望望同志们，他忍不住流下老泪来。但他说：“好！忠贵，你跟他们去！死活你跟他们在一起，我等着你们回来！”

“班长，你们要我吗？”

三班长为难起来：“同志，你要参加革命是很好的，可是你……”

“我一定要去，班长，你答应了我吧！”

三班长沉了一下说：“好！只要大伯大娘愿意，我们就一起干吧！咱们马上就走，天不早了。”

“爹！娘！你们等我回来！”

“忠贵，我的……”

“忠贵，你走！看吧，要是这里活不下去，我也上山去干八路军了。”

鲁大钧望着他们一个一个出了门。

七

忠贵领他们上了后房，向下一望，街上的路灯闪着光，被雨帘遮着，显得昏腾腾的。三班长指挥大家平趴在房顶上隐蔽着，他和忠贵向前观察。离这儿三十米的十字街上有两个游动哨交叉地踱着，听见一个吼：“哪一个？”“口令！”叫口令和喊叫的人一个连一个，一直到听不清楚的远方，这可以断定街上的岗哨是怎样的稠密。接着听到一阵马蹄声从远处一直奔到他们的胡同来，三班长急按忠贵匍匐在房顶上。马队过去，三班长用手擦去了前额上的雨水和汗水，小声问：“一定要穿过这道十字街吗？”忠贵说：“是呵，别处绕不过去。穿过十字街一直向北面的小胡同，再向西再向北才能到城根底下——东城门和北城门的中间。这……怕……”忠贵有些犹豫了。三班长捏紧他的手说：“不怕，只要通过十字街，没有问题！”三班长把大家叫到房檐上趴下，他趴到中间指着告诉大家突围的方向和路线，最后说：“同志们，万一被敌人打散，我们一直就向那个方向去。”

“好！”大家表示了最大的决心。

“把刺刀检查一下，手榴弹准备好。把鞋脱掉！”大家匆匆检查了一下，脱掉鞋子拴在皮带上。三班长又命令道：“同志们，开始行动，沉住气，听指挥！”

三班长第一个攀着电线杆滑下去，接着是高贵英，第三个是忠贵。等大家都滑下来，三班长向机枪组长说：“你掌握小李和钱旺，带着忠贵，看我的指挥行动！”机枪组长应了一声，指挥忠贵他们趴在阴影里，自己伏在拐角，向走去的班长和高贵英望着。

“同志，”小李叫着忠贵说，“不要紧，你跟定老傅没关系。”他指着机枪组长，又掉回头向钱旺说：“钱旺，别慌，你跟着我，没啥问题！”小李的信心真强。他似乎对当前的情况一点没有看到。不！他是根据三四年来打日本人的经验，他觉得这情况并不算顶危险的。他十四岁上入伍，今年才十八岁，可是他已经经验过鬼子的无数次“围剿”“扫荡”了。

三班长和高贵英赤着脚，顺墙根从两边向十字街摸去。走了有十米，望望没有敌人的岗哨。三班长用白手巾招了一下，四个黑影立时跟了上来。刺刀在黑暗中闪闪地放着光。他们又匍匐下了。三班长和高贵英又向前走了十几米，看见了一个哨兵。他们心里一喜。三班长想：只要抓到一个哨兵要出口令，危险就小多了。可是细耳一听，那哨兵哼着歌，歌声听不懂。再仔细一看，从路灯的暗淡的光下看见那哨兵的衣服很短，是黄色的，背上扣着一个钢盔，一动，牛皮鞋的钉子咔咔响：是个日本兵。日本人不懂话、又顽强，三班长的高兴又全消逝了。“不管他！先通过这一关再说！”他隐蔽着等待着，他希望日本人能晃到他跟前来，突然把他扼住，将他扼死！可是日本人偏在街中心转。他心里像火燎，眼里直冒金花。沉吟了一会儿，他独自下决心道：“就这么干一下吧！”他猛然向前一跳，挺着刺刀大喝：“口令！”

那日本人正扬扬得意地哼着歌，被这一声大叫吓蒙了头，扭身一看，刺刀逼着他，他急说：“呵呵，朋友的，朋友的，蒋委员长大大好朋友！”这时高贵英从后面跳出来也大喝一声：“口令！”日本人一回身，三班长用力向他背上突刺进去，日本人叫也没叫一声便栽倒在地上。可是因为用力过猛，连枪筒也刺进有半尺深，怎么也拔不出枪来了。三班长用一只脚蹬着鬼子的脊背用力一抽，血直溅到他的脸上、胸上，他用袖子抹一把，向后招了一下手便和高贵英向前进了。

哨兵的喊叫声此起彼落，空气十分紧张。三班长他们并不再隐蔽，持着枪直拐向十字街去，老傅、小李、钱旺和忠贵随后跟着。

“口令！”

“口令！”

三班长和高贵英一前一后拼足了劲大喝着。一面喊一面就逼到了两个哨兵跟前。他们面对面，刺刀对着刺刀，这股子气焰，这股子威风，神鬼也要低头！哨兵隐约有点清醒了，一个畏畏缩缩向后退，高贵英啪一拔枪，拼命向他一刺，那家伙一闪身，刺偏在肋上，倒下去，可是：“叭！”他搂了一枪。

三班长见事不好，一个前进，随着枪托子掼在另一个家伙的太阳穴上，那嵌着青天白日的帽子飞出多远，他没有喊也没有还枪就倒下了。高贵英又向那个喊叫的家伙的背上戳了一刺刀。

“同志们！前进！”三班长大喊。

敌人的枪弹从四面射来，战士们在弹雨下飞跃过去。三班长见大家插进小胡同，才最后跟上去。可是刚跑到胡同口，觉得大腿上像挨了一棒，跌倒在地上。他知道自己挂花了，可是他毫不犹豫地迅速立起来追上去了。血顺着他的腿流下来，流到脚上，踩进泥水里，一步一个血印……

他们不顾一切地赤着脚向前跑，好像在跑百米，没有顾虑，没有阻挡。枪声响密了，敌人在十字街自己互相对射起来。等闹清情况向他们追上来时，已经看不见踪影了。敌人一面打电话命令部队堵截，命令城墙警戒，一面命令继续尾追。三班长他们现在想不到这些，只是想：迅速！迅速！迅速！

“叭！”对面射来一枪，老傅倒下来，机枪从他的肩上滑落下去。三班长急速端起机枪向敌人哨兵“叭叭叭……”打出一梭子。“冲！”

他们继续前进。又拐出一道胡同，看见四五十个敌人往西面扑下来。他把机枪架在地上喊：“高贵英！你带他们向出突，我盯着！”高贵英喊了声跟我来，便拐向西去，三班长的机枪就不住声地打响了。敌人在街上倒下一片，都隐在墙下不敢再起来。可是，子弹打没了，枪声停止了。敌人端着刺刀呀呀叫着，人越涌越多，日本人、伪军、国民党兵，挤满了一街，他想提起机枪向后跑，可是觉得腿有些沉重。脑子一闪，他想：“我完了！见不到上级了！”

“班长！子弹！”小李在他身边叫。他和高贵英他们向西拐的时候，忽然想起机枪子弹背在自己身上，他想：不能留班长一个人在那里！他坚决地拐了回来。

班长接过他的子弹，咔嚓一声把子弹压上，因为小李的留下，他的勇气又增加了好几倍。机枪又“叭叭叭……”叫响了。成堆的敌人，像遇到暴风急雨的庄稼呼啦啦扑倒下去。“走！”三班长喊一声，二人向自己人追去。

天黑得像墨一样。小雨蒙蒙地下着。五位英雄满身是泥、是水、是汗，他们终于滑下城墙突围出来了。现在他们赤着脚不歇气地向北走。天微亮的时候，已走出十五六里路，枪声仍隐约可以听到。他们在一丛树林旁停下脚，回头望望，城池被看不穿的黑雾笼罩着。看看四野，四野也被黑雾笼罩着。他们互相裹着伤口，钱旺叹一口气说：“班长，国民党为什么打咱们呢？”三班长愤愤地说：“同志，我们要回来的！人民都等着我们回来！我们回到队上，把心里的冤枉、仇恨告诉党，告诉同志们！”

歇了歇脚，他们继续出发了。

“好大的雾呵！要迷失方向哩！”钱旺停住脚，向四方望望，眨着眼说。

“向前走吧！”三班长说道，“雾就会散开了！党在前面，不管有什么困难，我们一定会胜利的！”

他们向前走着，似乎隐约听到了同志们的欢呼声……

原作于一九四六年春

一九五〇年十月改作

一九五一年六月定稿

管桦

不要让汽灯灭了

担架员把这受伤的战士，刚从火线上抬到这战地第一兵站。

在一间小屋里，一个年轻的医生一手举着油灯，细心检查他的伤势，血流得不少，棉军装都湿透了，失血的嘴唇艰难地动着，声音非常微弱。医生把脑袋偏过去，耳朵贴着他的嘴唇，才听他断断续续说道："给我——手——榴弹！"医生把灯向下移动了一下，啊哈！手指上套着一大把手榴弹的断线呢。当时打的一定很激烈，身边的空手榴弹袋都扯坏了。大概是向前冲锋的时候，不然，就是他立起身来，向敌人打手榴弹的时候，一粒子弹从他的小腹上穿过去，肠子断了，粪流入肚子里。

这里距离第二兵站四十多里，这样抬下去，等不到半路就会牺牲了，非施行急治手术不可，要马上把流入肚子里的粪洗干净，把断了的肠子缝接起来。

可是，这里能施行这种复杂的手术吗？离火线三四里地，大炮咕咚咕咚，把房子震的直忽悠，窗户纸哗啦啦地响，机关枪像刮风般呜呜叫着，还时常有一颗两颗流弹，啾地从房顶飞过去。这小屋里，不但充满了灰尘，而且，还有一股子什么臭气。

然而，最糟糕的还不是这些，施行手术要有充足的光线。这里，却只有这么个豆油灯，棉花捻子吱啦吱啦烧着，昏暗的光，看人就像隔着一层雾。

需要急治，如果等到天亮，还用施行什么手术，鸡不叫人就完了。

要克服困难！

只要有一个汽灯就行。但在这小山村里上哪儿找汽灯呢？可是一定要把这困难闯过去！护士们，临时来到战地帮助工作的宣传员们，都出动了，分头到各家去寻找汽灯。

街上，警卫连的一个战士拉住一个宣传员，问道："找汽灯干什么？"

"给重伤员动手术！"

"不就是你们演剧用的那个吗？"

"是呀！"

"来，你看是不是！"

多高兴啊，还有什么比这更令人高兴的呢！这个宣传员乐飞啦。两人进了一家地主的大院，钻进一个草棚子里。宣传员说道："没有人。记着，用完再给他搁这，一样。"说着便搬动草捆，找出一个汽灯来。战士说："刚才我在这睡觉，铺草的时候发现的，摸着像你们演剧用的那个……"

宣传员没等听完他的话，也没顾得答话，便两手紧紧抱着汽灯，高低一脚向小屋跑去。

这灯至少有一年没用过了，零件也不全。有个灯光组的同志，七凑八凑才算把它修理好。

有人说道："唉，油呢？"

一句话，把大家提醒了，都张着手，瞪着眼。"糟糕！"护士们、女宣传员们，又都出动了，每人拿着一个碗，到各家去收买煤油。

好不容易啊，东家几滴，西家几滴，总算把汽灯灌满了。

可是，这各户凑来的油，差不多又都是些瓶子底儿上的货，再加上这"缺胳膊少腿"现收拾起来的破汽灯，点着又灭了，点着又灭了。可把点汽灯的宣传员同志累坏啦，满脸满手都是油泥，大汗直往外冒。

大家望着这汽灯，长出气。

然而，宣传员终于把灯点起来了。啊哈！灯点着了，好亮堂。人们的眼睛都被这光亮刺地眯缝起来。谁动手术？就是这个年纪轻轻的小医生啊？他说二十四岁啦，谁信呢？看上去也就是十八九的样子，这个在革命里长大的青年医生，在革命里学成本领，十四岁时还是个小卫生员的年轻医生，要动这么个了不起的手术，能说不令人惊奇吗？窗户外面、门口，都挤满了人。

老乡说："叫咱开开眼，看看解放军里的小华佗！"

这年轻的小医生把刀子剪子拿在手的时候，向这看守汽灯的同志说道："千万可不要让汽灯灭了哇！"

这还用说吗？谁不知道这是开肠破肚？谁不知道，如果正在施行手术的时候，汽灯一灭，这伤员的性命也就跟着灭了呢？屋里的、屋外的，手里都捏把汗，提着一颗心。

汽灯在半空吊着，满脸油泥的同志立在凳子上，睁着两眼，看守着它，汗像串珠般滚下来。

手术开始了，打麻药，开刀，洗掉流入肚子里的粪沫……好快当啦，一切的动作都在迅速地飞一般进行，汽灯沙沙的，拼命放着光。刀子声，剪子声，窗外人们悄悄的低语声……

战斗仍在激烈进行，大炮咕咚咕咚把这房子震的直忽悠，窗户纸哗啦啦响，机关枪像刮风一般呜呜呜地叫着，一颗两颗的流弹，啾啾地从屋顶飞过去。

突然，屋里一片漆黑，窗外有人叫起来："哎呀，汽灯灭了！"

外面的人们整个都骚动起来了。

"完了，完了，汽灯灭了！"

"这同志算完了！"

有人愤怒地叫起来："你这灯怎么搞的啊!"

这年轻的医生喘了口气，说道："不要紧了，正好手术刚刚做完!"

第　一　课

旷野在火热的太阳下蒸发着。在无边无际没到脖盖的庄稼绿叶上，在杨树林的圆顶上，在掩着野花的小河上和远方的村落上，有昏蒙的尘雾在颤动。几片被热风扯得零乱的云，躲藏到远方蓝色山峰的背后去了。每一块庄稼地里，都时常有人探出头向四处眺望。土岗上的杨树林，也有人们在那里出没。去河边喝水的人，弯着腰，沿着田间的小路奔跑。庄稼被热风吹动时沙啦沙啦的响声，小河哗哗的流水声，以及田野里人们呼唤的喊叫声，都被东边暴风似的机关枪声淹没了。日军和伪军正在东边一带围庄。不知藏在哪块庄稼里的孩子，由于惊吓而发出的啼哭声，更增加了这旷野的紧张情势。

我躲藏在一块长满蒿草和野花的坟地里，不住地从露出黑色棉絮的破被上抬起头来，向四处窥探。咳，本来昨天下午把信交到县长手里以后，就可以向北开步走，回区党委啦，可是，县长要去区党委，说我跑交通道路熟，非叫我跟他一块走不可。他还得到南边一带村庄布置两天工作，叫我在四虎村等他。现在，我上不着天，下不着地，饿得我肚子像开了锅似的咕噜噜响。这些日子，我送信跑了几个县，穿过一道道敌人的封锁线，没有睡一次好觉。夜里在这野地里睡，受了潮气，浑身骨头节酸。一点也不解乏。

我躺在唯一的一棵小榆树底下，让它稀疏的枝叶，给我遮挡着火似的太阳。我把两只鞋扣在一起，放在手枪上，当做枕头。我埋怨四虎村那个两条长腿有点驼背的武装班长，我甚至骂起他来了。肚子饿得这么咕噜噜叫，叫一阵我就把那村干部咒骂一阵。为什么偏把我领到穷的叮当响的张二奶奶家去呢？虽然张二奶奶的热情使我就像回到家里，但，她越是热情越使我心中不安，觉得不该增加她的负担。比如说，周家大院就不可以去吗？深宅大院掩护起来也方便哪。周家有满仓的粮米，他应该招待八路军，他应该负担点。别说我一个人，就是开进两个连队去吃几天也算不了什么，不在乎。拔根汗毛比张二奶奶的腰还粗呢。而且，你们知道周福祥还是我的表姑爷呢。八路军再加上亲戚，你们想想，他会怎样地招待我，他会怎样地掩护我？如果在我表姑爷家里吃饭，怎么也不会饿成现在这个样子，你们想想看，昨天晚上我在寡妇张二奶奶家里吃的是什么样的小米稀粥？不是粥，简直是米汤，是开水。不怕诸位笑话，撒过几泡尿，这肚子就像漏气的皮球一样瘪了。

东边的机关枪，还在哒哒哒哒地响。我睡着了。

我被火辣辣的太阳晒醒。睁眼瞧瞧，小榆树的阴影不知道什么时候从我身上转到老远的地方去了。我坐起来，撩起衣襟，擦擦脸上的汗水。歪着脑袋，听听东边的枪声，响得不那么乱了，只有一声两声砰叭的步枪声。我仰脸眯缝着眼睛望望太阳，已经到了下午。再看那田野里躲藏的人们，似乎也少了许多。我站起来，跳到一边，又把被拉到树荫底下，坐下来，望望西边遮掩在丛林里的四虎村，昏蒙的尘雾中，闪露出白色的粉墙。一棵发黑的圆形树顶，耸立在村落的上空。鹰在那里静静地盘旋。大路和小路上都有人向村里走去。

四虎村平安无事，那里又不是敌人回据点必经的大道，一般地说，敌人下午又不围庄。我为什么像个傻小子似的挨这份饿？不瞒诸位说，我的头已经饿得有点昏眩起来了。我四肢无力地重新躺下。热风吹过来，小榆树稀疏的阴影，在我的脸上晃动，我闭上眼睛。

“我不能像个傻子似的在这里躺着挨饿啦。最糟糕的是，我夜里出来没有告诉村干部，他们不知道我在这儿。”我想，“在这‘大扫荡’的时候，敌人不断地出发，要是不敢进庄，就一辈子也别想吃上饭！”

鬼迷住了我的心窍，让我有这种念头。我坐起来，穿上鞋，蹲在一边，把手枪插在腰里，把被子折叠起来，拍掉沾在上面的草叶和泥土，戴上那顶用苇眉编的伞形草帽，挟着被向四虎村走去。有时候漫踩着庄稼地，有时候沿着田间的小路。

我决定到我的表姑爷家里去吃饭啦。

我走上高高的石阶，用手推推油漆大门，上着闩。

我叮当地叩响铁环，叫道："表姑爷开门——表姑爷！"

我的声音一声比一声高。最后，已经直起脖子喊叫起来了。隔壁排子门走出一个老太太，嘴里含着长杆烟袋，伸过头来，眏着眼，仔细地辨认我。提着我的小名儿，低声说："哟，这不是南庄的大顺吗？"

"对啦，"我说，"大娘的眼力真不错。"

"走吧，到你大娘家里去吧！"老太太向我招手说。

我含笑谢绝了她。我说："到我表姑爷家里吃饭！"

大概她听我的口气，就像我的表姑爷已经给我做好了饭，专等我来似的。于是她转身进院里去了。我叮当地叩着铁环，刚刚直起脖子来，张着嘴巴要喊，就听里面嚓嚓的脚步响。

"谁呀？"门里粗声粗气地问。

"是我，开门吧！"我说。

我听到抽门闩的声音。哐啷一声，大门开了。一个肥胖的老头儿像堵墙似的站在门里。小圆眼睛好比两颗山楂果，脑门扁平，光秃秃的大头，油光的皮色；一对肥大的招风耳朵，活像掸瓶上的鼻儿；嘴唇薄得看不见，胡子很稀拉。穿身灰色纺绸裤褂，手里拿着真正翡翠嘴的烟袋，浑身上下都现出那种文明乡绅的气派。你们知道，这就是我的表姑爷。

他先望了我一眼，然后探出头，扭转着脑袋，望了望大街，缩回头去，小眼睛滴溜溜转动着，在我的身上扫来扫去。“什么事儿啦？”他用眼光这么问我，“大喊大叫把我老人家给请出来？”他皱起来的眉头这么表示。

“表姑爷，”我说，“您胖啦，发福啦。”

我说着抬腿往里走。可是，他仍旧像一堵墙似的挡在面前。我只好收回脚步。我想，他大概还没认出我来。要么就是他不知道我已经当了八路军，以为我是跑反到四虎村来的。

“表站爷，您不认的我吧？”我含笑说：“我是……”

“啊啊哦哦！”表姑爷用他胖得像发肿的手背，揉了一下眼睛，使劲眨了两下，伸着他短粗的脖子，仔细地打量着我，仿佛他这才认出来似的，叫道：“认出来啦，认出来啦。听说你前两个月当了八路军！”

可是，你们知道，他仍旧没有让路，仍旧像一堵墙似的站在那里。而且，我看出他做出准备动手关门的神情，就好像我叫开门，是为了叫他认认我似的。他脸上的神色表示出，我应该走了。

“做点饭吃，”我说，“两顿没吃饭啦。”我已经现出不耐烦的样子。

我的表姑爷脸色立时变得苍白。他惊慌地朝门外扫了眼，弯下腰，对直地望着我，低声说：“你的胆子可真不小，大天白日就敢进庄！”

我明白了，他想把我吓走。我的表姑爷要把我吓走。你们知道，出他的后门口就有一条小河沟，直通旷野。如果来了敌人，就可以沿着沟坡跑出去。可是，他想把我吓走，这是我没有想到的。他这样迎接我，不由我心头火起。

“怕什么？”我把手枪向头上举起来，晃了两晃，挺起胸脯，大声说，“敌人来了就打！”

“哎呀呀，我的天！”表姑爷跳出门，扯住我的袖子往下拉，“嘿，暴露目标，暴露目标！先请到屋里吧！”

“谢谢你，我到哪里都可以吃饭。我有粮票，我吃的是公粮。再见吧！”我本想这么给他一个教育，让他下不来台。可是我没有这么说。因为我已经看出来，我转身一走，正中了他的诡计。

他把我让进去，反身关了门，领我进了西屋。明亮的大玻璃窗，外面一盆夹竹桃，茂密的枝叶，遮掩着半面窗子。炕上，铺着同炕一般大的羊毛毡子。炕桌的两边铺着凉席。粉白的墙壁上，挂着杨佐才的字画，和县城里哪个小名人画的八仙过海。还有相片，那是国民党的时候他和乡绅们一起同县长、警察局长、教育局长合照的，都分别镶在玻璃镜框里，排列着悬挂在墙壁上。地上有八仙桌，雕花的太师椅，红漆的衣柜上摆着座钟，滴答滴答地响。清静、凉爽、雅致。在这里吃上一顿饱饭，睡上一觉，再好没有啦。

“上炕，上炕！”我的表姑爷一面匆忙地扫着凉席，一面用那种赞叹的语气叫道：“不容易呀！不容易呀！这么小小年纪，还不到十八岁吧？为国为民奔波劳碌，上炕，上炕吧，我叫他们去烧水。”

我把那条破被放在太师椅上。他的虚情假意，怎么也掩盖不住那种勉强的态度。他的接待使我这样的不痛快，嘿，我是太不痛快了。

我的表姑爷出去了。我脸朝外侧着身子躺着。手枪放在面前，皮套挽在手上，闭起眼睛，似睡不睡地等着喝水吃饭。可是，一个钟头过去了，水、饭都没有来。我用一只胳膊撑着身子。起头，望望窗外。嘿，不错，给我烙饼啦。知道吗？他们把饼烙出来啦。从正房屋东边冷灶锅席里走出一个老太婆，我的表姑奶奶，怀里抱着一个大碗，盛着满满一叠烙饼，扭搭扭搭地进了正屋。大概再等片刻，炒个菜，就该吃饭啦。

我看见表姑爷来了。还用说吗？这是叫我到正房屋去吃饭。我跳下炕，唉，觉得脑袋一阵昏眩，饿坏啦。我拿起草帽，这时候，表姑爷掀帘子进来了。他脸上现出惊恐和不安。我得说，这是他进屋以后才有的神情。他弯下腰，伸着脖子，睒着小圆眼睛，压低嗓音，向我说："我说话你可别见怪，我不是不留你。"他一手指着东边，"敌人还没有回据点，你在村里可不太安全。"

"先吃了饭再说，"我说，"饿坏啦。"

"嘿，不能这么大意呀！"表姑爷在惊慌中还加了点长辈的教训口气："做事要想周到点。万一敌人从这里路过呢？我说话你别多心，只要他们来了必进这个院！"

"表姑爷！"我说："吃了饭就走。"我皱起眉头，现出我的不满意。

我的表姑爷用巴掌拍了一下大腿，露出那种受了误会的委屈的样子，说："难道我怕你吃饭吗？做饭的伙计不在家呀。现在还不是做饭的时候。"

"随便吃点现成的什么都可以，"我说，"饿坏啦。"

"嘿嘿，什么吃的都没有。"我的表姑爷就像那种外貌温和心地歹毒放印子钱的人一样，露出一口又少又黑又吓人的牙齿，抱歉地笑道："做饭的伙计不在家呀！"

你们听听，明明有刚出锅的烙饼，他瞪着眼说什么吃的都没有。

"那么，"我说，"我走。"

我抱起那条破被，一直出了大门。走下台阶的时候，听背后哐啷一声，回头见大门关上了。我恨恨地朝大门横了两眼。我真想转身回去，叫开大门，大声地、痛痛快快地教训他一顿。呸！我没有你这份亲戚！等着舔日本鬼子的屁股去吧！嬉皮笑脸地叫特务打脖儿拐去吧！老顽固派！死葫芦头！

我像个傻子似的生起气来了。我沿着大街往前走。我看见路南那个秫秸编的排子门，日晒雨淋得已经发黑的差不多塌毁了的排子门，墙头上长野草。那就是寡妇张二奶奶家的排子门。

我从排子门的缝隙伸进手去，摸索着，拿开扣在柄上的铁环，推了推，偏着身子挤了进去。

张二奶奶正脸朝里坐在门槛子上洗衣裳。听到脚步声她转过来，你们知道，她老是大声地叫："哟，这孩子，怎么这个时候才上来？"

她伸着湿湿的手，把被抱过去，闪到一边，让我进屋。她跟在背后说："谁得罪了你？大嘴噘得可以拴只驴！"

她把被扔在炕上，撩起衣襟擦着手，听着我上面提到的这一段述说。

"瞧不起你二奶奶哟，不到你二奶奶家来。"她两眼对直地望着我，把嘴角向下拉着，做出羞人的表情，拉长了声调说："两眼看着人家的高门楼，可是碰了鼻子啦。"

"他家有的是粮食，应该招待八路军。"我说："抗日工作有钱的出钱，有力的出力，他也应该担负点！死葫芦头！"

张二奶奶看着我生气的样子，她笑了，露出整齐的牙齿和发黑的强健的牙床子。她的窄小的眼睛眯缝起来，眼角上皱起数不清的蛛网般的皱纹。她已经五十多岁的人了，头发已经有点浅浅的灰白色。不大的圆圆的发髻坠在她的脑后。补着补丁的毛蓝褂子，后脾领有一块被发髻油得污黑了。

"等着，二奶奶给你做饭！"

她掀帘子到堂屋地上，听她叫道："小子！到村东头去告诉岗哨一声，有事来报告。你也在外头瞭瞭哨吧！"

对屋一个女孩回答的声音，接着腾腾腾腾脚步响，出门去了。

你们知道，这小子就是她仅有的一个十四岁的小姑娘，大概她盼望男孩，却偏偏生了个女孩。因此，她也就偏偏起了这么个奇怪的名字。她老是叫得这么响，就像她真有个儿子似的。

张二奶奶忙着做饭。“小子”的爷爷点起茶炊，蹲在堂屋烧水。这个老头儿有点驼背，很高很瘦。他老是沉默得像块石头似的。他不声不响地烧开一壶水，就不声不响地出后院放哨去了。

我喝了差不多整整一壶水。半躺半坐地靠着露出黑色棉絮的破被垛，望着柜后面墙上挂着的菩萨像和前面炉碗里插着的香，闻着那股香灰味、瓮里的酸菜味和被里发出的油泥味，我渐渐地闭起眼睛，打起盹儿来。忽然听到窗外张二奶奶的声音：“大婶子！大婶子！”

我侧过脸，从窗口望去，见张二奶奶在靠墙的鸡窝顶上，手扶着墙头，向那边呼唤。一会儿她的对面露出一个鬓发花白的头，张二奶奶低声地说了几句什么，那花白的头便缩回去了。一会儿从墙那边送上一个大瓢。张二奶奶接过来。当她跳下鸡窝的时候，我看见了，你们知道，满的一瓢白面。我下炕向堂屋奔去：“二奶奶，您怎么啦？这是……”

“给二奶奶烧火！”她向我下了命令：“烧火！”

我蹲在灶边，往灶里添着柴，暗暗埋怨自己，咳，为什么把烙饼的事告诉她？

我添着柴，看见她毛蓝褂子的背后，都被汗水湿透了。发髻松垂下来。她不时地用手背把从额头上掉下的一缕灰色的头发撩上去。她的鼻子上渗出大粒的汗珠。

几张饼，放在抹了油的滚烫的锅里了，吱吱地响着。她直起腰来，透了一口气，低头撩起衣襟，擦着脸上的汗，叫道：“孩子，给二奶奶装袋烟来！”

我进屋，从炕头上拿过烟袋，用烟锅把烟笸箩从炕里勾过来。刚刚勾到身边，就听前院腾腾腾腾脚步响。我的心腾地跳了起来。在打游击的时候，有这样的脚步声，不会是别的事。我扔下烟袋，提着枪，跑到堂屋。只见张二奶奶的小姑娘脸色苍白，急促地喘着气，瞪大两只被吓呆了的眼睛，叫道：“敌人来啦！过了村东的岔股道啦！”

我抬腿要向外跑，张二奶奶扯了一下我的袖子，叫道：“进来！”

我跟她进屋，她到墙角拿过一把锄匆忙地递给我：“扛着，快跑！”我接过锄头。

在短短的时间里，我看见张二奶奶咕咚一声跪在地上，两手撑着地，对着菩萨低下头，祷告起来：“大慈大悲，保佑……”

直到我跑到院子里，还听到她的祷告声：“……保佑同志……”

我一手扛着锄头，一手提着枪。你们知道，枪是用草帽遮挡起来的。无论从哪里看，我提着的只是一顶草帽。

我跑出西街口，跳过一个干了的土沟。漫踩着地，向杨树林走。你们要知道，我已经从飞快地奔跑，变成了一步步地走啦。因为南北地里都有了敌人。最远的也不过二百米。如果由于我的惊慌而被他们发觉，我的全身立刻就会被子弹穿得像筛子似的透眼儿。我像下地干活的庄稼人那样，不慌不忙地往前走。

你们知道，敌人是车子队，他们正在成钳子形地往一起合拢。

“这算糟啦，”我暗暗叫道，“出不去啦！”

二十多个穿白汗衫骑自行车的日本鬼子，已经把这西面的豁口堵住了。有几个下了自行车，仰脸直望着我。我还清楚地看见有两辆自行车上绑着机关枪，我还看见一个鬼子掏出手绢擦汗。

我来了个向后转，一面走，一面打种种主意，不论怎么想，我的事情是完全糟了。因为我是完全落在敌人的网兜里了。

我跳过土沟，望望东边的敌人还没有进街。回头瞧瞧西边的敌人被土沟的堤岸遮挡着。这给了我机会，我撒开两腿又奔跑起来。

“藏起来，只有藏起来！”我想。

我的表姑爷，正开门伸出头向街上探望，见我从西跑来，他猛然缩回身去，从他的脸色、从他的眼神看出来，他是多么怕我跑进他的院里。也许他真的以为我是奔他的门口来的，哐啷一声，把门关了。我跑过两个门口，还听到他插门闩的响声。

我折转身进了路北一个敞着的排子门口，几只鸡，扑棱着翅膀，嘎嘎地叫着，往墙角跑去。我一直地跑向后院。堂屋有两个妇女，早闪到一边给我让路，一个向后指着叫道："往后跑!"

我把锄头扔在堂屋，我简直像射出弓弦的快箭一般，眨眼间出了后院的小排子门。

这是一个小小的菜园，迎着排子门有一个泥抹的草棚子。我探头望望里面，堆着一半谷草。我可以跳进去，钻在草堆里。可是这儿离排子门太近，敌人出门口第一眼就是它。

我又向东跑去。东边是一棚黄瓜架和豆角，还有一口井。再向东就是土墙了。靠墙根还有两棵枣树，一棵小桃树。我转身到西边，嘿，靠墙竖着一堆秫秸，它在草棚后面六七步远，而且是一堆很大的秫秸垛。我扒开一道空隙，钻了进去。然后反手把空隙遮挡起来。嘿，不错，里面的地方，我可以不费力气地蹲下来。

我浑身都被汗水湿透了。我低下头去，在袖子上擦掉脸上的汗。就像小时候捉迷藏那样，在里面蹲着，屏住气息，用全副精神和耳力去细听外面的响动。

你们知道，街上已经有了敌人的吆喝声和杂乱的脚步声。但是没有响枪。我听到隔壁柜板砰叭地响。不知谁家的鸡，嘎嘎地叫着。让鬼剥了他们的皮，该死的强盗们又抢劫啦。

在西边我背后不远，有拉动枪栓和喊叫的声音："回去，再走我就开枪啦——站住!"

我计算着这个岗哨离我多远，他在什么地方。我计算着隔几户人家的后院外面就是一条大道。该死的，就在那里哪。他老是用女人一般的尖嗓子叫喊。你们知道，我又听到从几个地方传来的喊喝声。他们三步一岗，两步一哨，无论从哪里也是跑不出去了。

我一直蹲到天黑，听敌人在什么地方喊叫：“站住！口令！”

得，该死的东西，发下口令来了，这就是说他们决定不走啦。我脑子里寻找出路，从后院走吗？不知道哪里有岗哨，撞到敌人怀里可不大妙。我想到张二奶奶家，出后门就是庄稼地。可是，到她家去还横着一条大街。你们知道，这时候，一条大街就像没有渡船的大河一般了。

我钻出秫秸垛，见月亮早已经从东边升起来，高高地挂在透明的天空。我从小排子门口向院里望，堂屋里影影绰绰坐着几个妇女。我悄悄走过去，叫一个后脑勺梳着圆髻的妇女：“大嫂子，麻烦你，到南院把张二奶奶请来！”

你们知道，她没有露出一点犹疑和胆怯的神情，只向我摆了一下手说：“去等着！”

我回到后院，蹲在秫秸垛旁边的阴影里。四外静悄悄的，偶然间，从远处传来一声两声敌人的喊叫声。月亮投下的白光，在树顶上，在草棚的顶上，在瓜秧的大叶子上闪动着。为什么今天月亮这么亮，好像同我过不去！

我等着，忽然听到了脚步声。你们知道，这是张二奶奶轻轻的急促的脚步声。哈！不错，她来了。月光里，我看见她站在小排子门口，向这边探望。我迎上去，她那双像年轻人一样闪着黑色光芒的眼睛，瞅着我的脸，低声说：“吓了一跳吧？”

“嘿，这一跳，”我说，“还没跳出去哪！”

“来！”她扯一下我的袄袖，“到南院去！”

我们到了门口，她先探出头朝西望了望，回头低声叫我：“快走！”

我们像猫一样，悄悄地不让脚下发出一点响声，脊背贴着北墙根，向东走。我不住地回头望着西街口，那里有一个敌人的哨兵，像个鬼影似的来回晃动。他只顾监视村外，没有留心这条空空荡荡的大街。我们摸过五六个门口，对面就是她的排子门啦。她先跑了过去，我弯下腰，几个箭步也蹿了过去，差不多是冲进院里。她反身扣了排子门。

坐在后院里，我把手枪放在腿上，草帽放在身边，两手扶着膝盖，呼呼地喘气。

张二奶奶从屋里拿出两块烙饼。你们知道，我虽然已经整整一天没有吃东西，可是现在一口也不想吃。我把烙饼放在身边的草帽里，说："水，就是想水喝！"

她从屋里提出一壶凉茶，我捧着壶，嘴对着壶嘴儿，喝着苦味的凉茶。她在一边低声说："墙根柴堆底下有地窖，只要你能稳得住气。"

你们知道，敌人住下就是要明天仔细地搜查。会照例地搜查八路军的文件和躲藏的工作人员，搜查村里的干部。不趁着夜晚摸出村去，蹲在地窖里等着搜查，这简直是把脑袋掖在裤腰带上捉迷藏。

"我打定了主意，"我说，"非出去不可啦。"

"村边上都有岗哨啦！"她说："摸不出去呀！"

老爷爷同全村的男人们一起被敌人赶到大庙去还没有回来，不然，也许可以想法去村边探一探。我使劲地抓头发，沉吟起来。该死的鬼子们不知道在哪里隐藏着。你们想一想，当我正向外爬的时候，他们闪在墙根或是树棵子背后，端着枪，瞪着眼睛，不声不响，等我到了跟前，突然大喝一声"站住！哪跑？"可就真的要了命啦。而且，你们知道，月亮是这样亮，连一块遮挡它的云彩都没有，天上地下都被它照得通明，真糟糕。

"我到后边去瞧瞧！"张二奶奶说着起身向后门口走去。

月亮地里，我看见她迈着青年人一样迅速的脚步，消失在那边柴堆的阴影里了。我担心地睁大两眼，望着后门口。有一袋烟的时间还不见她回来。我可着急了，我站起来，要到后面去探望。

这时候，月光里出现了她的影子。我迎上去，低声问道："有吗？"

她把我拉回原来的地方。虽然她没有说话，但我从她的眼神和脸色上看出来，后门外有岗哨。她轻轻地透了一口气，仿佛出气也怕被敌人听见似的，用手理着她那被什么挂得凌乱的头发，低声的耳语似的说："那棵歪脖槐树底下就有一个呀！"

你们知道，歪脖槐树离后门口约有七十米。我想着那里的地形，有一丛矮树棵子。不错，在门口和歪脖槐树中间有一丛矮树棵子。

"可以摸出去！"我说着紧了紧裤带，查看了一下枪膛里的子弹。你们知道，出后院不远就是大道，过了大道就是庄稼地哟！

可是，我穿的是深蓝色的裤褂，在月亮地里，黑乎乎一团，老大的目标。

"等一下！"张二奶奶说着悄悄进屋里，拿出一件她的浅色的破蓝布褂子。我急忙穿上它，走出十几步，蹲在地上，回头低声问她："看得出来吗？"

"这颜色……"她沉吟起来："还是深！"

可是再没有颜色更浅的衣裳了。

嘿，有了办法，我干脆脱了上衣，光着膀子。同志们，对不起，我又脱下裤子，只留一件瓦灰色的裤衩。我走出几步，趴伏在地上，悄悄说："怎么样？同地皮颜色差不多吧？"

"可以！"张二奶奶说着把两块饼塞我手里。我把衣服卷成一团，烙饼裹在里面，一手提着枪，朝后门走去。她在后面跟着。我要她回屋里看着她的"小子"去。

“睡啦！”她嘴对着我的耳朵低声说。

她探身到门外望了两眼，回身向我做了一个手势。于是，我弯下腰，差不多胸脯贴着地面，出了后门。

掠过矮树棵子的上面，我看见东边歪脖槐树底下有一个人影。你们知道，我得整个肚皮贴着地向外爬了。我回头瞧，张二奶奶还在门里望着我。月光照着她灰白的头发，她那布满皱纹的酱红色的脸，虽然模糊不清，但她那关怀、担忧、带着信心的目光，我看到了，我从心眼儿里感觉到了。

我悄悄地向外爬行。不知什么名字的带刺的野草，刺着我的肚皮和胸脯。露水浸得浑身冰凉。我这样爬行，后来，矮树丛把岗哨完全遮挡起来了。

我爬到浅浅的土沟里了。沾了满肚皮的湿泥。爬过土沟，就是那条大道。你们知道，这才是今晚最后的一道鬼门关。就算我这么光着身子，也逃不出敌人的眼睛。月色这样亮，连附近的一棵小草都被它照得清清楚楚。平坦的大道，同岗哨之间已经没有一点遮拦。我停下来，伸出头瞧那岗哨，像个鬼影似的站着，不住地向四外远处眺望。我回头瞧瞧一个人影还在门里站着，张二奶奶还在那里望着我。她看到我爬到困难的地方了。你们想想，她现在有了什么举动。简直把我的魂都吓飞了。她竟走出了门口，而且还大声地咕咕咕咕起来。我的妈妈，这不是要我的命吗？

那岗哨转过身去，对着她大声喝道：“站住！你叫唤什么？”

“哟，队长在这儿哪？”张二奶奶用那种吃惊的声调叫道：“队长看见两只小鸡儿没有？这两只小鸡儿跑哪儿去啦？咕咕咕……队长渴不渴，用不用烧壶水来？”听她叫的，就仿佛那岗哨真是个队长似的。

于是，我立刻就明白了。我趁着那岗哨和张二奶奶答话的时候，用那种迅速的动作爬过了横道，钻进庄稼地，顺着田垄一直爬了差不多三百米。我站起来，弯着腰，向前走。在一棵柳树底下我停下来，回头望望月光下村庄朦胧的黑影松了一口气，穿起衣服，向南走去。

我选择了一块高粱地躺下来。我困难地睁着往一块粘的眼皮，望着天空向西斜过去的月亮，呼吸着旷野的空气，渐渐地睡了。

我被饿醒了。你们知道，直到现在我还没有吃饭。我坐起来，吃着烙饼。月亮已经从西边沉下去，夜变得黑暗起来。偶然间，从远处传来机关枪低沉的咕咕的叫声。我想也许在拂晓前，我们的队伍打敌人的伏击呢。听枪声是在西北方向，那是哪一部分呢？一道流星闪着蓝光向黎明前漆黑的天边飞驰而去。

我吃着烙饼，心里想：今天，我的表姑爷和张二奶奶给我上了一课，我参加革命以后阶级教育的第一课。

玛　瑙

玛瑙原是个羞怯腼腆的青年女子，被花台村的黎贵娶过去两三年，众人面前同黎贵说话还脸一红一赤的、低垂着眼皮。这样的女人竟也要打日本鬼子，简直成了奇闻。

那是秋天，村武装班长黎贵，背着步枪从区上开会回来路过他家那几棵果树的时候，正往筐里摘果子的玛瑙，站在棵海棠树下，向他招手，而且还当着众人大声喊了一句“黎贵!”，这真是破天荒的举动。“给我带来没有?”密叶里玛瑙的声音。“什么?”“手榴弹哪，我不是托你给我要俩手榴弹来吗?”女人不满意的声调。“得了吧，凭你也要打鬼子?多做几双军鞋受了表扬，就想上阵充英雄了。”丈夫轻蔑的声调。一阵沉默。躲在旁边听声的妇女们都交换着疑问的目光。“要是我呀!”一个妇女向旁边的女伴撇着嘴说，“这么小看我，饶了他才怪呢!”

黎贵小看妻子就等于小看了整个花台村的妇女。怎能饶他?闺女媳妇们涌了上去，一阵冷嘲热讽。黎贵寡不敌众，跺脚喊叫说：“是猫不是猫，咬着耗子才是猫，你们只要杀一个日本鬼子，花台村的武装交给你们妇女一半!”

玛瑙低垂着头一声不响。

一天，日本鬼子突然围庄。许多人没来得及跑走。幸好黎贵转送一封重要文件去岭北，没遇着危险。玛瑙这两天正闹病，自然也被围在村里了。她抓了一把锅烟子，在脸上抹了两把，披散开头发，盖被躺在炕上，药罐子、尿罐子摆在身边。进来的一个日本鬼子，见炕上躺着个一动不动脏黑的病人，一股浓烈的药味和尿臊味熏的他倒憋气，便不去理这女人，只顾翻箱倒柜寻找可以拿走的衣物。这女子偷眼见敌人正在门后水缸旁边，把柜里的东西往外扔，便悄悄下炕，猛然抱住鬼子两腿，倒口袋一般把头入进水缸里。看着淹死了，便重新上炕躺下去，闭起眼睛，一声不响。

鬼子集合时见少了人，在玛瑙家水缸里找见了死鬼子。不管这女人怎么镇静地说她病身子干不了这样的事，敌人还是在广场上挖了个坑活埋她。玛瑙要了一盆水，把脸洗干净，梳了头，像平常那样在脑后挽了个圆圆的发，理平衣服的皱褶，便跳进坑里。鬼子亲自往里添土。沙土渐渐没到她的胸部了。这女人不争辩也不说话，只是发穗下面那两只黑亮的眼睛忽闪忽闪的，放射着仇恨的火焰。土埋到脖颈上的时候，村外突然响起了枪声和手榴弹的爆炸声。鬼子扔下铁锹跑了。赶来解围的黎贵和民兵，把玛瑙从坑里救出来。她张着胳臂，一边让黎贵给她拍打着身上的土，一边用那样的目光望着黎贵，微笑说：“别忘了手榴弹！”

按着武装班长黎贵答应过的，花台的妇女武装起来了。所谓武装就是每个自愿参加的妇女发两颗手榴弹。此外打埋伏埋地雷的时候有妇女们参加，她们的领袖就是玛瑙。这些女子，除了家务事、做军装，就是高高兴兴地忙着去练操。开始由黎贵代教，玛瑙学会了就自己充当教练。“一二一，一二一，二婶子，把腿抬高点。”喊着脚步点的玛瑙大声说。她腰间束条皮带，威武地挂两颗手榴弹。“冯三嫂子跟上！……老丫头出左腿的时候就别出左手啦，这多难看！”于是队里和队外看热闹的人们都发出了快活的笑声。

她们终于开始围攻据点了。那是一九四三年七月，冀东八路军向几个重要据点大出击的时候，把围困小据点炮楼碉堡的任务，交给了民兵。担任围困凌山炮楼的花台村十几个民兵，加上玛瑙的妇女队也不过五十人。为了壮声势，凡能出动的男女老少都出动了，约三百多人。重火力就是黎贵那支唯一的步枪，其他是手榴弹，地雷，洋铁桶和鞭炮，红缨枪，大刀。会武把子的拿出九节钢鞭，一抖哗啦啦山响。

攻击重要据点的八路军以及其他围攻小据点和炮楼的民兵，都在这天夜里开火了。据点与据点间的电话线早已割断。到处是大炮的怒吼声，风暴一般的机关枪声，手榴弹的爆炸声。这片广大的土地顿时沸腾起来。凌山炮楼的伪军和日本鬼子，不知道被多少八路军包围，只听四面枪响得很乱。漫山遍野是呐喊声。心慌意乱，没有听出那些在洋铁桶里燃放的鞭炮声。八路军喊话了："伪军弟兄们，我们是八路军，你们所有的据点都叫我们包围啦！中国人不打中国人，杀了那几个日本鬼子交枪吧，受优待！"敌人朝那喊话的扫了一阵子机枪。天亮时，敌人见四面山头都是人，军旗飘扬。而且四面都好像有枪声，分辨不出真假。其实还是那一支枪，一会儿张某拿着到东山坡打几枪，一会儿由李某拿着到西山坡打几枪。一会儿南一会儿北。敌人心里说：这是八路军的围困政策呀！

黎贵带着男人们管北面和西面，玛瑙带着妇女们管东面和南面。早晨，留在村里的人们担挑子来送饭，有的把孩子抱来叫母亲喂奶，说说笑笑比庙会还要热闹。玛瑙穿一件黄地红花偏襟褂子、蓝布裤子，腰间束条皮带，手拿一面小红旗，蹲伏在山头石头背后，齐额发穗下面那两只明亮的眼睛，一眨不眨地监视着炮楼外边那口水井。以她一个女人的经验，敌人要做饭非出来挑水不可。果然，一个敌人担着水桶出炮楼来了。玛瑙朝北山晃了一下旗，黎贵便持枪，由山坡隐着身子跑过来。

"把枪给我！"这女子用兴奋命令的语气说。

"得了吧，别糟践子弹啦。我就不能把他送回老家去啦？"黎贵说着把枪口顺过去。可是他注意到妻子脸上不满意的表情便改变了主意。"给你给你。"黎贵急忙把枪塞她手里。这女子只用那样的目光盯了他一眼，没现出笑模样。"大伯！"她扭头招呼郑三老汉。这个来送饭的老汉，原是花台村出名的猎人。玛瑙请他留下来担当特等射手。满脸皱褶、后脑勺留撮头发的驼背老汉，放下小烟袋，未曾放枪先在鼻梁上架起花镜。一面向那担水往回走的敌人瞄准，一面向他身边的玛瑙叨念着："多少年没摆弄这家伙了，要是头枪打不着，你大侄媳妇别笑话我呀！"砰，一枪，子弹带着啸声飞过去。那敌人打个趔趄便倒下去了。"打得好！"人群发出赞美和快活的叫声。郑三老汉满脸庄重神气地摘下眼镜。玛瑙早微笑着把装好烟的烟袋递过去了。

只要敌人出来担水，玛瑙便把旗一摆，黎贵就把枪送来。"我成了你们的枪架子啦！"黎贵半是委屈半是讨好地笑着说。玛瑙拿手掠着鬓边的发缕，笑出了兴奋愉快女孩一般快活的笑声。

黎贵、玛瑙和其他人，也试着朝那走出炮楼担水的敌人打两枪。有时打着，有时打不着。打不着时就把枪递给郑三老汉。出来担水的敌人没一个活着回去的。酷热的七月天气，敌人没有水喝。一天两天，四天头上，都渴的嗓子眼冒狼烟，眼睛冒火星，活像勾伤了鱼鳃的鱼一样张着嘴喘。想冲出去溜掉，正好踏到地雷上，自然少不得又加一顿手榴弹，死伤十几个。回到炮楼上商量商量，打死了那几个日本鬼子，缴枪投降了。

从那时起，花台村的青年妇女们都有了步枪。玛瑙因为是队长，除了一支步枪，腰间还挂着个日本王八盒子。女人爱美，枪柄上缀了一缕大红璎珞，很是好看。

上　学

一

将军河边龙虎村的小铁头已经八岁了。像他一般大的孩子，家里稍微富裕点的，都上学了。铁头的爸爸古佩雄泼着汗水给地主富农做短工，爷爷古大鹏冒着风雪进山打猎，还三天两头揭不开锅，哪有钱供孩子上学念书？可是铁头却慌慌着非要上学不可，吵得爸爸心烦，掴了他一巴掌。铁头便仍旧背筐去拾柴，或是挎着篮子，跟妈妈下地挖野菜。

一天，铁头跟妈妈下地，路过学堂门口，听里头齐声念书的声音，忽然伸出两条细瘦的胳膊，抱住妈妈的腰，脸蛋儿贴在妈妈的衣襟上，眼睛眨巴眨巴的，半晌不说一句话。

妈妈见孩子这光景，愁得直仰脖子长出气。手抚摸着铁头的脑袋，安慰他说："妈妈知道别人家的孩子上学堂念书，你看着心眼儿里热。咱家那黑爆花草鸡不是下蛋了吗？等攒下一百个鸡蛋，卖了钱，送你上学！"

从这以后，铁头每天都爬到柜上，从后窗台把盛鸡蛋的纸盒子小心翼翼地抱下来，瞪着眼睛，翻来覆去地数几遍。每天逮一大串蚂蚱来喂那只黑爆花草鸡。晚上赶到妈妈前头去堵鸡窝。怕黄鼠狼拉鸡，还经心巴意儿地在寓门上顶起四五块砖。还怕不牢靠，又连呼哧带喘地搬块大石头压在砖上。天亮，睁开眼睛就跳下炕，精光着身子，一溜烟儿地跑去打开鸡窝门。掏出那只母鸡，一手抓紧翅膀，手捏摸那母鸡的屁股门儿，摸摸有蛋没有。要是没蛋，他便咕嘟起嘴巴，哭丧着脸，一天别想见笑模样。一摸有蛋，欢喜得把母鸡紧紧抱在胸前，脸蛋擦弄着翎毛，咧开嘴巴，嘻嘻地笑出声来。

一天半夜，铁头在梦里还咯儿咯儿直笑。妈妈用胳膊肘子推推他说："铁头，铁头，你笑什么哪？"

铁头睁开眼睛，一时还没有清醒，把一只胳膊搂着妈妈的脖颈，伸过嘴去，附在妈妈的耳朵上，好像透露一件机密大事似的，悄声说："我数过鸡蛋，够一百个了。明天可以卖钱上学念书啦！"

妈妈掉过身来，拍着铁头的屁股说："这孩子，想上学念书快想魔障了。晚上你不是刚数过吗？不算鸡爪子踩碎的那个，整四十九个。"

说着，忽然感到有泪水流在脸上。妈妈知道铁头哭了。忙搂在怀里，把心掏出来安慰他说："等着吧！到差不多的时候就卖钱送你上学！"

二

终于够一百个鸡蛋了。

这天清早，铁头忙着在篮子里垫了一大把麦花秸，把纸盒里的鸡蛋倒腾到篮子里，准备吃过早饭跟妈妈挎到市上去卖。

铁头心急火燎，呼噜呼噜喝碗菜粥，撂下筷子，跳到地上，挎起沉甸甸的篮子，脚连声催着妈妈走。

忽然，听村里维持会那面大铜锣当当当，阴一声阳一声地响了过来。伪乡长兼维持会长台荣侯的大管家二阎王高海臣，狼哭鬼叫一般，在街上吼喊着："日本'皇军'有令……又交粮纳款啦……"

妈妈正在堂屋刷锅洗碗，听这一声吼喊，好像头上灌下盆冷水，打个冷颤，变了脸色，慌慌急急奔到屋里，叫道："还傻愣着。没听二阎王喊，维持会要粮来了！快把鸡蛋藏起来呀！"

"要是二阎王翻柜呢？"

妈妈一听有理，忙把鸡蛋篮子拿出来，放进门后的缸里。想了想，这里也不把牢，这原是装粮食的缸，二阎王不能不翻。于是，又急忙从缸里拿出来。一面叫铁头去关排子门，一面提着这篮子鸡蛋跑到东屋，藏到爷爷的破被垛后面了。

妈妈刚回到堂屋，就见二阎王高海臣手提着铜锣，挺胸腆肚，摇晃着肩膀，骂骂咧咧走进院来。这家伙一身黑缎子团花马褂，黑礼服呢低口鞋，裤脚上扎着绸子带儿。歪着深灰色呢子礼帽，满是横丝肉的脸上，带着怒气。背后跟着个背枪的保卫团丁。

"小兔崽子，维持会要粮派款，你关排子。你有能耐修座碉堡，他妈的挡得住海大爷。"一路骂着跨进堂屋。手指着铁头妈说："你不把粮食背到门口，还打发孩子关排子门，想抗粮不交吗？"

铁头妈苦笑说："连吃的都没有，哪有粮交维持会？"

说着把吃剩下的一碗菜粥端给二阎王看。高海臣鼻子里哧哧冷笑两声，两眼一瞪："别他妈向我海大爷装蒜啦！没粮食你大白天打发孩子关排子门干什么？"

这时候，跟进来的铁头扯直嗓子嚷着："我关排子门是怕母鸡跑出去，你管得着吗？"

二阎王高海臣横了铁头一眼，刚要发作，可是他眼珠子骨碌碌一转，命令团丁："没有粮食，把母鸡给我抓走！"

铁头一听要抓他那只黑爆花草鸡，便飞跑到院里去护着。可是他挡不住团丁。眼看母鸡被团丁追赶得扑棱着翅膀，嘎嘎叫着，满院乱跑。铁头心里说：这可是糟糕，要是被他逮走，没鸡下蛋，能上几天学呢？

母鸡终于被团丁赶到墙角里。不好！要逮住了。

铁头急忙跑过去，叫道："来，我给你逮吧！这母鸡认生，生人逮不着它！"

团丁已经累得满头大汗，耸着肩膀呼哧呼哧乱喘。见铁头过来帮他，便直起腰来说："好吧，逮住这只鸡，你刚才关排子门抗粮罪，就算一笔勾销了！"

铁头把鸡逮住了。团丁伸出两手去接。可是铁头往高处一扔，那母鸡就扑棱着翅膀飞到隔壁去了。

团丁气得直骂："混账！给我找回来！"

铁头眼望着那团丁，只是咧着嘴巴嘻嘻地笑。

就在这节骨眼儿上，忽然看见二阎王高海臣手提着那篮子鸡蛋出来了。

妈妈在背后追赶着："你给我放下！好不容易横了一百个鸡蛋，打算卖了钱送孩子上学念书的，维持会成老抢儿啦！"

嘴里喊叫着奔过去，伸手想夺回那篮子鸡蛋。二阎王高海臣眼眉竖起，叫声"去你的吧"，用胳膊肘子猛一推，把铁头妈推倒地上。

铁头一看二阎王拿走那篮子鸡蛋，还把妈妈推到地上急了眼。嘴里嚷着："我的鸡蛋！我的鸡蛋！"向二阎王冲过去。

可是那保卫团丁一把抓住他的胳膊，叫声："别动！"铁头叫骂着扭动着身子，抡胳膊想挣脱开团丁的手，却不能够，眼睁睁看着那一百个鸡蛋被二阎王抢走了。铁头气得低头一口咬住了团丁的手腕子，疼得团丁龇牙咧嘴杀猪一般叫："窝呀！窝呀！松口！我开枪啦！"他在铁头的头上猛击了一拳。

铁头两眼发黑，打个趔趄，差点栽倒。妈妈过来把铁头接在怀里。团丁趁这时候，一溜烟儿跑了。

三

二阎王高海臣一边带着保卫团丁沿街起粮，一边拉着长声儿，用讥讽嘲笑的口气说："古大鹏蛤蟆想吃天鹅肉，要送他家的孩子上学念书啦！他也不睁开眼睛瞧瞧，老古家的坟头上有那棵蒿子吗？”

铁头的爷爷古大鹏从山里打猎回来，听了高海臣的话，怒气冲冲的鼻子里喷着气，风飘着胸前那把大胡子，到市上卖了两张狼皮，到学堂给铁头交了书钱，回家向铁头妈说：“叫铁头上学！”

把剩余的钱往炕上一撂，又进山打猎去了。

妈妈给铁头洗过手脸，把那身露肉的裤子和露肉的褂子补了又补，穿在身上理了又理。一面嘱咐说：“听老师的话，用功念书。没看见？穷人上学多不容易呀！家里苦熬岁月，你爷爷刚打猎回来，连口气都没喘，又进山去了。你爸爸给人家当牛做马，也是十天八天不回家。”

妈妈说一句，铁头应一声。走到门口，回头笑眯眯地望了妈妈一眼，这才兴兴头头往学堂跑去。

刚进学堂大门口，听背后小朋友们招呼他：“铁头，铁头，上哪儿去呀？”

铁头一边往里走，回头龇牙笑着，眉飞色舞地回答说：“上学来啦！”

只顾向后面的小朋友们说话，没留神前头，冷不防撞在一个人身上。转脸一看，却是台荣侯的小子台狗儿叉开两腿挡住去路。铁头上学心急，想从台狗儿身边过去。台狗儿却横跨一步，又叉开两腿站在铁头面前了。铁头还想从他身边绕过去，可是刚走两步，台狗儿又跑到前头挡住他。铁头直瞪两眼，气得呼哧呼哧半晌说不出话。台狗儿摆出挑战的姿势，也把眼睛瞪着铁头。两个人的目光就这么射过来，射过去。

突然，铁头吼了一声：“你要干什么？”

台儿在铁头的胸子上推了一把，歪着脖子叫道：“滚一边去！我爸爸说了，不准臭要饭的花子登学堂的大门口！”

小铁头并不退让，把手左右叉在腰间，挺直胸脯，往前跨了一步，瞪着眼问：“这学堂是你家开的吗？”

台狗儿一时回答不出，只是乱眨着马猴儿似的烂糊眼。突然，往铁头的胸脯子上打了一拳，扭头就跑。可是没跑了，小铁头一把抓住他的后脖领子，下头一伸腿儿，上头往前一搡，台狗儿便扑通一声趴倒地上。围着看热闹的孩子们止不住笑了起来。

台狗儿在一片笑声中站起身，也顾不得擦一下鼻子脸上的灰土，便横眉立眼地跨到铁头面前，直着脖子喊叫：“你打人！仗着你老太爷古大鹏当过义和团的匪头儿是不是？”

小铁头仍旧两手叉腰，挺直胸脯，叫道：“你爸爸台荣侯是管洋鬼子叫爸爸的二毛子！”

两个人互相对骂以后，便眼睛对着眼睛，鼻子对着鼻子，山羊顶架的姿势，在原地转圈儿。周围看热闹的小学生们拍着响巴掌儿呐喊助威，有向着铁头的，有向着台狗儿的。

台狗儿也照铁头的战术，猛然一伸腿儿，使了个脚绊子。可是铁头没倒，他自己又通一声了个屁股蹲儿。人群一阵哄笑，有些人拍手叫好：“再来一个！再来一个！”

台狗儿两次吃败仗，脸上挂不住了。顺手从地上抄起块瓦片儿，嗖的一声，直向铁头的头上飞去。铁头一歪脑袋，瓦片儿不偏不歪，正打在一个女孩子的头上。

小女孩抹了一下脑门儿，瞧瞧手，满是鲜血，哇的一声哭了起来。立刻便有大几岁的学生飞跑着报告老师去了。

老师柴云升是才到龙虎村不久的乡村师范毕业生，白净脸膛，头上蓄着浓厚粗硬的头发，一身半旧蓝布长衫。听了学生的报告，慌忙走来。一面给受伤的女学生包扎伤口，一面问清事情的经过。把台狗儿狠狠地训斥了一顿，刚转身要走，台狗儿就扑过去抓住铁头的脖领子。柴老师忙回身把他撕掳开，可是，台狗儿还是叫骂着扑上来。气得老师推了他一把，拉着铁头往院里走。台狗儿哭叫着往家里跑去。

柴老师刚播过上课铃。学生们正排队往课堂里走着的时候，就见一个人，一迭连声地骂着走进院来："啥鸟都在我们侯爷的脑袋上垒窝！狗胆包天的混账小子，偏拉一把，打了我们侯爷的小少爷！侯爷赏碗饭吃，响头都磕不过来，什么硬仗着腰子的混账东西，太岁头上动起土来了！"

铁头扯动着柴老师的袄袖子，低声说："这是我们村里的二阎王，可霸道啦。瞧他要打你。"

柴老师说："不怕。"叫铁头到课堂里去。可是二阎王高海臣已经看见铁头了，用手一指，骂道："穷骨头，没钱交维持会粮食款，有钱来上学！你们老古家头上有那蒿子吗？给我滚！侯爷有令，不准臭要饭的花子登学堂门口！"

铁头抢前一步，嚷道："这学堂是你们家的吗？有能耐把学堂搬你们台家大院去！"

二阎王奔过去，伸手就要打。柴老师忙把铁头拉到身后，同时，眼睛威严地直盯着高海臣说："你要干什么？"

高海臣翻动着眼皮子，在这年轻老师的身上溜了一眼，丧声歪气地反问说："你说要干什么？海大爷要打人！他妈的，偏拉一把！"

铁头忍不住从老师背后闪出来，叫道："怎么偏拉一把？是你家台狗儿动手打伤人的！"

柴老师伸出一只胳膊，拦挡着铁头，同时质问高海臣："嘴里不干不净的，你骂谁？"

"你说我骂谁，我就是骂谁！"二阎王说这话的时候，眼睛里有一股恶狠狠的杀气，仿佛这世界上所有的穷人都是他的死对头。"你帮着古佩雄的儿子打了我们侯爷的小少爷，是不是?”

柴老师抑制不住心头的怒火，圆睁两眼，叫道：“这是学校！老师有管教学生的责任。我不知道什么猴儿爷、少爷。你是什么人?什么东西?你你你敢扰乱学堂，辱骂教师!”

用气得哆嗦的手指头，指着门口，向二阎王大叫：“你给我滚出去！滚出去！滚!”

“嗬——”二阎王拉着长声儿，撸胳膊挽袖子，溜瞅着眼儿，鼻子里冷笑两声，说：“看把你乖的!”叉开巴掌，劈脖子盖脸打过去。

柴老师一抬手，抓住他的胳膊腕子，趁势猛力往后一推，二阎王踉踉跄跄后退几步，差点摔个仰八叉。这家伙向来跺脚龙虎村四角乱颤，还没有人敢对他这么不客气，破着嗓子叫骂，重新猛冲过去。不提防，铁头从地上捧起一把沙土，直扬到他的脸上。二阎王瞪大的眼睛和张嘴骂人的嘴巴里，全是沙土了。这下子完全失去了战斗力，只好一边揉着眼睛，跌跌撞撞往外跑。一路上吐着嘴里的沙土，半晌才骂出声来：“等着海大爷的，他妈的翻天了!”

当天，柴云升就被革去教师职务，而且立刻着马上离开龙虎村。二阎王还向全村传下台荣侯的命令：不准任何人拉牲口套车送老师。柴老师只好自己背着行李卷儿，离开龙虎村。出村不远，忽听背后有人叫他。回头一看，却是小铁头。虽然已经是秋后的天气，还穿着破旧的单褂子，敞露着窄瘦的胸脯，补丁摞补丁的裤子。他可怜巴巴地眼望着柴老师，突然扑过去，紧抱住柴老师的腰，那朝上直望着柴老师的眼睛里滚出了大颗的泪珠，顺着小脸蛋往下流，呜咽着说：“老师，我还能不能上学啊?”

柴老师把手抚摸着铁头的脑袋，回答说：“等八路军过来，穷人家的孩子就可以念书了。”

小铁头眼泪地站在荒野上，望着柴老师背着行李卷儿，在那烟云飘飞、一片草木着霜的田野上走着，渐渐地远了。不知什么地方大炮咕咚咕咚地响。铁头心里说：“八路军什么时候才能到龙虎村来呢？”

四

将军河的秋天，在潮湿的浓雾和隆隆的炮声中过去了。每天夜里，村庄的屋顶，墙头，篱笆，村外黄叶落尽的丛林，绿色的麦田，落下一层薄雪似的严霜。早晚，地平线的后面，有很多大片红霞，直升到天空，火光一般照亮将军河两岸。孩子们拍手唱着一首童谣：“天上一片红，地上一片红，红旗红马红缨枪，八路来杀鬼子兵。”

大人们在屋里，在街头巷尾，在广场，在河边，脸上泛着红光，眼睛闪着亮光，互相传告着一个振奋人心的消息：八路军要开过来了！

一天晚上，八路军的前站到了龙虎村。

铁头的爸爸古佩雄，爷爷古大鹏，还有一些叔叔伯伯，准备粮草，叫各户打扫房舍，加添灯油，在街上往来穿梭般地奔忙。

有的人家，早呱哒呱哒拉起风箱，开始烧水了，准备给八路军包饺子吃的主儿，叮叮当当剁着饺子馅儿，同那井台上水桶的叮当声，汇成一片热闹的轰响。

铁头帮着妈妈打扫房屋，擦抹桌椅，爬到后窗台上，把过年五更黑夜才舍得点一遭的玻璃罩子煤油灯端到炕上，把那玻璃罩子擦了又擦，不住地张起小嘴巴往里哈气，用一根筷子顶着抹布在用转球。擦得玻璃子像透明的水晶一般，扣在油灯的给嘴儿上，把灯芯往上一捻，喝！清光闪亮啊！铁头还帮着妈妈把磨豆腐的小磨搬到大柳条簸箕里，听说要来八路军，妈妈白天就泡了一升黄豆，现在把它离出来，做两盆豆腐脑儿，款待亲人哪！

妈妈坐在墩上，因为一手转磨，身子俯仰不停，额前的一头发老是往下掉。另一只手还得往磨眼儿里抓豆粒就猛一仰脸，把那散落下来的头发甩上去叫道：“铁头，帮我往磨眼里抓豆粒儿！”

可是铁头听街上奔跑的脚步声和热闹的人声，便大叫声“八路军来啦”，尥着蹶子跑出门去了。

妈妈眼望着铁头的背影，脸上现出兴奋的笑容，自言自语地说：“看把孩子乐的，这回八路军来了，我们小铁头能上学喽！”

不大一会儿，小铁头又尥着蹶子跑回来，手里提着一盏灯笼。雪白的灯笼上，贴着红纸剪的“欢迎八路军”几个字，举到妈妈眼前，眉开眼笑地说：“玛瑙姑给我的，有洋蜡没有？”

妈妈一边磨着豆腐说：“咱们家哪辈子有过洋蜡？大月亮地点哪家子灯啊？”

铁头着急得跺了一下脚，跑到隔壁向王二丫头的奶奶找了半截蜡头，点着了，来到街上。只见几个小朋友也提着红的绿的灯笼，随着人群呼呼啦啦往村头上跑。

铁头的爷爷老古大鹏，嗐声跺脚地道：“人家八路军前站直说要注意隐蔽，灯笼火把的这是干什么？”

隔壁的王二丫头奶奶头一遭听说这名词儿，在月光里摩着眼皮子，悄声问老古大鹏：“我说二丫头她表爷，这前站是个什么官啊？”

人们听了这话，都笑起来，整个村庄都浮在一片笑声里了。

因为老古大鹏说了话，铁头和小朋友们便把灯笼送回家里，挂在屋里的房梁上，红花彩绿，一片辉煌，真似节日般。

村头上，月亮地里黑压压站满了人。一个个翘起脚跟，伸长脖颈，睁大眼睛，朝那通向将军河大桥的路上张望。

铁头在人群里乱钻，不住地仰脸，瞪着眼睛问：“来了没有？来了没有？”

一个老头子，正拿手指头擦着昏花的老眼，仰脖子往远处眺望，突然感到有个硬邦邦的小脑袋撞在他的腰上。老头子低头辨认着，叫道：“我说这是谁呀？怎么往我的腰眼儿上撞啊？”

铁头龇着牙笑，猛然喊了一声：“这回我要上学啦！”

喊得老头子和周围的人们都直眉瞪眼地摸不着头脑，正心里纳闷儿，又听他喊了一声：“这回我要上学啦！”

这是因为铁头忽然看见台狗儿就在他的身边，正眨着烂糊眼子东张西望。铁头喊一句，他心里哆嗦一下，盯了铁头一眼，就往前面的人堆里钻，可是小铁头紧紧跟在他的后面，并且一连地叫着：“我要上学啦！我要上学啦！”

人们都睁大眼睛，透过朦胧着月光的夜雾，望着远处，直望得眼睛发痛，有人说：“真是盼星星盼月亮一样啊！”

忽然有人叫道：“来啦！来啦！”

铁头低头伸直脖子，用脑袋开辟着道路，像颗炮弹似的，溜胡同穿过人群，看见爷爷站在那里，便一把拉住爷爷的手，直瞪着眼睛，脑袋像个拨浪鼓儿似的转来转去，跺着脚喊叫说：“在哪儿呢？我怎么瞧不见？”

老古大鹏把铁头抱起来，放在肩上。啊哈！这回可看见了！将军河大桥的这边，河里还没有收割的芦苇和大道旁的丛林，月光下变成两座黑色的岛屿。就在那岛屿中间，有刺刀因为月光反射而发亮。于是，出现了一排人影，铁头跳到地上，同人群一块奔跑着迎了过去。

月光把树林纵横交错的秃枝的影子，投射下来，像花纹般映在战士们的身上。行列左边的旷野上浮动着云影，云片透过浅蓝色的月光，显得又光亮又透明。于是，前卫尖兵清楚地出现在眼前。人们拥过去，亲热地问候。

铁头拉住一个战士的手，一边走着，一边问道：“叔叔，你们带课本来了吗？”

问得这个八路军战士摸不着头脑，正不知怎么回答，背后队伍一个声音叫道："那小孩是铁头吧?"

铁头看那战士，转身跑过去，月亮下，见这人身穿灰布军装，腰间扎着皮带，胸前十字交叉地背着皮囊和手枪。棉军帽的遮沿底下，闪动着一对明亮的黑眼睛，笑眯眯地瞧着铁头说："不认得啦?"

啊哈，柴老师！铁头张开两臂扑过去，一把抱住柴老师的腰，立刻又抓住柴老师的手，往队伍外头拉着说："走，我妈妈给你们做豆腐脑儿吃哪!"

柴老师笑道："别价，别价！八路军是有组织纪律的，怎么能自由行动呢?"

说着把铁头举起来，放在头上。铁头骑着柴老师的脖子，两腿搭落在柴老师的胸前，悬空摇动着两手，一路喊着："八路军来啦！穷人的孩子上学啦!"

五

柴老师参军以后，当了连队的文化教员。因为在龙虎村待过几天，领导上就把他编进民运组里了。

民运组配合地方干部解散维持会，建立新政权，铁头的爷爷古大鹏当了龙虎村村长。接着又操持成立青抗先，就是青年抗日救国先锋队。成立妇女抗日救国会、儿童团，斗争汉奸台荣侯和二阎王高海臣。直忙了两天还没顾上孩子们上学的事。

铁头和一帮子孩子，一天到晚在屁股后头跟着柴老师叫嚷嚷："你不是说过八路军来了我们就能上学吗?"

柴老师微笑着说："别着急呀！不建立自己的村政权，穷孩子能上学念书吗？穷人有了自己的政权，才有自己的学校啊!"

老村长古大鹏，胳膊一挥一扬地说："小孩子们到儿童团去练操，完了下地拾柴。等我们研究了减租减息合理负担，就讨论你们上学的事！”

柴老师把手伸到铁头的衣襟里，捏摸着光光的小肚皮说：“对喽，饿着肚子怎么能上学？”

捏摸的铁头浑身痒痒，忍不住缩起小脖儿，咯儿咯儿笑。

一天，吃过早饭，铁头和隔壁的王二丫，正在将军河桥头这边地里拾柴。见村里走出一个人，一身青布棉衣，头戴古铜色毡帽盔，腰里系着搭包，胳肢窝里挟着什么东西。铁头把手遮在眉棱上，眯缝着眼睛，嘴里说：“这不是八路军柴老师吗？怎么换了这么一身穿着打扮儿？”

王二丫用胳膊肘子推了他一下说：“别胡说了。柴老师正给咱们操持上学的事，怎么会到这儿来？”

正说着，见那人在隔着一块落满霜雪的麦田那边大道上停下来，向这边叫道：“铁头！上鹰窝岭往哪边儿走啊？”

可不，正是柴老师。铁头扔下柴筐，岔着麦田奔跑过去，一路喊着：“柴老师，你上哪儿去呀？还回来吗？”

柴老师说：“怎么不回来呢？”

铁头一手拉住柴老师的衣襟，一手指给他说：“过了大桥，上飞马岭，往西走，见山口有一棵松树；从那儿往北，翻几座山就是鹰窝岭。我领你去吧。从前我跟爷爷到鹰窝岭打过猎，这股道我熟。”

他说的从前，其实就是今年春天。

柴老师拔腿往将军河大桥走去。嘴里说：“快拾柴火去吧！我自己会认道。”

铁头站在那里，眼睛眨巴眨巴地想了想，突然跑过去，抱住柴老师的两腿，脸色阴沉地说：“不叫你走！”

柴老师吃惊地问：“这是为什么？”

铁头把脸贴在柴老师的衣襟上，咕嘟着嘴巴说：“准是回大部队去，不管我们上学的事了！”

柴老师把夹在胳肢窝里的一条麻布口袋，伸到铁头眼前用手拍了拍，又弯下腰去，把嘴附在铁头的耳朵上，悄声说：“我给你们去背书。明天就开学上课啦！你们上了学，我就算完成最后一件任务了。”

铁头把小脑袋一歪，眼睛扑闪扑闪地望着柴老师，咧开嘴巴笑着问：“真的吗？”

柴老师说声“保险你明天上学”，便甩开大步上了将军河石桥。过了桥，回头见铁头正把嘴对着王二丫的耳朵谈讲着什么。在这冬日铺满霜雪的旷野上，飘过一阵女孩的笑声。

柴老师夹着口袋，翻山越岭，在荒草淹没的山径上快步走着。远处的大炮轰隆轰隆响，机关枪风一般呼呼地叫。可是眼前挂着一层花边的霜林里，却是静悄悄的。一群山雀，带着一片热闹的叫声，拖着长尾巴，从山那边飞过来，落在树上。把枝头上的霜雪踩下来，被风一吹，银白色的雪片，嗞嗞响着，满空乱飞，被太阳一照，映出虹霓一般的色彩。

这群鸟儿一声不倒一声地叫着，瞪起黑玉般的眼睛，东张西望，发现林中有人，便又跳离枝头，在那矗立的悬崖峭壁间飞旋。

柴云升觉得这群鸟儿叫得异样，便站住脚，观察动静。东北方向，山林遮挡着黑山沟据点。西北五六里地远的山头上有一座炮楼。从据点到炮楼横着一道封锁沟。柴云升心里说：“莫非是据点里的敌人出来了？”

他走出树林，在一个山头上用大石头和荒草隐着身子，只见七八个耸肩躬背的伪军背着枪，沿着封锁沟往西北山头的炮楼走去。

哦！原来是换岗的伪军惊扰了那群山雀。

眼看几个伪军走远，柴云升才过了封锁沟，转进山洼，翻过岭去，又抓住石缝间的枯藤乱葛，攀登着悬崖峭壁，爬到山顶。这里山高林密，敌人在炮楼上也难以看到。这时候，柴老师已经有点累了，就把那条麻布口袋铺在一块石头上坐下来，喘喘气。

忽然，听背后有扑扑的响声。他猛回头，可是什么也没有。心想：大概是山风吹地荒草响。刚转回脸，又听扑地响了一声。仿佛是有人吹气。咦？真是怪事。他睁大眼睛，东瞧西望地走到崖畔，往山下看了看，还是什么也没有。便又回到石头上坐下来心里纳闷儿。

突然，他愣怔起眼睛，仄着耳朵，只听一阵扑扑的声音，似乎就在他背后一座大岩石的那边。

他站起身来，蹑悄悄走过去，只见小铁头背着空柴筐，蹲在岩石后面的蒿草棵子里，两手捂着嘴巴，缩着小脖儿，因为忍不住他的笑声，发出扑扑的声音。

柴老师张大嘴巴，愣怔着眼睛，张开两臂，使劲拍了一下衣襟，跺着脚啊了一声，叫道："你怎么来了？"

铁头笑嘻嘻地瞅着柴老师得意地回答说："跟你背书去呀！"

"你妈妈见你晌午不回家，要急成什么样子！"柴老师脸色严肃地说："乖乖儿地给我回去！"

铁头的眼睛很天真而且神秘地闪着光，回答说："我已经叫王二丫晌午回家的时候告诉我妈，说我跟柴老师出门儿啦！"

听了这话，柴老师把脸一扬，瞪着眼睛，回头望着苍苍莽莽的山林和敌人的封锁沟，牙上吸着气，慢慢地转回头来说："已经走出这么远，叫你一个人回去我不放心，只好由你了。"

铁头高高兴兴地背着柴筐，在柴老师的面前，蹦纵跳窜，直似一头小山羊。晌午便到了鹰窝岭。

六

八路军的印刷所在鹰窝岭北山的一个大山洞里，洞口长满密密的蒿草。进到洞里，一片漆黑。铁头拉着柴老师的衣裳后襟儿，猫腰一步一步往里摸。走了一会儿，转进另一个洞口，又走了一段路，只见眼前隐隐透出一线灯光。折转身钻进这个洞口的时候，铁头忍不住窝喝一声叫起来，这洞有三间房屋大，点的明灯蜡烛。八路军把一块块光石板用石头垫得高高的当桌子。坐的也是石头。有的在灯下写字，有的在铺了蜡纸的钢板上，用铁笔哧哧哧飞快地刻着字。有的推着油墨滚子，正在油印机上一张一张地印。还有裁纸的、叠纸的、订书的，都亲热地向柴老师和铁头打招呼。

铁头的两只眼睛都不够用了。只见地上放着厚厚的散发出清香气息的白草，草上有的地方铺着军毯，有的地方扔着大衣、挎包、手枪和手榴弹。石洞中间的一块石头上，放着个烧得红通通的大炭火盆。火上坐着个大水壶。火盆旁也搁着筷子碗。一个八路军给柴老师和铁头倒了两碗开水。铁头一边吸溜吸溜喝着滚烫的山泉水，看这些八路军，有男的，也有女的，都穿着厚厚的棉军装。有的鼻梁上还架着近视眼镜。一个戴眼镜的女八路军，帽子扣在后脑勺上，下面伸出齐的短发，腰间扎着皮带，正在经心巴意儿地推着油滚子一张张地印着。

铁头放下水碗，神色庄重地走过去。还神色活现地倒背着手儿，大眼睛看着那滚动着的油墨滚子，不满意地说："闹了归齐，刚给我们印哪？"

这个女八路军见铁头混充大人的样子挺可笑，便出声地笑着说："早给你们印好啦！你瞧！"

铁头转身，见石壁下整整齐齐一大堆装订好的课本，便扑过去，两手抱着那堆书，脸蛋儿贴在书上，嚷着："有课本啦！有课本啦！"

正在同一个八路军说话的柴老师，转脸向他说："别这么大声怪叫嘛！"

铁头欢喜得不知道说什么好了。过去问那个女八路军："都是你一个人这么一张一张印出来的？喂呀！”

他见女八路军的腮帮子上沾着一块油墨，便把手退进袖子里，扬胳膊用袄袖子去擦。

女同志笑着放下墨滚子，把铁头搂在怀里，说了会儿话。见铁头两只眼睛不住地瞧那堆课本，像小猫吃奶般咂着嘴巴眼馋的样子，便从石板桌子上拿了 本，特意送给了铁头。铁头乐得抿不上嘴儿，双手捧过那课本，翻开头一页，要那女八路军教他认字。可是柴老师叫他吃饭了。铁头忙把书塞进怀里，过去吃饭。他腰间系着麻绳，衣襟里便成了口袋。把课本塞进去，贴在胸上，结上衣扣，用巴掌小心地按按胸，一股香喷喷的油墨味，直从衣领里散出来。

吃过小米干饭，咸菜拌大葱，喝碗白开水，同志们已经把书装进口袋里。铁头非要背不可。那个女八路军便在柴筐里铺垫了厚厚的白草，从口袋里掏出几本来，放进柴筐的草窝。

柴老师把多半口袋书，往两头沉了沉，搭在肩上。铁头背着草筐，快步流星地上了路。

铁头一边走着，一会儿把手伸到衣襟里，摸摸贴着胸脯的课本，一会儿问柴老师这课本里都是写的什么？一会儿伸手抓住柴老师肩上的口袋角，嚷着：“来！把口袋搁筐里，我背着！”

柴老师扬起巴掌，亲热地拍着铁头的后脖梗儿，说：“快走吧，别叫我背着你就不错啦！”

他们在山上坐下来歇了一会儿，便向黑山炮楼这边的封锁沟走去。铁头只顾把眼睛盯着远远山上的炮楼，没留神脚底下，一个斤斗滚到沟里，爬在沟底上还咯叽咯叽直笑。

柴老师跳下去，见他没有摔坏，便一边收拾滚出筐的白草和课本，沉着脸说：“笑，笑，这不是凑趣儿来了。碰见敌人该吃不了兜着走了。”

突然，柴老师和铁头瞪着眼睛，支棱起耳朵，隐约听得有稀里哗啦、碎石上杂乱的脚步声。柴老师低声叫道：“快走！”先爬上沟，又回身把铁头拉上去。

铁头说：“快跑吧！”

柴老师摇头摆手，说：“别跑。敌人一看咱们跑，就会疑心是八路军。沉住气，慢慢走！”

这是因为柴老师已经看见沟北边，山石树棵子背后露出的枪筒和大沿军帽了。

柴老师拉着铁头，使个眼色，一转身，隐在山脚的后面了，悄悄探出头，眼睛透过蒿草缝隙，见有七八个背枪的伪军站在沟坡上，瞧瞧沟里，又眼张失落地四面看了一遭。叫道：“咦？怪事？明明看见一个大人一个小孩跳进沟里来了，怎么一转眼不见啦？”

一个伪军说：“准是打柴的老百姓。快换岗去吧！”

又一个伪军说：“不行。队长说了，碰见老百姓也得检查。我猜那背筐的小孩是给八路军带道的。大人准是个交通员！”

一个伪军向周围扫了一眼，说：“远不了，咱们搜一搜！”

柴老师和铁头听得清楚，互相交换了一下眼色，便以那山坡隐着身子，在山径上奔跑起来。一口气翻过两座山，铁头已经喘得上气不接下气。一屁股坐在山坡的草棵子里，说：“歇会儿吧，敌人找不到咱们啦！”

柴老师擦擦脸上的汗水，正要坐下去，回头一看，不好，几个黑狗子追上来了！柴老师背起小铁头就跑。听背后喊着：“站住！站住！再跑可就开枪啦！”

话没落音，就听咕咚一声枪响。可是这一枪却是朝那几个黑狗子打去的。接着又是咕咚咕咚两枪。

柴老师背着铁头一边跑着，顺着枪声看去，见东山头上有人朝这边的人打枪。

黑狗子们喊叫着："东山有八路军!"便丢下柴老师和铁头，折转身，奔东山去了。

柴老师和铁头到了飞马岭，见老村长古大鹏背着一支狩猎乌眼钢枪，胸前飘着大胡子，站在一块大石头上，正在眼巴眼望地等着他们呢。

柴老师一愣："哦！刚才是您打的枪吧?"

老古大鹏嘿嘿地笑着说："我看见你们了，怕敌人听见就没有喊。把狗日的引到东山，我就转到这儿接你们来啦。"

这天晚上，铁头在灯下翻开课本的头一课说："妈妈，你认得吗?"

妈妈探过头去，认了半天，可是一个字也不认识。铁头把一只胳膊搂着妈妈的脖子，骄傲地说："妈妈，明天吃过早饭，跟我们一块上学吧!"

妈妈也骄傲地说："谁同你们小孩子一块掺和。妇女有识字班，明天晚上我们就开学了。"

正说着，听一阵脚步响。门帘子忽地起，闪进一个人来，正是铁头的爸爸古佩雄。爸爸参加了青年抗日救国先锋队，刚开完会回家来吃晚饭。

铁头嚷着："爸爸，你认得这课文吗?"

爸爸也没有念过书，可是向上过几天学的青年伙伴学过几个字，便站在炕沿跟前，探过身去，瞪大眼睛，合动着嘴唇，认了半天，把手指点着，一字一顿地念道："共产党是人民的大救星!"

雨来没有死

一

在冀察晋的东北部，有一道还乡河，河里长着很多芦苇。背后有一个小村庄。芦花开的时候，远远望去，碧绿的芦苇上，像盖了一层白白的厚雪。风一吹，鹅毛般的苇絮，就飘飘悠悠地飞起来，把这几十家小房屋，都罩在柔软的芦花里。因此，这村就叫芦花村。十二岁的孩子——雨来就是这村里的。

雨来最喜欢这道紧靠着村边的还乡河。每到夏天，雨来就和铁头、三钻儿，还有很多很多光屁股的小朋友，好像一群鱼，在河里钻上钻下，藏猫猫、狗刨、立浮、仰浮。雨来仰浮的本领最高，能够脸朝天在水里躺着，不但不沉底，还要把小肚皮露在水面上。

妈妈不叫雨来耍水。妈妈说河里有淹死的人，怕把雨来拉去当替死鬼。

有一天，妈妈见雨来从外面进来。身上连一丝布条也不挂，浑身的水锈，被太阳晒得油黑发亮。妈妈知道他又去耍水，把脸一沉，叫他“过来”，扭身就到炕上抓笤帚。雨来一看要挨打啦，撒腿就往外跑。

妈妈紧跟着追出来。雨来一边跑着，一边回头。糟了！眼看要追上了。往哪儿跑呢？铁头正赶着牛从河沿回来，远远向雨来喊：“往河沿跑！往河沿跑！”雨来听出铁头话里面有道眼，就折转身，朝着河沿跑。妈妈还是死命追着不放。到底追上了。伸手一抓，可是雨来浑身光溜溜像个小泥鳅，一下没抓住，扎在河里不见了。河水卷起很多圆圈，渐渐扩大。妈妈立在河岸上，眼望着水圈发愣。

忽然，从老远地方，水面上露出个小脑袋来，像个小鸭子一样抖着头上的水，一边用手抹一下眼睛和鼻子，一边嘴里吹着气，望着妈妈笑。

二

秋天。

爸爸从集上卖苇子席回来，同妈妈商量说："看见区上工作同志，说是孩子们不上学念书不行，起码要上夜校。叫雨来上夜校呀！要不，将来闹个睁眼瞎。"

夜校就在三钻儿家的豆腐坊里，房子很破。教夜校的，是东庄学堂的女老师，穿着青布裤褂，胖胖的，剪着短发。女老师走到黑板前面，嗡嗡嗡嗡说话的声音就立时安静了，只听大家翻课本，哗啦哗啦掀纸的声音。雨来从口袋里掏出课本来。这是用加板纸油印的，软鼓囊囊，雨来怕揉搓坏，向妈妈要了一块红布，包了个书皮。上面用铅笔歪歪斜斜写着"雨来"两个字。雨来把书放腿上，伸出舌头舔舔指头，掀开书。见女老师闪在一边，斜着身子，用手指着黑板上的白字，念着：

"我们是中国人。"

"我们爱自己的祖国。"

大家就随着女老师的手指，用一个声音轻轻地念起来：

"我——们——是——中——国——人。"

"我们——爱——自——己——的——祖——国。"

三

有一天，雨来从夜校回到家，躺在炕上，背诵当天晚上学会的书。可是，背不到一半就睡着了。

不知什么时候，门吱扭响了一声。雨来睁开眼，看见闪进一个黑影。妈妈划了根火柴，点着灯。一看，原来是爸爸出外卖席回来了，可是，怎么忽然这样打扮起来了呢？肩上背着子弹袋，腰里插着手榴弹，背着一棵长长的步枪。

爸爸向妈妈说："鬼子又'扫荡'了，民兵都到区上集合。一两个月才能回来。"

雨来问爸爸说："爸爸，远不远？"

爸爸把手伸进被里，摸着雨来光滑滑的脊背，说："这哪有准儿呢？说远就远，说近就近。"

爸爸又转过脸对妈妈说："明天你到东庄他姥姥家去一趟，告诉他舅舅，就说区上说的，叫他把村里民兵快带到区上去集合。"

妈妈问："区上在哪儿？"

爸爸装了一袋烟，吧嗒吧嗒抽着，说："三天里头，叫他们在河北一带村里打听。"

雨来还想说什么，可是门哐啷响了一下，雨来听见爸爸扑通扑通走出去的脚步声。不大一会儿，就什么也听不见了。从街上传来一声两声的狗吠声。

四

第二天，吃过早饭，妈妈就到东庄去，临走说晚上才能回来。晌午歪了，雨来吃了点剩饭，因为看家，不能到外面去，只得趴在炕上念他那红布包着的识字课本。

忽然，听街上咕咚咕咚有人跑，把这房子震得好像要摇晃起来。窗户纸哗啦哗啦响。

雨来一骨碌下了炕，把书藏在怀里就往外跑，刚一迈门槛，进来一个人。雨来正撞在这个人怀里。抬头一看，见是李大叔，李大叔是区上的交通员，常来雨来家落脚。

随后，又听日本鬼子呜哩哇啦地叫。交通员老李忙把墙角那盛着一半糠皮子的缸搬开。雨来两眼愣住了："唉！这是什么时候挖的洞呢？"交通员跳进洞里，说："把缸搬回原来地方，你就快到别的院里去，对谁也不许说。"

十二岁的雨来拿出吃奶的力气，才把缸搬回原来的地方。

雨来刚到堂屋里，见十几把雪亮的刺刀从前门进来。他撒腿就往后跑。背后咔嗒一声枪栓响，大声叫着："站住！"可是雨来没理他。脚下像踩着风，一直朝后院跑。随着，子弹向他头顶上簌簌地飞来。可是后院没有门。雨来急出一身冷汗。

靠墙有一棵桃树，雨来抱着树就往上爬。鬼子已经追到树底下，伸手抓住雨来的脚，往下一拉，雨来就掉在地下。鬼子把他两只胳臂向后一拧，捆绑起来，推推搡搡回到屋里。

五

前后院鬼子都翻遍了。

屋子里也遭了劫难，连枕头都用刺刀挑破了。

炕沿上坐着的那个鬼子军官，两眼红红的，像刚吃过死人的野狗。用中国话问雨来说："小孩，问你话，撒谎的不许！"突然，他望着雨来的胸脯，张着嘴巴，眼睛睁得圆圆的。雨来低头一看，原来刚才一阵子挣扎，识字课本从怀里露出来。鬼子一把抓在手里，翻着看了看，问他："谁给你的？"雨来说："捡来的！"

鬼子把脸上的横丝肉堆起来，露出满口金牙，做个鬼脸，假装温和地向雨来说："害怕的不要！小孩'皇军'大大的爱护！"说着就用鬼子话叫人替他松绑。

雨来把手放下来，觉着胳臂更加发麻发痛。扁鼻子军官用手摸着雨来的脑袋，说：“这书谁给你的，关系的没有，我的不问了。别的话要统统告诉我！刚才有个人跑进来，看见没有？”

雨来用手背抹一下鼻子，嘟嘟哝哝地说：“我在屋里，什么也没看见！”扁鼻子军官伸手在皮包里掏。雨来心里想：“掏什么呢？找刀子？鬼子生了气要挖小孩眼睛的。”可是掏出来的却是一把雪白的日本糖块。往雨来手里一塞，说：“这个大大的好！你的吃吃，你的告诉，他的什么地方？金票大大的有。”他又伸出那个带金戒指的手指，说：“这个，金的，统统的给你！”

雨来没有接他的糖，也没有回答他。

旁边一个鬼子嗖地抽出刀来，瞪着眼睛，要向雨来头上劈。扁鼻子军官摇摇他的圆脑袋。两个人唧唧咕咕说了一阵日本话。那鬼子向雨来横着脖子翻白眼，使劲把刀放回鞘里。

扁鼻子军官压着肚子里的火气，用手轻轻拍着雨来的肩膀，说：“死了死了的没有，我的不叫，我大大的喜欢小孩，你看见的没有？说呀！”

雨来摇摇头，说：“我在屋里，什么也没看见！”

扁鼻子军官的眼光，立时变得凶恶可怕，向前弯着身子，突然伸出两手。呵！这手就像鹰的爪子！扭着雨来的两个耳朵，向两边拉。雨来疼得咧着嘴叫。随后，这鬼子又抽出一只手来，在雨来脸上左右开弓，啪！啪！打了两巴掌，又用手把他脸上的肉揪起一块，咬着牙拧。雨来的脸立刻变成白一块、青一块、紫一块。鬼子又向他胸脯打了一拳。雨来脚立不稳，打个趔趄，后退几步，后脑勺正撞在柜板上，身子一歪要倒下去，但立刻又被抓过来，肚子撞在炕沿上。雨来半天才喘过这口气。脑袋里像有一窝蜂，嗡嗡地叫，两眼直冒金花，鼻子里流着血，血珠掉下来，溅在课本那几行字上：

“我们是中国人。”

“我们爱自己的祖国。”

鬼子打得累了，雨来仍是咬着牙说：“没看见！”

扁鼻子军官气得暴跳起来，嗷嗷吼叫：“枪毙的有！枪毙的有！拉出去！死了死了的！”

六

太阳已经落下去。蓝色的天上，飘着一块一块的浮云像红绸子，照在还乡河上，河水里像开了一大朵一大朵的鸡冠花。苇塘的芦花，被风吹起来，在上面飘飘悠悠地飞着。

芦花村里的人听河沿上响了几枪。

老人们含着泪说：“雨来是个好孩子！死得可惜！”

“有志不在年高。”

芦花村的孩子们，雨来的小朋友铁头和小黑几个人，听到枪声，都呜呜地哭了。

交通员李大叔在地洞里不见雨来搬缸。幸好院里还有一个出口，李大叔试探着推开洞口上的石板，扒开苇叶，院子里空空的，一个人影也没有，四外也不见动静。忽然听街上有人吆唤着：“豆腐啦！”李大叔知道这是芦花村的暗号，明白敌人已经走远了。

可是雨来怎么还不见呢？屋里屋外都找遍，也没有雨来的踪影。他跑到街上一问，才知道：“雨来叫日本鬼子打死在河沿上啦！”

李大叔听说，脑袋轰的一声，耳朵叫起来，眼泪流下来，便一股劲地跟着人们向河岸跑。

到了河岸，别说尸首，连一滴血也没看见。

大家呆呆地在河岸上立着。还乡河静静的，河水打着漩涡哗哗地向下流。虫子在草棵里叫着。不知谁说：“也许鬼子把雨来扔在河里冲走了！”大家就顺着河岸往下找。突然铁头叫起来：“呵！雨来！

雨来！”

在芦苇里，水面上露出个脑袋来。还是那么像个小鸭子一样，抖着头上的水，一边用手抹了一下眼睛和鼻子，嘴里吹着气，一手扒着芦苇，向岸上人问道：“鬼子走了？”

“啊！”大家都欢喜地叫起来：“雨来没有死！雨来没有死！”

原来，枪没响以前，雨来就趁鬼子不防备，冷不防扎到河里去。鬼子慌忙向水里打枪，我们的小英雄雨来，却已经从水底游到远处去了。

一九四八年

魏家女人

一九四〇年春天，我从北宁路南到长城外去寻找报社的驻地，在峡峪住了一夜。吃过早饭，正要赶路，敌人来搜山了。房东老大爷和老大娘，领我隐蔽在一个山洞里。不大工夫，听洞口有女人的喊叫声。最初，听不清她喊些什么，声音越来越近了，她一边往里爬着，一边喊道："里头有人没有人啊？我是南街老魏家的……鬼子用刺刀逼我进来……我不怕……趁这机会给大伙报个信儿……可别出去呀……我就说这洞子里没人……"

"这算糟啦，怎么把这个骚货逮住啦！"老婆儿惊慌地瞪着眼，压低她一说话就像敲锣的嗓门儿，手拍打着膝盖，"毁了，毁了"，虽然这是三十多丈深的山洞，而且要八个弯儿才能到我们这里，但在朦胧的烛光里，我看见她的脸已吓得苍白。

"她不会暴露咱们，她不是那种人。"老头儿从一把乱胡子遮住的嘴里将小烟袋抽出来，慢声慢语地反驳他的老伴儿。

老婆儿见他这样不慌不忙，急得一把夺过他的小烟："你不知道她是什么人？"说着用烟袋锅在老头儿的脑门上戳了一下。戳得老头儿缩脖向后闪一下身子，差点闹个仰八脚。

"你这算干啥？"气得老头儿一把将他的小烟夺了回来，横了她一眼。吧嗒吧嗒抽了两口，已经灭了。转脸向我摇了摇头，说："你不知道，这个女人的命多么苦啊！"

"你可怜她你跟她过去！"老婆儿打断他的话，喊叫起来。

"说的什么话，臭娘们儿！"

我见老婆儿伸手来抓他，忙把他们拉开，劝说道："大爷、大娘，有话慢慢说，别吵吵！叫人听见！"

我这么一说，都鸦雀无声了，六只眼睛对望着，歪着耳朵听了听，没有动静了。而老婆儿还在惊吓中，扎煞着两手，叫道："毁了，毁了，她知道咱们钻这个洞子，听，没声音啦，准是领鬼子去啦!"

老头儿使劲把脸扭到一边，没有搭理她。

我问老婆儿："这是谁家的女人?"

"就是我们刚才碰见的那个娘们儿呗!"她拍了一下巴掌，向后闪着身子，吓呆了的眼睛直望着我。她往下拉着的嘴角，有一种蔑视的神情。

我想起刚才路过一个洞口的时候，在一株海棠树底下坐着的那个二十多岁的妇女，她穿着褪了色的蓝布裤褂，长圆形的脸，略尖的下巴颏儿，浓淡均匀的眉毛下，两眼直望着我们。大概是刚坐下去，还在呼呼喘着气，用手抹了一下汗湿的额角，问道："大叔大婶领同志进哪个洞啊?"

老婆儿装没听见，把脸转到一边，撇了一下嘴，没有回答。

老头儿说："进东山坡那个洞，他大嫂子怎么还不进洞啊?"

她用手掠着鬓发，两个柔细的鼻孔翕动着，深深地吸了一口气，说："洞里闷得慌，瞧见鬼子踪影儿进洞也不晚!"

老婆儿沉下脸，扯了一下老头儿的衣襟，叫道："你是在这儿说话，还是走?"

我见那女人的脸，突然涨得通红，她的额头、脖颈都红了。她的黑大的眼睛，严肃而且悲哀，在我们脸上扫了一下，美丽的唇边，现出那种请求宽恕的苦笑。

那时，我正在心中疑惑，一阵刺耳的啸声，仿佛把天空撕成两半，由远而近……猛然间，意外地被那高高的峭壁挡住了。震撼山野的一声巨响，峭壁腾起一股黑，碎石沙土纷纷滚落下来。我们躲避落下的沙石，向前跑了一段路，回头见那女人正抖抖身上的沙土，向离洞口稍远的一棵果树下爬去。

原来，敌人抓住的就是她。

“这到底是个什么人?”我问大爷。

“唉，这个女人小名叫金花，她的事情，就像唱本一样，村里人谁都背得出来。”老头儿一边往烟锅里装着烟，回答说：“八岁死了亲妈，她爹娶了后老婆子，这个臭娘们儿，一脸肥肉。炒鸡蛋，羊肉挂面汤，换着样吃。要么就挨家出门子。她逼着金花做饭、拾柴、打扫屋里。伸着长指甲捏金花的胳臂，拿笤帚疙瘩打金花的脑袋，扬着大巴掌打金花脖儿拐。要么就哼哼唧唧躺在床上装病，让金花给她捶腿、揉胸，捏后脖梗儿。这个后老婆子硬说她是木命人。金花是金命，金克木，她们娘俩是对头冤家……”

“那后老婆子不好，可也没有叫她干那种事。”老婆儿在一边嘟囔。

“她干什么事儿啦?”老头儿愤愤地瞪了她一眼，然后扭过脸来，抽了两口烟，“真是!”

“谁不知道她跟瓢老爷睡过觉，啊?”老婆儿的火气又上来了，“你怎么偏庇护这种人呢?”然后对着我，用一个手背打着另一只手心，“都叫小老婆抓住啦!”

“那么，他那小老婆是个什么东西，你不知道?”老头儿气得脸红脖子粗地喊叫起来。

“你喊，你喊，叫她听见?”老婆儿用手指点着老头的鼻子，咬牙说：“你呀，我看你简直是她一党!”

“跟你们老娘们儿讲不清的理!”老头儿挥了一下手，其实，老婆儿早已经把手收回去了。

“这女人的命就跟黄连水里泡出来的一样苦啊!”老头儿不管老婆儿怎么打岔，非讲下去不可了。“她不知哪辈子修的，那些事都叫她摊上啦，你说，她十五岁那年春天，住姥姥家，同表姐妹们到庙会上看戏，遇见了本地有名的高财主，人称瓢老爷。没下巴颏儿，用两根线在他那小干巴耳朵上吊着一只小瓢儿，哈喇子就都流到小瓢儿里。叫人见了真恶心，浑身起鸡皮疙瘩。金花，一个十五六岁的孩子懂什么？皱着鼻子咧着嘴就说，‘哟！这个人没下巴颏儿，多恶心呀！’偏巧这话叫瓢老爷听见啦，他瞥了金花一眼，回头向跟他来的人悄没声说，‘打听一下，这毛丫头是谁家的？’”

瓢老爷派人跟在后老婆面前，扔下白花花十块大洋，说：“瓢老爷要个使唤丫头，看上你们金花啦！每月工钱五块。”金花被带到瓢老爷面前，老东西斜着小眼睛，瞧着哭得两眼红肿的小姑娘，一字一句地说：“你看大爷这小瓢儿恶心吗？我叫你白天给我刷这小瓢儿，晚上铺床叠被！”

一天晚上，金花扫床铺被侍候瓢老爷睡觉，这个老猴子、老淫棍、丑八怪、老色鬼，趁小老婆不在屋，上去就把金花按到炕上，撕扯金花的衣裳。金花拼命挣扎着，碰巧，小老婆子进来了，吓得老东西这才撒了手。这个小老婆是三姨太太，我见过，脸上搽满脂粉，嘴上涂的胭脂吓死人，是个厉害家伙，她赖金花勾引老东西走邪道儿，她抓住金花的头发，连哭带叫：“你个小妖精，你个小妖精！”

“她把金花赶走了，接着就散出谣言，说金花怎么怎么勾引她的丈夫。不知道内情的，就把金花看成了不正派的女人了！”

说到这里，老婆儿伸过头来，翻动着眼珠，叫道：“我们不知道内情，你知道。”忽然又提高了嗓门儿，“你怎么知道的？她是你的相好？”

“这这这是什么话？”气得老头儿浑身乱抖，“这不是高家做饭的老妈子传出来的吗？”

“听！听！”老婆儿照着老头儿脑门上就是一巴掌，“来啦，来啦！”

我们三个人都静下来，仄着耳朵听去，洞里没有响动。只有从远处传来的爆炸声，像闷雷似的轰轰地响。放在石壁凹处的蜡烛，已经烧过了一半，蜡油像泪珠，悄悄地滚落下来，凝结在潮湿的岩石上了。

“你是叫鬼迷了心了!”老头儿斜了老婆儿一眼。

又接着说起来：“那个后老婆子，前年把金花给了我们村的魏扎煞了。这个老不死的为了捞一把钱，把闺女给了这种人家。魏扎煞是牲口贩子魏老七的独生儿子。他有一种病，斜眼儿，流哈喇子，走一步，伸出一只腿摇几摇，两手乱扎煞，娶亲头一年就瘫在炕上了。牲口贩子给这个废物娶媳妇，是要个不花钱的劳动力。金花给他们喂猪、做饭、放牲口、铲草、下地、打场。侍候废物，擦屎、接尿、喂饭、洗脸……苦命的人啊！那个老牲口贩子，长得又高又大，肩膀横宽，满脸疙瘩，两只蛇眼。快六十的人啦，还像牛一样壮。去年七月，有一天他从街上回来，听仓房里有响动，牲口贩子悄没声地爬上木垛，从后窗的小洞向里一看，儿媳妇正端了一盆水在粮囤旁边擦身子呢。这个老畜生，奔过去就推门，门从里面扣上啦。女人一面答应一面穿衣裳。老不死的把门撬开啦，女人能有多大力气，被他绑起来强奸啦！女人上了吊，叫东邻郑二婶子救下来啦，要不这事村里怎么知道的?”

“还是没有吊死啊!”老婆儿在一边叫道，仿佛一下子抓住了反驳的时机。她拉着眼皮，撇着嘴，“要我早臊死啦，还有脸活着!”

“人家活着怎么的？抗日工作一点也不比你做得差!”

“我就不同意妇救会要这种人!”老婆儿嘟囔着。

老头儿又讲起这女人入妇救会的一段经过。

“去年八路军到我们这儿开展工作，那个穿蓝布裤褂脑后梳着个小髻儿，嘴里叼着个大烟袋的妇救会范主任，到我们村成立妇救会。一天晚上，妇救会在果树林子里开会，有人看见不远的石头背后有个人影儿。就喊道，‘奸细’，那人影儿跑了，保护会场的两个武装，跟踪追了下去。不大工夫抓来了，一看，是魏家的女人。‘我没别的意思，’她向范主任说，‘我也想参加你们的会！’那些妇女们听了都叽叽喳喳叫起来。

‘我们可不能要这种浪货！’

‘她以为是人不是人的都算个数呢！’

也有一些人替她说情。

‘人倒是好人！’

‘那事情不能完全怪她！’

老顽固脑筋的就在一边瞎嘀咕：

‘嗤，要是她自己不愿意，别人怎么也不能……’

魏家女人又害羞又难过，但她还是大着胆子向范主任说：

‘我不是坏人啊，我有苦说不出啊，我听你们说妇女要解放，我也想我能不能解放啊？’

这一下子，范主任攥住她的手，望着她的泪眼，回答说，

‘怎么不能解放呢？’

妇女们散了以后，她坐在树底下，把她的事儿都一五一十地向范主任说了。第三天晚上，开会的时候，虽然还有一些固执的人反对，但还是宣布她入了妇救会啦。这女人的工作干得不错呀！忙完一天家务，坐在灯下给八路军做军鞋，侍候完她那废物，就从医院收来伤病员的脏衣裳，到河边去洗。从地里回来，就到村头去站岗放哨；现在妇救会正帮她想法离开魏家呢！”

老头儿说时点点头，表示他对妇救会的工作挺满意，但老婆儿又给了他一句：“这种人离了谁要？”

老婆儿突然张着嘴巴，瞪大两眼，仄起耳朵来，向我们做了一个手势。我们听到了一种轻微的喘息声和什么碰在石壁上的细索的响声。

“你听，是不是来啦？”老婆儿变了脸色，往后挪动了一下身子。“毁了！毁了！”她压低的嗓音颤抖起来了。

老头儿把耳朵对着外面，一动不动地眨着眼。

“你个死东西，谁都说你耳朵背，你听到底来了没有？”老婆儿望着老头儿，吓得她连牙都打起颤来。她又挪近老头儿身边，两手攥着老头儿的胳臂，声音里含着眼泪，“这可怎么好啊！”

老头儿不耐烦地把她的手推开。这时候，喘息声越来越近了，似乎还听到了碰落沙石的响声，我的心中不安起来，把手枪里顶上子弹。见老头儿也现出了惊恐的面色。

声音更近了，似乎再转一个弯儿就到我们跟前了。老婆儿向我们做手势，要我们往里爬。但，爬来的人说话了，那是魏家女人的声音：“到底有人没有啊？可急死我啦！要是有人可得防备敌人放毒气呀！”

老头儿刚要开口回答，老婆儿像老虎扑食似的一下子扑过去，用手捂住他的嘴。

那女人不见回答，又叫道：“答应一声啊！可急死我啦？”

老头儿向一边闪着身子，同时用手使劲把老婆儿的手搬开，回答说：“听见啦，他魏大嫂子！”

这一下子老婆儿吓呆了，脸色刷白，瞪着眼，张着嘴，半晌说不出话来。那女人爬回去，听不见声音了，老婆儿突然扑在老头儿怀里，用手扯他的胡子，用拳头打他的胸脯，连哭带叫地咒骂着：“你这老东西，你同她开了腔，叫她出去领日本鬼子，你就是不听我的话呀！”

老头儿手足无措地躲闪着这顿打，不耐烦地叫道：“我跟你说没事儿就没事儿！”

“眼看死在这骚货手里啦，还说没事儿！”老婆儿本来已经撒了手，听了老头儿的回答，两个拳头又像擂鼓一样，在他的背上敲打，“你个死不了的，你怎么就这么信得住她！”

我拉开这老两口子，安慰老婆儿说：“敌人不敢进洞，这洞八个弯儿九个转儿，毒气也进不来！”

静了一会儿，不见敌人进来。再没听见洞里有什么响动。

但是我为这不幸的女人担起心来了。她现在怎么样了？她骗过了敌人没有？她怎么脱身呢？遭到了敌人的侮辱没有？

到晚上，敌人走了。我们出洞，有几处被敌人翻了出来，现在掳夺剩下的破衣乱裳，扔了一地。有一处地雷炸过的土坑，坑边有几摊血。旁边的树上还挂着鬼子军服的碎片。

忽然，走在前面的一个小姑娘惊叫了一声。我们跑过去，见魏家的女人躺在路边死了。从她身底下流出一股血流，已经凝结在地上。

月光把树叶的黑影像花边一样投在她身上。她胸前，落满了果树红色的花瓣儿。从枝叶缝隙间射上的月光，正照在她的脸上。从她美丽的眼皮中间，微微露出凝固了的黑眼珠，像是注视着上面深远的蓝空。她整个的脸上，现出无愧于人世的神情。她微微张着的美丽的嘴唇，好像在向那曾经嘲弄过她的人说：“不要用那样的眼睛看着我吧，不要向我说那样的话吧，我是无罪的……”

她的周围已经站满了人，不知是谁好像报告一件新闻似的，低声念叨着：“敌人把她杀死了！”

房东老大娘坐在这女人头前的一块岩石上，手托着腮帮子，我见她打皱的脸上，淌下了两串泪水。

一个年轻的妇女，默默地脱下自己的青布罩衫，怕惊醒了死者似的，轻轻盖在她的身上。

这晚上，我的心是如此的沉重。吃过晚饭，我独自出了房门，信步走去，才发现又到了那条小路上，魏家的女人已经被人抬走了。我在那棵树下站了很久，很久。果树林，仿佛一切都没有发生似的。在淡青色的月光中，静静地向地上投下朦胧的阴影。露珠，从嫩绿的叶子上，从岩壁上垂下来的紫色花穗上，从苹果花芬芳的花瓣儿上，悄悄地降落下来……

我默默地想着这个死得可敬的女人，虽然只有二十几岁，但她经历的生活像一个杯子，喝尽了那么多的苦酒。我想到我们打败了敌人，还有很多的工作；几千年来，压在人民心头上的悲苦是数不尽的，妇女所承担的就更多更加沉重了。它渗透在人们的心中，已经根深蒂固。要消除它，比打败一个帝国主义的时间还要长得多……

一九五八年三月改成

华山

鸡　毛　信

儿童团长

海娃今年十四岁了。海娃放了六年羊。

起初，海娃跟着爸爸放羊。后来爸爸不放羊了。爸爸背上快枪，到铁路边打日本鬼子去啦！爸爸当了抗日游击队的侦察员。

海娃也打日本鬼子。海娃在自己村里，在龙门村当了儿童团长，就是抗日救国儿童团的团长。

海娃天天到龙门山上，一面放哨，一面放羊。

妈妈给海娃弄了一支红缨枪。

这两天，鬼子又进山"扫荡"啦。妈妈对海娃说："你要好好放哨啊！鬼子在平川，说声来呀，就到咱村了。那年鬼子进山抢粮，差点没把妈烧死！跑不及的，都遭害了。"

海娃说："妈，你放心吧！我是儿童团长啦！"海娃说着，就睡着了。清早醒来，妈妈还坐在炕头纺线哩！海娃说："妈，别在家里纺线啦，快到山里藏起来吧！"

妈妈说："好孩子，妈不纺线，家里吃什么呀？你在山上好好放哨，别淘气，别打架，妈在家纺线就放心了。"

海娃说："儿童团长，还能打架啦？我只是小时候才淘一点气嘛！"海娃一面穿着衣服，一面说。"我现在呀，跟平川里的放羊娃可要好啦，不打架啦。还教他们唱《红缨枪》，讲'夜老虎连'掀炮楼。要不，他能告诉我他老东家是个汉奸吗？那个老东家周剥皮，可坏啦，是个大地主，当了后周庄的维持会长。前天晚上不给他吃饭，还叫他挨门挨户敲锣，给鬼子要牲口……"

“呀！”妈妈叫起来。“这不是鬼子要进山抢粮啦？你怎么不早说呀？快报告村长去！”

“早报告啦！”海娃说。“昨晚回来，就报告啦。要不，村长能叫咱们连夜‘空舍清野’吗？”海娃怪得意地说着，就拿上红缨枪，把羊群赶出圈来，走了。

嗬！村子里到处好忙：有的打麦子，有的磨炒面，有的拎着麻袋盛粮食……小孩也帮着大人，把一袋袋粮食扛上肩头，扛到山里，分散埋藏。海娃甩了一下羊鞭，就唱起来：

“上一次鬼子来‘扫荡’呀，

狼吃得真厉害；

粮食抢个干干净呀，

房屋烧成灰。

还呀砸了我老汉呀，

一只烟袋……”

唱呀唱的，村头老槐树底下那口破钟响起来了。村长在老槐树底下，敲一阵钟，嚷一阵子，嗓门跟响锣似的，朝村子大声嚷道：“鬼子‘扫荡’啰！”当当当当……“民兵扛上快枪、火枪、扎枪，随身带上地雷、飞雷、手榴弹，都到老槐树下集合！跑不动的老人小孩，先到大山里去！在家纺线的、打粮食的，把手头的棉花、粮食、家具安顿好，说走就马上走啰！”当当当当……

转眼间，民兵们都跑到老槐树底下来了。

村长对海娃说：“你在山上，就是咱村的眼睛啦！别让汉奸把你逮住了。给你颗手榴弹！”

海娃把手榴弹揣到怀里，又唱起来：

“这一次鬼子来‘扫荡’呀，

狼吃得真倒霉；

秫秸里拉响手榴弹呀，
地窖里蹚地雷。
气得他砸了只破夜壶呀，
也是地雷！”

海娃唱着唱着，就上了后山去啦。

消息树

后山叫龙门山。海娃到了龙门山上，便把羊鞭插到腰里，蹲在一棵小树底下。

这棵树，光秃秃的，没有叶子，光有枝丫。那时候，麦子早收割了，谷子也出穗了。可是这棵小树，连一点嫩芽也没有。

这棵树，遮不住太阳，挡不了雨。

可是海娃整天守住这棵树。他蹲在树下，用手遮住额角上的太阳，朝东面眯缝起眼睛，瞭望着大山底下的平川地。

平川上有条小河，银蛇那样，闪着光。河边是条铁路。海娃眯缝起眼睛，就看见：铁路边有好些灰麻麻的小点子，看起来，就像土疙瘩似的。爸爸说，那些灰疙瘩，就是炮楼，日本鬼子的炮楼。爸爸说，那些炮楼可大哩，能住下好几十个鬼子。爸爸就喜欢到铁路跟前打游击。就是不带他去。真气人！

西面大山那边，停不一会儿响一两声大炮，闷雷一样，听不清楚。鬼子正在“扫荡”咱们太行山抗日根据地哩。鬼东西！这两天又把大队开到咱们后方去了，到咱们根据地中心抢粮去了。叫你有去无回。等挨揍吧！

平川上却静悄悄的，没有半点声音。

后周庄那放羊娃，今天上哪里放羊去啦？为啥平川里的放羊娃，一个也不到龙门山来啊？这时候跟谁摔个交子，玩个“鹞子翻身”

“倒竖蜻蜓”，该多美啊！

干粮也吃过了。会唱的歌儿也没完没了地哼哼过了。平川上怎么也没点动静呢？

海娃心头怪痒痒的，忽然放下红缨枪，两手这么一抡，哈，两条腿已经朝天竖起，两只手却在地上走起来了。

他用手在地上走着，两条腿在空中竖着，拍巴掌似的，一张一合。忽然扑一声，怀里滚出来一颗手榴弹。海娃一翻身又用腿站了起来。

“你这海娃呀，”海娃一面拾起手榴弹，一面跟自己说，“又淘气啦！又淘气啦！这是玩的时候吗？这是玩的地方吗？你呀，你呀……”

海娃这么说着，心里忽然不闷得慌了。他又蹲在小树底下，眯缝起眼睛，朝着平川瞭望起来。

灰疙瘩里爬出来一溜黑点子。

那是啥？

海娃揉了揉眼睛：黑点子更加清楚了，蚂蚁似的爬着，老长一溜，朝龙门山这边爬过来。

喝，炮楼里的鬼子出动啦！这边一长溜，那边还有一长溜……

海娃赶忙抓住小树，使劲一扳，不费事儿便扳倒了。

原来这是一棵假树，是用石头支起的，龙门村的人都叫它“消息树”。消息树站在山顶上，村里的人看得见，西山上的人看得见；只要消息树一倒，大家马上知道平川里的鬼子进山了。

果然，龙门村的钟声当当当地响了起来。人们赶着牲口，扛着粮食，挑着箩筐，背着包袱，捎着家具，都从村里跑到后山，跑进大山沟里。民兵们也拿着武器上山了，还抬着一门榆木炮。

转眼间，钟声停了，村里静悄悄的，一个人也看不到了，都到山里藏起来了。

游击队的信

这时候，在阳坡的石磐小路上，有个人爬上山来。

那个人一面爬，一面朝山顶探着脑袋。

这条路，除了放羊砍柴，村里人是轻易不走的。海娃想："莫不是个汉奸吧？"

海娃这么一想，赶忙朝羊群甩了一鞭，跟着又甩了一鞭。羊群便乖乖地满坡里散开，钻进野藤乱草里，不见了。

海娃也不见了。海娃溜到一块岩石后面，拨开荆条，钻到一丛酸枣底下。

海娃隐蔽好了，把手榴弹的盖子揭开，扣住火弦，紧紧地握在手里，看那个人上来干啥。

那个人上到山顶，就叫起来："海娃！海娃！"

海娃没敢答应。

那个人又叫："海娃！海娃！"

这回海娃听出来了。是爸爸！是爸爸从平川回来啦。爸爸倒背着的枪托都看清楚啦。

海娃高兴极了，禁不住喊道："爸爸！"

"在哪儿？"

"在这里！"

海娃从枣刺底下爬出来，粘了一头乱草。

看着这个样子，爸爸就生气啦。爸爸大声说："你放啥哨？鬼子快上山了，还满地里乱爬！"

"早看见了！"海娃说。"你瞧！"他指着地上的消息树。"我不好好放哨，它自己会倒下来？"

爸爸说："那你乱钻个啥？"

"钻个啥？"海娃也生气了。海娃拧上手榴弹的盖子，嘟起嘴巴说。"谁知道是你呀！要是来个汉奸，怎么办？"

"警惕性倒蛮高哩！"爸爸笑笑说："可是你钻到酸枣丛下，手榴弹怎么扔出来啊？你要抓活的，又怎么蹦出来啊？也没条后路，怎么打了就跑啊？啊哈！"爸爸啊哈一声，海娃也笑了。

爸爸拍拍海娃的小脑袋说："打鬼子，啥时候也要准备好几手啊。不能只顾一头啊。"

说着，爸爸从怀里掏出一封信来。

"鸡毛信！"海娃一声欢叫，眼睛都亮了。

就是一封鸡毛信！信角上插三根鸡毛的信！爸爸捎来了平川游击队的信！海娃知道：插一根鸡毛，就是"紧急情报"；两根鸡毛，是"十万火急"；三根鸡毛，"万万火急"！就别提有多重要，多紧急了。总之是非常非常紧急的急信，顶顶重要的急信。海娃一见鸡毛信，比谁都急。谁知爸爸比他还急。海娃刚一伸手，爸爸就说："马上送到三王村去，亲手交给张连长！三王村联合指挥部的张连长！"

"三王村的张连长？不就是'夜老虎连'的张连长吗？"

爸爸说："就是他！上回打碉堡烧火车站，就是他指挥的！"

"啥情报，那么急？又打大仗啦？"

"又来了，又来了，"爸爸晃着个手指说，"军事秘密，还能说啦？反正啊，"爸爸挤了挤眼睛，"一不能丢失，二不能暴露，三不能耽误！"

"那还用说！"海娃抻了抻帽檐儿，也挤了挤眼睛，"反正啊，'夜老虎连'一出动，嗨！"

海娃把手指含到嘴里，打了个响亮的呼哨："嘘！"接着又是一声长长的呼哨："嘘——"

羊群听到呼哨，便扑刺刺地钻出乱草丛，跑拢过来。

海娃把羊鞭递给爸爸，说："给！这岗哨，我交给你啦。"

爸爸不要羊鞭。爸爸说："你赶上羊走！路上小心点，鬼子统统出动了，分好几路进山，路上不好走啊。万一碰上鬼子，你就说你是放羊的，平川里的放羊娃。"

赶着羊送信，多新鲜呀！海娃送过几次信了，每次都是把红缨枪往肩上一扛，就撒开腿跑了，爱跑多快就跑多快，从来没有赶着一大群羊。海娃说："那啥时候才能送到啊？"

爸爸说："明天傍黑以前，一定送到！知道吗？傍黑以前！说啥也不能丢了！"

海娃说："鸡毛信还能丢啦？爸爸你放心吧！掉脑袋也不能丢了。"

说着，龙门山下哒哒哒哒，一阵轻机枪响，跟着"啾——啾啾！嘶——"几响飞子儿飞过天空。爸爸说："鬼子捎话啦，他要上山啦，催咱走啦。"说着，爸爸从怀里掏出一只烤红薯，塞进海娃的口袋，说："路上吃吧！沉住气，鬼子且上不来哩！再想想，还有啥？"

"啥也没啥啦！"海娃说着，跟手啪的甩个响鞭，羊群便上路了。

爸爸一伸手又把海娃拽回来："这是啥？"爸爸摘下海娃那顶雄赳赳的旧军帽，"头上戴个八路帽，怀里揣个手榴弹，像个平川放羊娃吗？啊哈！对付敌人要沉着，胆大心细，多准备几手！不能一条道儿直奔三王峁啊……"

海娃嗨的一声，浑身都是劲头，走了。

爸爸揣上海娃的军帽和手榴弹，把红缨枪一提，也跑进梢林去了。

羊尾巴

海娃把羊赶到了崖畔的小路。

龙门山到三王村，走大路有三十多里，走小路还不到二十，还看得远。海娃给指挥部送过几次信，都是连夜走的这条小路。

转过崖畔，便是西山。西山上也竖着一棵消息树。太阳压山了，消息树映着红云，站在山顶上，像个哨兵，跟海娃招手说：过来吧，上来吧，我们这边没事儿！

一看见消息树，海娃就放心了。海娃狠狠地甩了几鞭，把绵羊赶上西山。

可是忽然间，消息树倒了。

糟糕！西山那边，准是发现了鬼子。辛辛苦苦地爬上山顶，翻过大山，然后连信带人送给鬼子——天下哪有这样的傻瓜啊？海娃赶紧把羊赶下深沟，朝大川口出去。海娃想：小路不能走，就走大路吧！还能一条道儿直奔三王峁？海娃想：出了沟，往北一拐，正好绕到西山鬼子队伍后头——你头里走，我后尾跟，谁也不碍谁，才得哩！

海娃走着，想着，在山沟里转了两个弯，就瞅见大川口了。只见川口外面，远远来了一队人马：人排成一行，牲口跟在后面。是八路军吧？不像。眯缝起眼睛瞅瞅：喝，都是些空驮子牲口。不消说，又碰上抢粮的鬼子了。

怎么办呢？龙门山有鬼子，西山那边有鬼子，川口又进来了鬼子……

“躲开鬼子，跑吧。”海娃想。可是沟两旁尽是陡壁，爬不上去。

“往前走吧？”可是口袋里装着鸡毛信，装着游击队的急信呀！扔掉了可就坏了大事了。

“藏起来吧？”对，把信藏起来。海娃这么一想，立刻蹲到地上，把鸡毛信埋在乱石堆里。

海娃刚刚把信埋好，忽然又掏了出来。“不行，”海娃又想，“满沟里尽是乱石头，回头天黑了，上哪找去？……”

鬼子却越来越近了。踩动石头的响声都听见了。

海娃着急起来。

羊群却一点也不着急。羊群扑剌剌地只管朝川口跑着，跑着，这一只的头抵住那一只的屁股，那一只的角磨着另一只的肚皮。又肥又厚的大尾巴，颤悠悠的，垂在屁股后面，不住地两边晃着，怪自在哩！

这大尾巴，山里叫做“羊拍拍”，比乒乓球拍还要大。海娃看着“羊拍拍”尾巴，心头忽然通地跳了一下。海娃想都来不及想想，就两步抢到头里，一头扑到头羊身上，就是领头的老绵羊身上，拦腰抱住，掀起那肥腾腾的“拍拍”大尾巴。

老绵羊的屁股蛋，光溜溜的，尾巴根可垂着长长的绒毛。海娃顺手一抓，从羊身上搂下一把绒毛，就着尾巴根捻着，两根毛线捻出来了，正好把鸡毛信系在尾巴底下。

“妥啦！”海娃透了一大口气，心里说不出的高兴。老绵羊却非常不舒服——屁股上垫着一封信，多难受呀！老绵羊便卷起大尾巴来，从海娃怀里猛蹦出去，撒腿就跑。它越是跑得快，大尾巴越是卷得紧，一直卷到大腿底下，把鸡毛信牢牢地盖住了。

这回，海娃啥也不怕啦。他故意把羊鞭甩得响响的，朝着鬼子迎头赶去。满地里跑着的绵羊，差点没把鬼子撞了。

原来山里回声大，海娃又甩得好响鞭，冷丁赛过三八快枪的炸子儿。鬼子都哗地趴下了。活该叫羊踩！

“你的站住！”鬼子吆喝起来，哗啦一声举起快枪，对准海娃的小脑袋。

站住就站住！那还不容易？我正想好好看看，给你们点个数儿：几个兵，几个官，多少步枪、机枪，多少牲口驮子，回头好报告张连长哩。

海娃愣着两眼站住了。

羊群也站住了：你的头挤着它的尾巴，它的角又磨着旁的肚子，把老绵羊挤到当中。

烤红薯

一个穿黑军装的跑了过来，一把抓住海娃的脖子，把他提溜到一个穿黄军装的跟前。

穿黄军装的挂着大洋刀，鼻子跟大蒜头一样，大蒜头鼻子底下留着一撮小胡子。那个小胡子瞪圆眼睛，就吼叫起来：

“你的——八路探子的！”

小胡子吼叫的时候，嘴里龇出两颗大金牙；嘴唇又黑又厚，真是又凶又丑，恶心死了。

可是海娃一点也不怕。心想我告诉你哩？你会瞎咋呼，我还会装糊涂哩。海娃故意歪起脑袋，张大了嘴巴，傻愣愣地望着小胡子。好像对他说：“你说什么啊？我听不懂呀！”

那个穿黑的端起枪托，照着海娃屁股撞了一下，跟着又撞了一下。他一面撞，一面歪着嘴说：“小王八羔子，为什么不吭气？太君问你：是不是八路？”

哈，真是个日本走狗。这不要脸的走狗，还叫鬼子“太君”哩！海娃真想骂他一声“黑狗”，狠狠地唾他一脸。不过一想到鸡毛信，海娃就不骂了。海娃说：“我不是，我是放羊的。”

小胡子拔出明晃晃的大洋刀，搁在海娃的脖子上：“实话的不说的，撕拉撕拉的！”

那黑狗也学着小胡子，使起威风来。他往海娃身上踢了两脚，又歪起嘴巴，说：“不照直说，宰了你这兔崽子！”

海娃说：“我就是放羊的嘛！就是后周庄的放羊娃嘛！”

说着说着，海娃就哭起来了。海娃一面哭，一面偷眼数数儿。抬胳膊抹把眼泪，数数那边；揣拳头擦下鼻子，数数这边；数了穿黄的，又数穿黑的；边哭边数，心里直乐：哈，怎么会胡诌出个“后周庄”来啊？海娃从来没有见过后周庄是啥样子。海娃只记得爸爸给他说过：后周庄是敌人占领的村子，离前周庄的鬼子炮楼五里地。后周庄的放羊娃，也是这样说的。他还说，他老东家红薯可多哩！那老地主周剥皮，可坏啦，不叫放羊娃吃米粮，净叫吃红薯：早也红薯，晚也红薯，一年到头净红薯；还是冻红薯，烂红薯，黑疙丁红薯。你说坏呀不坏！

海娃哭得小胡子不耐烦了。小胡子说：“搜！”于是那个黑狗，那个歪嘴黑狗，就动手乱搜起来：他一时摸摸这个补丁，一时掏掏那个破洞。连海娃的破山鞋，也给脱下来搜过了。

可他什么也没有搜到。他只搜出来一块烤红薯。

这红薯，是爸爸特意从平川带给海娃做干粮的。红薯烤得焦黄喷香。歪嘴黑狗拿上烤红薯，就塞到歪嘴里去。

“什么的米希的？”小胡子一把抢过歪嘴里的烤红薯，放在手上掂了掂，又拿大蒜鼻子闻了闻，就大嚼起来。他一面嚼，一面说：“大大的好！大大的好！这个的，山上的顶好！‘皇军’的统统的呜噜呜噜‘扫荡’一麻斯！”

歪嘴黑狗歪着嘴巴说：“山里不种红薯，上哪儿‘扫荡’去？平川才有哪！”

海娃忽然插起嘴来。海娃说：“这是烤红薯！一烤就香，又甜又香。上山放羊尽吃烤的，搂把柴，拢把火，就烤熟了。”海娃一面瞎编，一面给鬼子说，就像他真是后周庄的放羊娃一样。

小胡子越嚼越馋，满嘴吧嗒吧嗒乱响，别提多恶心了。他眼珠一转，又问海娃。不过这次他不瞪小眼珠了，他只是龇着满嘴大金牙，说："你的，什么的干活？"

这回海娃听懂了。海娃正想多说几句话儿。海娃学着他的腔调说："良民的干活，放羊娃的干活。"

"你的，良民证的有？"

海娃说："我才十四岁，哪有良民证呀！你不信，到后周庄问周会长好了。都是他的羊！"

小胡子可没有工夫去问。他还要进山抢粮哩！他只是说："你的这个的有？"

"该没有哩？"海娃说："多去啦。大大的有！大大的有！周会长就爱种红薯，后周庄就数咱东家种得多。还愣上粪！光叫长工吃红薯哩，该不愣种？"

"你的这个的，"小胡子龇出大金牙来，"太君的送礼的！明白的？"

"明白的，明白的！"海娃说："等你回来，给你送上两筐子。"海娃说着，一面张开胳膊比个大圆圈，一面在嗓门眼里对小胡子说。

"就怕你回不来。掉进包围圈里，你吃屁！"只说得自己憋不住扑地笑肚疼了。

小胡子也大笑起来。他拍着海娃的脑袋瓜说："良民的！'皇军'的良民的！开路开路的！"

海娃乐呵呵地把羊赶上走了。

海娃的羊

海娃一面走，一面响着羊鞭："啪！啪！"一声紧跟着一声，响鞭炮似的。海娃恨不得飞跑起来。可是他没敢跑，他只是一步紧似一步。

忽然间，歪嘴黑狗追上来了："站住！站住！"

海娃回头看看：歪嘴黑狗后面跟着好几个黑狗子。他们一哄上来，把羊群截住。

海娃着了慌了。海娃说：“你们干啥呀？”

“干啥？”歪嘴黑狗咧开歪嘴笑了笑。“‘皇军’还没吃晚饭哩！这群羊，够咱吃几顿啦！”

歪嘴黑狗夺过羊鞭，就没头没脑地愣甩起来，把羊赶回沟里。

海娃脑袋嗡的一声，眼看着鬼子一伸手就碰到鸡毛信似的，他一头扑到歪嘴黑狗跟前：

“干吗你！”海娃一声尖叫，抓住羊鞭，满腔怒火都把泪花迸出来了。“这是咱老东家的羊！都是周会长的羊！……撒开手！”

“哈！这疯崽子，你还想吃了我哩？”歪嘴黑狗推开海娃，真怕他咬上一口，给他一石头，连哄带吓的：“去去去，快滚开！回去给姓周的说，羊都犒劳‘皇军’了。没你的事儿！走吧，走吧……”

“不行！快给我！”海娃又抢羊鞭。海娃抱住歪嘴黑狗的胳膊。海娃叫起来了。“这是周会长的羊呀！没了羊，我可活不成啦！”

黑狗们可不搭理这个：“周会长，不也是个日本走狗吗？放羊娃是活是死，更不相干了。”黑狗们反而大笑起来。

“哈哈哈哈！”黑狗们一面看乐子，一面解开皮带赶羊。

海娃抓住羊鞭不放。海娃拧起双手。海娃全身都挂到歪嘴黑狗的胳膊上了。

“滚你的蛋！”歪嘴黑狗把海娃摔到路边，呼哧呼哧的比着枪说：“别惹动老子火头，一枪给你毙了！”

歪嘴黑狗摔开海娃，又咧着个歪嘴，赶起羊来，好像这群羊本来就是他的一样，大模大样地赶走了。

海娃躺在地上，放开嗓子大哭起来：“我的羊呀！”海娃哭着他的羊子。羊，丢了羊就够心疼啦！谁知羊尾巴底下，还有一封鸡毛信呢！

猛听得一声鞭响，海娃只觉得天也转了，地也转了，一鞭鞭都疼在心坎上了。唉，海娃，海娃，你怎么搞的呀？怎么把顶顶重要的信，把送给指挥部的急信丢啦？……要是丢在旁的什么地方，也好一点。偏偏又落到鬼子手里！唉，抗日儿童团长，把抗日游击队的信，送给打游击队的日本鬼子了——世界上哪有这样糟糕的事情啊！

想呀想的，海娃忽然忘了哭了，也忘了浑身疼了。海娃忽然爬起来。

海娃往起一站，就咬紧牙根，放开步子，跟在鬼子队伍后面。

海娃一面跟，一面看着脚跟前的乱石子。海娃想：要是鸡毛信掉在地上，那就好了。只消悄悄拾起它来，悄悄放到袋里，然后悄悄一转身——三绕两拐就送到三王村了。

可是地上没有鸡毛信。鸡毛信是不会自己掉下来的。海娃还记得，刚才他系信的时候，分明打了两个死结，最后又牢牢地加上一个死结。鸡毛信怎么会自己掉下来呢？海娃白白跟了许多路。

可是海娃还是跟着。海娃舍不得鸡毛信呀！掉脑袋也不能扔给鬼子呀！说啥也要把它弄回来呀！

山庄上

跟呀跟的，歪嘴黑狗又吼叫起来了："哈！你这狼吃的，还不滚回去？再不滚开，连你也宰来吃啦！"

另外一个黑狗却笑着说："让他跟着吧，回头叫太君赏他吃块羊骨头！"

说得黑狗们大笑起来："哈哈哈哈！"鬼子们也大笑起来："哈哈哈哈！"敌人拿海娃寻开心哩！

海娃气得眼睛都红了。叫你吃，叫你美！海娃心里一气，就把手指插到嘴里，“嘘!”，响响地打了个呼哨，跟着又“嘘——”，响了一声长长的呼哨。

这是海娃平日吆集羊群的呼哨。羊子听到呼哨，就满地里乱跑乱蹦起来，不听黑狗的话了。黑狗从左面甩一鞭，羊子便往右边窜；黑狗从右面甩一鞭，羊子便往左边窜；黑狗从后面狠狠地甩了几鞭，羊子索性往两旁蹦开，朝海娃跑过来。

海娃扭转头，一面打着呼哨，一面朝着川口外面跑去。

头羊跟着海娃跑，羊群跟着头羊跑，黑狗们可也漫沟里追着羊群跑开了。

海娃想：只要头羊能够跟着跑着，就好了，就算羊群全叫黑狗子们抓光，也甘心了。头羊头羊你快跑啊！别老回头看羊羔啊！光你心疼，我不心疼？快跑，快跑！跑到三王村，有人给咱报仇！

好海娃，好战法！呼哨打得山响，一会儿变个花样，羊儿也打开游击战啦：这边窜上崖头，那边蹦下岩坎；这里追追，没路了；那里赶赶，绊倒了。叫你追，叫你赶！

可是追着追着，黑狗们忽然不追羊了，却围着海娃追赶过来。

海娃自然跑不过，他们的腿可长哩。海娃叫歪嘴黑狗抓住了。

歪嘴黑狗狠狠地揍了海娃几拳头，才歪起嘴巴说：“走，给老子赶羊去!”

黑狗子们立刻乐起来：“对啊！对啊！为啥不叫他赶羊啊？没来由满头大汗。”

海娃心头扑通跳了一下，说不出是怕还是高兴。

海娃想：“这会儿子有办法!”嘴里却假意说：“不，我不去!”

其实他心里才想去呢。所以，黑狗才打了他几耳光，海娃就装出顺溜溜的样子，赶上羊群，跟着鬼子进山了。

小胡子又龇出大金牙，对海娃说：“你的，太君的带路！明白的？”

海娃说：“明白的。”

其实，海娃根本就没有听小胡子说的话。他管自己在心里盘算着：“马上要到山顶啦，天也黑下来啦。只消瞅个空子，悄悄把信解下来，然后再瞅个空子，往乱岩乱梢林里一钻。哈，那时候，看鬼子上哪里找我去！”

想呀想的，就来到了一个小山庄。

鬼子的队伍停了下来。海娃和羊群也停了下来。

小山庄有六七处人家，大门全上了锁。鬼子们来到山庄，也不坐下歇歇，就哄到人家门口，把门全捣开了，好像猪抢食槽一样，捣开门便闯进去，乱搜乱翻起来。

可是家家户户都是空空的：房里没有老百姓，灶头没有铁锅，炕上没有席子，屋角没有米缸……原来，老百姓早把粮食、家具藏起来，躲进山沟去了。只有打谷场上，堆着好些干草和柴枝。

于是鬼子们跑到场上，把干草点着了。然后又把窗户、门扇、门框拆下来，扔到火里。大火呼啦啦地燃烧起来，把山头照得通红。

不多会儿，西面山头也燃起了一堆大火，南面山头也燃起了一堆大火。鬼子们看见远处的火光，就呜噜噜地吼叫起来，把手扬得高高的，朝着远处的火光愣喊：“呜——啊——呜噜呜噜——”

真怪！远处的火光，也跟着吼叫了：“呜——啊——呜噜呜噜——”西面这样答应，南面也这样答应。

原来鬼子们在打联络讯号哩！鬼子们于是高兴起来。鬼子们乐得乱蹦乱跳，插红膏药旗呀，挥动啥“大和魂”啥“武运长久”的布片片呀，一面蹦，一面呜噜噜乱吼，好像对山那边说：“你们也到了吗？好极啦！好极啦！我们也到了这里啦！谢天谢地，三座山头有个照应了。好好联络，多加岗哨，别叫八路摸了屁股。天亮了再去抢粮吧！”他们乐得连海娃也忘记了，把他扔在一边不管了。

海娃想：现在好下手了。海娃这么一想，就跳到老绵羊身边，悄悄把它抱住……

老绵羊

海娃刚刚把头羊抱住，小胡子忽然吼骂起来：“八个呀路！”

海娃吓了一跳，赶忙回过头去。小胡子又骂了：“八个呀路！”却不是冲着海娃，而是冲着鬼子兵们乱跺脚：“米希米希！”

原来小胡子饿昏了，要吃东西哩！黑狗们和鬼子兵听说“米希米希”，就不吼叫了，也不乱蹦乱跳了。他们都朝羊群跑过来。

海娃把老绵羊松开，眼睛直愣愣地盯住鬼子。

鬼子却不看海娃一眼。他们只顾得扑向羊群，把羊逮住：这个用手提起羊后腿，那个用皮带拴住羊脖子，有的干脆一刀——羊脑袋就给劈成两半，血淋淋地滚到地上了。

歪嘴黑狗跑过来瞅了瞅，就一把扭住老绵羊的两只长犄角。

海娃忽然浑身一阵冷。海娃简直要叫出来了。

“哎呀，我的鸡毛信呀！这回可真完了，一定叫鬼子看到了！”自然啰，海娃嘴里没有这样叫，他嘴里只是哎呀呀地叫着。海娃呀，海娃！鸡毛信眼看要露馅啦！是骡是马就看这下子啦。沉住气！别眨眼！一露馅，就抢；捞到手，就跑；见沟跳沟，见坡滚坡；跑不掉就塞到嘴里，吞到肚里，刺刀撬也不松口；没露馅可不敢瞎嚷嚷呀！

歪嘴黑狗却热得满头大汗。他扭住老绵羊的犄角，老绵羊便挺直前腿，使劲往前抵住，四条腿就像钉在地上一样，一动不动。黑狗这边拖，拖不动；那边扭，扭不动。弄得鬼子们哈哈大笑起来。

歪嘴黑狗红着脸说：“笑啥呀？这只羊，准有一十斤净肉。比你们杀三只还强哩。好大的劲！伙计们，过来帮帮忙。”

可是谁也不帮他的忙，反而寻开心说：“那样老的羊，咱们不吃。留给你做妈妈吧！”

海娃的心口忽然通的一声。海娃忽然插嘴说：“大伏天，老羯羊还能吃咧？又膻又瘦的，有啥吃头！”

歪嘴黑狗闹了个败兴，正没好气，就狠狠地踢了老绵羊一脚，对海娃说：“留给你做妈妈吧！”

他拿海娃开了开心，就松开两手，追赶小羊羔儿去了。

这回海娃没有顾上生气。海娃只是透了一口大气，牙齿可咯咯咯的，才知出了一身冷汗，两只拳头早攥出水来了。海娃在心里说：“你要寻开心，就只管寻开心吧！我犯不着在这个时候惹你们。还怕短了你挨揍哩！反正羊是没指望了。拿上鸡毛信，我就要连夜逃掉啦！”

海娃心疼起他的羊来。

打谷场上，鬼子们的刀子映着火光，一闪一闪的：这个拿刺刀剥羊皮，那个拿洋刀开羊肚，羊脑袋血淋淋的，肠肺心肝遍地乱扔。洋刀在火光中来回闪着，砍着，就像野狼扑食那样。海娃见过一群饿狼，哄地窜进羊圈，见羊就扑，扑倒就叼，叼上就跑，一口气跑到荒野，回头看看没啥动静，才哼呀嗥地偷偷吃掉了。可是鬼子们呀，比狼还要凶暴，比狼还要残忍，当着羊群就鲜血淋漓地开膛破肚啦！转眼间撕掳得只剩二十来只羊啦！

老绵羊缩在海娃身边，眼泪扑簌簌的，不住地咩咩叫着。海娃搂住老绵羊，不知怎样安慰它好，只好不住手地抚摸着它背上的绒毛。老绵羊缩到海娃怀里，一时望望伙伴，一时望望血影刀光，一时回过头来，用脸偎着海娃的脸，羊脸上的绒毛，早叫眼泪湿透啦。

看着老绵羊这个样子，海娃更伤心了。“羊呀，羊呀，别说我狠心呀！”海娃伤心地俯在羊耳朵上悄悄说。“我顾不上你们了，我再不能和你们待在一起了。我要自个儿走啦。我拿上鸡毛信，就马上走啦!”

海娃满眶热泪，悄悄地抚摸着老羊的绒毛，悄悄地从脊背捋到羊尾巴，悄悄地把老绵羊的“羊拍拍”尾巴掀起来。

海娃掀起颤悠悠的大尾巴，就看见：鸡毛信照样吊在老绵羊的屁股蛋上。

“我的妈呀！你还在这里啊!”海娃在心里叫起来。“羊儿羊儿别哭啦，鬼子就要狠挨揍啦。”海娃安慰着老绵羊，正要把信解开。那个讨厌的歪嘴黑狗又跑过来了。

歪嘴黑狗问海娃道：“水井在哪里?”

海娃松开两手，假意摸着老绵羊的绒毛，说：“这里哪有水井啊?要是有水吃，老百姓还搬走啦?”

其实，海娃知道庄后有水井。海娃还到过井边打水饮羊哩。可是现在，井口上已经盖上石板，石板上又堆了一堆粪土，像庄院人家的粪土堆那样。不过海娃不高兴说罢了。黑狗叫他找锅，也没找到。海娃想：没水没锅的，看你们这班强盗怎样吃法!

谁知鬼子比狗还馋，比狼还狠，他们把血淋淋的羊肉，连蹄带骨割下来，扔到火里，就烧来吃了。

羊肉在火里吱吱叫着，冒出一股股的焦膻气。海娃听着吱吱的声音，心头直揪得发疼。嗳，我的羊呀！我把你们养大了，我守着你们长大了，我好容易盼到你们成群了。谁知今天晚上，全叫鬼子杀啦，当着我熏来吃啦……杀千刀的鬼子啊！牲口变的鬼子啊！你们真是一群狼，一群野牲口，把羊儿血淋淋地逮着吃了!

可不是！鬼子就和野狼一样，啃着血淋淋的羊腿了，吃得又甜又香，嘴上满粘着白白的一圈羊油。

歪嘴黑狗啃着啃着，忽然拿袖子往油嘴一抹，把手里的羊蹄骨举在半空，朝海娃晃了两晃，说：“喂，跑烂鞋的！过来吃块骨头吧。”

海娃的心又疼起来了。

海娃嘟着嘴说：“我不吃！”扭过头去，自个儿伏在老绵羊身上待着。

“不吃？不吃也给我滚过来。别叫你这小兔崽子溜掉了。”

嘿，这黑狗子！馊主意还不少哩。且跟你斗啦！海娃撑起两腿，来到打谷场上，就坐到一旁，守着日本鬼子们和黑狗子们吃饱了。

屋角里

鬼子们吃饱了，咕嘎打着臭嗝，又把剩下的熏肉拴在皮带上。然后摸摸肚皮，到庄里睡觉去了。

只有歪嘴黑狗还不去睡。他抹了抹油嘴，就对海娃说：“把羊赶到圈里去！”

庄后有一个破羊圈。海娃把羊赶进圈里，用石块抵住圈门。跟着又抱来一捆干草，铺在圈门旁边。

“你这是干吗呀？”歪嘴黑狗说。

“睡觉嘛！”海娃说，又蹲下去把草铺平。

“到庄里睡去！”

海娃着急了。海娃说：“那，那谁照看羊呀？山里狼可多哩！”

“那，那——”歪嘴黑狗学着海娃的话，忽然生气起来。“你这兔崽子，别跟老子耍花头！嘿，还想跑哩？走！”他一把抓住海娃的脖子，就提到庄里去了。

歪嘴黑狗把海娃抓进屋里，又把他摔到角落里。

地上铺满了干草。鬼子们和黑狗子们，抱着枪，睡在干草上，把海娃挤在尽里头。

不多会儿，鬼子们呼噜噜地睡着了。只有门边的哨兵，还瞪着眼睛，坐在那里。

海娃睡不着。海娃伤心极了。海娃想："说不定明天鬼子还要杀羊哩！夜里跑不掉，白天更难办了。偏偏还堵在墙角落里！哎呀，我的鸡毛信呀！要是你叫鬼子查出来，怎么得了啊？唉，海娃，海娃，你怎么搞的呀！怎么连一封信都不会送呀？……"

想呀想的，海娃张开眼睛，悄悄往门口看了一眼。

月亮刚刚冒出山头，照在门边。是个下弦月呐。海娃知道：下弦月出来的时候，就是下半夜了。可是门边的哨兵，还是一动也不动地坐着，两条腿八字叉开，挡住门口。

海娃又闭上眼睛，尖起耳朵听着：隔院的鬼子，呼噜打得山响。庄后牲口圈那边，一个劲哧嚓哧嚓地响着——牲口在嚼干草哩！

听呀听的，忽然——"哪一个！"街尽头吼了一声。——乖乖，村边还有放哨的哩！

"喂牲口的！"另一个说。于是哨兵不吼叫了。海娃又听到：有脚步声走到牲口圈去。

这真急死人呀！门口有哨兵，村边有哨兵。怎能跑掉啊？

这时候，远处传来一阵子鸡叫："喔喔喔！"

鸡叫头遍了！

过了一会儿，远处又"喔喔喔"，传过来第二阵鸡叫。

糟糕，鸡叫二遍了！等到鸡叫三遍，天就亮啦！

海娃躺不住了。海娃忽然坐了起来。

海娃坐了起来，就看见门口那个哨兵，身子歪在土墙上，脑袋吊到胸前，手里的枪却横在怀里。哨兵正打瞌睡哩！

海娃看看身边，鬼子睡得正甜，就像羊卧地把羊群到耕地里过夜，连睡带拉，卧地施肥，叫做"羊卧地"。那样，横七竖八地挤满一地，你的头枕着他的大腿，他的大腿又压住另一个的肚子。歪嘴黑狗的胳膊，却横在两颗脑袋当中，刚刚把海娃挡住。

可是海娃站起来了。海娃踮起左脚，用脚尖把歪嘴黑狗的胳膊轻轻拨开，腾出一小块空地。于是，海娃把左脚站稳，然后，又轻轻地踮起右脚，用脚尖把谁的大腿拨了拨，腾出一小块落脚的地方。

可是临到迈第三步的时候，怎的也迈不过去了。小胡子直挺挺地叉巴着两手两脚，就在跟前，呼噜噜地正打鼾哩！

海娃看看门外，天边已经发白；海娃看看小胡子，他的鼻孔老是张呀合的，一股劲打着呼噜。

海娃再也忍不住了。海娃弯下腰，用指头在脚边捏了一星泥土，跟着，海娃又把泥土捏得细细的，轻轻地撒到那撮小胡子上。

小胡子忽然不打呼噜了，他的鼻孔忽然不动了，他忽然把鼻梁皱起来。皱呀皱的，就"啊啾"，美美地打了个喷嚏；接着又"啊啾"，打了个响响的喷嚏，打得他浑身都动起来了。

"糟糕！"海娃想。"这下子可把他闹醒了！"

可是小胡子没有醒，他只是把手放到鼻子上，来回揉了两下，然后翻了个身，又呼噜噜地睡死了。刚好给海娃让出个落脚的窝儿。

海娃松了一口气，心头好像卸掉了一块大石头，浑身忽然轻快起来。海娃轻轻一跳，从小胡子的肚皮上跳过去，跟着又轻轻一跳，闪到大门旁边。

哨兵还是把头垂到胸前，理都不理海娃一下。海娃自然也犯不着去理他。海娃悄悄地迈过他的大腿，迈出门去，闪到村边的路上。"哪一个！"街那头的哨兵吼起来。"喂牲口的！"海娃说。声音又粗又重，就像个大人说话那样，连海娃自己都奇怪起来了：我哪来的这嗓子呀！

真逗！哨兵只问了一声，就不吭气了。海娃大模大样地走进牲口圈，好像他真的是个喂牲口的。

自然，海娃没有真个去喂牲口。他走进了牲口圈，便跳过一堵破土墙，跑到村外，绕到羊圈跟前。

羊子见了海娃，便咩咩地叫起来，用冰凉的鼻子碰碰海娃的手，说不出的亲热。原来到了出圈的时候啦，羊子饿得待不住啦。

可是海娃顾不上羊子了。他只顾得抱住老绵羊，抱住那只头羊，把它尾巴底下的鸡毛信解了下来。

头羊脖子上的铜铃，叮叮了几下，怪凄凉的。唉，羊啊，羊啊！我喂养你们六年了，我守着你们六年了！可是今天，咳，我顾不上你们啦！海娃心里一阵疼，就听见鸡叫三遍了。插在房顶的日本太阳旗，刚才还是灰蒙蒙的，现在已经显出一块圆疙瘩来了。

海娃把心一横，把鸡毛信装到口袋里。海娃抽了抽裤子，撒开两腿便跑，一口气跑到庄后的山梁上。

小白旗

山梁上的岔路口，有个小山嘴。海娃跑到山嘴旁边，脚步忽然慢了下来。海娃听见有人在前面吼叫。

海娃歪起耳朵听听，听不清楚；海娃眯缝起眼睛一看，喝，原来山梁那头，正晃着一面小白旗哩！谁个拿着一面小白旗，一时举到头上，一时伸到两旁，只管朝着海娃晃着。晃呀晃的，那个人影就吼叫起来了："啊——呜——呜噜呜噜！"

那腔调，就和昨晚听到的一模一样。

那一定是个鬼子，是昨晚在西山烧火的鬼子。

可不是！那鬼子忽然不吼叫了，也不晃小白旗了，好像是举起什么来。看那架势，准是举起枪来。

打枪，海娃才不怕哩！只消拐过山嘴，闪到岩石后面，就可以放心跑掉了。可是海娃没有跑。海娃想：谁知周围山上有多少鬼了呀？

一响枪，准会惊动了周围的鬼子，那就不好跑啦！

海娃这么一想，就脱下身上的白小褂。海娃两手拎着白小褂，迎风展开，便学着鬼子的样子，一时举到头顶，一时伸到两旁，好像晃着一面小白旗。

那鬼子把枪放下，又举起小白旗来。鬼子一面晃着小白旗，一面呜噜噜地吼叫着，好像对海娃说："原来是自己人呀！对不起，我还说是八路探子哩！好啦，我知道啦，你放心走吧！"

竟然混过去了！海娃一面晃着白小褂，一面转过山嘴了。刚刚转过山嘴子，便没命地飞跑起来。

风在耳边呼呼地响着，公鸡在远处得意地叫着，梢林里的小鸟也乐得吱喳吱喳地唱着。而海娃的心，这时候比公鸡还要得意，比小鸟还要快乐。他乐得简直飞起来了！他像风一样地飞跑起来了！

他跑过一道崖畔，跑到深沟底下，又一口气跑上了对面的山顶。

海娃跑上了山顶，忽然一屁股坐在石头上。原来海娃跑不动了。海娃跑得气都透不过来了。海娃一面喘着气，一面想：现在用不着死命跑啦，前面就是三王峁啦，过了峁就是三王村啦。

"哎呀！"海娃美美地松了一口气。"我的信啊，你把我害得好苦啊！这回可把你送到了。"

其实，海娃心里一点也不苦，他简直要高兴死了。他高兴得汗都来不及擦一擦，就一面喘着气，一面把手插到口袋里。他恨不得把信放到嘴上，狠狠地亲它两亲，像亲他的小羊羔那样地亲两亲哩！

可是忽然，海娃浑身打颤起来：信？我的信呢？

海娃又摸了摸口袋，没有；海娃站起来看，没有；海娃脱下白小褂来找，没有；海娃把身边的石头缝都找遍了，还是没有。

鸡毛信怎的也找不到啦！

海娃直冷得头皮都麻了。

他记得清清楚楚：分明把信塞进口袋了嘛！口袋好好的，没有半个窟窿。信怎么会丢掉了呢！

海娃想不起是怎样丢掉的。海娃再没工夫想了。

他顺着原路下山，一面走一面低着脑袋，眼睛老盯在路上搜寻着。

海娃找到沟底下，没找到；海娃找到崖畔，没找到；眼看着快到大山梁上了，可是连根鸡毛影子也没见着。哪里有什么鸡毛信呢？

海娃伤心透了，伤心得头都抬不起来了。海娃也顾不上死呀活的，一口气爬上大山梁，直奔小山嘴。

海娃爬到小山嘴，忽然大吃一惊，差点没有叫出来。那，那不是鸡毛信？

一点不错：鸡毛信！在小山嘴的岔路口上，就是海娃刚才晃白小褂的地方，好好地躺着一封鸡毛信。

海娃简直气都透不转了。海娃两步抢上山口，一头扑到信上。

海娃抓住鸡毛信，简直高兴死了，高兴得腰杆也挺直了，脑袋也抬起来了……

海娃抬起脑袋，忽然又大吃一惊：小山庄的打谷场上，黑压压地站满了人，一排排的刺刀在人头上忽闪闪地摇晃。鬼子兵正在集合哩！

又叫逮住了

海娃赶忙蹲下来，把信装到口袋里。背后忽然有人喊叫起来。

海娃猛一回头，就看见：歪嘴黑狗从山梁那头跑过来了。他一面跑，一面歪着嘴说："好个兔崽子，你开小差！老子宰了你！"

海娃跑不及了，歪嘴黑狗已经到了跟前。海娃只来得及说："谁开小差呀？我找羊去嘛。"海娃这么一说，就顺溜溜地站在那里，好像他根本没有想过逃这回事。

黑狗却不买账，他狠狠地揍了海娃一枪托，气喘吁吁地说："你找什么羊啊！谁叫你找羊啊！你的羊在哪里啊！"他吼一句，揍一下，揍得海娃站不住了。海娃干脆弓着个腰，拿胳膊按住肚子发狠说："这不是没找到吗？"海娃一发狠，肚子生疼，只疼得满头汗珠直迸，两条胳膊也扣得更紧，拼命按住口袋里的鸡毛信。"早起我到羊圈去，圈门都撞倒啦！到处好找！要是找到了，还能丢了吗？……"

"胡说！"歪嘴黑狗又吼叫起来。"你分明是开小差！老子宰了你！"吼呀吼的，又是一顿枪托，好像海娃是木头做的一样，全不管人家疼得慌。

海娃自然不是木头做的。海娃疼得哭起来了。海娃疼得简直气疯了。只气得他拼命按住肚子，冲黑狗子尖叫起来："我为什么开小差啊？开小差为什么还回来啊！你把我打死好啦！……老东家的羊，杀的杀啦，跑的跑啦！我找遍山梁，找遍山沟，都没找到……没了羊，老东家再也不要我啦！谁也不雇我放羊啦！我回去干啥？你把我打死好啦！……"

海娃一面瞎编，一面愣哭，越哭越伤心，索性坐到地上大哭起来：他两手蒙住脸哭，伏在肚子上哭，只哭得胳膊肘扣到怀里，顶住肚皮，死死地压住口袋，把鸡毛信压得紧紧的，生怕它掉了出来。

海娃在心里说："我的鸡毛信啊，我的命根子啊，可不能露出来啊！要是让歪嘴黑狗看到，那就糟糕啦！"

总算不错！歪嘴黑狗没有搜查口袋。他根本就没有想到啥口袋。海娃把黑狗哭糊涂了。鬼子马上就要出发，还没带路的哩。歪嘴黑狗抓住海娃的脖子，一把提溜起来，说："别耍死狗啦！赶快走，给太君带路去！再哭，枪毙了你！"

海娃本来就不想哭。所以走呀走的，就不哭了。海娃只是假意说：“老总，给太君说个情，留下我当兵吧。我不敢回去了。”

歪嘴黑狗哼着鼻子说：“要你吃饭啊！这毛孩兔崽子，枪杆子压都压死你啰！”

海娃又哭丧着脸，跟他胡缠起来：“好老总，救救我吧。求你给我老东家说句话，别把我撵啦！……”

歪嘴黑狗可没心管这些闲事。他把海娃抓到羊圈跟前。

这时候，村里又跑出来几个黑狗。他们见了歪嘴黑狗，就说：“喝哈，你怎么找到的呀？这兔崽子，逃到哪里去啦？赶快见太君去，等着出发哩！”

歪嘴黑狗正想说话，打谷场上又“嘟嘟嘟……”响起一阵哨子。原来这是紧急集合的哨声。鬼子催他们赶快集合哩。黑狗子们赶忙背上快枪，往打谷场跑过去了。歪嘴黑狗凶着海娃说：“快，把羊赶来！再胡跑，宰了你这兔崽子！”说着，急忙忙地把帽子戴正，也跑过去了。

现在，羊圈里只有海娃一个人。跑，眼前是没法跑啦。先把这命根子藏起再说。说不定小胡子还要搜口袋哩！

他赶紧掏出鸡毛信，绑到老绵羊的尾巴底下，然后顺溜溜地把羊赶到场上。

打谷场上，队伍歪扭扭地排着，刺刀闪光。一个个都瞪直眼珠，瞅着海娃。歪嘴黑狗直挺挺地站在小胡子面前，像根电线杆子。小胡子叉巴着两腿，手按大洋刀，冲着歪嘴黑狗叽里咕噜乱嚷。海娃走到场上，小胡子忽然不嚷了，他忽然扭转脖子，朝海娃瞪直了眼睛。

嘿，又要挨揍啦！海娃不由得摸摸大腿：爱揍你就揍这边吧，我还要送信哩！

三王峁

小胡子顾不上揍他，也顾不上搜口袋，只顾得吼着说："三王村的，开路的，快快的！"

海娃心头扑通一下，赶忙说："明白的，就这条道。"

小胡子把洋刀一挥，就出发了。

海娃赶着羊，夹在队伍中间，前面走着黑狗们，后面跟着鬼子兵和一溜空驮子牲口。

"这回可叫你们尝尝张连长的厉害了。"海娃在心里念叨起来。"张连长，张连长，你可要狠狠地打呀！要不，这封信就完蛋了。"

小胡子可讨厌得很，老在身边缠着海娃，不让他好好想下去。他一时指指这座山头，一时问问那条山路，要么就"快快开路，快快开路"，老催着海娃鞭扫羊群。

羊子偏偏在这个时候拉屎了：羊子一面走，一面撅起摇呀晃的尾巴"羊拍拍"，羊粪蛋便像撒黑豆一样，扑簌簌地滚落地上，撒了一路。

海娃着急了。海娃在心里说："老绵羊呀，你可别捣乱啊！你一拉屎，可就糟糕啦！"

老绵羊一点也不知道海娃的心事，它偏偏也要拉屎了：颤乎乎的尾巴摇呀晃的，眼看着就要撅起来了，鸡毛信马上就要露出来了……

海娃赶紧拾起一块土疙瘩，"咄"，嘴里这么一响，土疙瘩就从手里飞出去，不歪不斜，刚好打在"羊拍拍"上，炸开一朵黄土花。老绵羊大吃一惊，只惊得大尾巴往回一卷，蹦起后腿，拼命跑起来。

海娃还不放心，跟手又甩了一鞭。"啪！"只震的山谷都响了。海娃一面响着羊鞭，一面放开嗓子叫："啊嘿，狼吃的，咄！"直赶得羊群扑刺刺地一股劲往前飞跑。

小胡子看得乐起来了，一个劲笑着喝彩："大大的好！快快的！"

于是，海娃一时扔扔土疙瘩，一时响响羊鞭，一点也不心疼他的羊子。可怜那只老绵羊，只顾得把尾巴卷到肚皮底下，一口气翻过大山。

过了大山，羊鞭忽然响得不起劲了，羊群忽然慢起来。队伍到了三王峁下。

三王峁，好战场！鬼子进了包围圈啦。该！该！说不定山上这会儿有多忙哩……

海娃眯缝起眼睛，便看见山上也有一棵小树。那是三王村的消息树。鬼子刚刚下沟，消息树便悄悄放倒了。

好！好极啦！指挥部准是发现鬼子啦。

鬼子一点也不知道，在沟里休息起来。小胡子坐在地上抽烟，鬼子兵嚼着吃剩的熏羊肉。黑狗们不抽烟也不吃羊肉，却在头里先走了，从小路走上峁去。

海娃不休息。和鬼子待在一起等挨揍，海娃才不干哩。打死了谁送鸡毛信啊？海娃把羊赶到一边吃草，一面赶一面对峁上念叨起来：张连长呀，你放心打吧！枪一响，我就窜啦！沟缝岩缝都由我钻啦。别管我，只管打，我对付得了。别见了羊群你就不打啦！不狠打，鸡毛信可是出不来呀！

可是峁上没有打枪，老半天也没有打枪。黑狗们上坡了，越上越高，快到半坡了。岭上还是没有打枪。

这才怪呀，怎么不打呢？海娃正在着急，半坡上忽然轰的一声，冒起一柱黑烟，原来黑狗们踏上地雷了。地雷的黑烟把黑狗们一股脑儿盖住了。

黑烟里钻出几个黑狗，连爬带滚地躲到石岩下。谁知石岩下也轰的一声，接着又轰轰几声，震得山沟呼隆隆地响。黑狗们落到张连长的地雷阵里去了。

过了一会儿，山沟不呼隆隆了。黑狗们却哎呀呀地叫起来。这一个叫：“哎哟，我的妈呀！”那一个叫：“哎哟，救命呀！”……他们一面叫，一面在半坡的石岩下打滚。只有歪嘴黑狗跑下来了。他一面拐着腿跑，一面用手摸着脑袋说：“哎哟，太君呀，我的脑袋给炸掉啦！”

海娃差点没笑出来，真见鬼，他的脑袋分明好好的长在脖子上嘛。只不过嘴巴血淋淋的，一直歪到脖子旁边罢了。谁知是炸伤的呢，还是他吓得丢了魂，自己把脑袋碰到石头上？

小胡子顾不上他的脑袋，小胡子连挂彩的黑狗也扔下不管了。他指着小路对海娃说：“你的，前面开路！‘皇军’的，后面开路！明白的？”

小羊道

海娃睁圆了眼睛，嘴巴半天合不拢来。他歪起脑瓜，望望歪嘴黑狗，好像问道：“小胡子说什么呀？我听不懂呀！”

歪嘴黑狗正坐在地上，解着裹腿缠脑袋哩。他现在清醒过来了，歪嘴在裹腿底下一歪一歪地说：“太君叫你把羊赶上，在头里走！”

海娃尖声叫起来了：“哎呀，我不！我怕地雷……我不……”

“八个呀路！”小胡子拔出大洋刀，龇着大金牙吼叫。“快快开路的！”

歪嘴黑狗也骂开了：“狗娘养的！你不先走，还叫老子蹚地雷？”海娃看看小胡子，小胡子晃着大洋刀；海娃看看周围，周围的枪口对着自己。

走，这是不行的！这些野兽！一枪把你打死了，他就不赶上羊群蹚地雷啦？

海娃抬起头来：三王峁挺着胸膛稳站着。三王峁早就摆开了神出鬼没的地雷阵了。

海娃呀海娃！游击队送给指挥部的鸡毛信，叫指挥部的地雷炸没了，你这是怎么送的信啊？

海娃呀海娃！抗日的儿童团长，把抗日游击队的地雷踩响了，让打游击队的鬼子乱拱乱窜，你怎么能甘心啊？

海娃到三王峁放过羊。海娃到三王峁送过信。三王峁的羊道鸟道石盘小道都在海娃的手心摆着。往日白天黑夜三绕两拐就上去了。今天这路怎么那么长啊？

海娃简直一步也不想走。海娃两条腿简直钉在石头上了。

小胡子呀的一声吼。鬼子们哄的一阵吼。枪栓哗啦一声都把子弹推上膛了。

老绵羊的铃铛丁零零地哆嗦起来。

走就走！叫你们赶上羊去蹚地雷，还不如我自己赶上走哩！

叫我踩响地雷，让你鬼子乱拱，想得美！踩响了算我没完成任务，踩不着叫你鬼子别想回！

老绵羊，别害怕！沉住气，听我的！

好海娃，挺起胸膛，一声鞭响，千山万壑都打颤颤了……

老绵羊你好好走啊！对对对，往过蹦，往上蹿！愣松跳！

好好好……

羊儿羊儿好好跟啊！别散开，别乱踩！路上有地雷，岩坎有石雷，草窝有拽雷，树毛有吊雷，石岩角落有坐雷，可得好好跟上老绵羊啊！

太行山映着蓝天，三王峁顶着白云，小海娃响着羊鞭前进……

走着走着，底下鬼子兵催促开了："快快的！快快开路的！"

海娃回过头：空驮子牲口远远跟着，牲口后面是黑狗子，狗子后面是日本鬼子。小胡子走在后尾，晃着洋刀，怪声叫唤："快快的！

快快的！”

你忙什么！待会儿叫你上不去，下不来，你再“快快快”吧！

好海娃！好精灵！转过一道石岩，又转过一道石岩……

走到一片梢林，羊群忽然不走了。羊群在梢林跟前，咩咩地叫了起来，好像说：“我的小主人呀，走哪一条路啊？”

梢林里岔着两条路：一条小路，一条羊道。

羊道，就是牧羊人才走的山路，比小路还要难走的山路，根本就不是过往行人走的路。海娃回头看看：鬼子兵看不见了。

叫你跟！叫你上！你鬼子有本事就只管跟上来。

海娃把羊赶上了小羊道……

羊群进了梢林，不多会儿又出了梢林。刚刚走出梢林，海娃便听到黑狗子们在底下吆喝。

“走错了！”歪嘴黑狗说。“走正道！”

海娃放开嗓子说：“没有错！我走过的。是条近道。放心走吧！”

“能走牲口吗？”

“能走啊！很好走！”海娃说。他一面说，一面响着羊鞭，好像在平道上走的一样，一时攀上石岩，一时爬上崖畔，一时穿过乱梢林，把鬼子丢得远远的。

“站住！”底下黑狗们又吼叫起来。“不要走啦！牲口上不去啦！”

海娃回头看看：牲口正停在崖畔的石坎边。

海娃拉长嗓子说：“上了坎，就好走啦！平展展的！打一打，使劲拖！”

于是鬼子拖呀打的，牲口干脆趴下了。牲口一趴下就赖在石坎旁边不动弹了。直乐得海娃欢嚷起来：“老牛跌倒拖尾巴！老牛趴倒拖尾巴！拖啊，拽啊，快快的呀！”

于是鬼子又忙了一阵子：这个用皮带打着马屁股，那个拉直缰绳，把马脖子吊到半空。哼呀嘿的，好容易把牲口拖上了崖畔。

可是上了一道崖，又是一道崖。羊道越来越陡峭了。鬼子走一截，停一截，远远地落在后边。

海娃却一步紧似一步，使劲响着羊鞭。羊子扑刺刺地，往上跑着，蹦着，跳着，窜着，转眼上到半山。

底下又吼叫起来："慢慢的——!"这回是小胡子的声音。鬼子亲自下命令了。"慢慢开路的——!"

海娃装着没听见，一步紧似一步。抗日的儿童团长，才不听你鬼子的命令呢！海娃跑起来了。

歪嘴黑狗吆喝开了："站住！站住!"声音远远的，听起来可怕人得很。"开枪啦!"

海娃没站住，反而甩个响鞭，拼命飞跑起来。

鬼子果然打枪了："啪！啾啾!"子弹飞过天空。"啪扑！啪扑!"子弹从身边擦过，迸开岩末，迸起飞土。

海娃的鞭子也啪啪地响着……攀上石岩，拨开乱草，穿过梢林……

羊子比海娃跑得更快：白绒绒的，一时没在绿草中，一时露在青石上……

"啪扑！啪扑!"枪声越响越密。"哒哒哒哒!"机枪也突突开啦。

海娃跑不动了。海娃倒在乱草里，放开嗓子呼叫起来："鬼子上来啦！打呀，赶快打呀!"

海娃挂彩了

峁上突然响起了一阵排子枪，跟着又是一阵排子枪……

海娃听到自己的枪声，两条腿又上劲了。他忽然又爬了起来，一头扑上峁去。

海娃扑到峁上，忽然张开两手："哎哟!"海娃尖叫了一声，就倒在乱草堆里，不吭气了。

这时候，峁上跑过来一个八路军，穿着灰色军装的八路军。那个八路军一把抱起海娃，又跑回阴坡那边去了。八路军一面跑，一面说："就是个放羊娃，挂彩啦，挨了两枪！"

于是又跑过来一个八路军。这个八路军手里拿着一支盒子枪。拿盒子枪的蹲到海娃身边，忽然叫了起来："这不是海娃吗？对，就是海娃，龙门村的海娃，常给咱送信的。怎么搞的呀？怎叫敌人掳去啦？"

海娃睁开眼睛，忽然滚出两颗泪珠来。

原来说话的正是张连长！

海娃一见张连长，再别提有多高兴啦！快快快！海娃恨不得一把抓住张连长，就拽上他跑．一口气跑到头羊跟前。可是怎么搞的。海娃起不来，他连动也不会动动，海娃连人都不会看了。他只张开口说："羊……老绵羊……鸡毛信……"

张连长奇怪起来："什么羊呀？"他一面给海娃扎伤口，一面问："信在哪里呀？"

海娃说："老绵羊，头羊……信在尾巴下……不，尾巴在信下……不，信在……"海娃越说越糊涂，又昏过去了，昏得什么也不知道了。他不知道张连长的队伍是怎样把小胡子和歪嘴黑狗这班坏蛋打死的，也不知道平川里的鬼子炮楼出了什么事情。海娃醒来的时候，只觉得浑身热得难受极了，热得浑身都烧起来了。

原来海娃已经躺在暖炕上，身上盖着一床大花绒毯，红艳艳软绵绵的大花绒毯。太阳从窗子射进来，照着大花绒毯，漂亮极了。炕沿还满堆着好些方盒盒，圆罐罐，都是红呀绿的，里面装着香喷喷的饼干和糖果。

海娃看着炕沿，张连长笑眯眯地坐在旁边，轻轻问道："好些吗？还疼吗？"

海娃顾不得疼了，海娃说："这是哪里呀？这是谁的东西呀？"

张连长说："是你的嘛！"

哈！张连长也拿我海娃寻开心了。海娃从来没有过这种红呀绿的玩意儿。海娃说："才不是呢！"

张连长笑了起来。

张连长一面笑，一面说："你忘了吗，昨天你不是送来一封鸡毛信吗？对啰。那是你爸爸捎回来的情报，平川里的情报。信上说：炮楼里的鬼子都进山抢粮了，前周庄炮楼空空的，只剩下几个黑狗子了。叫咱们队伍赶紧到平川里去打炮楼。以牙还牙嘛！就兴他到根据地抢粮，不兴咱去抄他的老窝？于是，昨天晚上，咱们联合指挥部就带上老八路'夜老虎连'，还有山里的民兵游击队，青年先锋队，连夜赶到平川，把前周庄包围起来。咱们在村外打，你爸爸游击小组在村里打，里应外合就把炮楼打开了。"

"小胡子呢？"海娃赶紧问。

"谁？"

"歪嘴黑狗他们啊，就是追上三王峁的！"

"哦！"张连长乐了。"你是说进山抢粮的敌人啊？嗨，他老窝都叫咱打翻了，还待得住啊？赶紧夹起尾巴，回去救应。半道上可不是又掉进包围圈了？中了咱们的埋伏！都消灭了。没有鸡毛信，能打这胜仗吗？不打胜仗，哪来这许多胜利品啊？"

于是张连长摸着海娃的脑袋说："你真是个小八路！咱们的小英雄！这些东西，就是指挥部送给你的。"

海娃脸红了。海娃问："缴了枪没有？"

张连长指着墙角说："那不是！"

墙角果然堆着好些快枪，崭新的日本"三八"式快枪。

海娃高兴起来。海娃说："我不要毯子。我要枪！给我一支枪！"

海娃伸出手来，忽然狠狠地哎哟了一声，原来胳膊上的鬼伤口又作怪了……

一九四五年七月

一九七二年五月修改

何其芳

老百姓和军队

第一封信

……我们在采黄蒿扎防空伪装，用白布缝棉袜子，把破军服撕成布条，打草鞋。我们将有一次行军。到哪儿去呢，要走多远呢，因为是军事秘密，我还不知道。我能够告诉你的只是我决心跟着这军队走一趟。这个离日本人一百多里的小县城，除了曾经被轰炸一次，一个多月来都是很安静的，缺乏着战争的气息的。现在我愿意带一本厚厚的练习簿，一支自来水笔，去接近战争。

你会想起我从前是多么憎恶战争吧。我曾经称它为“人工制造的死亡”。我曾经痛恨过人类为什么愚蠢到不断地举行大规模的自我屠杀。自从我知道枪和子弹能够突然一下停止人的生命，我就不愿意摸它们。当我读到那个世界闻名的相对论的发明者爱因斯坦在论文里攻击着军队，我曾经热烈地同意过。那些鞭子一样的句子我已不能背诵出了，大致他是说那些专门从事杀人的人不但不知羞耻，反而像雄鸡一样在街上排队走着，穿着漂亮的制服，而且奏着军乐。我那时也认为他们应该感到羞耻，因为农人能够种出五谷，工人能够做出各种物品，而他们却只会制造残废和尸体。

我这种对军队的憎恶不仅由于知识，和我幼年的生活也有关系。在我的家乡，在二十年以前，买东西少给钱，拉夫，随便打骂人是一般的军队的纪律。县城里还驻扎过一个由土匪收编成的团：他们轮流地一连两连地化装到乡下去抢劫、绑票、攻打寨子，算作“关饷”。从外省来的“北兵”也好不了多少，除了坏得稍微笨一点儿。他们常常在街上端着一杯污水走，看见衣服穿得漂亮的人便故意一碰，让杯坠落到地下，然后扭住你，说你碰翻了他的官长叫买的西药，直到你从身上摸出五块十块钱来赔他。最足以说明那时的军民关系的莫过于曾经在我们县里大闹过一次的“神兵”的口号。那些被土地的贫瘠、层层的剥削和饥饿折磨得近乎发狂的农民，在几个自称为“大菩萨”“二菩萨”的人的率领之下，相信着吞了符水便可以刀枪不入，从偏僻的山里开始了暴动，执着锄头、菜刀或者火钳，一直进攻到县城附近，喊着一句朴素的口号：“杀灰狗儿。”他们缴得了新式的武器总是用石头砸坏，或者扔进河里。

然而抗战使我纠正了我这种朴素的情感和见解。我不能不承认人只要不至于甘心被杀死，被当作奴隶，他即使憎恶杀人也得拿起武器。我不能不感谢那些为民族的生存而战斗着的兵士，靠了他们农人才能够在土地上播种五谷，工人才能够在工厂里制造物品。我才清楚地看见了两种不同的战争：正义的解放的战争和非正义的侵略的战争。

而且我感到了做一个人的责任，尤其是做一个中国人的责任。我从四川投奔到华北。

当我第一次和几个八路军的兵士坐在一辆没有篷的汽车里时，我不但不讨厌他们、畏惧他们，而且感到可以和他们作朋友。他们对我谈着山西游击战中许多故事，谈着“长征”，谈着他们的家乡和幼年。当我们结束了那从西安到延安的三天旅行，当我们下了车，当我们将要分别，我和他们亲热地拉手。我一点儿也没有想到他们的手曾经杀过人。相反地，我想到了从这些粗糙的农民的手，自由的新中国将要被建立，幸福的人的生活将要被带来。别了这里，有一天我去参观炮兵营，意外地碰见了他们当中的一个。我已经叫不出他的名字了，然而他那样亲切，那样快活，忙着给我烧开水，引我去看大炮，和我谈话，使我不好意思再问他的名字。

现在我将跟着这样的一些兵士去行军。我自己也早已像一个兵士了，穿着棉军服，戴着军帽……

第二封信

我们有过了一次小小的“长征”。我们到河北中部来了。

我们并没有遇到战争。抢过同蒲路的晚上，日本人从几里路外的据点乱放着炮，我们没有理他。抢过平汉路的晚上，我们的队伍刚过了一大半，一列日本人的巡路车驶来了，然而与其说它惊动了我们，不如说我们惊动了它，因为它很快地逃走了，没有停留，也没有放一声枪。第二天，我们在辽阔的平原上行军，日本人的飞机来追了我们五次，丢了不少的炸弹，放了不少机关枪，结果我们牺牲了一名马夫。

然而并不因为没有遇到战争我们这次行军便成了一次沉闷的旅行。许多生活里的有趣味的琐事，将来由我的日记告诉你。我急于要向你说的是这次行动使我清楚地了解了华北抗战的情形，了解了装备如此不完善的八路军为什么能够支持如此艰巨的华北抗战，了解了为什么最后胜利一定属于我们。

沿途并没有特别为我们建筑的兵房，过去那种强迫“扎兵”的办法我们也不采用；我们每天由一些副官在大队伍之前赶到要宿营的村子里去交涉，让有空房或者可以腾出空房的人家自动地让我们去借住。这就是说整个队伍分住着几个村子，而在每个村子里又分住着许多人家。这就是说每天晚上我们和老百姓在一起。当我们进屋的时候，走的时候，或者借用东西的时候，我们总是很客气地说“打扰你们”，或者“麻烦你们”。从他们得到的回答也总是一些亲切的话句：“咱们都是一家人”，“咱们军民合作”，或者“咱们不是为了打日本吗？”

每天都见到的事实使我每天都感动。

当我们的队伍白天经过一个村子的时候，村子里的老头儿、小孩儿、男的、女的、披着老羊皮的、穿着红裤子的，总是从家里跑出来，拥挤地站在街边，看我们过。有时指着我们俘虏来的高大的日本马，他们说："那是匹洋马。"有时看见马也披着麻做的伪装，他们快活地笑了起来。我知道这也可以说由于乡村生活的寂寞。但在从前，就在抗战刚发生的时候，老百姓对旁的军队却是用另外一种方式欢迎。当队伍还没有到村子里他们便早已逃到山里去了。他们对比寂寞更能够伤害人的饥饿，寒冷都能够忍耐。进入了晋察冀边区的境内，因为老百姓更经过了组织，我们在沿途更看见了欢迎我们的标语和放在路边让我们喝的开水。

在盂县沙湖滩，我借住的家里的主人是一个很和气的老头儿。他抓一大把黑枣来送给我吃；我问他的价钱，他说："这用不着买。"他好意地告诉我这味道像葡萄干，又像干了的柿饼的小果实，吃多了会肚子痛，吐清口水。谈到八路军，他说："你们就和姚遂王的军队一样好。"我当时想：姚遂王是谁呢？难道还有和八路军的纪律一样好的军队吗？后来我才猜着了，我才自己笑了起来：他说的是那存在于渺远的古代的传说中的尧舜。

在到平山县秘家会之前，在我们将要经过的道路的旁边，一大群老百姓在那里站着队，有的还执着纸做的小旗。他们当中的那些小孩子在唱着歌，唱着"抗战已经来到了……"当我们从他们身边走过，他们突然热烈地喊起口号来了。一些很简单的口号："欢迎八路军"，"坚持抗战"，或者"打倒日本帝国主义"。然而听着那种从心里面叫喊出来的声音，看着那些穿蓝布长棉袍的农民把右臂高高地举起，我真感到愿意去做一个为他们去战死的兵士。

"为什么老百姓对八路军这样好呢？"你会问。

让我把八路军的有名的"三大纪律"和"八项注意"抄来回答你吧：

三大纪律

1. 坚决执行抗日救国十大纲领

2. 绝对服从上级命令

3. 不拿群众一点东西

八项注意

1. 进出宣传

2. 打扫清洁

3. 买卖公平

4. 说话客气

5. 借物送还

6. 损物赔偿

7. 不乱拉屎尿

8. 优待俘虏

这些条文说明了八路军的日常生活，说明了他为什么老打胜仗，说明了他为什么这样得到老百姓的拥护、帮助和亲近。

刚才我到村公所去和几个老百姓谈了一会儿。他们告诉我去年我们的军队从河北撤退的时候，政府机关的官吏们都逃到河南一带去了，而且接着这里那里都起来了一些司令。一个司令往往只统率几十个人，他们主要的任务是向邻近的村子要白面、肥猪。为着抵制这种军队，有些村子自动地联合起来，自己也产生一个司令。“这屋子去年就是司令部呢。”一个年轻小伙子笑着插进来说。一直到吕正操将军来后，这一带才恢复了秩序。而曾经在这个小屋子里住过的那个司令，一个拥有八九十个弟兄和几十条枪的农民，现在却被收编为吕的一个骑兵连长了。他们告诉了我一些故事，又对我发出了一些问题：“听说政府下命令，无论哪部分的军队见着老百姓都要敬礼，是吗？”一个中年人问我。对于这个可笑的，然而却被他很郑重地提出来的问题，我只有回答："我们还没有得到这个命令。"同时我心里笑着："抗战后军民关系的变动是多么大呵，从前他们看见戴军帽的人就逃跑，现在却幻想着所有的兵士都给他们敬礼了。"当我和他们告别的时候，我真的就给他们行了一个举手礼……

第三封信

……你曾经听见过机关枪在十里路以外响着的声音吗？这一向我常常听见。我觉得这种声音比雷一样响着的大炮声还要不好听得多。我想到了一个比喻：像害疟疾的人在敲打着牙齿。

我们还一点儿也没有恢复长途行军的疲劳便碰上了日本人的围攻。我们仅有的一个主力团到东边也打，到西边也打。而且这是平原游击战，简直就是连着一天一晚地打硬仗呀。因为我从马上摔下来一次，把一只手臂摔坏了，我没有到那个团里去慰问。而且我在想，我用什么去慰问，用一些空话吗？我感到我身上带着的不是枪，不是手榴弹，而是一支自来水笔，已经很可耻了。

倒是老百姓们的慰劳对战士们更有用一些。作战的时候，附近的村子里的居民都赶着送馍馍，送烙饼，送小米粥，而且有的竟固执着要一直亲自送到战壕里去呢。有了受伤的战士，他们就抬担架。战争结束后，他们更用大车载着猪、羊、毛巾去慰劳整个的团。

"我们一定要争取休息，至少要争取一礼拜的休息。"司令部的高级指挥员说。

现在我们就真的休息下来了。大概日本人也落得在这次围攻的失败后休息一下吧。现在老百姓们慰劳的范围更扩大了，慰劳到我们这些司令部的、政治部的非战斗人员的身上来了，用毛巾、袜子和鞋。关于我们这些已经穿上了脚的鞋还有着一些小故事呢。当群众团体里面的人在附近的村子收集慰劳品，一个乞丐也捐了一双鞋，而且一个过路的人马上把他脚上的鞋脱了下来，自己穿着棉袜子回家去，叫他回去后再送来他都不愿意……

第四封信

……你想知道我们的日常生活吧。在大后方的人恐怕很难想象游击战，尤其是平原游击战。在广大的平原上，四方八面都是路，都是日本人的坦克、汽车和骑兵可以冲过来的路。我们靠什么来遮蔽呢？我们靠人的山，村落的树林。这一带的村落真密得像树林，而老百姓们呢，不但替我们引路，报告消息，而且把许多公路、大车路都挖成了土沟。在河间附近的那次战斗里，日本人出城之前先派一个老百姓来侦察情况，他一气跑了二十里，跑到我们的那个团里来，报告了日本人的企图和数目。而在日本人势力所及的区域，农民们白天被强迫着修复公路，但在夜里，他们又自动地去破坏了它。我们只是没有办法破坏空中的道路。我们行军都靠黑夜来遮蔽。我们看熟了北斗星，看熟了黑夜是怎样变成黎明。

我和政治部的编辑委员会的几个人生活在一起。而且最近，一个小伙伴参加到我们的生活里来了。一个新来的小鬼。他是一个八路军里的勤务员的例子，也是一个老百姓参加军队的例子。他父亲打烧饼，他哥哥当堂馆，而他自己在家里的工作就是拾柴火。去年他参加了地方游击队，打过一次仗。“那一次我拾了一条命。”他结束他的叙述时这么说，像是在欢喜他的幸运，又像是在表示对于危险和死亡都满不在乎。他已经十九岁了，但瘦小得像只有十五六岁。刚来的时候他说他不识字，但现在我们发现了他认识不少的字，而且会唱不少的歌，而且会像一个小小的讽刺家那样说话。他常常一伸手到他的棉制服里去抓出来一个虱子。“你身上的虱子很多吧？”一个同志问。“不多不多。”他笑着回答。我们近乎强迫地劝他把里面穿的线汗衫脱下来用开水烫一次，他才听从了。当我们看见那件衣服上有着很多很多白色的虱蛋，再质问他，他却像一个乐天的人或者玩世的人那样笑了起来，仿佛说那些小小的虫子并不能对他有什么损害。

昨天晚上，我们的房主人来玩，这个小鬼和他打了一阵乡谈，而且把他参加军队的故事又讲了一遍。我们的主人也是一个乐天派。他二十几岁，是这村子里的自卫军班长，有一座土房子和十几亩地。听完了小鬼的故事，他发表他的政治见解了："中国人多，日本人没有办法。"他说日本征兵征到十三四岁到四十五岁的人了，假若中国十六岁以上、二十五岁以下的人都参加了军队，日本人会不打自退。我笑着纠正了他："还是要打才行。"他说两个月以前，他们就听说老八路要来了，但盼望了很久都不见来；有一夜，他出去放哨，发现许多队伍、牲口、驮子成线地走；他赶快回村子里报告，并且说每个兵士的背上都背着一个草圈；大家说，"一定是老八路"；大家都非常兴奋。"你们老八路真是神出鬼没，"他结束似的说，"有一个晚上，我到前面村里去，半路听见有人喝我一声，把我吓了一跳；我四面看都没有人，原来你们放哨的趴在树上。"

我问他抗战以前的军队怎样。"也还好。"他很简单地回答。但我们的小鬼提出异议了："可不也还好！就是爱打人骂人。""你挨过他们的打骂？"一个同志问。"我倒没有挨过，但我看见过。"他看见过一个兵因为卖东西的不肯让价就打他两耳光。他看见过一个兵用不能使用了的钞票买东西，而且还要如数找补他一些现钱。他看见过一个兵叫老百姓拔墙上的钉子，并且不耐烦让他去拿钳子，要他用手拔，结果他两个手指都出血了还是没有拔出。他快活地叙述着这些过去的故事，而且学着那个兵骂那个用手拔不出钉子的倒霉的人的话："揍你这个爬灰头！""你这个龟孙！"

后来我们还谈到了这个村子里的一位过去的名人，一位武探花。

关于他我们的房主人讲了许多奇异的荒唐的传说，正如许多地方对于并不太辽远的过去，就有了一些传说一样。当他告别回去睡觉的时候，他约我们今天下午和他一起去看那个探花生前使用过的五十斤重的大铁刀……

第五封信

……我已经在归途中了。我又过了一次平汉路。这一次我们是在白天过的，因为日本人知道了我们的部队经常往来的那个地方，在那铁路旁边的村子里占了一间房子，每晚上由两个日本兵和一挺机关枪在那里放哨。

这一次和我们一起的兵士很少。护送我们的只有一连人。另外还有几十个人的肩上也挂着枪，但他们都是被带到铁路西边去进修械厂的。

我们在铁路附近二十几里的地方停顿了好几天。我们的安全与其说依靠自己的武装，不如说依靠老百姓。他们不断地供给着消息。铁路旁边的村子照例被日本人指定为“爱护村”，但老百姓们并不爱护侵略者，仍然爱护自己国家里的军队。在我们所要经过的铁路东边的那个“爱护村”里，第一个村长因为常常让八路军过，不去报告，被日本人枪毙了。第二个村长以同样的罪名得到同样的结果。现在第三个村长，他仍然不知道爱护他的生命，最近因为让我们的一些伤兵化装为赶集的老百姓，公然在白天坐着火车通过了这条封锁线，被日本人打了两耳光，而且他所管理的村子被取消了那个漂亮的“爱护村”的名字，以表示惩罚。

我的一个同伴曾经提议过我们也化装走。他说老百姓说这是很安全的办法。但我拒绝了他。也许由于一种可笑的骄傲或者当一个中国人的自尊心吧，我不愿意在这种情形之下就脱下我身上的军服，虽说因为经过了一个冬天它已经是又脏又破的军服。我很简单地说出了我的理由："现在没有那种必要。"

他的焦急很快就得到解决了。昨天清早，我们很轻易地通过了那条在人们的想象中混合着神秘和危险紧张的铁路。那静寂地躺着的钢铁的轨道仍然是我们的，它并没有背叛，它也不能给我们以什么损害。在经过旁边的那个村子的时候，许多居民都站在街边，站在他们的门口看我们过。他们像从热炕上爬起来，还没有洗脸，因为我看见了一个小孩子在用手指揉他的眼睛。一个头发灰白的老头子对着我们这一队走得很快的人说，带着抚慰的口气："同志，沉住气。"我问他放哨的日本兵走了多久了。"鸡一叫他们就走了，现在早已睡得像猪一样了。"在我们的队伍的旁边，一个普通农民装束的人一边跑着，一边和着送我们的一连人里的一个干部匆促地谈着什么，就像好久不见面了的熟朋友突然遇到了而又只有片刻的时间谈谈那样。

跨过了铁路，我们开始跑了起来。望着远远的在晨光中显出青色的山，我们感到快活和兴奋，而我们的后面，尘土在飞扬着……

（选自《星火集》，上海群益出版社 1946 年版）

黑丁

母　子

元宵节，街上热热闹闹，锣鼓喧天。申老太婆在外头看了好久，心满意足地走回了家。她摸索了一根麻秆，在炕炉上吹了吹，点着了灯。

“怎么春发还不回来?”她依在炕沿上。儿子没回来总使她惦记着，心里很着急。

看热闹看得腿有点痛，脖子也有些发酸。她爬上了炕，在那儿歇息。区上一定有要紧事，要不哪会在这时召集村干部去开会呢?她什么都明白，什么也想得开。

街上依然是热热闹闹，锣鼓喧天。要是春发能回来赶上看看多好！春节娱乐活动都是他亲自领导的。她想再出去逛一逛，可是站在街上直挺挺的又嫌太累。今年正月十五真是红火！那两座垒得像锅灶一样大的火炉，一层一层煤块，燃起了红红的火苗。抗战胜利后第一个元宵节，人们的心情的确比往年不同，大家已经咬紧牙关熬过来了，如今能围在这“娱乐火”跟前说说笑笑，真是感到十分痛快。天黑她从家刚刚一出去，高兴得真不知要说什么好，眼睛只是看看这，望望那。她站在炉火跟前。火太旺了，大块大块的煤，像熔化了的铁，哗一下裂开了。火刺着她的眼睛有点花，热辣辣的睁也不敢睁，微微在闪动。她的脸给烤得现在还觉得有些痛！那炉火，把大街照得亮堂堂的。家家户户门旁挂着红灯笼，贴在门框上头，写着标语口号，花花绿绿的“彩吊”，像一串飞跃的灯蛾，被风吹着，在扑啦扑啦响。她最爱看那座扎得又高又宽的松牌楼，给火一晃，披挂在架柱上头一层碧绿的颜色，显得更加崭新更加壮丽了。她看见好多人从它底下来往经过，好多人又挤在那儿恋恋不走。她自己也站在那儿，仰着脸，张动着嘴，像是在自言自语，又像是在对大家说什么。她脸上浮着轻松愉快的笑，看看毛主席的像，看看旁边那两面鲜艳的旗，又看看像下头，那三块排列着的红色木板上，用金纸贴成的几个大字：“和平民主”“努力生产”“团结统一”。金字明晃晃的、凸凸的，非常好看，她一边瞧，一边在嘴里重复着，这是从群众心里呼喊出来的喜悦的声息。这些字，她在民校里都已念熟了。呵，多么耀眼！多么叫人喜欢呢！她感到很生动，很亲切。她用手扯住她那十岁的孙子大江说：“快给毛主席鞠个躬作个揖吧！”她自己也跟着鞠起躬、作起揖来了。大家的眼光都注视着她，她觉着又光荣，又幸福。她记得很清楚，她说毛主席再不叫她拉着棍子要饭吃了，说吃水不忘挖井人。她被街上的光景引动地不安了。这光景生来只见过两次。第一次，是八路军刚一来，打了一个胜仗，帮助老百姓们翻了身，于是村里就在那一年正月十五这一天晚上，开了一个军民联欢庆祝胜利大会。街上也是垒着火炉，也是扎着松牌楼，松牌楼上也是插着旗，挂着毛主席的像，贴着大字……

她坐在炕上，暗暗想着街上的情形。她听见农村剧团的小花戏，在炉火旁边小广场上，还在嗳嗳呀呀地唱着左权民歌小调。孩子在这样一个难得的节日，也是痛快极了。他们走着、扭着。他们把自己的生活，自己的事情都演成了戏。他们唱抗战胜利，唱生产互助，唱和平民主，唱出老百姓心中的快乐和希望……

大江长大了，现在能演戏了。想着，想着，她想起部队上的春发来了。日本投降后，他来信说，部队开庆祝胜利大会，他参加秧歌队。但她可没有看见呵！他一定跟大江一样扭得好。这样，她更乐起来。

街上的人都分散了。大门口有脚步声，她仔细一听，自己老汉跟大江正在外边说话。他们没有进来，一直走到前屋。

春发仍然没有回来。她焦急地在坐着等他。

外边刮起风来。她听了听街上，这时简直没有一个人在走路了。

“过年过节开什么会？自己村里闹娱乐，不能回来好好玩一玩！”一下子她可就又想起春发来。她心里有点恼，在嘟嘟哝哝埋怨他。

风在山上呜呜地叫。她感到身上有点冷了。说不定要变天，真是，怎么还是不回来？他病了好几天，早上他的头还热得像火炭！要是再不留心，回来准得躺下！叫他把那件破羊皮袄带去，他偏不听！她又可怜又恨他。她也知道儿子对工作很积极，什么事都要亲自出头。但她却怕他工作一忙起来，他自己身子好坏也不管了！一有病就叫她操心，一有病就叫她怕个死！她没有躺下，睡也睡不着，坐也坐不稳。她从炕边撩起一个线拐，靠着墙壁在那儿倒线穗子。白净净的线，在她怀里一闪一闪……

春发还是没有回来，她走下地，开开屋门，望望天上的星，天快亮了，也许他是住到区上？可是他没带一点盖的东西！猛一歪头，她的思虑给什么打断了，她好像听见有人在外头用手拨动门闩。这不会是别人，只有春发在外边开会回来才这样开门。她赶紧出去，把大门一开，可是外边是黑黑的、寂静静的，她不放心，脚步连停也没有停，便走到前屋，看看大门关着，知道春发没有来这里，于是她也没有惊动老汉和大江，就转回身去走到后屋的大门了。

她迟疑着。看了看街上的炉火快熄灭了，只剩下淡淡的火星，在黑暗里一闪一闪的。她走到门前那片杨树林里，朝黑黑的山岗瞭了瞭，听听路上没有人走动，她这才慢慢走回了家。会不会病到区上呢？会不会呢？她坐在炕上倒着线，心里焦躁的又不安了。

当门闩真有人用手拨动开时，她困乏得正在那儿打盹。进来的年轻人是一个三十来岁的农民。这就是春发。他是这李峪村党的负责人，政治主任兼民兵指导员。他一进屋，从肩膀上卸下来那支日本三八式步枪，往炕头上一放，惊奇地问：“娘，你怎么还没睡呢？”

她一惊动，愣了愣，手里线穗子落到地上。她忙站起来，笑了笑，说：“嗯，等着你哩！你回来这样晚！”

“爹跟大江都睡了吧？”他问。

“他们在街上玩了半夜。大江那孩子可累坏了。他演的戏你也没看见！今天区上开什么会？”

春发看着母亲。他怕被母亲看出脸色，忙低下头，用手遮住了两只发红的眼睛。回答：“开会讨论动员民兵去参战。妈的，真气死人了，阎锡山破坏国共停止军事冲突协定，他们军队又向咱们白晋路上进攻！咱们得去保卫和平，坚决把他们消灭掉！区上决定各村去个村干部带领着民兵，我自动报了名。”

母亲脸色一沉，很不高兴，忙说：“怎么？你报了名！”

“是呵。咱是村里的政治主任，又担任民兵教育工作，自己不跑到前头，难道还叫别人去！”春发低着头说。

她迟疑了一会儿，怕儿子误会她是在拖尾巴，解释说：“嗯，参战是光荣事，反动派军队打咱们，不去怎么办！我的意思，是说你有病，怕体力不顶事！这次好不好先叫别的干部去？”

春发小声回答：“不要紧！病已经好了。这次不去不行，咱跟区上讲好了。去的任务也交给咱。这次去，下次再参战就叫别人去。”

“这次就是不去，咱也不是逃避工作！”她等儿子回答她。可是春发沉默了。在沉默中，他表示出不同意母亲的话。她看看儿子不能照她所想的那样做，内心感到有点抑郁。

但她马上又说：“嗯，你这孩子，什么事情不落在人家后头！你去就去吧，可要注意自己身体，病刚刚好……”

“娘，睡吧！你不要熬夜！”他仍是用手遮住了眼睛，一转身，他在炕上躺下了。

她看看他，关心地问："你是不是不舒服？一定是回来受凉啦？"

"不是！"压在心里的事没法说。春发鼻子发酸了，声音有些发哽了。

她看出儿子不大痛快，但又不知道为什么事。她沉默了一会儿，偷偷看看他的眼睛，便轻轻问："你哭什么？"

他一时想不出要怎么回答才合适，就这样吞吐起来了："我想明天的追悼会，想起大哥死的情况了！"

大哥叫春生，已经死了三年零九个月了。他是村里民兵创建人，武装中队长。一九四二年五月反"扫荡"，他为了掩护全村老百姓安全转移，却牺牲在敌人的包围里！死的时候他怕给敌人拿走了枪，还把枪栓卸下来埋在地里。那时因为战争紧急，老百姓们没有一天安生日子过，就把他凑凑合合先埋到山沟圪塄里。现在抗战胜利了。明天村里的民兵要给他起骨，移到烈士山上，全村举行公葬。想追悼会，想大哥的死，自然也是真的。但最主要的，他是在想三弟。今天他在区上，看见和三弟一同参军的一个人，因为受伤成了残废回家来了。那人告诉他，三弟自从开到平汉线，不幸在十一月被反动派军队打死了。这个消息，他真不知道要怎么样回来告诉老人呢！说不说呢？说了，老人准得痛哭流涕！他从区上回来的路上，一边考虑，一边流泪。流泪只管流泪，可是一想到三弟在牺牲时，表现的那样英勇，他却暗自欢喜了，觉着兄弟三人，个个都是好样的，个个真如铁打的一般。

母亲说："嗯，真快呀！你大哥一转眼就死了三年多了！他死时，大江还不懂事。这孩子的模样现在越长越像他爹。他总算给咱们留下了这样一条根……你不要难受吧，前人为咱们死了，后人就要替他们报仇！咱希望的是，叫春起在部队上快打胜仗，早点回家……"

一提到三弟，春发的眼泪又扑簌簌地流。他在炕上打滚一般，身子翻动着，把头埋在胸脯里，愤愤说："唉，说来说去，咱们哭天抹泪，还不都是日本人跟反动派把咱们害的吗！要是没有他们，日子不是和和平平的……唉！春起，春起……"

她瞪大眼睛："春起怎么样？"

春发不能再遮掩了，母亲一听，两手往炕席上一扑，喉咙像断了气似的伤心地一头碰到炕上。

忽然，她仿佛从噩梦中惊醒，头上扎着的一块黑头巾弄掉了，花白的头发也披松开了。她两只冒火似的眼睛，瞪得大大的，眼泪沿着面颊，滚到抽动的嘴腮上。她咧着嘴，咬着牙，一会儿她攒着拳，在炕上咚咚地捶，一会儿她又伸开手，在自己膝盖上啪啪乱打。她上气不接下气说："叫我怎么能不心痛呢！他们就这样把我孩子打死了……呵，我的心可要活活给揪碎！那些吃人的畜生，他们进攻咱们解放区……孩子去年十月不是还好好的吗……"

她真料想不到他会死。现在只能看看去年寄回来的那张相片，真的模样永远见不到了。去年过八月节，他想到家，他不是还把生产节约的几百块钱，自己舍不得用，都寄回来了吗！他不是还写信说不要叫家里人记着，等打完了敌人就回来吗？毛主席去重庆谈判，国共讲和平，呵，这回以为他可真要回来了，哪知反动派不顾信义又进攻解放区！他来信说开到平汉线了。就这样她等他的信，就这样她想他……

申老汉在前屋惊醒了。他跑到后屋一听，半天说不上话来。他是一个性情开朗的人，这几年在磨难中锻炼着，什么事他都会咬着牙忍受熬过。他蹲在屋门口，叹着气，对她说："想开一点吧！春起为大家牺牲了！革命流血不流泪……"

春发也劝母亲，然而她只是哭，好像要把心里的话都哭出来。她说："我的孩子去年十一月就不在了，可是现在才听到信！怪不得我一进腊月门，天天心神不定，晚上胡思乱想。年除夕，我亲眼看见他手里擎着两支明晃晃的洋蜡回来了，我一睁眼，原来是在做梦呀！我把眼泪偷偷咽下去，又是欢天喜地跟大家一同闹哄……”哭也哭不完，要说的话太多了。本来过了正月十五，想把纺的线赶快倒好，浆一浆，打算织几尺布缝件小汗褂，做两只袜子给他捎去，谁想到他已经不在了！媳妇在娘家还不知道这消息，两个人自由结婚才半年就离开了，他们感情多好，从来就没红过脸。他死了，连个孩子也没给留下呀！解放区的老百姓过得好好的，要不是反动派来进攻，谁家会少儿缺女！老百姓要和平要民主，反动派偏来打内战。他当民兵跟日本人打了好几年也没死掉。想到这，她恨极了。她爬到炕上，用黑头巾蒙着脸，流着泪，感到沉痛！她又坐起来。自己总要活下去呵！几年来天天不是都在忍受着艰苦折磨挣扎吗？村子里不光自己是这样呵，哪家不是抗属？谁的儿子没参加民兵？有的出去没有信，有的光荣牺牲了。可是活着的人，在家里要劳动生产。昨天还流泪，今天脸就舒展开了。八年来大家经常过着这样的生活。今天敌人来“扫荡”，明天敌人又来奔袭，房屋烧的烧了，拆的拆了，牲口也给抢走了，有的人也被杀了。但是有谁屈服过？全村人不是个个咬着牙至死不给敌人维持吗？在山沟野地里生活已经惯了。和敌人斗争，忍受苦楚也已经是平常的事了。人们经过一次悲痛，就更加坚定，更加激愤……

她沉默着，擦干了眼泪。

申老汉说：“你们躺下睡吧。光难受也没用！”

于是父亲拖着沉重的脚步，回到前屋了。春发吹灭了灯。然而，她没有睡，牙咬得咯咯地响，神经受到了深深的刺痛。在黑暗中，她躺下又坐起来，坐起来又躺下。她的脑子好像要裂开，一会儿也不安静！明天开追悼会，剩下这一个儿子又要去参战！这一去，要是再有一差二错怎么办？不让他去，上前拦着他，那真要叫人笑话死了！这样做不是太落后了吗？

很快的鸡叫第二遍了。忽然，她又仿佛从噩梦中惊醒，从炕上爬起来，一边低低地抽泣，一边在摸索。她给春发把一件破羊皮袄盖到被子上，一只手轻轻放到他微微发烧的脸颊上。

“娘，你睡吧……”春发轻轻地说。

第二天，他一早爬起来。饭没有好好吃，只喝了半碗稀米汤。她叫大江挎着一篮子早几天炸好的油糕，便一同参加追悼会。

学校前边的广场上已经挤满了人，然而人们并不吵闹，个个心里充满着沉重的抑压的情绪。唢呐、笙、笛子，奏着悲凄的哀乐。这哀乐被风吹着，传到全村各家各户，传到山沟，又传到山沟的那边。于是，牺牲儿女的老头老婆来了，牺牲丈夫的女人来了，牺牲爹娘的孩子也来了。有好些村庄的干部，死者的亲戚朋友，部队上的首长和战士，他们带着蒸馍、油糕、点心、菜、猪肉、香烟、梨、花、花圈、挽联……一个一个来了。人们低着头，有的擦着泪，有的默默朝烈士的灵堂看。申老太婆大儿的红色棺材，静静地停放在那儿。棺材的前边，供着一排烈士的牌位，它一左一右挂满了白色的花朵，挂满了死者的英勇奋斗的历史，更挂满了追悼的人们带来的挽联。这挽联有些是农民自己写的，有的写出自己沉痛的哀悼，有的写出对敌人的愤恨，也有的写出自己斗争意志的坚定。那些字歪歪扭扭，笔画粗细不匀，但给明晃晃的烛光一照，却格外有力地活现在崭新有光的纸上，活现在粘在一起的大张的麻纸上，活现在写过的旧纸的翻面。这挽联，沿着白色的牌楼，在围绕着广场的一根粗绳子上，像一面一面战斗的旗帜，满满地挂了一绳子。人们被它包围着，遮掩着。在一阵一阵冷风的吹刮中，它飘动着，更增加了人们无限的哀思。

申老太婆看了看大儿子和三儿子的牌位，转身走到棺材头上，就坐在一条板凳上哭起来。大江扯着祖母的胳膊，眼里流着泪说：“婆婆，不哭吧！别伤了身体！”

好多人都来劝她。但好多人都跟着她流眼泪。

申老汉对大家说：“叫她痛痛快快哭一顿吧！不哭心里也是怪难受的！”

八年了呵！在八年对敌斗争当中，老百姓和八路军，保卫自己的解放区，真不知流了多少血汗！现在，他们来追悼自己敬爱的人了。他们胸襟上佩挂着一朵白花。这是一朵光荣花，一个流血的标志。民兵肩上背着枪，腰里掖着手榴弹。他们脸上抖动着紧张的表情，个个精神又很振奋，好像他们是来参加武装检阅大会，大家伙要把自己的力量准备得更充实、更强大！

礼炮在广场上响了。追悼会开始了。

于是，村长报告开会的意义，主祭人读祭文。人们开始向烈士灵堂慢慢移动着脚步了。烈士的家属，个个流着泪，抑制着哭声，把自己带来的东西两手献上去。妇救会和儿童团的同志，拿着花和花圈也走上前去了。合作社和村干部献上菜和酒。村里的群众，四乡八村的干部，八路军的同志，随着也都把祭品献上去了。东西太多了，篮子压篮子，碗碟靠碗碟……

一个老太婆看了看这些东西，一边流泪，一边感动着，对身旁的人说：“前几年敌人不叫咱们好好过日子，今天爬山，明天钻沟！那些孩子们天天跟敌人干，也没吃上这样多好东西！可是他们熬不到抗战胜利就牺牲了……”

政治主任兼民兵指导员，从人空里跳出来了。

“刚才村长讲的话一点也不差，咱们八年来能坚持对敌人斗争，打死好多敌人，得到好多武器，一直把敌人打垮，这不但是烈士们流血换来的胜利，也是咱们八路军、全村的老百姓和民兵的功劳！咱们应当好好记在心里呵！现在抗战已经结束，可反动派又向解放区进攻！难道说咱们又要过那种山沟野地里的生活？……”

春发这激愤的话刚一停，一只一只手，树林似的从群众的头顶上伸出来了。民兵的枪也高高举起来了。于是，广场的人群，掀起了海浪一般的呼声：

“好么，叫他们来吧！他们敢进攻，咱们就敢消灭他们！”

“看看他们强，还是咱们强！日本人咱们都对付过去了，还怕他们反动派！”

“保卫咱们胜利的果实，争取全国和平民主……”

春发大声说：“对，大家说得对呵！咱们民兵一定要去完成区上给的任务。我和大家一同去……”

人们流着泪，愤恨地叫着。于是，追悼会变成参战动员大会，变成民兵参战欢送会了。申老太婆哭得非常伤心！她瞪大眼睛，跺着脚，攒着拳头直在棺材上捶，头直在墙上碰。大江拉着她的胳膊，春发扯着她的衣服，民兵们抱住她。

“你不想想儿子是怎么死的吗？你光哭怎么能行！”申老汉很着急，站在旁边劝她。

民兵说：“大娘，大娘，你不哭吧！我们去给春生和春起哥报仇！”

她什么都明白，但这次太叫她难受了！春生死的时候，她并没有这样哭过。她记得很清楚，把儿子往山沟圪塄里一埋，自己不是还这样说：“他为全村老百姓牺牲了！日本人和伪军别想叫咱们屈服，我还有两个孩子当民兵……”

可是抗战胜利，和平来到了。她在民校参加庆祝会，自己真就是有说不出来的欢喜，白黑盼望春起回来。她哭的不是春生，春生是叫日本人和伪军打死了。她是哭春起不该死，不该死在中国人手里！

人们围着她说：“春起牺牲了，我不要这条老命了，他们反动派来进攻的，我跟他们去拼！”

春发说：“娘，你歇歇吧，给三弟去报仇有我！”

好多民兵都抢着说：

“大娘，大娘……”

“大娘，大娘，你老了，有我们！”

“……”

忽然，一个扶着拐杖的荣誉战士从人空里挤出来了，这是春起的同志。这是在区上告诉春发消息的那个人。他对大家说：“我告诉你们，春起同志牺牲时真勇敢，敌人用刺刀把他刺倒了，可是他带着伤爬起来，轰隆的几个手榴弹，炸死了七八个敌人！他和我坚守阵地，敌人一个炮弹打来，他牺牲了，我挂了彩……”

大家被这个同志的话感动了。有的民兵举着枪，大声喊：“咱们要向春起学习！”

武委会主任站出来，对群众说：“我要求带民兵去参战！”

“不行，我已经跟区上讲好了，我去！”春发抢着回答。

申老汉对武委会主任说：“还是叫春发去吧，咱们村上也不能离开你，还得准备第二批参战的人！”

申老太婆的心像被火燃烧着似的，激起了强烈的仇恨。她说：“春发，你去吧，你去吧……”

追悼会刚一结束，公葬的行列从广场慢慢往外走了。土炮连连响了三声。鼓手喇叭就在前头吹起来。村干部抬着棺材。儿童团打着挽联，这挽联被风吹着，发出呜咽一般的响声。群众在后边低着头，流着泪！

申老太婆两手扶着棺材，她一边走，一边抽泣说：“孩子，你们安心吧，村里人谁也不会忘了你们……”

公葬回来，春发带着民兵要出发了。申老太婆给打点上一个小行李卷，把过年过节剩下的几个馍馍、黄米团子包在里头。又把小米装在细而长的米袋里，给他斜挂在肩膀上。

“我走了，你不要惦记，春耕村干部会帮助咱。”春发对母亲说。

父亲说：“这个你就不要管了，有我在家。你娘难受几天，也会放宽心的。你在外头好好干！”

村里的老百姓把他们送到村外。

“你去吧……”

她压抑着难过的情绪说，这话带着希望，带着坚强的复仇的决心。

她站在杨树林里的路边上，一直用眼睛把他们送过了山岗，她才怀着喜悦和悲酸的心情走回了家。

一九四六年五月于邯郸边区文联

（原载1946年6月6日《北方杂志》创刊号）

牢寒

马

自从四个回家拿棉衣裳的小伙子给枪刺挑死以后，半月来谁也不敢冒险下山了。

村边的打谷场上的豆秸垛下，长出黄黄的长芽，性急的白豆气炸了肚皮，索性把豆颗子爆满了地。谷子、高粱和它们久躲在山谷里的主人一样，憔悴地垂着头，弯着腰，沿着赤秃的草坡，飘来一阵秋风，发出寂寞萧瑟的低响。

山沟里没有住处，没有棉衣，没有粮食，瘟虐在人群里蔓延着。饥瘦的黄脸瑟缩在黑暗潮湿的洞口，望着阴沉沉的天谩骂："老天爷也当了汉奸啦!"

到中秋节的后一天，情况越来越严重了。五天来那片绿豆地里添了七个寄埋的新坟，顶糟糕的是昨天早上一个从洪子店跑出来的老头子，带来鬼子要搜索古月沟的消息："见一个杀一个，鸡犬不留!"就这样，还不到中午，人们便像暴风雨前的蚂蚁，捎着锅、碗、被褥和孩子，扶着老年人，用担架抬着病人，急急忙忙地向山后逃避……

生田媳妇，一个胆小的女人抱着一个病孩子，扭着一双粽子脚，着急地在人流里踉跄地走着，不时还扭回头来跟丈夫吵嚷："……天爷，你快把被子给我吧！走得远远的，别给乡亲们惹祸啦！走吧！活祖宗……"

嚷的不知多少次啦，可是生田依然背了那捆破被片子，拉着八路军寄下的大黑马，低着头，不声不响地走着，像没听见一样。

这使得有好脾气的黑狗婶子也生了气："生田，你这就不对啦！你媳妇说的是正经话，你老当耳旁风，佯装不睬的，你说倒是人家的马要紧，还是自己的孩子要紧？再说给大伙惹出好歹来，自己高兴?!"

的确，杨生田有个犟脾气，不爱说话，自己有“一定之规”，一生了气，不言语，只固执地扭着脖子，用蚯蚓样的青筋来表示他的愤怒，怪不得奶奶庙台上闲歇着的老头子送他一外号“搬筋脖”。

孩子已经病得三天不吃奶了，黄瘦得像一只剥了皮的猫，眼眶也发了青，嗓子里呼哧呼哧的，说不定哪会儿就断了气。人家有了病，都晓得到药王庙讨点香灰啦，在道门里要张符水啦，或是请个大医吹吹扎扎啦。可是他呢，像没事人一样，整天价给那匹破马扫扫这儿，拢拢那儿，喂水呀，喂草呀这怎么不叫人生气呢……

人流刚穿过一带火红的柿林，飞机就转到头上来啦，怕人地嗥啸着，搜索着，受过不知多少次空袭威胁的人们，像发现了老鹰的小鸡，都迅速地攒在石缝里、草丛里，缩成一团。

生田忙带了马，躲到一排柿子树下，他吃惊从没有见过这样低的飞机，连洋铁板上的红字都看得清清楚楚，踅了三个圈子，才一斜那涂着锅盖大的红片子翅膀，呱呱呱地打了一排机关枪飞去了……

山沟里半天留下恐怖的沉寂。

“生田，这都是你惹的呀……”

你快走吧，叫大伙多活一会儿吧……”

“生田，你还不滚，飞机已经看准，说不定立刻就又回来……”

“……”

从石缝里爬出来的女人的苍白的脸，不约而同地向柿子树下咆哮着。尤其那个曾雇过生田做长工的王老云，披着没挂面的老羊皮袄，立在路边一块黑石块上，本来血色很好的胖脸，这时涨得像一个紫茄子，花白的胡子也竖了起来，挥着手：“狗杂种，要再往这边走一步，非砸断你的狗腿不可！这不是调查统一累进税的时候，随便由你告人瞒地瞒钱。现在……”

“对！要故意拉着马到这边来，那是想叫鬼子炸死大伙，汉奸！

顽固分子！砸他狗日的核桃仁!”和王老云站在一起的洪子店肉铺的掌柜的李六儿，挺着那穿着青马褂的胸膛附和着。

生田的长瘦脸苍白得怕人，凹陷的眼睛放射着怒火，脖子上的青筋一跳一跳地涨得有小拇指那么粗，一声也不哼，放上破被片子，把马拴在柿子树上，一面紧着渔网似的破“打包”，一面踏着乱石跑上来，要跟着全村有名的“大旗杆”王老云碰碰。

可是，他刚一上地坝，爬在沟底石边的妇道们便像遇到猫头鹰似的一群喜鹊，喳喳地乱叫起来：

“生田，你不弄马，还想打人吗!”

“天爷，你疯啦!”

“还不拦住他!”

那个蓬乱着黄头发，吓得打抖的媳妇，抱着病孩子向生田扑上来：“活祖宗，打，打我吧!”

这一来才制止了生田的暴怒，他鼻子气愤地哼了一声，蹲在路旁石头上，死盯着地皮，一动不动，像一头嘘着气的怒牛……

鬼子进攻洪子店的第一天。

黎明……

草坡上，山涧里，白色鞭痕似的村路上，看不见一个人影儿。掩映在树林里的村庄也像死去了一样。偶然隔山传来单响的枪声，划破了滹沱河畔黎明的沉寂。有时冒起一团白烟，跟着“轰——砰”，大地痉挛地打了一个抖……

生田赶挖了一夜土洞，破夹袄都汗湿啦，天已经明了上来，他装了一袋烟，蹲在冒着白气的洞口抽着，瞧着那淹没在晨雾里的洪子店附近腾起来的一团团白烟，猜想着响炮的地方。

突然，在沟底拐弯处发现了一个牵着马的兵，踉跄地向他走上来。他吓了一跳，想跑，但看看后面再没有人，而且没带着枪，这才又站住脚步待下来。近了：是一个戴眼镜的八路军。

“老乡！有点事求求你！”

“什么事？说吧！”生田伸了一个懒腰站起来。

“这马是一个病了的女同志骑的，昨晚夜行军，山太陡，马滚了坡，人没受伤，马的腿摔伤了，现在敌人离这儿只有四五里，不好带走，打算暂时寄在你这里，劳驾你照料着，等我们回来再……”

“好！没关系……”生田呆呆地闪着大眼睛，一点都不迟疑地接过马缰问：“同志，你是哪一部分？”

“胡家庄，政治部。同志们还在那边等着，我马上就走了。你的名字是……”

“我叫杨生田。”

“啊……”

戴眼镜的八路军掏出本子来，记上了他的名字，匆忙走开了。

天黑了。生田把马拉回家去，拴在那个曾经喂过老草驴的草棚里。媳妇正在矮廊下的灶前烧晚饭。

“老天爷，你这是从哪里弄来的？”

“八路军寄的？”

“管你的屁事！”

“……”

晚上。

生田发了“洋财”的消息，在村上盛传着。人们都带着羡慕的心情，来欣赏这匹“拾”来的大黑马。连给生田有点宿怨的王老云，也含着二尺来长的烟袋，混在人群里。大家纷纷议论着：

“说不定要值八百块呢！”

“八百块买不了，打个赌，准卖一千块钱！”

“一定是个什么大官的！脚下说不定有两下好走呢。”

“也许是洋马，要不，怎么这么高呢？”

当生田端饭碗，从屋里出来说明原情后，许多人都扫兴地陆续走出破棚栏。王老云的痰嗓子在黑暗的胡同里响着：

“这真是狗捉耗子，多管闲事！”

“……老百姓不该帮军队的忙吗？”一个青年人的嗓子反驳着。

“……”

“那是咱们八路军的马呢。”孩子的语气。

“哼！……”

这天夜里，全村一百多个模范青抗先都集中到区里去了，准备配合部队袭击洪子店的敌人。生田仍然在家里照料着那匹马，是经过武委会主任杨铁拴特别允许的。

第二天，老阳儿把西山坡染成微紫色的时候，村上又冒起几缕兰腾腾的炊烟。虽然大家知道，洪子店已经住下了敌人，不过山头有联络哨的布置，情况仿佛是缓和了些。人们有的在坚壁最后一批东西，有的慢慢向山沟走着。生田吃罢早饭，把马拉出来在村西溪水边去饮水。王老云正和大儿子、长工坚壁了自己的柏木“独梆”寿材回来，蹲在小桥边一块青石条上洗手，没挂面的老羊皮袄敞穿着，他从那给打包勒着的新洋布棉袄里摸出一块半旧粗布手巾，在紫红的胖脸上擦了几把，一抬头看见了生田，不和睦地冷笑着：“生田发了财啦！”

“哼！……”生田没理他。

“真的，这比干十年长活还强哩！”

“……”

“可是，村上要出了差错，你可得承担呀！”

王老云慢慢地踱上小桥，嗓音更高了些，脸也沉了下来，一边把烟锅往烟袋里装着烟：“明说，这马一看就知道是队伍上的，你自己吃亏小事，村上还有别人呀！你给我做过多年活，又是街坊，你祸害我，我不管。可是，我从来没把你当作外人，依我说，你最好把马拉到村外河滩上去，松开马缰，它愿往哪儿跑就往哪儿跑，自己不找罪受，也不给大伙惹祸。老老实实说，八路军他有人有枪，还保不住一匹马，能埋怨一个赤手空拳的老百姓吗？”

“这个你管不着，为什么你的骡子不扔到河滩上去！……”

“别胡搅！我自己的……”

“旁人的东西为什么就该扔掉？”

“不用给八路军舐屁股，凭你这骨头，巴结不上什么！……”

“我不给老顽固舐屁股！”

“放屁！杨生田！你不要再撒野，现在不怕你到区公所农会去告状了，他们早已不晓得给鬼子杀死在哪个老鼠窟窿里去了！”

“撕烂你的狗嘴！”

王老云前进了两步，攥紧两个拳头。

“想打人吗？王老云，今晚我一点都不怕你！这不是抗战前啦，你仗着财大气粗，衙门里有人，谁都不敢惹！别看你小子现在还在县国民党党部，一样扯淡！……”

“揍死你个野狗操的……”

老头子在他一个长工的手里，像正想挣扎逃跑的老母猪，要不是儿子拖得紧，看样子免不了又重演那年生田下工结账时的一场流血武剧。

因为敌人不断地在拂晓时包围村子，人们搬进山沟已经半个月了。

自从那次口角之后，在生田眼里的王老云，就变得更加凶恶可怕了。老头子一见了生田的影子，就指鸡骂狗地开了骂腔，再不然就直接找点错处碰上，简直像一条疯狗，闪着碧绿的眼睛，时时都准备咬人！

一天黄昏，生田背了一筐枣树枝回来，预备煮他昨天从田地摘来的嫩玉茭。媳妇在那三块石头支起的锅下生着火，火里噼噼啪啪地爆裂着，生田已在那颗黑枣树下，用一把破扫帚给黑马扫着那脱落的一团团的黑毛。

“王老云来啦，后面还有得拴。”生田媳妇烧着火，向生田小声说着。

生田住了扫帚扭头看看，可不，正是那老头子和他大儿子走上来，得拴钉着钉子的鞋，把石头踢得咯啦咯啦地响。王老云把打包绑在老羊皮袄外面，利落得像年轻人。生田晓得他父子俩是来找“晦气”，就仍旧扭回头来慢慢扫着，装着没有见。

王老云气喘喘地走上石岸。

“老云伯！歇歇吧！”生田媳妇拿着烧火棍站起来，胆怯地望着那张紫红的可怕的脸。

老头子像预备打架似的，没应声，眼在锅旁一荆框枣枝上扫了一下，瞪着发红的眼睛怒吼着：“这枣枝是从哪里弄来的？”

生田的媳妇偷偷地瞟了丈夫一眼，丈夫正扫着马脖子，头也不回地答：“我的树上。”

“你那里有枣树？”

“穷人就不许有枣树吗？”

“可是我的枣树枝少了。”

“那活该！管我的什么事？”

“我现在就是来找你！”

“凭什么找我？”

“早晨有人见你在我的枣树上折！”

“谁？谁见来？”

“……”

“谁！谁？”

“我不像你们抱了什么农会区公所的粗腿向人发横，来！好小子，一个赌一个。”老头子挽着袖口：“我今天就是专来收拾你。”

“站得正，不怕影儿斜，凭你凭我，给你收拾！”生田的脸更苍白了，脖子上暴跳着青筋，拿着扫帚趁上来。

生田媳妇一见丈夫真的要和他父子俩拼，着急地跑过来拦住生田：“你？……”

“得拴，给我打他狗日的！”“大旗杆”叫着阵。

当他们打到一块的工夫，那胆小的媳妇便放出不似人声的嚎叫：“救人……来……救人……来……”

人们从各处跑来，很快地便把他们拉开了，和子叔拉着生田的胳膊很生气地说：“这是从哪里说起啊！方才我还看见你在你的枣树上折，怎么会惹着他呢？”

可是被人们拖下沟里去的王老云，还在铁旦伯的手里挣扎着，跺着脚，挥着穿着老羊皮袄的胳膊：“狗杂种，这不算完！……”

还有一次是旧历七月十五后的两天，村长王大发来告诉生田说，“前天，‘大旗杆’从坟上烧纸回来，碰见了我，他说你摘了他坟上的白豆，正到区上去告，我晓得他是故意找你的茬的，就问他要证人，他说不上来，要物证也没有，正好三猪哥在那里，说你前几天刚给他打了架，跟他顶了几句，这样把老家伙说得红着脸走了……”

夜，星星向着核桃树下面的窝棚里的几点吸烟的红火，挤着眼，骡子在核桃树下咯嘣咯嘣地嚼着草节。有人用几乎听不见的声音断断续续地谈论着：

“昨天县党部老张来有什么布置，得拴没回来吗？……”

“他没回来……老张告诉我说，中央军不久就过来了，咱们要趁‘扫荡’混乱的时候，先打击那些给共产党最接近的小子……打了一个少一个……生田……”

“小声点！不要……”

“没关系，‘长活’们跟得拴昨天就到山那边收租子去咧，这里没别人。现在生田那小子专往坏处学，别看不叫的驴儿，肚里有牙。这几天，拉着那匹丧马，在沟里游来游去的，仿佛是捧着‘圣旨’，谁只要说一声，那狗日的一句话碰倒八堵墙，比谁都厉害，把马养得像他亲爹，乡亲们的命，狗屁不值……”

“唉！别提了！今年五月端午，肉铺里忙，咱可怜他在家里吃不上饭，把他叫到肉铺里打了几天杂，哪知办统累税调查我的生意的工夫，区里信服他，那小子无中生有，虚报年成……”

“哼！不是他给我做过三年活，我的地里出产多少，谁会那么清楚……”

“……你听我说，他打了半月杂，给的一块钱，临走还给了他半斤生肉，还算少吗？他不报恩，反来报仇……”

沉默。谁在石头上叩烟锅，火星给小风扬起来。

“常言说，‘量小非君子，无毒不丈夫’，依我说，‘炮制’了他……”

“唉！现在村上这种坏小子太多了！”

“拿了一个镇百个呀！谁不怕死？……”

“你说怎么办？……”

“老张那天还告诉我说，他们已和洪子店住着的‘太君’取了联系，过几天要搜古月沟，小子不是整天拉着马在沟里踅吗？”声音更小下来：“这条沟，只有一条路能走牲口，没情况便罢，要是情况紧急了，咱们后走一走，再鼓动一伙人，想法在路口挡住他，一来在乡亲面前落好，二来好教训教训他……”

"嘿嘿……"

狡猾而阴险地低笑，震动着窝棚里的几点红火。

"砸死他吗？那……"一个颤抖的嗓子。

"嘿嘿，你真瞎开了半辈子的油房，怨不得叫你老木，真是木头……日本人看见会放过他?!……"

"啊……"

"嘿嘿……"

……从沟底爬上来的人流，慢慢消失在一条黑岩石的山沟里。

生田在石头上生了阵子闷气，这时站起来，想拉了马，穿过山岫，躲到远处。但当他到柿子树下去解马缰的当儿，偶尔一回头，望见一里外的山里集了一群女人，黑岩石上还蹲着三个人影。虽然背着阳光看不清他们的面孔，可是从那臃肿的全身轮廓来看，穿着没面子老羊皮袄的短粗的身形，已经完全明白了。他本想跟那两只挡路的豺狼去拼一家伙，但一想到刚才那叽叽喳喳的讨厌的女人的叫喊，倒使他犹疑了。

"鸡不跟狗斗，男不跟女斗。杨家沟虽说有点危险，还可以暂躲一下……"这样，他一直拉着马沿着半坡的小路往西北上去了……

夕阳像一只红肿的泪眼，把埋在暮霭的古月岭映得格外紫苍了。

岭上最高处一棵孤零的柏树下，三个人立在那里用手指点着，向山下瞭望。

"……半点不错，那不是那匹大黑马，后面三个背枪的，前面两个……"

"对对对！……"

"手像是绑着哩……"

"没有。方才还看见他摸头上的白手巾呢……"

“哈哈！这是报应啊……”

“真的！不怕他不信因果报应啊！老天爷几时也有眼，现世现报……”

“嘿嘿……”

“哈哈……”

北风带着强盗似的啸声，沿着夜的荒坡柿林飞驰……

一个发髻散乱、疯子似的女人，抱着哭着的病孩子，跌跌撞撞地在漆黑的乱石沟里走，不时迎着狂风发出凄厉的惨叫：“小福的爹……哪儿去了……”

嗓子喊哑了，没有回响，只有北风在山唇里怒吼着。但她仍吃力地嘶喊。当顺着山径爬到山腰里的时候，前面黑暗里突然有人答话了：“别喊啦！这晚儿早到洪子店啦！”

她被吓得打了一个寒战，望着三个黑影愣住了：“洪子店？！你们是谁？在那儿见来？……”

“听不出来吗？在山上。还有那匹马……”显然是“大旗杆”的声音。

“我的天啊……”

“哭不中用！找农会主任去吧！”

“……为共产党八路军的马，死了也光荣吗！……嘿嘿……”

她仿佛没听见，坐在地坝上，一仰一伏地哭起来。

三张狞笑的鬼脸淹没在黑暗里。

洪子店村西的沙滩上。

一片黄叶的小杨树林子静静地浸在寒冷的月光里。许多从附近抢来的牲口和人，在这里给明亮的刺刀监视着。

生田被抓来已是第五天了。

刚被抓的那天晚上，一个镶着金牙，被人们叫做“太君”的鬼子，硬把他当作八路军的马夫，为了叫他招出八路军的团部在哪里、民兵在哪里，曾灌过两次凉水，又用烧红的火箸在脊梁上烫过，没有从他嘴里得出一点口供。他虽然没有像和他同时被捕的那个送信的民兵喂了洋狗，可是人折磨得不成样子了……

有一天，傍黑子，一个茄皮眼的伪军带着他和另一个“民夫”到滹沱河岸上芦苇边去割稻子喂牲口。到了地边，那伪军故意躺得远远的给他们一个逃跑的机会。

可是等太阳下山了，回来看看，那个“民夫”蹓走了，只剩下他一个还老老实实地在田里割着。

“傻东西！想在鬼子面前讨好吗……”

“我不能丢了我的马一个儿回去呀，我那马是……”

当他背了一捆谷草回来时，一路上受着那伪军的斥责：“真正亡国奴！舍命不舍财……”

那天夜里，八路军和民兵摸到洪子店，抢回一批被捕预备运走的老百姓以后，敌人戒备得更森严了。每天晚上，他半躺在沙滩上的草里，含着泪，望着那披了月色峙立在夜空里的天桂山和南坡王八窝外的敌人哨兵，茫然陷入沉思里……

“几时才能把马带回去呢？……”

尤其当那个好心肠的黑大个子的伪军，晚上悄悄给了他两个没口的罐头，并告诉他说一两天要离开这儿到一个不知名的远地方去的时候，更使他焦灼了。躺在乱草里，辗转不能入睡，媳妇的泪脸，孩子的黄瘦脸，戴眼镜的苍白脸，在眼前组成一幅悲惨的图画：“莫非就不能再和他们见面了吗？……”

深夜，一头松了缰绳叫着跑了的驴子，给了他一个新的提示：他把手伸进衣袋里，攥着挖烟灰的小刀，像走投无路的败兵骤然得接济一样的欣慰与轻松。

“啊！就那么办……”

他滚身从乱草里爬起来，紧紧打包，寻来一段麻绳，把脚上两只张了嘴的死鱼似的破鞋绑好，装作到槽前去添草，偷偷弄脱了马笼头，又顺手用烟灰刀向马脖子上狠狠地刺了一下，马一痛，后腿急剧地跳起来，扬起沙土，向西方跑开了。

“吁……”他在后面追着吆喝。

十几天得不到适当的水草的牲口，巴不得恢复了自由，疯狂似的在沙滩上奔驰着。

“吁……”

越喊马越跑得快了。

过去的经验告诉他，大黑马已经认得他的家，便故意在后面大声地叫着：“吁，往哪里跑！”

当追出了警戒线，哨兵发觉他是有意逃跑开枪时，他已踉跄地跳下一条土坎，虽然子弹像雹子似的打在沙滩上，但已不中用了。

他晓得敌人晚上是不会远追的，绕过一片高粱地，舒了一口气，脚步才慢了下来。把脸上的汗渍摸了一把，看看快要落的月牙和山神庙前哗哗流过的溪水：“怕是在做梦吧？！……”

直到走过小石桥，在一个小禾场上寻到了那匹正吃着谷草的大黑马，自己才相信了：“这不是梦，我真的从虎口里逃出来了……”

没有进村，他晓得村上是不会有人的，拉了马，带着一颗兴奋的跳荡的心，一直向古月南沟踽踽地走着。吸烟的时候，手指无意中触到棉袄鼓起来的东西。

小福不是早就哭着要好吃的东西吗，这筒子里不是牛肉，就是酱菜，再不然也许是熟鱼……小福娘不会再骂我不顾家了，孩子见了说不定怎样欢喜，他一定张着小手把筒子抱起来：“爹，咱吃……”

山头的下弦月映着他那憨笑的瘦容，慢慢走近了自己的洞口，上了石岸，把马照拴在那棵黑枣树上，弯着腰走进漆黑的洞口：“小福他娘……我回来了！……”

没应声。

“小福！你不是吃……”

“哇……”意外地洞里传出刺耳的凄厉的哭声，“哇……小福爹……呀……小福……”

“怎么……”

“小福……在……四天前……就……”

很长一个时间，一个佝偻的人影，伴了洞里的哭声在月光下伫立着。

东南角上的太阳，静穆地吻着街头奶奶庙的长了不少的黄草的瓦楞。庙台上含着烟锅的老汉们，在安详地晒着太阳，妇道们吱扭吱扭地在庙台墙角边一个露天石碾上推着玉茭，互相诉说着山沟里的苦情。孩子们仿佛早已忘记了前些日子的灾难和恐怖，在庙台下踢着石子，跳格子，嬉笑着，吵嚷着，狗也在人群里跳跃着，嗅人的衣服……除了路东几家门口堆了几堆烧了房的土灰外，一切都和过去一样了……

“看……兵……”一个抱着孩子的小姑娘惊喜地嚷嚷。

那个戴眼镜的八路军在墙角拐弯处出现了，他后面还跟了二十来个没有背着枪的队伍。以两鬓蓬着的头发看来，认出还有三个女兵。

“辛苦……同志们……”庙台上有人说着。

“是。”

“反‘扫荡’前，我们在村上寄过一匹马……”

戴眼镜的说着，把背包放在青石阶下，后面的人都在街旁的木头上休息下来。

“马？黑的，大个子，是不是？”

“对！”

“在在在，我知道，那马现在腿也好了，吃得滚瓜似的，就在北头，我指给你们门口。”一个穿着没挂面老羊皮袄的红赤胖脸的老头子，从奶奶庙的门槛上站起来。

“老先生贵姓？”

“我姓王，叫老云。”

“麻烦王老先生……”

“说的哪里话，八路军和老百姓是一家人，军民互相帮助，这是应该做的呀！”

“听说这一带敌人‘扫荡’得很残酷，照顾马没遇到什么危险吗?!”

“残酷是真残酷，光我们这村上就死了十几个人呢，不过那马我们都晓得是咱们八路军的，大家得想法保护呀……”

“啊……”

破棚栏门里的两间北房，又矮又黑，七八只烟锅的烟气，把屋里弄得有些呛嗓子，人们正在青烟缭绕中，嘈杂地交谈着。

“这是杨生田同志的家吗？”

当戴眼镜的八路军突然踏进屋里的时候，坐在炕上的、蹲在地上的七八个人都愣住了。

“我是来找那匹马的……那天……”他说明了来意，屋里又马上热闹起来。村长王大发从炕上下来，一边穿鞋一边高兴地说：“啊！真凑巧，方才我们正开会商量，不知你们住在哪儿，愁着这匹马没法送去呢？”

农会主任搬了矮腿凳子，让这位戴眼镜的同志坐定。接着村长先把在座的几个村干部，农会主任、工会主任、武委会主任……一一作了介绍。

“那匹马多亏你们关照……”

“反‘扫荡’的时候，我们都忙，能保住这匹马，全凭他。”武委会主任说着向炕一努嘴：“可是他被特务谋害，身子已经闹坏了。我们正在查究这件事，查到可得要向特务混蛋们好好斗争一番……”随着，又把杨生田被捕的情形谈了一遍。

戴眼镜的同志往炕上一看，在坐着半块席的炕上，用几块烂被片子盖着一个瘦得皮包骨头的汉子。他的有着黄胡子的嘴巴，已经干瘪了，头发像给孩子们玩弄过的雀子尾巴，眼睛深陷得怕人，张着干枯的嘴唇，在急促地呼吸着。戴眼镜的同志走上去紧紧地握着他的干枯的手，轻轻地叫：“老杨……你……”

没有回答。

坐在病人身边的红着眼睛蓬着头发的生田媳妇，伏在他头上叫：“人家那个八路军来看来了……”

“唵……我病了……”已经发了暗蓝色的眼睛翻动了一下：“……可是不要忘记……”

“生田！方才大伙不是讲过吗？你不要紧，你不会死的，好好养病吧，万一没了你一个，有我们十个、百个……”农会主任的拳头狠狠地落在炕沿上。

“啊……”

眼镜片里的长眼睫，含满了泪水，呆呆地盯着那深陷的眼睛，再也讲不出一句话来……

一九四一年十二月十一日夜于灵寿寨头村

（原载1946年7月1日《北方文化》第2卷第4期）

康

濯

“二百五”和他的枪

靠河岸的广场上，游击队正在下操，雄阔的口令声和整齐的步伐声漫滚在河水激荡声里流着。

声音流进二发的耳内了，他望着广场，身子靠着门边，他望着，间或笑笑，心里充满羡慕的兴奋。

但二发忽然不高兴了！叹息一声，好像非常疲倦，身体也似乎站不稳，顿的一下，他坐到门槛上。

“唉！……”

他的头低下来，手掌托着下巴，默默的。

太阳暖暖地晒着。他心里燥热了。他讨厌那广场上的声音，却又不时用眼睛偷望望那面，耳朵也竖起来听。忽然又不听了不看了，心又燥热起来，而虱子乘机在他遍身活跃。

“狗肏的！”

他骂，恶狠狠的一下就把上身衣服全扯开，找虱子出气，一个两个，他使劲用指甲一挤，还咬紧牙，牙缝里挤出声“咦”来。但虱子太多了，于是他才慢慢沉入细心寻找里面，气也渐渐平复，心里的燥热渐渐清凉下去。

他很熟练地翻着衣角，一边搜寻，一边又停下来抓痒，抓那被小动物吸吮出一块块红色的密集小豆点儿。

“嘿！妈的！尽干这玩意儿！二百五捉虱子！”

猛然一阵话夹着粗笑，二发一惊，忙把瞪着衣服角落里的眼微向上一翻，但马上仍旧低下了头，找衣服角落里去了，一边懒懒地说：

“回来啦！”

“老子不回来怎么着？”那人踏上一级石阶。

“呃，问问沙！虎栓！不问俺还知道你回啦？”

二发又摸着了个虱子。像卸下了件任务，这才抬起头，鼻子一缩，眼也眯了，露出那惯常的微笑：“坐吧！坐下歇歇！聊聊这回的差事吧！”

“妈的！什么差事？工作！”

“好吧！工作就聊工作吧！”二发还是从从容容，一个字拖一个字，声音像挤出来一半，还有一半留下了，又像打瞌睡的人，拖着懒散的余音，但虎栓却是极干脆的，拉开嗓门，就像放爆竹，他说：“老子工作早给队长报告了，跟你聊？你他妈二百五懂个球？”

说完，一屁股坐在二百五身边，不大理会他。他也就又翻衣角去，但他猛地一惊，斜眯过眼睛望虎栓了，因为虎栓拿起了他的烟袋。

“你又抽俺烟？”

嘶嘶的声音回答了他。他的眯眼就盯住那嘶嘶响的烟斗，但嘶声停了，烟斗被放到门槛旁，啪的一击烟灰掉了，烟斗又被放进烟袋里装第二斗。

二发心里更抖的一震，但他到底又去干自己的事儿了，于是他又捉到个很大的虱子，就急忙放到大拇指甲上，用另一大拇指甲狠命一按，牙齿随着一咬，咯嘣一声响，恰在这时虎栓问他班长在不，他就同时由牙缝挤出回答：“在吧！”

“人们闹卫生运动闹得挺凶，你他妈成天捉虱子，啧啧！看他妈这么多血！”

“俺昨儿还洗脸洗脚咧！俺也闹卫生咧！”

疲倦了的虎栓忍不住终于哧哧笑了，他懒洋洋地站起来，一巴掌打在二发肩上，更大声笑着说：“你也卫生啦！”

然后找班长去，他向院里走。边走，边晃着身子，像节日唱山西梆子似的歪着头乱唱起来："哎……哎哟二百五……捉虱……啊……啊……"

二发不大高兴了，他心里咕哝着："二百五怎么啦，二百五……"恰捉到个虱子，他狠狠地从牙缝里挤出声"呃嘿"。捋死了，像报复虎栓似的那么愤愤，而且，当院里响起虎栓那干脆的嗓音，他也愤愤地不听，甚至独自个用手扪住耳朵。

可是他终于被那高亢的嗓音所吸引了，因为那是在同班长谈这次侦察的遭遇啊！他到侦察班快十来天了，没干过半点事，也闹不清侦察班怎么回事，可就挺高兴听人家说说，从不肯放过的。

"狗禽的不同俺聊聊！"

于是他尖起了耳朵，抬着头，眼睛无目的地眯视前面。

前面斜坡路下去，穿过乱石堆的沙滩，滹沱河横铺过，十月大太阳，薄冰在早晨就解冻了，河水舒畅地浴着阳光，对面嶙峋在杂草秃山间的黑石头，倒浸下来，河水映成绿色，愉快地唱着流去。但当太阳稍一阴暗，那么陡那么枯燥的山，就使人不自觉地感到冷，而流畅的绿色河水染黑了，仿佛在奏起阴暗的旋律。

枯冷的黑石头山，南北两岸挤压着滹沱河面沿岸的村庄风色，日本人又给布置下血腥残缺，太阳不热爱地射出温暖时，游击区更加荒凉了……

但八路的游击队用游击打开了荒凉，给残缺和血腥洒下了繁荣游击区，他们比太阳还热爱，从不阴暗。

听！虎栓不又在赞美这游击区枯冷的山吗？

"妈的这山真是俺们游击区的宝贝，老子一爬上山，随便往一块石头后面一躲，鬼子连老子的球也摸不着啦！"

他正飞溅口沫，同班长谈着出来："狗禽的宣抚官自个找死！不跟紧队伍走，要走在后面几十米远，还大摇大摆啦！老子还不就给他一手榴弹！”

“你也太冒失啦！鬼子要追来呢？”班长不动声色地问，而两个人走到门口了，二发却正望着对面山头一块石头，听得周身发紧。

“追来？妈的鬼子听见手榴弹一响，就他妈乱窜乱逃了！有个球用！”

说到“有个球用”，虎栓顺势一脚踢到二发的背上。二发抖地一惊，却有个什么物件在他的眼前一晃。

“看！这就是老子搞的宣抚官的水笔！”虎栓又把水笔在二发眼前一晃：“二百五看老子的水笔！”

二发正要定住神看时，笔却缩回了。虎栓同班长在研究着。

“真上好货色！妈的！队长还要换咧！俺说过几天看吧，就灌了一管子水，挺好写。”

水笔在太阳下发光，水笔在班长和虎栓的两人手里调来调去，那光也就一闪一动，二发看着耀眼睛。二发也闹糊涂了，他像老太婆，摇晃着头，眯眼愣着发光的水笔和两个人。

啪的一声，响在他脚边，他一低头虎栓传来了话：“喂，二百五！老子的铅笔不要啦！给你学写字去！”

他赶忙抓起笔，望着，摆弄半天才转向虎栓，歪着嘴，拖着字音说：“虎栓个狗肏的，前儿向你要，你不给，这会儿又不给俺那花笔，好物件儿？”

虎栓没理他，他正跷起脚上的新鞋给班长看，还说：“吃了猪肉还不算，妈的，那汉奸硬要送俺这双鞋呢！鞋可挺结实咧！”

这可更把二发弄得摸不清了，他一巴掌摸向后脑勺，像第一次看见队长那样，望着神秘的虎栓，又望望班长。班长却不惊奇，只说：“这鞋爬山可准得劲儿！”

这鞋爬山得劲儿？二发愣住了！汉奸送虎栓这么好的鞋？虎栓同

汉奸打交道？班长也不说他？

这，二发就摸不清！二发愣住了！

他二发就挺恨汉奸的。

在家，不每天被那汉奸村长叫去修什么汽车路！狗肏的！拼命修，还尽挨打。

春上，他一家子不就遭了汉奸的殃？

修路累了，他爹歇歇时叹息了一声，鬼子就给了几皮鞭。天热，人们都脱了衣服，一挨皮鞭，他爹那瘦得同一道道山样耸起的骨头，缝里渗出了血，血老干的，乌黑的，沿着两膀的骨头山流……

他跑拢去，想给爹擦擦血，那狗命的汉奸村长却抽了他一鞭，还像他们那庄户东家年上派来的收租人样，恶骂了他一顿。

“五贵子！你这样待俺们啦！俺们……打邻居几十年……看着你长大的呀！……俺们穷是穷，可也……也帮过你家不少忙呀！……这会儿你，你……村长啦……”他爹身上流着血，脸上滚着泪，挣扎起老拳头，激愤像发了疯，跳起来要打汉奸。

但他被抓去了，没有回来了。

没了爹，他媳妇又同村里妇女一样，不敢出大门，二发就在糊涂里摸来摸去，闹不清呀！家里连饭也吃不上啦！媳妇又常哭，躲在角落里，细声哭骂，她以前从没哭过的。

中秋，月亮又大又圆，汉奸村长又到他家门，硬逼要五斤白面慰劳“皇军”过节，哪来白面呢？二发没法子，可是媳妇走出了门，也像爹那天发疯样，逼近村长。

“你这狗汉奸，不是人！你欺他傻！……什么……什么狗捐尽逼他交！……汉奸！你欺他……欺他……”

他媳妇的小脚在地上跳得一片响，头发披散了，拳头也鼓起了，他却有点害怕起来，但面是没要，狗汉奸不声响去了。

媳妇转向了他："你个背幸鬼傻呀！人们欺负你，个鬼子汉奸尽欺负你……你个没出息的，你……饭都吃不上啦……"

媳妇大哭起来，他摸不清是什么，挺起那老是没精神像打瞌睡的身子，揍了她一拳。

唉！为什么要揍她呢？媳妇是个好媳妇，比爹还好……那狗禽的，那汉奸同鬼子硬把她拖上了那比牛还大的汽车。

"调你媳妇上去受训哩！"狗汉奸还笑咧！

受训！受训就不回来了呀！都是汉奸……

"虎栓还同汉奸打交道！狗禽的！"二发狠命唾了一口。

"妈的！二百五！汉奸就都像你村那汉奸？老子打交道的是个好汉奸，帮咱们游击队的。"

班长知道他不懂就说明："这汉奸先前是汉奸，这会儿明里是汉奸，骨子里是帮咱们的，可不像你村那汉奸。"

二发摸不清什么明里骨子里。想了想，也想不透，他再不想了，这么说："像俺村那个汉奸还行？个遭枪子崩的！"他盯住班长，挠起了大拇指："班长真沾，一枪就崩了那狗禽的！"

"班长不沾，还你沾？你他妈二百五，捉虱子！"

二发没听见他，接过了水笔在看。班长避开了这一对象，想对二发说，却朝滹沱河那边感叹了一声："哎！这会儿你村才好啦！"

于是班长反背着手，一只脚不停地在地上踏着，头也跟着一点一点，眼睛望着对面山头接上白云的边际，他感慨地回味着什么……

于是，一声枪响了！班长在二发住的那村通上村的山沟里，打死了二发挺恨的汉奸。而且，又把游击小组深入了村子，村子里以后就好起来，人们的眼泪也一天天干了。

二发也就是在那一次，找上班长，加入队伍的。

"俺打鬼子打汉奸！"

这句话，不同平常拖着字音挤出来的，而是很响的，二发就讲了这句，他紧跟着班长来见队长。

队长和很多人都欢迎他，还拍手掌。他微微觉得有点头晕，但还是挺高兴的，心里涌上股甜味。

“嗯！什么年纪啦?”队长很和气，但他有点慌张嗫嚅着。

“问俺年岁？俺二十七，属兔的！”

“叫什么名字？”

“俺！……俺叫个张二发！”

“唔！怎么写的？”

“……张字底下一个二字，二字底下一个发字吧！”

他大胆地说，但轰的一声，周围由哧哧的笑变大，队长也笑了，一个小鬼指他说“傻子”，队长给了小鬼一拳，小鬼也还了一拳，跑了，队长就笑骂起来：“娘的个屄！你个小汉奸！老子揍扁你！”

周围乱七八糟地闹了！骂小鬼的，笑的，学队长说那湖南腔“娘的个屄”的……只班长给队长说明：“他不识字的。”

一阵头晕和害羞仿佛过去了，二发高兴起来说：“俺可不识字，可是俺叫张二发，俺张家八十代就只俺姥姥发过财，买下三十亩洼地，姥姥说俺大了发财，像她一号号儿，就叫下个二发咧！”

“那你参加八路是来发财啦?”队长笑着，跟着所有的眼睛走近他。

“这会儿俺可不咧！”

“不？那你来干吗？”

“打鬼子！打汉奸！”他比着手势，想把这句话说好，却又引起周围大笑。

但他当了战士，当了一名游击队员，穿上军衣，肩上枪，他跟大队上操去。

早晨，太阳羞羞答答，阴现在东山后，河水开始解冻，小声地唱着流，队伍也唱着歌跑步，二发高兴极了。

“我们都是神枪手……”

“枪，在我们的肩膀……”

二发学唱歌了，歌里好多地方都说到枪，而他也挺喜欢枪，只要枪一放，就可以崩死鬼子汉奸，多痛快！

副班长就教他一个人练放枪，教他一个人上操，他很用心。可是上操对他有些不对劲，他常常操不好，一听到口令，他就心慌了。

“向右看齐！”

每个人的脚都窸窸窣窣地动，头也顺右望去，他觉得很有味，可是他动不好，不舒服。

“向左转！”

他马上死心眼地照着昨天副班长教的两个动作转去，却和右面那人的脸碰了个对面，一看，所有的脸都对着他，而哧哧的笑声起来了。

他又被叫出单独操，而他，更慌了，老操不好。

“枪上肩”，要用手拉紧枪上的皮带，把枪摔到肩上去，这可真难！他就不敢摔，一摔，就打到自己臂上，枪掉下来，枪差点儿碰坏了。

“为什么操不好呢？个狗肏的！”他很急，而那天打队长一拳的小鬼把舌头一伸，作个鬼脸，叫他“二百五，二百五”。叫完，跑了。

于是，在他急躁得很的时候，“二百五”的名字传开了，都叫，他摸不清这到底是什么意思。可是他一听就不好过，只好背地里吐一口，蹬着脚骂两句。

队长叫他去。

“张二发同志！我们想调换你的工作！”

他好像不知道队长在说什么，呆呆地站着，心里扑通扑通地跳。

“我们想叫你当炊事员。”

又是那个小鬼向他说了半天，他才清楚，但他几乎哭出来，歪着嘴，口水流着，他挤出一些话：

“队长！俺打鬼子咧！背枪打鬼子啦！做饭俺也干不来……俺在家，还只劈个柴、烧个火，做饭还尽俺媳妇做的……”

“好！那你就劈柴烧火吧！”

“不咧！俺……俺要背枪咧！学放枪……打鬼子咧！”

“你上操赶不上啦！呃，你看，你拿着枪还不会打，我们枪又少，以后新战士来多了，要给他们拿了，就可以冲啊……杀啊……你赶不上啦。”

队长半开着玩笑，逗他，作冲锋样子。

“对！杀啊！俺就杀汉奸鬼子咧！俺不咧！俺要……咧……”

没办法，还是侦察班长和队长说了，把他暂时留在侦察班学习。

他就住在侦察班，除了吃饭，学认几个字，便含着烟袋，靠门边，斜望前面河滩边上下操的场面出神，心里交换着高兴和不高兴。有时，就捉虱子，或者回到屋子里，难受地抽起一斗烟，听侦察班的同志们讲各人的遭遇，愣着个眼珠遍身发紧。

“妈的！二百五，看你个二百五的样子！”虎栓又打趣他。

“俺也学侦察吧，学会了就侦察去！”

“就捉虱子！”虎栓一说，都笑了。

“狗肏的！你才捉虱子！俺打鬼子！”

“二百五打鬼子！”另一个同志说了，大家却笑得更响。

“哎……哟……二百五打鬼子啊……啊啊……”虎栓又唱起来了，大家都笑弯了腰，虎栓自己更笑得倒在炕上，爬不起来。

二发开始也笑笑，后来却模模糊糊地，脸有些红，但又摸不清到底是为什么，就不搭理他们了，同班长扯起闲谈来。

“张二发同志！”班长问他：“你娶媳妇儿年了？”

“五六年吧。”谈到这个，二发就有些不好过，心里痛。

“妈的！五六年还没养个孩，二百五！你媳妇靠不住，找了外路。”又是虎栓说的。

“狗肏的，你才二百五！俺媳妇可挺好的！”

“挺好？妈的！偷人养汉，搭伙计！”

忽然二发闷着个头，叭地给了虎栓一拳。

“狗肏的！你才养汉！你才养汉！”

想不到，一拳就把虎栓打到炕上，这成天没精神、老是睡不醒的样子！

虎栓翻起身，抱住二发的头，尽打，二发却并不还手，因为打得太久了，才又给了一拳。

“妈的！劲儿可不小！看不出！”虎栓摸着被打的地方，很惊奇。

“难怪一顿吃那么多饭！”

“哼！替鬼子修路，人们一回抬一块石头，俺还背两块咧！”

笑声又乱响起来。

但一会儿，人们都又工作去了，只他没事。他抽抽烟，又难过起来，很久，才想到学习，就找着虎栓给他的笔。

学习也是个难事情，他认识的十几个字里，就只能写出个“八路军”的“八”字，他试着写“路”字，挺用心，手抓紧笔，但笔一转弯，就像在纸上滑冰样滑下去了，不听他，纸，破了个大洞。

“狗肏的！”

“笔，这一件儿……唉！还是枪好，可又……”他继着对于笔的愤愤，又悲哀地想到了枪，但是没办法，于是又抽起一袋烟，气了，不写了，可是一摸烟袋，烟像少了，这使他更愤愤，谁偷了烟呢？

班长走了进来！

“张二发同志！虎栓抓了你一把烟，他对我说过。”

班长没多说，他工作很忙，拿了件东西，就走了。

“班长！班长！”二发叫住了他半天，低着头，二发挤出了话：“班长！俺是来打鬼子的！俺要工作咧！要背枪呀！……”

班长不好回答他，已经是第四次了！仍旧是安慰一阵，班长也像很不好过，低着头走出去。

而他，沉在难受里，话也不说了，饭也不想吃，人家说他病了，班长叫他去瞧瞧病，队长来安慰他，他也不说什么。默默地，变得那样怪，就连最爱逗他的小鬼和虎栓，也不太高兴再打趣他，叫他“二百五”了。

可是他自己也说不清是为了什么。他，只在很多时候，想着要拿一杆枪，打鬼子去，他才会痛快，于是，有时他竟乱想着，记忆上听到过关于侦察班同志们的一些遭遇，要怎样怎样去得到一杆枪。而对于队长叫他暂时不当战士的道理，他模糊地觉得只是不肯给他一杆枪。

“俺就不能拿枪放枪吗？”他愤愤地想着，继着又平静地想着怎样去搞一杆枪才好。于是，像我们在打日本里很多奇异神话一样，他终于有了一杆枪。

这天，有一个平静的早晨。

村子里很清冷，太阳没出来，滹沱河又奏着阴凄的旋律流去，村里没见了游击队员，几条狗也感到寂寞，懒懒地低下头。

吃过早饭，二发才知道队伍在黑夜出发打鬼子了，只留下几个病号，几个侦察员。

他望着山，想起啪啪的枪声，鬼子就打死了！到底是怎么回事儿？

他难受。

他要是战士，要是背了枪，这会儿不正在打鬼子，杀汉奸？可是……

越想，越难受，他找着了班长，忽然，他像要参加队伍时同班长说话的神气，他说话了。他在数日来默默的波浪里翻起了暴风潮，他干脆地喊道："班长！俺是来打鬼子打汉奸的！俺要工作！"

他那眯眼睁开了！眼膜上的几线红丝像要冒出一股眼泪，又像要射出火花。

班长没说话。

"你派俺工作吧！你就派俺侦察吧！俺……俺吃饭也不沾！"

班长在和虎栓商量什么，而班长觉得没有办法，"对于这么一个人……"他想，他终于勉强地下了决心……

二发被允许翻过对面山头，侦察。

班长叮嘱着地形敌情，重复到十遍，他被逼着，复诵了，就急忙换过便衣，奔过滹沱河。

"张二发同志！记着，问不到消息不吃惊！黑夜一准要早回来咧！"

"可记住咧！"他奔上半山了！

班长总放心不下。不时跑出门望望，虎栓安慰他："不吃惊！那村鬼子少，不管用，要不回来俺找去。"

但二发没有回来，下午，黑夜……怎么的？班长直走来走去。

二发也是走来走去的，他翻过山，第一个村子问不到消息，他上前面去！他也学会了，尽爬山，不走大道，听见人声，就藏起，仿佛真像那些侦察的同志们在进行紧急的刺探。

翻山，翻了十来里，到了离敌人只五里的村子，歇了歇，很巧妙地问到了前村只住鬼子三十多，常有一两个出来寻吃喝。

他又上了山，他差不多爬到住敌人的村旁山坡上。可是，他得不到什么，他懒懒地跑回五里，进下午歇脚的店去歇歇。

店伙拖住了他："里面有个鬼子在喝酒！"

他着慌了！抖地一惊，他……

但他进去了！他看见了喝醉的鬼子，他听见鬼子乱七八糟的咕哝。

鬼子叫他烫酒，他照办了，他靠近鬼子，坐在炕边，鬼子吃的肉菜，使他惊奇得几乎张开了嘴。但他被呢军服和马靴吸了去。他尽摆弄，还问。鬼子喷着酒气，又不停地喝，支吾着没有理他。

他猛地被枪吸了去，那枪放光，比他背过的还短一点，好看。

他拿了，但鬼子又拿过去了。

"枪！不拿……杀支那人的！啪！就响了！"鬼子用手指虚扣着扳机，作着发放。二发给他倒了一杯酒，鬼子就放下了枪，端起酒杯。

猛的，那么快！二发拿起了枪，也扣着扳机，对准鬼子："不准动，动就崩你！"

鬼子的酒杯掉下来了！二发大声叫喊，几个店伙跑进来。

"俺是八路军的！喂！给俺绑起！"店伙服从了，二发更感到八路军的光荣，对着发抖的醉鬼和惊愕的店伙，重复着："俺是八路军！"

这八路军牵着绳像牵条牛，走上山。

天很黑，山路崎岖陡峭，二发拖着踉踉跄跄的醉鬼飞快地奔。

翻过山了，二发大声叫着，把醉鬼拖过滹沱河……

家里，正开着昨夜胜利祝捷的大会。于是祝捷移向了二发，掌声摇晃着他，他头晕了，像被举起来。而"二百五"的名字到处夹笑声被叫着。

“俺二百五，就打这个鬼子!”站在台上，二发说了这么一句话，就一拳打在醉鬼的背上。闹声又把他举起来，他笑了。

虎栓跑来紧紧抱住他，班长紧紧地握住他的手……

而他，同过去游击队打过胜仗后，从敌据点拯救出来的二十多个人，天天背着自己的枪，在新兵排长——原来的侦察班长的口令声里，学打鬼子的本事。

一九四〇年九月二十八日于文协

（摘自1941年晋察冀中央局第78号卷，第4号文件）

“卖布的”区长

夜漆黑漆黑的，对面看不见人，山和天也连成了一气。这个村子没有灯光，也没有人声，静得像被什么很重很重的东西压着，叫人喘不过气来。

这是离敌人据点很近的村子，表面支应敌人，暗里却坚决抗日，这叫“抗日两面村庄”。

这天，抗日的区长在这村工作了多半天，累得不行，早就睡着了。村武委会主任和区长同睡在一条炕上，他还没睡着，还在迷迷糊糊地想着一些事情。

区长布置的新工作，要怎么坚决完成呢？还有，区长单独交给他个人的特别任务，又怎么下手作呢？武委会主任就在想着这些事。好在他也挺累，越想越乱，想着想着，到底也快要睡着了。

大门轻轻响了两下，咕咚咕咚的，狗在顶门，又把他叫醒了！他翻了个身，随口骂了两句什么，就又想起了事情……

“咕咚咕咚！”狗又顶着门响了！声音虽说很轻，但在静静的夜里，他又有心事，可真讨厌！不禁暗里骂道：“他妈的死狗！”

“死狗”又顶门了！还是咕咚咕咚的。

又顶了！

“咕咚咕咚！”又……唏，还听得两下拍门声！

他赶紧一愣，心跳了，耳朵尖了！不错，又拍了一下！他把被子一掀，披上衣服，一骨碌，轻轻走出去。

冷风吹得他浑身发抖。

他轻轻趴在门缝边往外看，什么也看不见，只是一片黑，忽然，又推门了，他差点被门撞得摔一跤！推门的是在大门底下哩！他不觉急急地悄声问道：“谁？”

“我！别……别声张……”

开了门，露出一道门缝，外面的人钻了进来，是周三。

“区……区长呢？快……”

周三牙齿碰响着，全身哆嗦，直往屋里跑。武委会主任跟着他，慌忙问道：“怎……怎么回……回子事……”

“区长！起……快起！”周三使劲推着区长。

“到底是……”

“鬼子包围村子啦！”

“啊？”武委会主任和区长都跳起来了！“你怎么……岗呢？”

“我起来解手发觉的。岗？谁知道……呃，快快！”周三又催区长了：“跟我！我送你！”

“不用，我道儿熟。”区长往外走了。

“那……从西边那胡同道出村吧！没错。”

“区长，不送啦！”武委会主任说。

“不用。你们拾掇吧，别叫看出什么动静来。”

区长跳围墙走了。

这边武委会主任发现周三光穿了一件小褂，而且一身泥水，才赶紧拿起一条棉被给他披上，顺口骂道：“真他妈狗皮！也不怕冷？”

周三给这一提，突然浑身一抖，打冷颤，忙把棉被裹紧身子，牙齿又咯咯碰响了。歇了会儿子，他才摇了摇脑袋：“哎呀真危险！差点没……”

武委会主任也安静了些，这才问道：“鬼子来了多少？”

“那谁可知道！”周三刚想到自己碰见的紧张事，就瞅着主任悄悄说道：“我一发觉鬼子，就想到区长，解手也没解完，就贴着墙根往过溜。”

主任没搭理他，一边收拾屋子，一边却想起岗哨上又出了毛病，难受得不行，于是又记起区长叫他组织秘密游击小组的任务和办法，记起秘密领武器去的事情。周三却在他肩上猛拍了一巴掌，声音沉得差点把主任吓坏：“狗日的！没走到十几步，鬼子，鬼子就冲着我奔过来……”

“啊？”主任嘴也合不拢了：“叫鬼子看见了？”

“看见了个球！”周三松了劲，瞧不起鬼子似的：“老子早跳进路边水沟里了！鬼子走了，我就爬过这儿来了，可真……像落汤鸡一样！推门吧，你又紧着不搭理！叫也不敢叫！真把人急的！”

“没把你冻死，就不赖哩！”主任收拾好了家具，望着周三那身泥水，笑道：“机灵鬼，看明个怎么对付啊！想想吧！”

“那还不……怎来就怎对付呗！闹啦多少回，事先还想得出个道理的？”

“嗨，咱们就是太大意了哩！周三我看你就最大意不过，你有点太平观念！这不岗哨又出了毛病？我说咱们都该检讨检讨。”

“检讨不检讨吧，反正，我看区长走出二里地了吧！”

主任满肚子心事，点了点头。周三换开了衣服。

区长并没有跑出去。大家都太大意了！区长刚走出村不远，从庄稼地里钻出来几个鬼子，把他绑了。

鬼子们安排了一大套花样，天刚亮，就把他们的“俘虏”带到村南广场上。

全村人也都被赶到南广场上。人们的外面，围上了一层明晃晃的刺刀。

天气挺阴冷，太阳也没有出来的样子，大灰云块一层层地压在人们头顶上，谁也喘不过气来；只有些被鬼子刚从被窝里拉出来的人们，光穿了件小褂，冻得直哆嗦着。

伪翻译官的眼光在人们脸上溜来溜去，像要找毛病。忽然，他噘了噘胡子，肉脑袋点了点，冲着人们嚷：“喂！谁是你们的区长？说呀！”

谁也没话。人们偷偷地互相看看，都想着看看区长啊，却谁也没有；大家，心眼里都像被刺刀刮着。

伪翻译官眼珠子又转溜了一周，更厉声地问："他是谁?"说话间，鞭子像下雨一样往区长身上落。

区长一动也没动。

武委会主任心眼里一阵酸疼，眼泪直往肚里流。他想冲出去，却马上想到他的好多新任务新工作，他思谋起来了。

这工夫，周三从人群里钻出来，信口说道："翻译官！他是卖布的布贩子，别打他!"

场里老百姓一下都醒转来了一样，跟着也陆续喊道："他是卖布的!"

伪翻译官从大衣口袋里猛掏出支手枪，逼住周三："卖布的？嘿嘿，这是什么？说!"

周三愣了愣，猛想起区长的文件是给坚壁了，可这枪……呸！枪还能坚壁？

"这……"他有点心慌，不觉挨了一鞭子。可他也没动，向伪翻译官指着手枪，沉住气笑道："您老真是！看这枪，机头跟扳机都坏了的，他要是个区长，还会带这么个破枪?"

人们附和着周三的话，嚷说开了，伪翻译官却又抽了周三一鞭子："这是抓他的时候，他趁人不备砸坏的！这枪还坏？哈哈，你真会说。周三！想不到往日你招呼咱们那么到实，今儿个招呼八路军也那么到实!"

周三扭过头看看区长，脸上铁青的："他可真是卖布的，别不知道。"

"好!"伪翻译官脸一板，冷不防一脚把周三踢老远，又对准他，把右手食指扳动了一下；周三随着枪声倒下去，鲜血从肩膀头上直往外冒。

泪水在人们眼里溜转，场上静得怕人……

“谁还愿意像他这样，就别说实话！”伪翻译官打鼻子眼里冷笑着，逼到了一个老头子跟前。

老头子泪水扑簌扑簌一股股流着，腿有点发软，他对伪翻译官说：“你要我说什么呢？我死……死……死吧，他……他也是个卖布的……”

于是枪又举起了！老头子闭上了眼睛……

被绑的区长突然从两个鬼子手中挣脱，冲到伪翻译官面前，一脚把枪踢开，喊着：“不要打他！我是抗日的区长，跟他们不相干。要打打我！”

区长坚决地喊着，喊声里却也有些发抖，眼圈上也冒出泪花了。

伪翻译官气了，抱着受伤的手腕，跳起脚喊：“把男人们通通带走！”

场里人们突然像一股大水冲下来了！大家拥着挤着，年轻的女人、老太太、小孩子，都嚷成了一片：

“把我们也带去！”

“把我们也……”

人们推着叫着，武委会主任挤到前边领着人们闹着。嚷闹叫喊声震荡起来，阴沉的灰云块块像受了惊动，都往四外跑开，太阳也像要从白花花的天上冲出来一样。

区长在城里得到酒肉招待。但区长没领情，每回都把碗盘摔掉；送饭的人也被骂得再不敢送饭去了。

这个区的全区人民，自此以后，都互相坚持着，道说着区长是个卖布的，问谁谁都这么说。全区人民，并且暗暗地想办法给卖布的送饭去，卖布的自此才吃了点东西。

区长被抓的那个村，老百姓倒一个不短，都回去了，他们并且暗里给周三开了个追悼会。那村，就是那武委会主任，从那以后，工作上警惕得多了，而且他还干上了游击组，大年下，他们联合了五个村的游击组，去扰乱了一回县城。

大伙儿都在想办法救卖布的哩！卖布的这会儿还被关在城里。

一个老汉告诉了我这个故事。

这老汉就是“卖布的”那个区里的，那是晋察冀边区山西平定县第三区，事情发生在1941年腊月。我前几天就知道了这个区长。老汉告给我的经历我不知道，却知道这个区长没说一句话，只临死前高喊着：“打倒日本帝国主义！”“中华民族解放万岁！”“中国共产党万岁！”坚决地倒在日本鬼子的枪口下。

好几回，我要告诉这个老汉，说“卖布的”区长死了，英勇牺牲了。但是，我心跳得厉害！我望着这个白胡子，望着他讲完故事以后，对于“卖布的”一线明亮的希望，我不敢告诉他。

……忽然，我不知道一股什么残忍劲儿，我终于告诉了这个白胡子老汉。

老汉干枯的眼泪大把大把地滚下来了！可是，他没有哭，他笑着，紧紧地抓住我的胳膊，哆嗦着对我说话：“啊！同志，你……你姓什么？你……你在哪一部分工作？啊？你到我家吃饭去，去！一准要去……我，我们往后就熟快了！呃，你……同志你别看我老啊！我可，可见过好多好多像……像区长那样的，都……都是年轻力壮呀！共产党员呀！咱区长才……才二十三岁……呀，好多好多……坚决！勇敢！呃，我……”

老汉的眼泪还在流，白胡子也还在笑，把我直往他家里拖。

一九四二年一月于河北平山张家庄

我的两家房东

明天，我要从下庄搬到上庄去。今天去上庄看房子，分配给我的那间靠上庄村西大道，房东老头子叫陈永年。回到下庄，旧房东拴柱问了问我房子的情形，他就说明天要送我去。

我没有答应他："我行李不多！你们干部，挺忙，冬学又刚开头，别误了你的工作！"

他也没有答应我，他说："五几里地嘛！明儿我赶集去，又顺道。冬学动员得也不差甚了，不碍事。"

第二天，我到底拗不过拴柱的一片心。他把我的行李放在他牲口上，吆着驴，我们就顺着河槽走了。

这天，是个初冬好天气，日头挺暖和，河槽里结了一层薄冰的小河，有些地方冰化了，河水轻轻流着，声音像敲小铜锣。道上，赶集去的人不多不少，他们都赶到前面去了，我跟拴柱走得很慢，边走边谈，拴柱连牲口也不管了。他那小毛驴也很懂事，在我们前面慢慢走着，有时候停下来，伸着鼻子嗅嗅路上别的牲口拉的粪蛋蛋，或者把嘴伸向地边，啃一两根枯草，并且有时候它还侧过身子朝我们望望，仿佛是等我们似的。等到拴柱吆喝一声，它才急颠颠地快走几步，然后又很老实地慢慢走了。

拴柱跟着我谈得最多的，是他的学习。他说，我搬了家，他实在不乐意哩！

"往后，学习可是没法闹腾啦！再往那儿寻找你这样的先生啊？"

"学习，主要的还是靠自己个嘛！再说，这会儿你也不赖了，能自己个琢磨了！"

于是，他又说，往后他还要短不了上我那里去，叫别忘了他，还得像以前那工夫一样教他。并且他又说开了，于今他看《晋察冀日报》还看不下，就去嘱托我："可别忘了啊老康！买个小字典……呃，给记着呀！"

"可不会忘。"

"唉！要有个字典，多好啊！"他自己个感叹起来，并且拍了拍我的肩膀，停下来望了我一眼。他们这一湾子青年们，也不知道什么时候从区青救会主任那里见到过一本袖珍小字典，又经过区青救会主任的解说，往后就差不多逢是学习积极分子，一谈起识字学习什么的，就都希望着买个字典。可是，敌人封锁了我们，我为他们到处打听过，怎么也买不到，连好多机关里也找不到一本旧的。和我一个机关工作的同志，倒都有过字典，却不是早就送给了农村出身的干部，便是反"扫荡"中弄丢了……

走在我们前面的小毛驴，迎面碰上了一条叫驴，它两个想要靠近亲密一下，就不三不四地挤碰起来。那个叫驴被主人往旁边拉开，就伸着脖子"喔喔……"嗥叫。拴柱跑上去拉开牲口，我们又往前走。好大一会儿我们都没说什么。

忽然，拴柱独自个哧哧笑了声，脸往我肩膀头上靠了靠，眯着眼问我："老康，你真的还没有对象吗？"

"我……我……我什么时候骗过你？"我领会了他的话，不自觉的脸上一阵热，就很快地说："我琢磨你可准有了吧？"

"没，没，可没哩！"他的脸唰地红了，忙向旁边避开我，低下脑瓜子笑了笑，就机灵地吆喝他那牲口去了。这时候我才忽然注意上他，原来他今天穿了新棉袄，破棉袄脱下了，换了条夹裤，小腿上整整齐齐绑了裹腿，百团大战时他配合队伍上前线得的一根皮带也系在腰上，头上还包了块新的白毛巾。没有什么大事，他怎么打扮起来了啊？他比我还大一岁，今年二十二了哩！照乡村的习惯，也该着是娶媳妇的年岁了啊！莫非他真有个什么对象，今个要去约会吗？我胡乱地闪出这么些想法，就跑上去抓住他的肩膀："拴柱，你可是准有了对象吧？可不能骗……"

"没，没，可没哩！"他脸上血红，忙把手上的鞭子啪地击打了一下，牲口跑走了，他才支支吾吾地说："快……快……呃，眼看到啦，紧走两步吧！"

真个，不大会儿，进上庄村了，我就忙着收拾着房子。我从陈永年家院里出来，上牲口上取行李的时候，不知道为什么，拴柱忽然那么忸忸怩怩：他又要给我把行李扛进去，又不动手，等我动手的时候，他却又挤上来帮我扛；他好像琢磨着是不是要进这个院子似的，还往院里偷望了两眼，最后倒还是帮我把行李扛进去了。

房东老太太嚷着："来了吗？"就颠着小脚进了屋子，手里拿着把笤帚，一骨碌爬上炕，跪着给我扫炕。房东小孩靠门边怯生生地往屋里望了两眼，一下子就发现了我挎包上拴着的大红洋瓷茶缸，就跳进来，望我一眼，我一笑，他就大胆地摸弄那茶缸去了。我跟拴柱都抽起了一锅旱烟，只见拴柱好像周身不灵活不舒展了，把刚抽了两口的烟拍掉，一会儿又取下头巾擦擦汗，一会儿叫我一声，却又没话。我无意地回眼一望，才发觉门口站了两个青年妇女。

那靠门外站的一个，是我昨天见了的，见我望她就低了头扯扯衣角，对我轻声说了句："搬来了呀？"靠门里的一个，年岁大些，望我笑笑，还纳着她的鞋底。

我又望望拴柱，他把头巾往肩上一搭，说："我……我走……"

"你送他来的吗？"

我还没开口哩，却有谁问拴柱了，是靠门外站着的那个妇女。这会儿，她把门里的那个往里挤了挤，也靠进门里来了。

"我……我赶集去，顺道给同志把行李捎来的！"

"你们认识吗?"他两个谁也没回答我，都笑了笑，拴柱又取下毛巾擦汗。

那个小孩这会儿才转过身来说："他是下庄青救会主任，我知道，姐姐你说是不?"

"是就是呗!"那个纳底子的妇女随便道说了一句。

老太太扫炕扫完了，翻身下地，拍打着自己的上衣，跟我聊了两句，就问开拴柱："你是下庄的吗?下庄哪一家呀?是你送这位同志来的吗?……"

"人家是下庄大干部哩!青救会主任，又是青抗先队长!"门口那个年轻妇女，代替拴柱回答她娘。她扬起脸来，却又望着院子里说："娘，集上捎什么不?"

"你爹才去了嘛，又捎什么?"

"人家也赶集去呀!"

"对，我……我得走了……"

拴柱说着，猛转过头朝那年轻妇女闪的一下偷望过去，就支支吾吾走了。当他到房门口的时候，我看见那个年轻妇女脸一阵红，脑瓜子低得靠近了胸脯。我也看见拴柱走到院子里，又回头望一眼，而那个年轻妇女，也好像偷偷地地斜溜过眼珠子去，朝拴柱望了望，纳底子的妇女这才愣了身旁那个一眼，就推着她走了。

人们都走了，我慢慢地摆设开我的行李和办公用具。连个桌子也没有啊，只小孩给我搬来了个炕桌。不一会儿，老太太抓了把干得挺硬挺硬的脆枣叫我吃，一边又跟我拉开了话。

趁这个机会，我知道了，这家房东五口人，老头子五十岁，老太太比她丈夫大三岁，小孩叫金锁，那两个妇女是姊妹俩，妹妹叫金凤。老太婆头发灰白了，个子却比较高大，脸上也不瘦，黄黄的脸皮里面还透点红，像是个精神好、手脚利落、能说会道的持家干才。小孩十三岁，见了我的文具、洗漱用具、大衣等等，都觉得新奇，并且竟敢大胆地拿我的牙刷就往嘴里放。他娘拿眼瞪他，他也不管，又拿起我的一瓶牙膏，嚷着就往外跑去了：“姐姐，姐姐！看……看这物件儿……”

下午，我开会回来，拿了张报纸，坐在门槛上面看。我住的是东房，西屋是牲口圈，北屋台阶上面，那两个妇女都在做针线活。妹妹金凤，看样子挺多不过二十挂零，细长个子四方脸，眼珠子黄里带黑，不是那乌油油放光的，转动起来，却也忽闪忽闪地有神。可惜这山沟，人家穷，也轻易见不给个洋布、花布的，她也跟别的妇女一样，黑布袄裤，裤子还是补了好几块的，浑身上下倒是挺干净。这会儿她还正在补着条小棉裤，想是她弟弟的吧！她姐姐看来却像平三十子年岁了，圆脸倒也有白有红，可就是眼角边，额头上皱纹不少，棉裤裤筒口还用带子绑起来了，一个十足的中年妇女模样。她还在纳她的底子。我看看报，又好奇地偷望望她们，好几次都发现金凤也好像在偷望着我。我觉得浑身不舒展，就进屋了。

晚饭后，我忙着把我们机关每个同志的房子都看了看，又领了些零碎家什，回到家来，天老晚了。我点上灯，打算休息一会儿。那时节，我们还点的煤油灯，是这吸引了房东的注意吧！老太太领着金锁进来了，大闺女还是靠门纳底子，金凤却端了个碗，里面盛了两块黄米枣糕，放到炕桌上，叫我吃，一面就翻看煤油灰下面我写的字。我正慌忙着，老头子也连连点着头，嘻嘻哈哈笑进来，用旱烟锅指点着枣糕说：“吃……吃吧同志，没个好物件！就这上下三五十里，唯独咱村有枣，吃个稀罕，嘿嘿！”

我推托了半天，就问老头：“赶集才回来吗？买了些什么物件？”

“回来工夫不大！呃，今……今个粜了几升子黄米，买了点子布。”

"同志！说起来可是……一家子，三几年没穿个新呀，这会儿才买点布，盘算着缝个被子，鞋面啦，袜子啦，谁们衣裳该换的换点，该补的补点。唉！这光景可是格浅着哩！"

老头子蹲在炕沿下面，催我吃糕，又打火镰吸烟，一边接着老太太的话往下说："今年个算不赖哩！头秋里不是什么民主运动嘛，换了个好村长，农会里也顶事了，我租子才算是真个二五减了！欠租嘛也不要了！这才多捞上两颗。"

"多捞上两颗吧，也是个不抵！"老太太嘴一挠，眼睛斜愣了丈夫一眼，对我说："这一家子，就靠这老的受嘛！人没人手没手的，净一把子坐着吃的！"

"明年个我就下地！"金凤抢着说了句。

金锁也爬在他娘怀里说了："娘，我也拾粪割柴火，行吧？娘！"

"行！只怕你没那个本事！"

"只要一家子齐心干，光景总会好过的！"

我说了这么一句，就吃了块糕。金锁问他爹要铅笔去了，金凤忙从口袋里掏出根红杆铅笔来，晃了晃："金锁，看这！"

姐弟俩抢开了铅笔，老太太就驾开了他们。门口靠着的妇女嚷着，叫别误了我工作，老头子才站起来："锁儿！你也有一根嘛，在你娘那针线盘里，不用抢啦！"锁儿跑去拿铅笔去了，人们也就慢慢地一个个出去。金凤走在最后，她掏出个白报纸订的新本本，叫我给写上名字，还说叫我往后有工夫教她识字，这么说了半天才走。我走到屋门口，望望回到了北屋的这一家子，觉得我又碰上了一家好房东，心眼里高兴了。实在说：下庄拴柱那房东，我也有点舍不得离开哩！

往后的日子，我又跟在下庄一样，白天紧张地工作，谁也不来打扰；黑夜，金凤金锁就短不了三天两头地来问个字，就着我的灯写个字的。我又跟这村冬学担任政治课，我跟这村人就慢慢熟识了，有的时候，金凤还领着些别的妇女来问我的字了，她并且对我说："老康同志，你可得多费心教我们哟！要像你在下庄教……教……教拴柱他们一样！"

"你怎么知道我在下庄教拴柱他们？"

"我怎么知不道呀？"

另外两个妇女，不知道咬着耳朵叨叨了两句什么，大家就叽叽喳喳笑开来。金凤扭着她们就打就闹，还骂着："死鬼！死鬼！"扭扭扯扯地出去了。

拴柱往后也短不了来。有一回，他来的时候，陈永年老头子出去了，老太太领着金锁赶着牲口推碾子去了。他还是皮带裹腿好装扮，随便跟我谈了谈，问了几个字，就掏出他记的日记给我看。那也是一个白报纸订的新本本，我仿佛在哪里见过这本本似的。我一面看，一面说，一面改，并且赞叹他的进步。这工夫，房东姐妹俩又进来了，而拴拄又好像满身长了疯疙瘩，周身不舒展起来。

今天，姐姐在做布袜子，她靠炕边的大红柜立着，还跟往日一样，不言不语，低头做活。金凤是给他爹做棉鞋帮，她却嘻嘻笑着，走近炕桌边，看拴柱的日记："这是你写的吗拴柱？"

"可不！"

"写了这么半本本了呀！"

拴拄好像不乐意叫金凤看他的日记，想用手捂着，又拗不过我硬叫金凤看。拴柱只好用巴掌抹了一脸，离开炕边，在屋子里走来走去。

我对金凤说："人家拴柱文化可比你高哩！"

"人家大干部嘛！"

"不用说啦，不用说啦。"拴柱把他的日记抢走，就问金凤："你学习怎么样啦？也应该把你的本本给我看看吧！”

“不用说了！我这会儿一天跟老康学三个字，怕赶不上你？”

“拴柱，我说你怎么也知道她也有个本本啊？”

我这么一问，拴柱脸血红了，就赶忙说开了别的事，就往外走，金凤追了上去：“拴柱！你回去问问你村妇救会……”

下面的话，听不清，只仿佛他们在院子里还叽咕了半天。金凤她姐望了我一眼，又望了望院子外面，忽然不出声地叹息一声，也往外走。

“我说，你怎么也不识个字？”我无意地问了问金凤她姐，她又叹息了一声：“唉！见天愁楚得不行，没那个心思！……人也老啦！”

她对我笑了笑，就走了。这个女人有什么愁楚心事啊？她那笑，就好像是说不尽的辛酸似的……说她老吗？我搬来以后，还见到过很多回，她和她妹子，和村里青年妇女们一道，说笑开了的时候，她也是好打好闹的，不过像二十五六子年岁呀！她……她很像个妇人了，她出嫁了吗？

那时节，是民国二十九年，晋察冀边区刚刚在这年进行了民主大选举，八路军又来了个百团大战，出击敌人，中国共产党晋察冀分局，还在这年八月十三，公布了对边区的施政纲领二十条。冬学的政治课，就开始给老百姓讲解这《双十纲领》了。边区老百姓是多么关心这个纲领的！我每回讲完了一条纲领以后，第二天或者第三天晚上，金凤就要跑到我这里来，叫我再把讲过的一条给她讲一遍。她爹也每回来听，老太太金锁也短不了来，连对学习是那么冷淡的那个房东大闺女，偶尔也来听听。他们一边听有时还提出许多问题来，讲到深夜，他们似乎也不困。有时候金锁听着听着，就爬在娘怀里睡着了；有时候他又会站在炕上，抱着我的脖子，一连问我：“共产党是怎么个模样啊？你见过共产党吗？怎么共产党就这么好啊？……”逢当这时候，坐在我对面的金凤，就要瞪着眼横她弟弟，直到老太太把金锁拉走了，她才又静静地望着我，眼珠子忽闪忽闪地转着，听半天，又爬在炕桌上，在她的小本本上记个什么……

这是个平静的家庭。冬闲时节，女人们做针线，老头喂喂猪、闹闹粪，小孩也短不了跟爹去坡里割把柴火，老太太就是做饭、推碾、喂鸡。边区民主好天地，他家租的地又减了租，实在说：光景也不赖啊！一个月里面，他们也吃了三两顿子白面哩！

可是，凭我的心眼琢磨，这个家庭好像还有点什么问题：一家子好像还吵过几回嘴，只是他们并没有大嚷大闹。而且又都是在屋子里嚷说的，我怎么也闹不清底细。我问过他家每一个人，大家却都不说什么，只金锁说了句："姐姐的事呗！"

"姐姐的什么事？"

"俺不知道！"

有一回，我又听见他们吵了半天，忽然老头子跑到院子里嚷起来了，我忙跑了出去，只见陈永年对着他家北屋，跳着脚，溅着唾沫星子直嚷："我……我不管你们的事！你们……你们拿主意吧！我不白操这份心！"

说着，他就气冲冲地往外走去，我问他，他也没理。北屋里干什么呢？谁抽抽搐搐不舒展啊？我问金锁，他说是他大姐啼哭啦！我不好再问，只得回到屋子里发闷。

不过，他家一会儿也没了什么，好了，又回复平常的日子，我也就不再发急了。

这一天，晌午我给妇女冬学讲了《双十纲领》，晚上房东们早早地就都来了。我还有工作哩！我说明儿讲行吗？大闺女却忽然跟平常不同，笑着说了话："就今个吧！你讲了俺们就……"

"讲吧，老康同志！"金凤也催我，我只好讲。一看，老头子没来，我问了问他是不是要听，人们都说不用管他啦，我就讲开了。

今天讲的是《双十纲领》第十四条。我隔三四天讲一条，讲的日子也不短了！这会儿已经是腊月初，数九天气，这山沟里冷起来了，今早上飞了些雪片，后来日头也一直没出来，我觉得浑身凉浸浸的。我把炕桌推开，叫他们一家子都上炕围着木炭炉坐着。房东的大闺女把手里的活计放在大红柜上，却不上炕，坐在炕沿边，低头静听。老太太的眼一直没离开我，我说几句，她就“呵，呵”念叨着。金凤却有好多问题。今天我讲的是关于妇女问题的一条，妇女社会的地位啦、婚姻啦、童养媳啦、离婚结婚啦……金凤就一个劲问：“怎么个才是童养媳啊？为什么男二十女十八才叫结婚啊……”她姐姐也不时抬起头来，偷偷地望我。

外面忽然刮起一阵大风，呜呜地绞着，没关得严实的房门，突地被刮开了，炕桌上的煤油灯火苗也晃了两下，在我大衣里面睡着了的金锁，往我身边更紧地挤了挤，迷糊地哼着，“娘，娘……”我的窗子外面，却好像有个什么老头子被风刮得闷咳了两声，我忙问是谁，金凤也突然叫了声“爹”，却没人答应。房东大闺女关了门，我又说开了。

今天说的时间特别长，金凤的问题也特别多。她们走了，我实在累了，却不得不还开了个夜车，完成了工作。

第二天，我起得很晚。胡乱吃了点饭，出去开了个会回来，房东家已经做午饭了。房东大闺女在北屋外面锅台边拉风箱，屋子里，老太太好像又跟谁在嘀咕什么。只听见大闺女忽然把风箱把手一推，停下来，对屋里嚷：“娘！你那脑筋甭那么磨化不开呀！眼看要憋死了我的，又还要把金凤往死里送吗……你，你也看看这世道！”

屋里说了些什么，我没听见。我这两天工作忙了一些，也没心思留心他们的事了。

我们机关里整整开了三天干部会。会完了，我松了口气，吃过早饭，趁天气好，约了几个同志，去村南球场上打球。就在那道口上，忽然看见陈永年老头子骑着牲口往南去。

我好像觉着这几天他心眼里老不痛快似的，而且差不多好几天没跟他说话了，这会儿就走上去问了问他："上哪去？"

"嘿嘿，看望个亲戚！"

他那模样，还是不怎么舒展。到底是怎么回事啊！我打了会儿子球，回到家里，刚进院，房东大闺女就望着我笑，金凤忙扯她姐姐的衣角，打她姐姐。他姐姐却老是对我笑，我也不自觉地笑起来，问是怎么回事，金凤却低着头跑进屋里去了。金锁问我："你们这几天吃什么饭啊？"他大姐也问我："明了你们不吃好的吗？"我说："这几天尽吃小米！"到底是怎么回事？为什么又问这？我还是不知道。房东大闺女这几天不同得多，老是诡诡谲谲地对我笑，而金凤却是见了我就低着头紧着溜走了。一句话也不说，也不问字了，也不学习了，连冬学上课的时候，我望她一眼，她就脸红，这才是个闷葫芦！

第二天，我见金凤捉了只草鸡在杀，又见她家蒸白面馒头，这出了什么事？而且，这一天金凤更是见了我就红着脸跑了，她姐姐还是望着我笑。我憋闷得实在透不过气来。下午，老太太忽然拖我上她家吃饭去。我骇得拼命推辞，她却硬拖，金锁也帮她拖。

我说："那么着，我要受批评哟！"

"批评！你挨揍也得去！特地为你的，有个正经事哩！"

我红着脸，满肚子憋闷，上了北屋。屋里，炕桌擦得净净的，筷子摆好了，还放了酒杯。金锁提了壶热酒进来，老太太就给我满酒。我胡乱的话也说不出，却忽然听到窗子外面锅台旁边两个女人细声地争吵起来了："你端嘛！""我不！""你不端拉倒！又不是我的事情！'哧哧哧'……"一阵不出声的笑，像是金凤她姐。又听见像金凤的声音："我求求你！""求我干什么？求人家吧！'咘咘咘'……""个死鬼！"于是金凤脑瓜子低得快靠近胸脯，端了一盆菜和馒头进来了。她拼命把脸背转向我，放下盆，脸血红地就跑了，只听见外面又细声地吵了起来。

老太太硬逼着我喝了杯酒，吃了个鸡爪子，才把金锁嚷出去对我说开了话："那黑家你不是说过么老康，这会儿，什么样妇女们寻婆家，也兴自个出主意？两口子闹不好，也兴休了……呃，你看我又忘了，是……是兴离婚吗？唉！就为的这么个事！你……老康，你不知道我是好命苦哟！"

老太太隔炕桌坐在我对面，上半身伸向我，说不两句，就紧扯衣角擦眼睛。刚擦完，我见她的眼泪却扑籁扑籁往出涌，她狠狠地闭了下眼睛，就更俯身向我说："俺那大闺女，十六上给了人家，到如今八年啦！她丈夫比她大十岁，从过门那工夫起，公婆治得她没日没夜地受，事变啦，还是个打她哩！饭也不叫吃！唉……不用说她整天愁楚的不行，我也是说起来就心眼痛哩！闺女，闺女也是我的肉啊！"

老太太又啼哭得说不下去了。

我却惊奇起来：那个女人还只有二十四岁！我问了："她什么工夫回来的？"

"打年上秋里就回了，不去了，婆家年上来接过一回，往后就音信全无，听说她男人还……唉，还瞒着人闹了个坏女人哩！可怎么会想到她？她也发誓不回啦！婆家又在敌区的！"

"那就离婚呗！条件可是不差甚呀！"

我心眼早被这些情由和老太太的啼哭闹得发急的不行，老太太却又说："老康！不，先说二闺女吧！大闺女闹下个这，二闺女差不大点也要闹下个这？金凤嘛，今年个十九啰，十四上就许给人家了呀！男的比她大七岁，听说这会儿不进步，头秋里闹选举那工夫，还被人们斗争来哩！那人嘛我也见过，呃……你，你吃吧老康！”

她又给我满上酒，还夹了一块鸡肉：“人没人相没相的，不务庄稼活，也是好寻个人拉个胡话，吃吃喝喝，听说也胡闹坏女人哩！头九月里，也知不道他赶哪儿见着俺金凤一面，就催亲了，说是今年个冬里要人过门。金凤死不乐意，她姐姐也不赞这个成，俺就一个劲拖咿！拖到这会儿，男家说过年开春准要娶啦，你说老康，这，这可怎么着？唉，俺这命也是……”

“那可以退婚嘛！”

“你说怎么个？”

“不只是说定了吗？这会儿，金凤自己个不愿意，男的年岁又大那么些，要是男的真个不进步，那也兴退婚，也兴把这许给人家的约毁了呀！”

“那也兴吗？”

“可兴哩！”

老太太眼一睁，嘘了口白气，像放下块大石头似的，又忙叫我喝酒。我喝了两口，也松了松劲，朝门口望望，见门槛上坐的好像是老太太的大闺女，半扇门板挡了，看不怎么真。忽然，我又发现我背后的纸窗外面，好像有个影子在隔窗偷听，就忙回过头望，于是那个人影子赶紧避开了；我又回过来给老太太说话，却仿佛觉得窗外的影子又闪回来了。我想起了那天黑夜为什么我讲到离婚的时候，金凤她姐姐直愣愣地看着我，而《双十纲领》上是没有提到退婚这件事，我又忘了说，金凤那黑家直到走的时候，还似乎有个什么问题要开口问又没开口的……

“老康！俺家计议着就是个先跟金凤办了这事，回头再说俺大闺女的。那离婚，不是什么纲领上说兴的吗？自打那黑家，俺大闺女可高兴了哩，她那个，慢着点子吧！唉！那黑家，你看，你又没说金凤这也行的！闹得俺们家吵了一场！”

老太太抿着嘴，好像责备我，却又笑了。

“你想，结了婚还兴离，没结婚的就不兴退吗？”

“俺们这死脑筋嘛！唉……说是说吧，我可还是脑筋活化着点，俺老头子就是个不哩！这不是，争吵的他没法，他出门去打听金凤男家那人才去了哩！呃，等他回吧！”

“行！没问题！只要有条件，找村里、区里说说，就办了。”

院里，两个女人又叽叽喳喳吵闹开了。金锁进屋来，他娘抱他上炕吃饭，我就便下炕走了。我走到院里，金凤她姐姐拍着巴掌笑起来，我叫她们吃饭去，金凤脸血红地溜过我身边，就紧着跑进了北屋，她姐对我笑了笑，追着她妹子嚷：“哈，兴啦兴啦兴啦……”

往后，他们一家好像都高兴了些，只是陈永年老头子回家以后，还是不声不响，好几天没跟我说话。我只见他每天在街里，不是蹲在这个角落跟几个老人们讲说什么，就是蹲在那个角落跟村干部们讲说什么。不多日子以后，村干部们又跟我说过一回金凤的事，并且告诉我：金凤那男人着实不进步，还许有问题哩！又过了几天，我从村干部那里打听到：区里已经批准金凤解除婚约了。我回到家来，又问了问金凤他姐，她也原原本本地告给了我，她并且说：等开了春，她也要办离婚了哩！

想不到这么一件小事，也叫我高兴得不行，我并且也不顾金凤的害臊劲，却找她开玩笑了。这么一来，金凤变得一点也不害臊了，又是认字又是学习的，并且白天也短不了一个人就跑到我屋子里来，有时候是学习，有时候却随便来闹一闹。我觉得这不很好，又没恰当的话说，就支支吾吾地说过几句。这一来，金凤她姐就冲着我笑了：“哟！老康同志，你也害臊咧？”

“你是领导俺老百姓教育工作的呀！你也封建吗？”

我也不觉红了脸。好在这么一说，往后金凤白天也不来了，晚上来，也总是叫上她娘，她弟弟，或是她姐，或是别的妇女们同来，这倒是好了。

日子过得快，天下了两场雪，刮了两回风，旧历年节不觉就到了。这天上午，我正工作，忽然，拴柱跑来了。他大约有二十来天子没来过了吧！今天还是皮带裹腿打扮，脑袋上并且添了顶自己做的黑布棉军帽，手上，还提了个什么小包包。

"没啥物件，老康，这二十个鸡蛋给你过年吃！"

我真要骂他！又送什么东西啊！他把日记本本交给我看，一眼看见我炕桌上放了一本刚印好的秧歌舞剧本，就拿去了。

"哈！正说是没娱乐材料哩！这可好了！"

我工作正忙，就说今天没时间看他的日记，他说不吃紧，过两天他再来拿。房门外，是谁来了，拴柱就跟外面的人说开了话：是金凤！两个人细声细气地说什么啊？后来还同到我屋子里，两个人靠大红柜谈着。可惜我埋头写字去了，一句也没有听。

过了年，拴柱来得更勤，差不多三五天、七八天总得来一回。每回来，总是趁我晌午休息的时候，一进院子就叫我，我走出去，叫他进来，他不大进来了。他总是在院里把日记给了我，或者讲说个什么故事，就急急地走了。后来，我并且发现：白天，金凤姐妹俩总坐在北屋台阶上做针线的，每回拴柱来了，金凤马上就进北屋去了。他俩个好多日子没打过招呼、说过话的，我又迷糊不清了！到底又是怎么回事？村里面却是谣传开来，说金凤和拴柱自由咧、讲爱情咧……我问金凤她姐，她只说："他们早就好嘛！这些日子，知不道怎么个的，我问金凤，她也不说，你问问拴柱吧！"

拴柱也不跟我说什么，逢当我问到这，他只红着脸，笑笑，叫我往后看。

往后，村里面谣言更厉害，村干部和我们机关的同志还问起我来了。我知道什么啊？我只知道：拴柱还是不断来找我，问学习什么的；也不进我住的房子，也不见他跟金凤说过半句话，他一来，金凤又赶紧上北屋去了。再说别的嘛，只是我发现这些日子金凤也短不了出去的。

有一回，金锁忽然从外面急急地跑进来，大声嚷着："啊啊……二姐跟拴柱上枣树林里去了啊，啊……"

"嚷什么哩？"老头子向金锁一瞪眼。

金锁又说："我见来着嘛！"

"你见，你见……你个狗日的！"

老头子顿着脚，就跑进北屋，乱骂开了。我拉过金锁问，也没问出个什么事由。只是村里谣言还很重，老头子陈永年脾气好像更大了：好多日子也没跟我说个什么话，还短不了随便骂家里人；可是，金凤来了，他却不骂金凤，只气冲冲出去了。

天气暖和起来，开春了！杨花飘落着，枣树冒出了细嫩嫩的绿叶，也开出了水绿水绿的小花朵朵，村里人们送粪下地的都动起来了。这天后晌，我吃过晚饭，也背了个铁锹，去村西地里，给咱们机关种的菜园子翻地。傍黑，我回来的时候，一个同志找我谈谈问题，我们就在地边一棵槐树下坐着，对面不远，大道那边，日头的余光正照在我们住的院子门口。那门口外面，一大群妇女挤着坐着，在赶做军鞋，叽叽喳喳地闹个不止。忽然我见拴柱背着个锹，从大道北头走来，我记起了他还有三亩山药地在上庄北沟里。正在这当口，我房东家门口的妇女怕也是发觉了他，都赶紧挤着扯着，没有一个说话的，而且慢慢地一个个都把小板床往大门里面搬，都偷偷溜到门里坐去了。拴柱忽然也周身不舒服似的，那么不顺当地走着，慢慢地一步一个模样。门外面只剩下金凤一个人了，她好像啥也不知道，愣愣地回头一望，就赶紧埋下脑瓜子，抿紧嘴做活。我撇开了身边那个同志，望着前面，见拴柱一点也没看见我，只是一步一步地硬往前挪脚步，直到他走过那个大门口好远，要拐弯了，他才回过头朝门口望了望。又走两步，又停下来回头望。他停了好多回，也望了好多回，而大门口这边，我明明看见，金凤也从埋着的脑瓜子下面，硬翻过眼珠子，忽闪忽闪地也直往前面望哩！

这天晚上，我没有睡好觉。第二天一大早，我就上下庄找拴柱去了。

拴柱还没起来，他娘他哥他嫂迎着我，一边给我端饭，一边说："他这几天也不知道怎么闹的，一句话也不说，身子骨老是不精神。说他有病吧，他说没，见天吃过饭还就是个下地里闷干！"

"不吃紧，我给他说说就行的。"

我拉拴柱起来，吃过饭，就跟他一道下地。我们坐在地头上，我问他："怎么个的？干脆利落说说吧！"

他却一句话也不说。我动员了好久，他还是闷着个脑瓜子。

我急了，跳起来嚷着："你怎么个落后了啊？你还是个重要干部哩！"

他这才对我笑笑，拉我坐下，说了一句："干脆说吧，我早就想请你帮个忙哩！"

"那还用说，一定帮忙嘛！你说吧！"

"我跟金凤早就好啰！俺俩早就合定了的哩！"

"那怎么不公开？"

"笨人嘛！臊得不行，谁也不知道怎么说，也知不道对给谁们说！"

"这会儿子你们怎么老不说话了呀？"

"嘿……说得才多哩！"

拴柱一把抱住我的脖子，笑开了。我问他，他说：他每回上我那里去，就是去约金凤的，他们都是在枣树林僻静角落里说话。他每回到了我住的院里，金凤就回北屋去，用缝衣裳的针给他做记号，要是针在窗子靠东第五个格子的窗纸上插三下，就是三天以后相会，插四下就是四天以后；在第七个格子上插三下，就是前晌，插五下，就是后晌。他这么说着，我却揍了他一拳头，仰着脖子大笑。他脸上一阵血红，马上把头埋在两个巴掌里，也哧哧笑。我跟他开了个玩笑："你们没胡来吗？"

"可不敢！只像你们男女同志见面那样，握过手！"

我又揍了他一拳，他臊得不行，就做活去了。我向他保证，一定成功，就回到了他家。他娘他哥听了我的解说，都没有什么意见。回到上庄，我跟房东老太太和金凤她姐姐说了，她们也说行。最不好办的，就是陈永年老头子了。晚上，我把他约来，很详细地跟他谈了谈，他二话没说，直到听我说完才开口："这事吧，我也不反对，反正，老康，我对你实说，俺们这老骨头，不用看，老无用啦，可这心眼倒挺硬，这死脑筋也轻易磨化不开的。嘿嘿。"他对我笑笑，吸了口烟："俺们这脑筋，比年轻人这新式脑筋可离着远点子哩！我跟我那些个老伙计们说道说道再说吧！你说行不？哈哈……"

这以后，事情还没有办妥，我却要下乡了。我把事情托给了干部，又给区里青救会和妇救会写了封信，就往易县工作去了。

下乡时候，我还老惦念着这件事。好在，二十天很快过去，我急急往回走。道上，在由北村大集上，无意中发现了一本从保定来的《学生袖珍小字典》，我马上买了。我很可惜，为什么这小字典只一本啊！回到家来，金凤见了这，听说是小字典，就跑过去了。我急得不行，我说那是拴柱叫我买了一年多的啊！她却硬不给我，只问我多少钱。我一气，就不搭理她了。

两天以后，我汇报完了工作，村干部告给我：拴柱金凤的事成功了！两家都同意，区里也同意，正式订了婚。我回到我住的地方，高兴地就直叫金凤。金凤跟他娘推碾子去了，她姐姐出来告给了我，我马上问她：“金凤他俩订婚了吗？”

“订了！我也离婚了哩！”

我欢喜得跳起来，她又说：“他们前日个换的东西。拴柱给她的是两条毛巾、两双洋袜子，还有本本、铅笔的。她给拴柱的是抢了你的那本本小书、一对千层底鞋、一双纳了底子的洋袜子，也有本本、铅笔。”

“你们瞎叨叨什么哩？”金凤跑进来了。

我大声笑着，拱着手给她作揖。她脸上一阵血红，她姐却从口袋里掏出条新白毛巾来，晃了晃，给我送过来，却对她妹子说：“你这毛巾还不该送老康一条？我见老康回了，就拿了一条呗！怎么个？行吧？”

“那可是该着的哩！”她娘一进来，也这么说。

金凤从她姐姐手里抢走了毛巾，斜溜了我一眼，说：“他有哩！后晌拴柱来，白毛巾一条，还有我纳了底子的洋袜子也给他哩！那毛巾，比我这还好啊！”

金锁也回了。大家笑着。他就一边跳，一边伸着脖子：“呵，呵！”陈永年老头子一走进院，见了这情由，也一边笑着，一边顿着脚，嚷着：“嗨，嗨……”不好意思似的，朝我们这群望望，紧着往北屋里走去了。

一九四六年五月二十三日夜于张家口

（选自《解放区短篇创作选》第1辑，东北书店1947年版）

风暴代县城

一

九月，雁门关里的平原上就刮起狂风，飞起沙石，风沙满天满地，灰沉沉一片，天气像要下雪下雹子一般。

这是在一九四一年，在山西代县城附近。

正午的时候，风沙停息了些，却下起毛毛细雨来了！村子里，忽然一个人跑进村长家，慌乱地喘着气说："敌人包围上来了！"

村长家正住着一个抗日的青年干部呢！准是工作粗心，让汉奸报告了吧！敌人来得好快好突然啊！青年干部跳下炕来，估计了一下情况，把驳壳枪的机头一搬，跳过后墙，一个人跑了。

正是秋后，庄稼都收割完了，野地里没一点遮掩，敌人很快就发现了跑出去的青年。"追！不许打死，捉活的！"这是敌人的命令。跟着，四匹大洋马上坐着四个日本人，打着马，放着缰绳，马一窜一窜的，像狂风卷起沙石、冲开细雨，直朝跑着的青年飞过去。青年横过掐掉了穗的高粱地，跨过田埂，跳过水渠河道，抓紧枪死死跑着，喘着气，脸上汗水和雨水混成了一片。敌人的马只一纵，就离青年更近些。青年望望左右和前面，枪声挺密，忽然狂风又卷起了沙石，夹着枪响，哗啦呼呜的，后面，四匹马眼看就追上了。不行！青年拿了个主意，两步蹿到一块坟地上，回过身，在墓堆后面趴下来，枪伸了出去。敌人勒住马，刚往下下，"啪"，青年打过来一枪，子弹飞过第一匹马的耳朵边，下马的日本兵倒下了！另三个敌人赶紧趴下和这边对打，一时间枪响着，马叫唤着，风卷着沙石呜呜着……

四周的敌人都围过来了，两挺机枪，几十支步枪，集中向坟地扫射，但敌人并不瞄准青年，敌人要活捉他，机枪步枪子弹只在青年左右和头上转。青年沉住气，稳扎稳打，有六个敌兵在他的枪子下躺倒了。但青年面对着周围气汹汹吆喝着的敌人，仇恨直往上长往上升，不觉打红了眼，一疏忽，连最后留给自己的一颗子弹也忘了留下。“吧吧吧”，子弹光了！三面明晃晃的刺刀冲过来，青年拔腿就往敌人的空隙里冲着跑去，就在这时候，他腿挂了花。敌人越逼越近，像一群疯狗，哇哇号叫着，跟着他跳沟、爬垄，一点也不放松。青年也横了心：他跳下一个低土岸，正好前面有一块大石头，便把驳壳枪在石头上砸碎，剩下的零件他一面跑一面乱扔。零件扔完了，他拐过一个小弯跑去，就在拐弯的时候，从另一面插过来埋伏着的敌人抓住了他。正好一阵狂风卷起沙石，细雨乱飘着，对面看不见人，青年又趁这当口挣脱了身，但敌人都上来了，这个青年抗日干部最后被日本法西斯逮走了。

二

这是个二十岁的青年，名叫金方昌，山东人，说一口山东话，活蹦乱跳，浑身像炭火一般红一般热。当抗日战争一起，他就离开中学，来到这雁门关附近的农村，和农民青年一块滚着，组织青年抗日救国会，他在县青救会工作。一年两年，他像雨后的麦苗一样长进得挺快，不过，到底还年轻，工作上头有些性急，火一点就着，一着就猛。同志们批评他不沉着，批评他有点个人英雄主义，他稳稳实实地接受了：他是共产党员了哩！不久，代县城附近游击区敌人活动得很凶，我们的工作很弱，县里为了加强那个区的工作，决定派干部下去。金方昌愿意去，他说：“我正需要锻炼！”县里同意了，他就去那个区里当了青救会主任。

“小金！小金！”那个区的青年谁也认识他，谁也这么叫他。他也到处跑着，到处点起抗日的火。最近秋收刚罢，敌人在平原上抢开了粮，农民们愁楚得不行，于是金方昌腰带驳壳枪，走下平川，领着四个游击小组的青年跟敌人打游击。他们一连三次埋伏在村边，打退了抢粮的敌人。从此，不仅是青年，连所有的农民、妇女和老小，都知道了金方昌，都说："小金，好本事！好样儿的！"

敌人却把金方昌看作肉里的刺、眼中的钉！敌人布下汉奸特务和强大的兵力，利用我们的疏忽，花去了很大的损失，抓去了我们的小金！霎时间，消息传遍代县城，人们的情绪比小金烧起的抗日大火还要激烈。大家心痛，大家愤怒，大家想着办法加强工作，大家到处商议着要怎么搭救小金。

代县城里也一样的热闹。日本人和汉奸们手忙脚乱，连夜计谋着怎么对付这个"大大的小金"。

金方昌没被关进监牢，给他住的、铺的、盖的、吃的，怕比伪县长也差不了什么，但他连看一眼也没有！他只想着：我是个共产党员。

伪县长郎豹武亲自找他来了。这家伙亲笔写了个自首书，坐在小金旁边说："啊，小兄弟！看你怕不过二十岁吧？真是年轻有为！"

金方昌没理他。

"好兄弟，来吧！只要在这上边按个手印就行！就要工作有工作，要回去送你回去。"

郎豹武送过去自首书，手哆嗦得像求告一样。

金方昌道："拿过来！"

他接过去了。他看也没看，撕成了碎纸片片，扔到地上。

"啊？你怎么……"

"滚开！我嫌你恶心！呸！"

金方昌一口痰吐向郎豹武脸上，转过脸去。郎豹武擦了擦脸，哼哧了一阵，低头走了。

三

立时，小金被关进了监狱。牢里冰冷潮湿，黑得没日没夜。金方昌磨着熬着，每天还总有汉奸特务来跟他纠缠，说是要劝说他。开头，他不言不语地把人家碰走，后来，人家还没进门，他就骂就吐，不让进去：这样直待了七天。再一天，四个伪警备队员来了，把他带上了法庭。

郎豹武和日本警备队长并坐在堂上，堂下警备队的刺刀雪亮，押杠、铁尺一大堆。

“你在八路军里做什么工作？”郎豹武瞪着眼问。

“抗日！”

“青年人！别这么傻！你还很有为！你只要把你们过去的秘密说出点来，往后你在这边，前途正光明哩！你要什么都能办到！”

“我要你们这伙狗强盗的脑袋！”

郎豹武把公堂一拍，日本人跳起来拿着茶杯向金方昌扔去，嚷道：“死啦死啦的！”

“来吧，狗强盗！越快越好！哼，我们是怕死的吗？”

日本人咕噜着下命令，于是地上撒着小石头子，硬把小金的裤子脱了，几个强盗逼着他跪在石头子上，再把押杠嵌进他的膝弯里，强盗们踩着、压着。小金的膝弯和腿肚子被挤破了皮、砸烂了肉，血糊糊一片。但他咬着牙，一个字不说，直到昏迷过去。

敌人又用冷水把他浇醒，再吊起来使鞭子抽、铁尺打……但一切刑罚都用上吧！除非小金昏过去！只要他还有一口气，敌人得到的，就是他咬紧牙关挤出来的痛骂！

金方昌又被带进狱里去了。

但法庭上小金的顽强，却从狱里传到城里，又传出城门，传遍雁门关里的代县平原。抗日的人民流着眼泪，想着办法，暗里找到一些关系，给金方昌捎信，捎吃的。看守监牢的几个伪军，在姓金的这个青年面前，不知怎么也触到了一些难受，金方昌慢慢地便在窗口上给卫兵们说说话，讲讲道理。就这样，抗日的人民和小金找到了传递讯息的方便。外面广大人民从此得到点安慰，而小金也随时都像听到了外面广大抗日人民亲切的声音，他的勇气更大了。

可是小金并不安静，汉奸特务和郎豹武还要经常纠缠他，他差不多每天都要激愤地面对面骂那些狗强盗，强盗们于是又一次两次在法庭上用刑罚折磨他。他病了，整天昏迷不醒。汉奸又给他治病，吃好的，他当然不吃这一套！这样挨着日子，金方昌瘦得不像人了！

忽然，小金秘密接到一封信，是他的上级，是县区的共产党委员会，是他最亲爱的同志给他写的。信上奖励他的英勇不屈，向他致敬，并告诉他平川上的工作加强了。他多么高兴！但他哭了！他躺着整整想了一夜，然后回了一封信，告诉上级和战友们同志们，他说，还是他的个人英雄主义害了他！他不应该因为打了一回胜仗，就单枪匹马，白天闯到平川里最危险的村子。他又说，也还是因为他不沉着，粗心大意，才让敌人抓了空子，并且，在最紧要的关头，他连一颗子弹也没给自己留下，以至被捕，他让党和同志们接受他的教训！至于他自己，他写道：坚持立场，顽强斗争到底！

金方昌的信也被完好地送了出来。

四

敌人还有什么办法呢？敌人选择了一个城里大集的日子，来处死金方昌和另外十二个抗日农民，敌人要让集上所有的中国人来看看他们“武士道”的威风。

这个集也真大，不知从哪里来了这么些人，简直是几十年来没见过的大集！天气也并不好，半前晌，太阳不见了，呜呜的狂风卷起沙石，冷得不行。赶集的人却不怕冷，平日冷落的街道，今天挤得密密麻麻的，不透一点缝。

队伍来了！两辆马车装着犯人，车两边走着大队卫兵，车前面是警察开道；车后面，郎豹武和“日本武士”骑着大洋马，好不厉害！

警察们吆喝着，骂着，用刺刀和木棒乱挥着。道路却打不开！走不了两三丈远，赶集的人又挤住了，人们并不理睬眼前的刺刀和木棒，人们一千双一万双眼睛，直盯着两辆囚车。

第一车装满了人，下面盖着帆布，从帆布底下的骂声叫声中，听出来有青年壮年和妇女。

后面的车上，除了带刺刀的警察，只有一个小个子漆黑脸的青年，穿着蓝粗布短袄，头包白毛巾，挺着胸脯，眼里像冒着火舌。人山人海争着看这个青年，互相告说：“小金！”“金方昌！”“咱青救会主任！”……车上的小金，狠狠地摇摆着手上的镣铐，并跳踏着车板，脚上的铁链也一片响。响声里小金高喊：“日本强盗们！汉奸们！抗日的人们你们永远也杀不尽！”

前面车上帆布下的犯人们呼应着，密层层的人海也哄哄起来，狂风呜呜地卷过来又卷过去，多么激烈的大风暴啊！守着金方昌的警察用手捂住小金的嘴，用枪托打他；大队用刺刀制止人海里的呼叫……没有用！风暴越来越大：呜呜！啊啊！金方昌又跳了起来，对着后面的大洋马骂：“日本强盗！狗汉奸！看是谁威风！”

郎豹武抬不起头来了！日本人命令伪军大队镇压人群，人群却始终不退，人群里的呼叫反随着狂风越刮越大。日本人又命令警察打金方昌，用手巾塞金方昌的嘴，但小金舞着手铐，对警察乱打，警察不敢靠近他！人海里杂乱的叫好声和杂乱的鼓掌声随着风暴急卷直上，人也越拥越密，囚车又停住了，一点也不能动了！

金方昌咬着牙齿喊着：“亲爱的老乡们！共产党领导我们中国人民起来抗日，我们的力量一天比一天大！日本强盗一定要失败！中国人民一定要胜利！好好干吧！乡亲们，别忘了是谁欠下了咱们的血海深仇、算不清的账……”

狂风吹不断金方昌的话，却把他的话吹到老远老远，像雨点落进人海里。人们流着泪，哇哇叫着，风暴更猛烈了！好多青年冲过伪军队伍，扶着大车椽杆哭闹；好多小孩爬到车板左右，望着金方昌号叫；买卖人都丢下了生意挤过来，挤不上去的老头老婆们，在一边眼泪鼻涕止不住，说着：“这么好的后生啊……非抗日不行啊……”金方昌喊起了口号：“打倒日本帝国主义！”人山人海都望着他的脸，也都跟着他的嘴喊起来：代县城在一片狂风暴雨中动荡，伪军和警察也大都低下了头。

日本人发了疯，跳下马强迫队伍向人海里开动机枪，这才打开了一条路，囚车从人巷中过去了。但人们都跟着囚车，直跟到刑场。城里，集好像散了。

在城根大空场上，囚车停下来，警察和伪军好不容易赶开挤上来的人群，随着就从第一辆车上解下十二个男女农民。金方昌直挺着身走下车来，忽然一阵乱，一大堆人对着金方昌挤过来，里边有个人靠近他问道：“同志，还有什么话说吗？”

“噢，好乡亲，没啦！请你叫政府通知我山东家里，叫我母亲别难过，她是七十多岁的人了！再让我哥哥知道他弟弟是怎样死的！老乡，中国人杀不尽！胜利一定……”

挤过来的人群被日本人赶走，日本“武士们”强迫这十三个囚犯跪下。

“弟兄们！谁也不能跪下！我们抗日的人民，死也要死得勇敢！”

金方昌喊着，囚犯们答应着："对！绝不给强盗下跪！"

远远的人群又是叫好和鼓掌！金方昌领着犯人高呼："打倒日本强盗！""中国人民解放万岁！""中国共产党万岁！"空场上狂风把口号声刮得更大。跟着风吹沙石飞，机枪嗒嗒嗒扫过去，金方昌领着十二个伙伴倒下去……

远远的人山人海突然没一点声音，狂风粗暴地猛烈地卷着、刮着，沙石飞到了人们的脸上。人们迎着风暴散开，向前走去。

一九四一年十二月于平山张家庄

李湘洲

交　通　员

我从县里到二区去，县里的交通员总把我送到那个站上，我就和站上的人们在牲口圈里隐蔽着，一直待到第二天晚上，这站上的交通员才能送我到二区去。这个站上有三个交通员，一老两少，老的姓张，滴溜滚圆的脑袋，满腮胡子剃光了，下巴现出青皮色，中等身材，配上一双愉快的眼睛，显得十分强健。那两个年轻的交通员，叫小贵的很活泼，姓田的却是黏黏糊糊的。大家很少说话，有话也是压低了声音说个一句两句。屋里黑乎乎，唯一的窗拿土坯塞堵了，只有在土坯缝里透露进来几缕阳光，但就仅这几缕阳光我也是煎熬似的望它快快消失。我真感到苦闷，处处觉得不如意，更看不下书去。而他们却都习惯地做着各人的事，老张拿了本小册子像关云读春秋似的那么有劲地看着。待到下午，敌情就比较缓和，我们就上了大门，到院子里舒坦舒坦，伸伸懒腰，像打举练把式似的活动活动。那个叫小贵的，拿了根大擀面杖舞着。不一会儿，那两个年轻的交通员相互眨了一眨眼睛，就压低着声音朝着老张唱起来："孵小鸡，孵小鸡，统统蘸了酱油咽到肚子里……"

老张回过头来对我说："李同志，'五一大扫荡'那工夫，敌人多得真是滴水不漏，你说这样多刚孵出来的小鸡怎么办？留着给敌人？"他那发亮的眼睛很自以为是地转过去瞅着他们。可是他们还嬉笑地反复地唱着，老张找不出别的话来说，把扣解开，敞开了胸，伸出一只手来，摆好了坐马势。

"来！有本事的来翻一翻！"

他们没有理他，老张落空地待在院子当中，还是有力地摆着坐马势，伸出的那又大又粗的手像个大铁锤。老张见他们不搭理他，就折过头来对我说："李同志，你看看咱们这只手，是劳动无产阶级的手，资产阶级们、地主们就靠咱这只手养活他们！"他捏了拳头，运了运功夫，伸缩了一下。接着他就告诉我他早先是个木匠，抗战后，八路军来了，他就当上了村里的工会主任，后来区里叫他当孵鸡厂的厂长，不多会儿就碰上"五一大扫荡"，他就和工友们把这些刚形成的和还没形成的小鸡统统蘸了酱油吃了。以后，他就到交通站上当交通员。

"李同志"，最后他很有力地对我说，"我是无产阶级弟兄，我要把这后半生献给无产阶级弟兄革命。"

第二次见他，那是隔了一个多月以后。

我要到分区司令部去开会，但连日下雨，发了大水。一天我早上醒来，看见我的鞋和一些杂七杂八的东西在游来游去，我以为我眼花了，擦了擦眼睛仔细看看，才知道大水进了屋里来了，怎么办？会期快到了，交通员能来吗？这个会参加不上了。

可是在下午，出乎我意料的，老张披了一个麻袋上我这来了。他浑身淋湿，水从他头上那块很脏的包头布的布角上连续地淌下来。他解开油布包，取出了好些信和一卷文件给我，我没有顾上看那些信件，先问他："那么大水，你们还来？"

"嗯，什么能断了，咱这个能断了？交通工作是命脉，断了还行！"他极认真地对我说。

"这么大水……"

"克服困难呀，无产阶级弟兄革命还要流血呢！"

我，我愣住了。

"我想回县里去。"

"没有什么紧事，再待几天，你看看这水。"他指着屋里盈溢着的水，两条腿插在水当中。但我想起这个会，我决心走。

“你非要走，也行。这点困难也不算什么。”

他就给我找了一根树枝撑着，在水里哗哗地跟着他走了。

我们到站上，各地方的交通员都已聚集在那儿了，他们的衣服都得湿淋淋的，裤腿往上抹到再不能抹的程度，腿上尽是泥水。但他们极活跃，相互传递着胜利消息，见我们去了，认识我的要我给他们报告报告新消息，但我有一阵子没有看报了，我提议谁知道谁就说，大家就压低了声音七嘴八舌地说了一阵。老张插上来，给大家招呼了一下，说人来齐了，开始工作。

老张像是一个总头，他叫一个交通员到大门口放着警戒，然后大家一个一个把信交给老张去整理、交换、登记。还没轮到交换信件的交通员们，就在旁边小声地说着笑话，逗趣，那个叫小贵的忽然引起头来低低地吞吐地唱出了“孵小鸡……”来，随即就有好几人也和着有节奏地唱起来，还朝着老张的背挤眉弄眼，抑制不住的笑声就从四面发出来。

老张很严肃地站了起来，果然这一来，声音慢慢地平静下去了，但老张回过去还没有数上十封信，四周抑制不住的笑声又咯咯咯地发出来了。

“看你们，暴露了目标!”老张的眼睛像电光般地闪了一下。

没有声息了，只老张用极微小的声音在数着信件，但不久，旁边的那些交通员又若无其事地谈笑起来，而且越谈越热闹。

“鸡巴！……”老张火了。

这些俏皮的交通员就抱着各种不同的俏皮的姿态，不声不响地讪讪地走开来。

天渐渐地黑了，他们点起灯来，老张不断嘱咐别人到大门口放着警戒。屋里很静了，气氛渐渐地紧张起来，那些等着的交通员都夹着枪横七竖八地躺在炕上。

突然，一种什么声音把我们惊了起来，老张忙吹了灯，屋里墨黑，立即呈现了一种恐怖。我们没有一点声息，我掏出了枪，心忐忑着，又担怕这一炕信件。这时外边已经有人走进院子里来。

“怎么把灯弄灭了?”是那外边的人的声音。

“操……”是老张的声音。

我们知道是发生了误会，都松了一口气。

“你捣什么乱!”还是老张的声音。

“不留神把那门柱子弄倒了。”

重又点起灯来，我一看，一炕的信件一封也没有了。我正奇怪那许多信件到什么地方去了，而老张却若无其事地从炕洞里掏出一包东西来，又到那破炉子的炉口里掏出一包东西来。我们都静静地看着他。最后他又到门槛底下摸了一会儿，又摸出一包东西来，他把那包东西在手里掂了掂说：“这是要件。”

许多眼睛都瞅着他，他把包解开来，重又摆列开来，细细地整理着。

许多交通员都先先后后的，一个或两个的分散了。

我们三个人，老张走在前头，叫我跟着他，不然怕会掉到坑里。我就很注意地看着他露出在水面上的半个身子，他往哪儿移动，我也往哪儿移动。路是实在难走，水下边泥泞不堪，要是没有这根树枝撑着，那还不知要滑倒几百回了。我又感到困苦，但看到老张在前头高高兴兴地走着，自己也就提起了一把劲，跟着走。

夜色一层蒙一层，开初要很费劲地睁大了眼睛寻找着才能模糊地看到老张的一点影子，到现在就完全看不见了，只是跟着前面的水声摸索着向前移动。

突然，我撞在老张的身上，他一把抱着我：“看不见了吧?咱们弄根绳子连转，咱们仨拉着，就不会失掉联络了。”

我们摸索着捏好了绳子，就继续前进。生了这两颗眼珠一点用处也没有了。我们走一阵就停下来竖起耳朵在这茫茫的黑夜里搜索着一切动静，侦察着情况。

在水里，越走越浅，雨也停了，天也渐渐地发亮了，但起了风，我打着冷颤。不多会儿，就走出了水面，但接近敌人的岗楼了，我们都担心遇到情况时自己的枪会打不响，只得绕着走，把脚步放轻、放快。

终于到了目的地，几个黑影串了好几条胡同，快接近我们住的那个牲口圈时，我们在一个转角的地方停下来，长时间的侦察着、搜索着，觉得确实没有一丝动静时，我们就很快接近我们的住处。小贵疾速地上了房，老张下去，我从他的肩上爬上房去，他紧跟着也上来了。到了屋里，点起灯来，用被子蒙住了窗，怕亮光从土坯缝里漏出去。我们就抱了柴火烧着、烤着，乱七八糟地擦擦自己的身上。

而老张却在一边擦着他那支二把匣子，待了一会儿，外边有一点微小的声息，小田从别处回来了，背了他那支小马枪。老张就提议：用最短的时间把今天的工作检讨检讨。

“行，咱打头一炮。”小贵马上接着说：“咱们在路上太盲动，在水里七淋咕咚的，隔二里地都能听见了，再第二点……没有了，你们说吧。”

“我说说，我……”

老张停止了擦枪的动作，专心地听着，但忽又把枪放下，拿出小本子来准备记上……而我模模糊糊地睡了，但我也模模糊糊地听见老张对我说：“李同志对咱们有什么意见指示，帮助……嗳嗳……李同志先上炕睡吧。”

我上炕，就胡乱地睡了……

第二天我醒来时，满屋里烟雾腾腾，在烟雾中见到他们在乱哄哄地忙着煮饭，老张被熏得光顾着擦眼泪鼻涕了。

我还想睡，突然房东的女儿急急地跑进来，很慌张地叫了声“爹”，我们立刻会意到是什么事来了。马上收拾了东西，很快地钻了洞。听着房东给盖好洞口以后，就急急地走了。

我们都喘着气，觉得这气喘的声音太大，怕敌人会听见，但不久就平息了，到后来静得眨一眨眼睛也几乎能听出声音来。我们就在这自己看不见自己的黑洞里，谁也不谈话，像只有自己在这个洞里一样。

这寂静保持了很久，我们紧张的心弦也慢慢地松下来，那个姓田的竟打起呼噜来了，老张没有等他发出第三声鼾声就捅醒了他。但没有隔多久，鼾声又起了。老张又立刻捅了捅他。那姓田的又醒了，听那声音，他是在振作一下，可是又不多工夫，他的鼾声又起了，我们竟忍不住笑了起来。

“你怎么这么困呀，呼呼的，给敌人听见了！”老张又捅醒了他。

听声音小田好像伸了伸懒腰，像是坐了起来，可是又待了不多工夫，那鼾声又来了，而且很响，引得我们都笑了。

“看你，拿出你青年的作风来！”老张又推醒了他。

听声音，小田真的振作了一番，同时听上边没有什么声息，就轻轻地闲谈起来，还没有说上十句话，突然听到很紧的枪声，上边一阵很乱的脚步声，我们又紧张起来。隔了一会儿，上边又没有声音了，但我们听见从老张那里却发生了很粗的鼾声。

“呼噜噜，呼……”老张舒畅地、很甜地打着鼾声，谁也没有去叫醒他，但这鼾声越来越粗野了，那个叫小贵的就叫醒了他。

“老张，你也……”

老张很尴尬地，却装得不慌不忙地说：“我，嗳嗳……”接着他轻轻地咳了咳嗽，装得十分清醒的样子。

可是隔了不多久，老张又打起呼噜来了。

小贵立刻叫了声“老张”。

老张立刻“嗯嗯……”，接着又说“我的鼻子堵塞住了”，他擤了擤鼻涕，又装得很清醒的样子，但事实上是在偷偷地振作自己。

可是不能自制呀！隔不多会儿，老张又打起鼾声来了，我们哧哧地笑着，那个姓田的却很腼腆地说：“老张，拿出你无产阶级兄弟革命的精神来！”

老张极不自然地又擤了擤鼻孔，咳嗽了咳嗽。

我们在洞里计算着时间，一个钟头、三个钟头……终于房东来叫我们了，说敌人抢了十大车粮食，被我们队伍赶来也打跑了。

我们都钻了出来，老张的那双发亮的眼睛似乎不好意思地瞅着我，但还是那么甜。

吃了饭就进行学习，老张从他的花洋布包袱里拿出一个新订的白报纸本来，又从那个用花线结成的钢笔套里拿出那支美人牌的钢笔来。我看他把那笔头当铅笔头似的要送到嘴里去蘸吐沫，忙叫住了他。他赶紧缩回来，向我笑了笑，而那个叫小贵的又在一边取笑他了。

“这又不是小鸡，要蘸蘸酱油。”

老张回过头去很认真地对他说：“同志，这会儿干什么的，一寸光阴一寸金，千金难买寸光阴。”

他说完了拿眼向我瞟了一瞟，就低下头，拿他美人牌的钢笔在那自己装订的小本上吃力地描起来了。我在一旁看着他给我看的交通规则，但我也时而偷看他，他拿着半片高粱杆当尺子画来画去，描绘那小本的封面，画了很久，画成了。他很得意地拿着给我看，那本上画了两个蝴蝶，两只花篮，四周画了些XX和〇〇，中间留出一块长方形空白，空白中的上边又画了一个镰刀斧头，交叉着，下边端端正正地写了“工作学习生活日记本订”。画得虽然死板，但很细致。

“怎么样？早先妇女们先跟我说好的，请我给他们描花样哩。”

“这会儿学习，你描起花样来了。”小贵抓住了机会，给他来一个报复，老张却默不作声了，瞅了他一会儿，他又提议大家休息一会儿，叫我给他们讲一个长征的故事，那两个青年交通员欣然同意了。

我苦苦思索了很久，就讲了一个列宁和沙皇分家的故事给他们听。老张一眼不眨地瞅着我，他等我说完了，就伸出他那只又大又厚的手来说：“你们看看，最高列宁同志不要那大堆大堆的金，也不要那大堆大堆的银，他只要咱们黑骨头无产阶级弟兄。”他的眼睛格外明亮了。

接着他又很认真地对我说，他先前是一个工人，他将来还是要做一个工人，要做毛主席领导下的工人，可是现在他要做交通工作，他说咱们冀中抗日根据地的交通工作很重要，是命脉，是一切工作必需的桥梁……

最后他又定睛地瞅着我说：“我将来还要做一个工人，做一个毛主席领导下的工人!”他把他那双又大又厚的手捏成了拳头，又运了运功夫，来回伸缩了几下。

那两个年轻的交通员，也用那放射着异样光彩的眼睛，炫耀地射向我。

一九四四年春初稿

李英儒

敢叫敌血染刀红

二十三年前，是抗日战争的中期，也是抗战最艰苦的阶段。日本帝国主义对现在河北省的中部地区——当时属于中国共产党领导下的冀中军区，发动了一次号称十万人的“大扫荡”战。帝国主义百般仇视我们的解放区。大战之前，他们咬牙切齿地说：“烧毁所有村庄，杀尽所有生物。”最后，他们为了“分割”“封锁”我们的根据地，扼杀我根据地抗战军民，曾把冀中地区搞的“迈步是公路，抬头见岗楼”，并大肆宣扬他们这种“赫赫战果”。然而，在毛主席的光辉军事思想指导下，全区的党政军民和其他根据地一样，在人民战争的大海洋里，学会了游泳术。敌人从四面八方潮水般地扑上来，结果是“老虎吃天，没处下嘴”，最后把敌人灭顶淹死。下面我讲一段故事。

为了开辟天津地区的工作，我们的地委机关派了一个五十人的工作团，前去组织发动群众。为了路途安全，从部队抽调一个加强班，负责护送。一去很顺利，用了六天的时间，打了几个小仗，就平安到达天津郊区了。工作团长写了一份报告要他们带回去，并嘱咐他们一定要稳妥地送到负责同志的手里。这个班在返回原防的路上，正遇到敌人出发的部队，经过多次战斗，领队的指导员牺牲了，正排长和不少战士牺牲了，只剩下副排长张家臣、副班长韩大力、战士马三宝和魏小廷。张家臣这遭出来，是协助指导员兼管军事和政治思想工作的。这个大清河水手的儿子，只有二十二岁，在家也只读过两年小学。一九四〇年参军以后，努力学习军事政治文化，在党的教育下，阶级觉悟逐步提高，多次被评为战斗、生产和学习的模范。提起张家臣的名字，全团没有不知道的。身强体壮的韩大力也是冀中人，从小给地主扛过几年长活。参军以后，在多次战斗实践中，他的枪法练得特别好，是全班的骨干。他脾气急性子，组织领导能力弱一点。这次执行任务受到重大损失，张家臣叫他代理班长职务。其余两名战士里，马三宝组织性强、战斗也勇敢，因为头部受伤，有时昏迷，昏迷上来还要魏小廷搀扶着。魏小廷为人伶俐，点子挺多，有点文化，实战经验上差些。四位同志组成一个战斗单位，且战且走，奔赴原军分区地委机关所在地——冀中饶阳县大孙家庄。

经过三天两夜的战斗行军，距离大孙家庄还有五十里路程。初夏的夜晚，走五十里路，对战士们来说，本来是很轻松的事，可是在反“扫荡”期间，边走边打听敌情，又跟着一名彩号，走起来就不大容易了。起初，他们经过的村庄里，还有民兵站岗放哨，可以问讯一些消息，后来所到的村庄，村人大部跑光了。路上遇到的人们说，四面八方都有敌情，老乡们早作好了坚壁清野的工作，准备和来“扫荡”的鬼子打游击。听到这个消息，张家臣知道驻在大孙家庄的机关部队准是转移了。但战士们是讲实际的，什么事也要亲眼看一下，他们终于又奔向大孙家庄。黎明前到达了目的地。到处空空无人，树林里的拴马桩拔除了，凉灶锅台拆掉了，从老乡家里借来的东西早已件件还清了。找到村里留下的老年人，他们也说不清部队的去向，只说有一个小司号员坚壁在南疃里。小司号员闻信赶来了，这个孩子叫胡娃子，才十五岁，因为患疟疾被留下的。他见到了他们，口口声声说打摆子不算病，坚持要同他们一起行动。张家臣是个深沉人，在这种动荡不安的情况下，他愿意更多地征求大家的意见。魏小廷首先反对，他说全班战斗力不够强，有了马三宝一个伤员，再无法照顾病号了。胡娃子一再请求，韩大力忍不住了，粗声粗气地说：“都是八路军，分什么这部分那部分。带上他一起走！走不动，我背着他。”

张家臣批准了胡娃子的请求，小家伙非常高兴，立刻换上那身长过膝盖的绿军装，又把系着红穗的军号带好。接着，他提供了很多情况，说明在大孙家庄不能久站。研究了胡娃子的意见，决定立刻起程继续前进。全班刚走到孙家庄的旷野，四下断断续续响起枪声，跑反的人群从四面八方涌过来。枪声越响越密，人流越聚越多，不到两个钟头，一望无边的大野洼里，到处是人疙瘩。原来这次日本鬼子特意创用了“拉网战术”，他们从远到近鸣枪威吓，由大面积缩到一点，把包括一部分民兵和地方工作人员在内的老乡们，追赶到这块宽的洼场来。刹那间，张家臣、韩大力等五位同志，被拥到人流的旋涡里。魏小廷嘟嘟念念地说：“人密得跟下饺子一样，敌人上来，怎么办?”韩大力皱紧眉头，厉声骂道：“这是弄啥鬼把戏，鬼子你有种，到老子跟前来拼一拼!”马三宝一阵心烦，头晕得更厉害了。胡娃子的脸色也十分难看。张家臣参军来打过很多硬仗，但从没碰到过这种情况。起初，他心烦意乱，感到没有对策。经过几番思考，他冷静了。踮起脚尖，向四下瞭望，但是只能看到人们的后脑壳。韩大力见了，立刻摆出骑马蹲裆的架子，张家臣全身登在他的一条大腿上，放眼看去，只见穿着各种服装的男男女女，头挨着头，肩靠着肩，在辽阔无垠的孙家洼里，黑压压的一眼看不到头。他扭过身去背着阳光，朝远处一瞧，发现多路鬼子和伪军分头从后面压过来。他向全班说明了观察的结果，提议趁敌人包围未妥立脚未定的时刻，抓紧时机，争取主动，选择一条地形复杂的路线冲出去。突围路线选在西北面，张家臣说这个方向有利条件多：地形复杂，距离村庄稍近，眼下没发现大股敌人；再者，西北方向人熟地熟是老根据地。对于这样详尽又合理的分析，大家都很赞成。张家臣想到，在这艰巨的战斗之前，应该首先统一一下思想，便严肃地对大家说：“情况是严重的，现在多路敌人向我们压过来，而我们只有五个人。在数量上我们是少数，但是，我们是穿着军服的八路军。此刻，我们代表着共产党，代表着抗战势力。你们知道，多少双眼睛在看着我们，希望我们啊，不管有多么困难，我们一定要带领群众冲出去，有我们就有群众。同志们，有信心没有?”“有!”全班一同跃起。张家臣带头直奔西北方向冲出去。纷乱的老乡们发现这排成行列服装整齐的部队，都用钦佩的眼色注视着他们。韩大力乘势说：“老乡们，跟在我们后边。天塌下来，有咱八路军顶着哩!”他们一路挨肩擦背，挤挤拥拥，约有个把钟头，来到一块高出平地的菜园。居高放眼，视线开阔，张家臣看见有一班荷枪实弹的日本鬼子，面对着他们插进来，双方相距不到一华里。开枪射击是不适宜的，那样打不中敌人，只能伤害密集的群众。他和韩大力交换了一下眼色，不约而同地说：“上刺刀!”马三宝听说要和敌人拼刺，精神一时振奋，头脑清楚多了，伤口也不像刚才那样疼了，抄起伙伴替他背着的步枪，招呼着说：“小魏，我不碍，紧跟着班长，咱们一块和兔崽子拼。”胡娃子紧紧握着那把军号，像是怕丢掉，又像拿它作武器。全班的战斗姿态，很快被鬼子那个班发现了。他们立刻上好刺刀，迎头对面扑上来。跟在部队身后行动的老乡们，为自己所处的地位担心，更为我们的子弟兵捏一把汗。他们清楚，一对一个，敌人不是我们的对手。但我们只有五名战士，还有伤员和小孩，敌方那个班的人数正好多一倍。何况，只要战斗打响了，四下里大批的敌伪军必然赶来支援。老乡们把自身的危险忘掉了，睁大眼睛盯着为首的张家臣和韩大力，一时空气十分紧张。韩大力端着枪，一步越过了副排长，挺身扬头走在前面。走着走着，他枪交左手，使劲在右掌心吐了口唾沫，像是为机器加了油，然后双手端枪继续行进。张家臣这时从衣兜里掏出工作团长给党委的报告，返身把信交给马三宝，小声向他交代了几句，然后紧走几步和韩大力走成并肩。中午的太阳把特有的强光洒到孙家洼。阳光照耀着战斗双方的刺刀，寒光闪闪，杀气森森。双方的距离越来越靠近了，半华里了，不到半华里了。张家臣恨在心头，力在手上，咬紧牙齿，准备拼刺。韩大力打起仗来从不沉默，每逢临近敌人，都是高声喝骂着冲上去。有一次他闯进敌巢，五个鬼子围起他来拼刺刀。他脊背靠住一面墙，先后将敌人全部刺倒。冲出重围后，战友们问他战果如何，他得意高呼："闹了个一百百！"现在，他眼盯着敌人，清了清嗓子，正在准备呼喊："再来个一百百！"忽然发现了一种为他意想不到的事。眼前那帮敌人，嘁嘁喳喳了一阵，骤然半面向右掉头朝东去了。原来他们胆小怕死，顾虑"一人舍命，万将难敌"，他们装作迂回包围，实际是躲开了。依着韩大力就要追赶。张家臣看到距离虽然近，当中夹着很多人，一时片刻又不能追上，开枪还是先伤自己人。再说，四下敌人这么多，不能恋战。想到这些，他劝止了大老韩，仍奔西北冲下去。三冲四冲，加上辗转迂回，敌寇多日苦费心机组织的所谓"拉网战术"被张家臣他们一枪未发就冲出来了。事后了解，当他们领着一部分群众冲出来以后，其他的民兵游击队也纷纷掩护群众向外冲。敌人从上百个村庄赶来的五六万人，临到日落之前，只剩下千余名老弱妇孺，这就是敌寇一再大言不惭地吹嘘的"赫赫战果"。

当然，敌人的"扫荡"是连续的，一两次突围，不等于整个反"扫荡"的胜利。他们这个班也不例外。张家臣他们冲出重围的时候，已经是下午三点多了。因为马三宝、胡娃子和部分年老体弱的群众都走得很累，便暂时休息一下。回头一看，呵，跟在身后的群众队伍太大了，长长的一列比一个营的人数还多哩！人多目标大，行动不灵活。张家臣担心敌人从后边追上来，问韩大力要不要停下来喝点水。韩大力说嗓子眼干的冒烟，不喝不行。张家臣便吩咐老乡们搞水喝，韩大力找来一个水桶，从井里提了满桶凉水，先让马三宝、胡娃子喝够。张家臣只喝了两口，让过魏小廷，最后韩大力端起桶来把剩下的全喝光了。用手把嘴巴子一抹说："一百百。"队伍继续行军，尾巴越来越大。初次查点人数，整整六百五十，天快黑的时候，已经超过两千人。原来人们听说前面是八路军的队伍，不管人数多少，便都赶来了。面临这种情况，张家臣想：“我们一个营才五百人，主力团也不到两千。现在两三千徒手的老乡，我们才这么点武装……”他心里感到担子太重，忐忑不安，使劲盯着韩大力。韩大力不懂他的心情，按照自己的观点，他认为群众自愿跟上来，是个大体面事，他向张家臣泛着得意的脸色说：“咱们的队伍扩大得好快呀！”魏小廷小声嘟念着：“尾巴这么大，脑袋这么小，哪有机动灵活呢，早晚要吃个大亏。”他们继续行进，来到长柳庄，这是个大村，哩哩啦啦有二里长。此刻脱开敌人很远了，天色很快就黑下来。胜利突围的群众纷纷派出代表，来向部队接头。代表中有工会、农会的主席，也有民兵和妇女干部。韩大力见这么多人去联系，心头充满自豪感，附耳向张家臣说：“副排长，他们有啥要求，你就一百百地答应。拿出点子气魄来，可不能鸡窠里打拳——小架势。”张家臣心事重重，浅笑着点了点头。他在考虑着种种可能出现的问题。他想给代表们先开一个走群众路线的会议，让大家发言，也许会产生出一套可行的行军作战方案来。主意拿定，叫魏小廷招呼代表到十字街北口学校里开会。魏小廷对张家臣说：“副排长，掩护群众是咱们应该做的，但掩护这几千人，起码要有一个团，咱们的力量可不够呵！”他的意见恰恰与韩大力相反。张家臣仔细想，小魏的意见有一定的道理，便没有吭气，叫他赶快去请代表来。会议上大家发了言，多数主张返回老家去，但要求部队派人护送。张家臣说明了真实情形，代表们要求部队派领导同志，亲自向群众讲清楚。吃顿饭的工夫，老乡们到学校集合来了。挤满了操场，延长到两条十字大街。张家臣为了说话方便，登到学校门楼屋顶。韩大力伴着副排长，挺立在门楼侧面的墙头上。张家臣咳嗽一声，想提高又压住嗓音说：“老乡们，鬼子拉了一天一夜的大网，咱们像梭鱼一样，从网眼里钻出来了。这是个大胜利，但鬼子还要接二连三的下毒手。大伙要加小心。听说大家要跟着我们打游击，我们从心里欢迎。可我们只有一个班，我和韩大力同志的指挥能力都有限……”他接着提出密集在一起可能受到更大损失，要求按照地域作有组织的分散，回乡坚持斗争。老乡们接受了部队的意见，当晚就分散开了。随着他们走的还有两种人，一种是家在西北方向跟着返原籍的，还有一种是民兵和村干部，他们想跟着打游击。人数合起来仍不下七八百，浩浩荡荡，仍是一支大部队。张家臣认为再不能说别的，当即叫韩大力负责把他们按照连排编成队，从中选出了领导人。当夜领着这支部队跨过三道封锁线，到达了安平和深泽地区。他们的行动使敌人产生了错觉。两县敌伪获得相同的情报，说八路军的主力兵团深夜挺进来了。惊慌之余，敌人抽调二十多个据点的兵力，连夜向他们分进合击。听到多路包围的消息，老乡们惊慌起来，民兵村干部反映了这种情况，张家臣感到必须首先安定群众的情绪。和韩大力研究了一下，决定叫队伍停下来，全部休息在一块比较隐蔽的低凹地带，把各个领队找来。张家臣说：“我们是人民的子弟兵，作为兄弟和儿子，绝不能扔掉亲人们不管。任何危险情况下，首先要把乡亲们护送到安全地带去。”经过动员，群众情绪安定了。一位熟悉地形的同志说，再朝西北走不远便是滹沱河边。那里有一道新开河，可以把全部人马藏到那里去。部队和地方同志没有不同意见，黎明前，七百多人全部偷偷钻进新开河。

新开河又深又陡，土工已告完成，暂时没有放水。蹑踪潜迹进来的群众，全部藏在河底深处。天色刚刚破晓，二十多个据点的敌人，鸣枪放炮，大喊大叫，向新开河一带村庄包围上来了。整整折腾了半天的时间，始终没有进入新开河。半天的时间，张家臣感到比半年都难熬得多。他一会儿叮咛这个，一会儿嘱咐那个。不叫老乡们暴露目标，不许说话，不许咳嗽，不许站起来走动。韩大力看出张家臣劳心焦思，觉着他这两三天来仿佛老多了，想分担他的辛劳，又感到帮不上手，只有率领全班模范地执行张家臣提出的各种要求。为了保持肃静，一向粗声大嗓的韩大力一句话也不说，一口大气都分几次透出来。缩减目标时，韩大力全身趴在河底，大瞪着两眼盯着他的战士。马三宝稍有一点痛楚表情，他用同情的目光安慰他。魏小廷稍为表现出松懈，他用严肃的脸色警告他。他自己心急火燎，不知不觉中，他的十个指头都深深挖到硬胶泥地里去了。

午后，敌人一支游动部队，信步走到新开河。双方仅仅隔着一道堤岸。张家臣下达紧急命令，绝对不许动弹和说话。不经他同意，绝对不许开枪。敌人漫步从堤下走上来，前头的几个家伙竟然登上堤坡，再前进几步跨过一个土堆，就可一览无余了。正在千钧一发之际，敌人前头部队仿佛受到什么指示，扭头就往回走。张家臣很长时间停止呼吸了，他刚刚想透一口气，我们一位民兵干部，因为过度紧张，恰在此时走了火。一声枪响，七百多颗心都一齐跳起来了。张家臣知道这一声枪响的后果，他快步跨到战友跟前，刚要说话。韩大力霍地跳起来，充满英雄气概地说："拼!"张家臣点了点头，他按照原定计划，很快把领队们找来说："新开河西北三里路是滹沱河岔口，叫老乡们顺着河沟跑，我们负责顶住敌人，只要能够蹚水过河，就可以跳出包围圈去!"说完，他和韩大力率领全班抢占了河堤制高点，有的民兵自动持枪跟上来，张家臣劝他们领导老乡从速撤退。时间不大，敌人从堤坡的另一端露头了。魏小廷急着要开枪，张家臣不答应。等敌人有一半人走上堤坡，张家臣这才说了声打。全班步枪齐发，堤坡上躺滚了一片。胡娃子乘势吹起冲锋号。来的是一股伪军，闻到枪声和号声，不明兵力虚实，夹起尾巴跑掉了。张家臣首先向四下里瞭望敌情，韩大力冲上去从尸体上解下一支手枪，他要张家臣带上。正在解第二支，胡娃子徒手冲上来。他说："韩班长，这是一支马四环，正好给我使唤。”韩大力把枪给了他，又从伪军尸体上解下不少手榴弹。张家臣说：“大力，别光顾捡武器。敌人很快又会上来，如果叫他们抢占了堤坡，拿机枪朝老百姓背后扫射，那个牺牲可就大了。”韩大力问该怎么办。张家臣指着前面百米以外的沟渠说：“咱们朝前冲，给老乡们多争取点时间。”韩大力看清抢占沟渠并不费力。可是一旦作战不利，就会失掉新开河的凭依，就断绝了后退的路线。但张家臣这种举动，完全是从牺牲小我顾全群众出发的。这是革命军队高度阶级觉悟的表现。韩大力作为党员和班长，他无条件地支持了副排长的意见。他大嗓门向身后边的同志们说：“坚决服从副排长的命令，抢占前面沟渠，把敌人顶住。”

现在全班占据到沟渠了，时间一分一秒地过着，仍不见敌人到来。魏小廷看到沟渠很浅，他频频回顾新开河的堤坡，低声说：“老乡们走脱了吧?”韩大力看了看副排长那副全神注意敌情的严肃脸色，对魏小廷说：“别说话。”经过组织整顿，敌人重新窜上来了。他们仍旧抢奔新开河的堤坡，沟渠里稀疏打枪，他们也不大理睬。张家臣不怕吸引别股敌人，不顾同志们弹药缺乏，下命令集中火力猛烈射击。敌人受到侧翼的严重威胁，转移了进攻重点，扑面朝着沟渠压过来。这样一来，张家臣他们很快就要处在无路可走无险可守的重兵包围之中了。但张家臣此刻的心情，不是忧心忡忡，倒是很高兴。他想：只要上千的群众安全脱险，剩下至多是五个人的问题。敌人既然听从了我的指挥，我们就要牵着你的鼻子走。张家臣率领全班，躲开新开河，边打边向西南撤退。愚蠢的敌人且追且进，追追进进闹了半个多小时。掩护群众的任务胜利完成了，剩下的是他们自己怎样脱离敌人的问题了。学过毛泽东同志的论游击战争，闯过多次的枪林弹雨，又有五支步枪在手，虽然面临着一大股敌人，张家臣的心里还是比较踏实的。他率领全班且战且走，他想争取时间，重新寻找有利的地势。忽然看到魏小廷的两眼发直，朝着他的视线望去，哎呀不好，另一股敌人已经偷偷摸摸地从右翼包抄前来，距离只有四五百米。现在需要当机立断，张家臣毫不犹豫地说：“迎面来的威胁最大，趁他们没展开，冲他！”韩大力打仗机灵，燕子抄水般地抢在最前边。魏小廷也紧跟着班长冲过去。大家全力向前，抢占了一片坟地。全班集中目标猛烈排放，敌人无险可守，用王八啃西瓜的姿态，滚爬平地，不敢抬头。趁这个空，张家臣向四周一看，正西不远，有一道土埝，土埝过去是一洼没膝盖的麦苗。他想乘此喘息时机，叫同志们快跳出圈外去。主意打定，对韩大力说：“把你的手榴弹都交给我！”韩大力看懂副排长是要自己留下阻击敌人，让他们突围脱险。韩大力太感动了，胸膛咚咚直跳，脑子热乎乎的，说话声音都动了：“副排长，你……你对革命贡献大，你领……领着同志们有办法。你突围，我留下。”张家臣像没听见他的话一样，伸手摘他的手榴弹，然后从衣兜里掏出给党委的工作报告，用不容分辩的口气说：“带上它，快走！”“副排长，你可多加小心！”“走你们的！”

剩下张家臣一个人，他心头的压力又减轻了。他像向领导表示态度一样地说：“我能够，能够阻挡住敌人。”时间不大，两翼敌人都凑上来了。数右翼敌人靠他近。张家臣心不慌、手不颤，对准右翼的前列，一枪接一枪地瞄准射击。敌人听到枪音，不顾损失，奋力前进。张家臣咬牙骂道：“千军万马你们都来吧！不是鱼死，就是网破。老子打完子弹，还有黑甜瓜留给你们哩！”右翼敌人距离张家臣只有二百米了，他们扇形散开，准备生俘这个优秀的共产党员。正在危急的当儿，在张家臣身后不远处，一股密集的子弹射入敌群。张家臣回头一看，掩映着麦苗的堤坡上，露出四个脑袋。正待看清是谁，听到有人大声喊叫：“张家臣同志，你快往这里撤！”

张家臣撤到堤坡，满脸没好气。呵斥韩大力说：“谁叫你这样干的，意气用事，无组织无纪律。”

韩大力操着满有希望的口气说：“副排长，刚才两位民兵同志来送信，说老乡们全部过河了，要咱们奔那条路上撤退。你仔细瞧!”韩大力指着麦苗地尽头，那里叠起双层土障，当中是一条深深的道沟。这种道沟，是根据地军民为了适应战争的需要，改造平原地形，以便阻止敌人掩护自己的。魏小廷生怕班长说话耽误时间，急催着说：“快快！顺沟一溜烟……”

全班顺着沟道跑了三华里，前面出现了里外两股道沟。里股是老乡们撤退的方向，他们决定走外股。又前进了两华里。糟糕，敌人把沟道填平了。他们只得踏着野地向西跑。西面是什么地方不清楚，有无敌情也不清楚。他们唯一的企图是先摆脱后面两路敌人。跑着跑着，又发现从斜刺里追来敌人一股快速部队，他们是由自行车组成的。人数虽然不很多，对张家臣他们威胁却很大，必须找个有利地势组织抵抗。正西偏南一带地形起伏，树草杂生。张家臣领路朝西南走，走到临近一看，情况恰恰相反，哪里是什么复杂地形，原来是敌人新筑成的一条公路。这可把全体同志都急坏了，把敌人快速部队引到公路上，除非插上翅膀才能逃出去。正在焦急万状的时候，敌人一辆大汽车从公路上驶来。魏小廷焦急地说：“越渴越吃盐，自行车还没对付完，又来了机械化。”韩大力瞪着眼珠子说：“它是辆铁甲车，老子也能敲掉它。”说着就要只身往前冲。张家臣一把拉住他说：“别莽撞!”他看了看汽车，像是运载着东西，低声向韩大力嘟念了几句。韩大力猫着腰摸向公路，张家臣等同志接着隐蔽在麦田里。

汽车扬着灰尘驶过来了。看看走到跟前，韩大力跳出来，使绝劲把公路旁边一棵碗口粗的桑树折断。用力投掷，使它连头带干横挡住公路。汽车被迫刹住，车上人正待发脾气，张家臣等从麦田蹿出来。韩大力飞身蹿上汽车，俘虏了车上的司机和一名助手。汽车满载的罐头和砂糖，是敌伪机关帮助鬼子搞运输的。时间不大，汽车司机继续开车前进，他身旁坐着手持手榴弹的韩班长。张家臣蹲在车厢里向后瞭望，那个司机助手早被马三宝、魏小廷捆结实了。

没有多久，不但抛开那两股步行的敌人，连那支所谓快速部队也望尘莫及了。为了安全，叫汽车再把身后敌人拉远些。司机不敢违抗，竭力加大油门。忽然，张家臣脑子一闪，感到这样做不对头。他想叫汽车停止，眼前又出现了两个炮楼。他想：开过炮楼，再作道理。炮楼过去，是一座必经的木桥。跨过木桥，直连一条笔直的公路，公路拔出地平面约有两丈高，左右是两洼池水。张家臣猛然想起这是深泽县城的东关。此刻汽车没法转弯回头，即使扭过头去，也势必遭到两个碉堡敌人的截击。跳下车去更不会有好结果。眨眼之间，汽车开进城垣，韩大力从驾驶室探出头来问该怎么办。张家臣说先开到城下，看看有无绕城脱开之路。车开到城根了，顺城有窄路，不能行车。张家臣等正准备跳下车来步行，恰在此时，有一伙荷枪的日本鬼子开赴城外，双方距离很近，彼此看得清楚。时间不允许多作考虑。火烧眉毛，先顾眼下，张家臣厉声告诉韩大力说：“叫他开进城去！”

进城之后，避开正街，顺着城墙开到一片拆掉房屋的空地。汽车停住，韩大力把汽车司机绑紧，张家臣乘势对他进行了一些教育。魏小廷不等吩咐，找到两块手帕，分别塞进了他们的嘴巴。张家臣韩大力领同志们飞步跨进一片住宅区。走进一条胡同，抬头看了看房的高矮。韩大力知道他要上房，把双腿叉开摆出骑马蹲裆式。张家臣登着他的宽肩膀迈上屋顶。放眼一看，砖房瓦房土坯房，连绵衔接，很远看不到边际。返回头看，那辆捆着俘虏的汽车，仍在不远处趴着。看到汽车，招呼战友们从速上房。韩大力正在从下面逐个托着人们攀登，有一股子敌人骂骂咧咧地赶到汽车跟前了。估计敌人必然先从近处搜查，房上的同志逐房躲开。初进敌占城市，一切都是陌生的。大家暴露在屋顶上，既不敢停留，又不敢下去。张家臣此刻真急了，他喃喃自语说：“我把同志们引到绝处了。我用什么办法挽回这种错误造成的损失呢？党呵，你给我些力量和办法吧！”一股力量从记忆里磅礴喷出。是团政委讲过这样的话：我们的战争是正义的，帝国主义侵略者是孤立的。他们不可能得到群众的拥护，没有群众就站不住脚。“对！在我们的国土上，侵略者没有立足之地，城内的每一间房屋，不是敌人的凭依，正是我们的阵地。”张家臣想到这些，他马上确立了串房打游击的思想。这种思想一经想定，脑子里冷静多了。估计敌人不会马上赶到，领着同志们跳进了一家小院。胡娃子走进屋去就给房东叫大娘。休息了片刻，小廷提出多出进几家，使敌人捉摸不住准地方。这样连续走了四五家。韩大力说：“别这么跳窠子鸡似的。找个好地势，把守牢靠，鬼子来了，咱跟他拼。”张家臣说：“找个好地势，不如找个好房东。”魏小廷说：“乍生不熟的，哪儿会有好房东。”张家臣说：“要从阶级本质上看问题。只要是劳动人民，他们心里都是向着咱们党的。”胡小娃这时插话了。他说最早去的那家就不错，是手艺工人，擀炮仗的。那家老大娘很喜欢他，临到出门，还朝他手里塞了个饼子哩。根据胡娃子提供的情况，全班串房回到手艺工人家。老人家快有五十岁，张家臣上前给他叫大伯，说明他们是共产党领导的八路军，说明他们如何冲进城里来。老工人对他们很表同情，一面叫老伴烧水做饭，他亲自去门外放哨看敌人。水烧开了，大家刚说要喝，老工人慌慌张张地走回来。他说敌人已经挨户搜查了，怕他家房院窄狭隐蔽不住。他介绍说，距他家不很远是酒作坊，那里宅宽院大，酒缸成群，从后墙跳进去，连作坊的人也不会知道。韩大力仍然反对老转移。他说：“咱们上好刺刀等着，狗日的来一百百，不挑他九十九个。”张家臣理解房东的心情，率领同志们投奔酒坊大院。

大院果然宽阔，煤堆柴堆酒糟堆，猪圈牛群饲养场。这些还在其次，更显眼的是几百个大酒缸，它们像散兵群似的摆了满院子。酒缸大号的比普通人还高，漫过魏小廷的头。张家臣觉着这里适合隐蔽，发现敌情时，可以在酒缸林里打麻雀战，叫同志们朝里钻。魏小廷嗅不惯酒糟的气味，前进了十多米就不朝深处钻了。几次伸着脖子呼吸外边的空气。韩大力怕他又出新点子，低声呵斥他说：“副排长的眼光比咱们亮得多，别净出馊主意。”说着把他推搡进去。时间不大，听到四下敌人敲门喝户的声音。又愣了一会儿，一伙子伪军冲到酒坊大院来了。他们从牛群猪圈开始搜查。伪军们奔酒缸这边来了。他们先是将酒缸个挨个地推移，移挪了几个感到很吃力，便在大缸群里挤着身子乱窜。韩大力实在忍不住了，急得直摇晃，张家臣双手捺住他的宽肩膀，示意不要急躁。这时突然有个伪军喊道：“赶快出来，别在大缸后边躲，我早看清你们啦。”韩大力的肩膀又一次晃动，张家臣又一次捺住他。伪军瞎喊了一阵，临走的时候说：“看你们钻到几时，我们去领‘皇军’，回头烧掉这座酒作坊。”伪军们走了，大院恢复了宁静，天色逐渐黑下来。

蹲在大缸深处的同志，开始看不清眉眼，只能看到面部轮廓。远处，牛栏那边，露出一道灯光，全院是死一样的寂静。这种环境正是八路军夜老虎发挥雄威的时候，张家臣早已不怕敌人那套逐户搜查了，他憧憬在心头的是另一码事。现在他认为是说出自己见解的时候了。他叫大家站起身活动了一下，这才引导着说：“天黑了，敌人的搜查没有什么了不起。眼下的事，大伙看该怎么办吧?”韩大力首先发言说：“革命的军队，永远不在困难面前低头。当前的问题，就是冲出城去。剩下一个人一把刺刀也要冲出城去。副排长，天黑了，你快下决心吧。我是个党员，带头第一个冲。”小廷紧接着说：“向外冲我完全赞成，咱们都可以向城外冲，就是这位小同志差一些……”胡娃子一听就急了，跳起来说：“你怎么隔着门缝看人！朝外冲的时节，我决不会落到你后边。”副排长最后征求马三宝的意见。马三宝咬着牙说：“别担心我，我现在好多了。跟得上，只要能冲出去就行。”

张家臣紧接着对大伙说道："同志们，现在我们不是单纯地冲出去，而是要向敌人冲进去！"

"你说什么？"韩大力听见张家臣特别加重那个"进"字，搞不清副排长的意思。在他看来，已经获得了三个大胜利，胜利完成护送工作团，胜利冲出敌人的拉网，胜利把几千名群众掩护脱险。为了完成这些任务，九死一生，历尽艰险，最后为了吸引敌人携伤扶病陷入了敌人的城圈里。现在还不该赶快冲出重围向党委交差吗？副排长的冲进去又是什么意思呢？魏小廷敏感，他完全知道张家臣的意思是要主动寻求战机，再打一个大仗。

"同志们！"张家臣双手搭在韩大力、马三宝的肩膀上，轻声说："我们不能简单地冲出去，一定要主动寻找战机向敌人心脏打进去。你们听城外的枪炮声，说不定咱们哪个机关部队被敌人围住哩。鬼子的兵力大部开到外边去了，城内兵力空虚。这一点从他们搜查无力就可以证明。难得汽车把咱们接进来，既进来就不能和他善罢甘休，就不能轻易饶过他。"张家臣停了一下，又说："大力同志，咱们有多少武器弹药？"韩大力应声道："步枪五支，短枪一把，子弹四百发，手榴弹还有十六个。""好哇！好极啦，同志们。我们是共产党领导下的八路军，有一个班的全副武装。脚登着祖国的土地，头顶着祖国的青天，赵子龙一个人在百万军中，敢杀个七进七出，我们……"韩大力不等他说完就催促说："啥也别讲啦，朝哪儿打你就下命令吧。"张家臣还不满足，道理讲到家，工作才开花。他说："大力同志，先等一下，有个问题咱们再明确明确，就按现在双方的情况，到底谁厉害，是敌人还是我们？到底谁怕谁，是我们怕敌人，还是敌人怕我们？"不等别人发言，张家臣自己解答说："依我看，敌人更怕我们，怕你韩大力，怕马三宝，也怕胡娃子。魏小廷同志，你自己怎么看？是你怕敌人，还是敌人怕你。"魏小廷想到多日来的胜利战斗，想到全班的英雄气概，想到鬼子那个班临阵脱逃的情况，也想到刚才副排长的动员，一股热血涌向心头，他毫不迟疑地说："没问题，是敌人怕我!”接着大家纷纷表示了态度。张家臣认为这样的士气能够打仗了，叫韩大力出去观察一下情况。一会儿韩大力回来了，说大院附近还是静悄无人，南街上吵吵闹闹的，像是敌人扑到那里搜查哩。张家臣叫大家先静一会儿。一经寂静，又听到城外的枪炮声。张家臣情不自禁地说：“咱们兄弟部队正在外面战斗，城内没有多少鬼子，白脖子皇协军松松垮垮，正是顺风驶船的时候。咱们给鬼子来个内外夹攻吧!”

五位同志像五只老虎出洞一样从酒缸群里冲出来。走到牛槽附近，有个人正用酒糟拌草，看样子是饲养工人。通过他了解敌情，他说出鬼子的仓库和军马厩，指明汉奸县政府和警察局的所在地。饲养工人特别痛恨投敌人员，他自告奋勇领他们去剿灭伪组织。张家臣决定先奔敌人的仓库，城圈小，距离近，十分钟的时间，他们到达了仓库。仓库守敌只一个班，因为城内情况紧张，他们有所警惕，但没料到八路军窜房袭来。这个班自然不是韩大力等同志的对手，一经交锋就先躺倒两三个。剩下的恨自己没多长两条腿，撒丫子逃跑了。韩大力跳下房去，一连点了几把火，枪声火势对城里所有的敌人都是当头棒喝。估计敌人要组织救援，张家臣率领同志们迅速登房，选择有利地势。十字街小楼包子铺被选中了。同志们立刻伏下，等待阻击。不大的一会儿，一群鬼子领着伪军果然赶来了。魏小廷挺起胸要开枪，韩大力用巴掌拍着他的肩膀说：“小魏子，沉住气。等敌人到咱们脚底下，叫他们疙瘩面条一碗吃。”韩大力不慌不忙，把手榴弹掏出来，个挨个在房檐摆好。当张家臣挥手让打的时候，马三宝、魏小廷等同时开枪，韩大力直朝敌人群里投手榴弹。他打仗是不甘寂寞的，每投一个喊声“着家伙”。哪个手榴弹命中率高，他就大声喊个“一百百”！刹那间，敌人在街头躺倒一片，后边的伪军夹着尾巴朝回跑。张家臣他们乘胜转移的时候，路经伪警察局，韩大力要跳下房去，从窗子里塞两个手雷。张家臣劝止说：“算了吧，汉奸局长不会在这里住，剩下的是一般人员，叫小魏教育教育他们吧!”魏小廷作了精彩的喊话。这些一共只用了个把钟头。

敌人在城内受到严重打击，慌忙从城外抽调兵力回来增援。新的问题又发生了：狡猾的敌人，确知城里是少数八路军，重新作了布置。派一部分兵力分片包抄，把重兵摆在城门楼，将所有的城门封闭了。张家臣等绕来绕去终于又回到酿酒作坊。大家仍旧蹲到酒缸群里。现在的问题可是真要打出城去了。可是，由于敌人兵力增加，防守严密，一时想不出突围的办法。张家臣提出依靠群众。哪里去找群众呢？饲养工人走了，随便找人也没把握，想来想去还是到擀炮仗的那家去。这是全班第三次进这个家庭了。张家臣向老夫妇说明他们焚烧仓库阻击敌人的真实情况，老两口子受到感动，比上遭儿又热情多了，把油灯点在灶坑里，用被子遮住窗口，老大娘去打火做饭，男房东给他们介绍城垣情况。说全城只有正西偏北塌了一角，可以攀援，此外再无他路。估计坍塌之处，必有重兵防守。大家研究的结果是分兵两路，一路用佯兵把敌人的注意力吸过去。谁去执行佯攻的任务呢。韩大力站起来，摸索着从衣袋里掏出工作团的报告，他说："家臣同志，这封信还交给你。我去！"张家臣不接他的信，先问他有什么办法吸引敌人。韩大力不假思索地说："一把刺刀，八十发子弹，拼上半个钟头，敌人能不都过去？"张家臣说："你这股劲，正好领头主攻。佯攻是件细巧活儿，由我去想点办法。"韩大力估计副排长又是把艰巨任务骗到手里去，他瞪着眼睛问："你有啥办法？"张家臣回答说："想办法制造声势，欺骗敌人。"韩大力用揭穿的语气对战士们说："副排长也没巧办法。无非是革命品质高，牺牲个人，想成全我们大伙。不行，这遭儿说啥也不让他去啦。"马三宝深受感动。也说："把危险任务给我吧。我的伤也不好治，跟敌人拼掉算啦。"张家臣沉下脸批评他说："凭你这种情绪就不叫你去，去了你也完不成任务。真正的革命战士，永远不会悲观。难道执行艰巨任务就肯定要牺牲吗？"一经开展批评，空气紧张了，谁去的问题搁浅住了。张家臣掀起门帘走到外间，先问房东有没有现成的鞭炮。房东说还有十多挂。又问有没有煤油桶。炮仗的老工人说，水缸旁边现放着一对煤油桶。这时屋里的同志们都明白造成声势欺骗敌人的办法了。

佯攻办法确定之后，张家臣叫所有同志都跟韩大力去主攻。自己留下执行任务。他估计同志们要争任务，先发制人，他说："按照命令行事。韩大力！你的任务最紧要，率领同志爬城墙，一定要保存好那份报告。一个倒下去，另一个接过来。"

"我想提点个人的意见。"胡娃子是从讨论以来第一次说话。他要求执行佯攻的任务，他说："挂鞭响起来倒像机关枪，再有冲锋号一吹，敌人没有不信的。"胡娃子说着摘下军号来，用军装袖子擦净号嘴，态度十分坚决。张家臣听了，心里实在欣赏他的办法。但他没表示态度，他使劲盯着胡娃子，看来看去总觉着他是矮人半截的孩子。魏小廷忽然吐口说："放着这么些个大人，叫你个孩子去？"胡娃子生气了，说："不在大人小人，单看会不会吹号。你倒是大人，你吹响它我听听。"说完转身又向副排长和班长说："有我能干的活儿，为什么硬不批准。打鬼子救祖国还分岁数大小吗？"张家臣盯着韩大力，看看当班长的采取什么态度。韩大力嘴巴动了几动说不出话来。大力同志外表虽然粗犷，内心对同志十分热情。看得出来，他也是舍不得把孩子放出去。满屋子被肃穆空气统治住了，马三宝和魏小廷互相接触了一下视线，各自感到有口难言。这时，门帘启处，男房东进来了，他指着身后的老伴说："贵军商量的军机大事，我和老伴都清楚了，你们真不愧是共产党领导的军队。咱们都是中国人，谁不愿为抗日出力！你们啥重要事都不背着俺们，是你们眼里瞧得起俺这穷夫妻。仗凭这两条，我斗胆说两句。依我看，你们叫这位小同志去吧，别担心，我跟上他，点燃鞭炮我十拿九稳，事情做完我们掩护他。十几岁的娃娃比大人好掩藏。你们放心，只要有俺老两口的命在，准把孩子给你们领出去。"听完这段感人肺腑的话，张家臣、韩大力同时赶上去握着讲话人的手。胡娃子顺嘴叫声："亲爹亲娘。"一头扑到老大娘的怀里。问题就这样决定了。

时间不大，同志们把房东大娘做的那顿尽可能好的夜餐吃过了。经过种种准备工作，部队即刻要出发了。夜雾笼罩下的茅舍小院里，房东大娘给分头走上战场的同志们送行。她悄悄嘱咐老伴说：娃子是八路军的，也算是归到咱们家了。要是丢掉他，连你也别回来了。在黑暗门洞里分手的时候，张家臣握着小司号员的手说："娃子同志，我们相处很短，都知道你是个有志气的好战士。你人小担了重，沉住气，到时候把调门吹高点。我们一定听到你的号声，我们一定在外边等候你！"

"副排长，你放心吧。我一定叫你们听到号声，我一定把吃奶的劲使出来。"

轮到韩大力告别了，他闯闯地走过来，双手用力把胡娃子高高举过头顶，又轻轻地将他放下。他没说一句话，阶级的感情，同志的友谊，千言万语都渗透到这一举一放之中了。

一刻钟后，张家臣、韩大力等四位同志，偷偷爬上一家靠近城垣的民房，在一棵漫过房顶的槐树枝叶掩映下，四个脑壳同一水平抬起，凝神注视着五十米外那片断塌的城墙，任谁一动也不动。他们倾听着什么，等待着什么。蓦地，从城墙的另一端，突然响出连珠爆声，接着是一曲雄威嘹亮的冲锋号。号声，助长了城外抗日军民的威风；号声，使敌人心惊肉跳；号声，使城市居民从昏沉沉的睡梦中醒来了。最引起激动振奋的，是张家臣、韩大力四位同志。听到号声，挺身跃起，像插翅飞翔那样快，眨眼之间，四把闪烁着寒光的刺刀，出现在塌城墙段的守敌眼前。敌寇惊怔之际，韩大力的刺刀已经染红了鲜血。乒乒乓乓，一阵激烈的肉搏战后，咕咕咚咚，四位英雄跳下城墙去了……

故事到这里就完了，再交代几件具体事。这天夜里恰是我们的地委机关胜利突围。城里作战，对突围部队帮助很大。第二天地委负责同志接见了张家臣等同志并接受了那份书面报告。同志们一致提出，暂留在城郊活动，等待那位勇敢的号手。半个月后，胡娃子平安出来了。张家臣等要求回原部队，党委感到他们战斗经验丰富，熟悉周围环境，决定留下他们坚持当地的武装斗争。后来由于形势发展的需要，以张家臣这帮人作骨干，编了一个连。张家臣任指导员兼代连长。韩大力负责第一排。马三宝伤愈后作了副排长。魏小廷成长为一位敢拼敢打的战士，并和韩大力成了最要好的朋友。那位勇敢的小司号员呢，他也不愿意离开这个连队和他的军号，从此，他的号声更加响亮、更加雄伟了。

一九六五年八月于北京西城

三进五窑村

事情的发生距现在整十五年了，留在心头的印象久久不能磨灭。一九四四年初春，我参军到晋察冀军区司令部，在警卫连第一排里当战士。当时十六岁，是全排最年轻的。排长看着我年纪小，又是从沦陷区出来的，对我特别照顾。站岗放哨指点得很详细，射击瞄准掰着手儿教，上山砍柴给我磨斧刀，纺线给我安纺车，晚上点完了名，他在油灯下边，还一笔一画地替我修改字句不通的墙报稿。我在内线的时候，虽然受过党的教育，但觉悟不够高，没参加党，也没作过多少工作，跟领导同志很少直接见面。因而，在我眼里，我们排长就是最出色的领导人，对于我，他尽了爹娘的责任、朋友的责任和师长的责任。

排长姓何，廿九岁，是全连干部战士中年岁最大的，听说他从小在大清河边拉纤，脾气很耿直。有一次税官取笑他，摘掉他的毡帽说是装鸡蛋，他一脚把税官从船头踢进汹涌的河流里。他原来不识几个字，参军以后，练习得能写工作总结了。平常不大好讲话，但在替指导员上政治课时，讲得简直叫你挺大拇指头。我最爱听他讲战斗故事。一次讲八路军英勇顽强的战斗作风，他讲到一九四三年敌人进山“扫荡”。他带一个班跟鬼子一个连拼刺刀。他的班把守山口，激战两小时，敌人没能冲过去。后来全班只剩下三个人，三个人背靠着背，紧紧堵住山口。新增援的敌人中有个体高的大汉，奔向他们矮小的副班长拼刺。双方都不退让，各自把刺刀刺到对方的肚子里。敌人体高刺刀长，副班长身矮刺刀短。副班长忍痛挺劲，让敌人穿透腹腔，终于把大个敌人撂倒。后续的几十个鬼子，看到他们这股威风杀气，吓得没敢继续向前冲。这个班终于完成了掩护领导机关安全转移的任务。排长讲到这里，瞪着微黄的大眼珠子，说：“为什么我们无产阶级教养出来的军队，能够战胜武装到牙齿的法西斯呢？就是因为，我们战士们懂得为谁打仗，为什么打仗，因而，他们敢跟敌人拼刺刀，敢于刺刀见血……”打仗这么硬，脾气又是那样倔强，你会担心他和群众的关系搞不好吧？不，排长和群众的关系可好咧。全排团结还不要说，单说他和房东大娘，大娘每逢出门就说：“老何！好好给咱看家。”说罢一抖手就走了。排长也真负责任。你看，一会儿他把蹧践菜园的公鸡赶走；移时，又把脱了绳的羊儿系到桩橛上。看到这些情况，我认为他很好说话，一次偷偷问他：“排长！你家住哪里？净什么人？”他直起眉毛，用粗嗓子反问我：“你心里想什么，问这个干什么？”顶得我好不烦恼。当天晚上，他把我找到背静地方，说：“小黄，白天我的态度很粗暴，你还生我的气吗？怎么，你是不是想家？我这个排长呵，就是不愿意叫同志们抱家庭观念，不愿意叫同志们思想开小差。咱们排，咱们整个军队，不是革命大家庭吗？”这样一来，我对排长既有敬情，又有怕意。

一天早饭后，正要出操，我被喊到司令部办公室。进屋喊完“报告”敬了礼，发现参谋长正跟何排长讲话，看光景是讲完了。见我进去，何排长介绍说：“他就是黄小飞。”参谋长笑着说：“小黄同志，省城周围你不是很熟悉吗？跟你们排长做伴出差，执行一件重要的任务。具体情况，他会告诉你。”我真想问，又不敢问。第一，为打听事已经挨过批评，班里喊我“管事宽”，还给取了外号“包打听”；第二，我不久才碰了排长个软钉子。等排长说吧，他又不说。收拾行装的时候，我实在憋不住了，脑子一急冲口问道：“排长，咱们倒是啥任务？”“到内线取东西。”他用微黄的眼珠子瞪了我很久，才告诉了这六个字。

我们中午出发，下午四点到达山口。这儿距铁路还有五十华里。为了不误时间，不能停下来用饭。两人手捧干粮，履着山坡盘道，边走边吃。吃完干粮，找到山坡的水泉，我们并肩蹲下身，饱喝了一阵清新的泉水。

时光正是阳春三月，太阳照着脊背，微风拂着面庞，登在高山坡上放眼瞧着，这里是一片片怒放的桃花，那里是一行行婆娑的杨柳，千红显媚，百花争妍。说不出名字的鸟儿登在花枝上比赛唱歌。脚下的嫩芽青草摇曳着脑袋跳舞。连那一块块挡路的大岩石，也像从土里站起来向我们讲说什么似的。这一切富有诗意的自然佳趣，打动了沉默很久的何排长。他那两道发皱的黑眉毛舒开了，微黄的眼睛里泛出光彩，咧开红厚的嘴唇，笑着对我说："小黄呵，这种宝贝季节呀，水淀里要闹翻江啦，鲤鱼翻花打诨，黄花子排着密集大队游行。这时候你漂着小船……撒网吧，轻轻倒手，从水里提出来，网角兜里白花花的一嘟噜，累死你，你也不觉累。"排长的声音里甚至带着几分孩子气，这些，我能够理解。记得我在小清河嘴捞鱼的时候，黎明时分，远处时有鸡声，我一个人蹲在雾气沼沼的河边上，把铁丝筛子没进水里，刚一沉静，觉着有什么小东西轻触铁丝，猛提筛子出水，至少有三四尾青脊背白肚皮的柳叶鱼儿，张着嘴活蹦乱跳起来，一个小小的筛子还这样有趣，排长乘舟张网的美滋味就不用说了。排长说完水乡捕鱼，我试探着问道："排长同志，你是白洋淀的人吧？"

他盯我一眼，终于点了点头，第一次谈到了他的家："我从一九三八年参军后，家里剩下了三口人，老婆拉扯着两个孩子过日月，她有本事，就凭着赁的那只小船儿。一晃，五六年不回家了，这次咱们完成任务以后……呵！天气不早了，加速度！"他停止谈话快步前进了。我的心绪一点也没有平静，包打听的瘾头又上来了。倒不是想盘查排长的家事，是想知道这次任务的内容，反正排长现在兴致蛮好，问吧！我赶到同他并肩的时候说："咱们今天夜里到底取什么东西？"他把脸一沉："小小的人儿，别多嘴多舌的，见不到东西，连我也不知道，见到东西，不问也就明白啦！”这对我真是个不硬也不软的钉子。

夜间九点钟，我们偷越平汉路，路两旁都挖了两丈多深的封锁沟。从上朝下看，又深又暗，实在吓人。我们排长早已作好准备，手持长竿首先下到沟底，然后递竿接我下去，当我挽竿攀上封锁沟时，斜插在腰间的手枪滑掉了，恰是这个时候，敌人的轧道车来了。我凝神偷看从车上射出的耀眼灯光，何排长猛然用力将我按倒，几乎就在同时，车上机枪朝我们哗哗扫射。我趴在地上，吓得直吐舌头，轧道车掠着我们身旁过去了，刺进鼻孔一股难闻的气息。接着开来一列火车，身下大地一阵悠悠震动。火车过去了，我仿佛感到自己是件被车丢下的东西。正在惊魂未定之际，何排长已从沟内把我滑掉的手枪找回来。

“给！枪是咱们革命军人的生命，丢了还了得！”

我怀着感激而又惭愧的心情接过手枪。

一点钟后，我们到达了目的地——五窑村。五窑村在省城南郊，距城六七里路。这地方我熟悉，村北有条河，村南是片荒地，村东有矮树林。我学徒的时候，跟着少掌柜行围捉兔子，曾到这里来过几次。这个村被圈到市封锁沟内。我在前面引路，领着何排长从两个碉堡空隙里爬进沟去。

何排长要我领他从北头进村，找一家有槐树的院子。因为是夜间，天空漫着一层阴云，我迷迷离离地觉着这个村庄什么都变了，旧的印象一点也联系不起来。幸亏排长有经验，他定了定方向，领先前进，穿过两道街，进了胡同底，指着一套土墙院说：“小黄，看，挺出房檐的那棵树是不是槐树？”“似乎是……”我盯着杂乱朝天的枝丫，说不肯定。排长端详了一会儿，作了肯定的结论。我说：“既是槐树，咱们敲门进去吧？”“不！树顶挂出白玉鸟笼才能叫门哩。”

排长估计是来早了，决定暂时退出村外，看看有什么变化。从西面出村，看到村南炮楼上有灯火，我心里没有着急，反倒感觉此刻的处境又神秘又新鲜。这当然是因为有排长作靠山了，光我一个人说不定早吓毛了呢。

我们悄步哑声踱过一块菜园，绕到通向南关的大道边缘。菜园里有砖井，浇园人夜里泡着水斗了。沿着菜园小路奔向打麦场，靠场北面有两间敞着口儿的草棚，为了隐蔽目标，便钻进草棚去。我像没事人儿似的向排长说："村庄房舍都对，院里又有槐树，少个鸟笼关系不大吧!"排长不答话，要我放低声音，继而又制止我说话。刚静下来，听到有人沿着小路走。看出是两个人，他们走到草棚跟前，停住脚步。夜里看不清面目，先听到一个粗野声音说："周先生，到底有没有把握?"接着有个公鸭嗓子回答说："东西肯定是送到这村了，不晓得是哪一家，也不知道他们规定的暗号。"粗野嗓子说："不要紧，咱们秘密封锁村庄，把去联系的奸匪给他统统捉住。"我一听冒火了。老子堂堂抗日军人，你竟说是"奸匪"，还要阴谋陷害，先下手的为强，老子抓两个俘虏。刚一动弹，被俺们排长按住我的肩膀。排长真是久经大敌呀！不到一分钟，开来一队伪军，约有五六十个，踢踢踏踏地走到打麦场。接着，便直奔我们站的草屋。事情这样突然，我是又急又怕，看看就要掌握不住自己了，何排长伸出一只热乎乎的大手捂住我的嘴巴。我明白他的用意，竭力控制着自己的感情。伪军们走进草棚了，不知为首的说了句什么，他们转身朝外蹲下。我们之间已经没有间隔，挨膀靠胛地挤在一处。有个家伙直用手推我，还小声说："靠里点。"何排长并不紧张，他伸手摸我的胸膛，试看心跳不跳。说真的，当时我总是放心不下，生怕谁在这当次划根洋火。正思谋着，听到粗野嗓子说："大家听着，我命令你们分成四个小队，把守四面街口，生人进村，一律逮捕起来。"

伪军离开之后，我透了口气说：“何排长，这场凶险算是闯过去了，咱们走吧？”

“任务没完成，走不得。”

“敌人把村都封锁了，怎么进去。”

“任他撒下天罗地网，也得从网底里钻一钻！”

我知道他的拧性脾气上来了，想拦也拦不住，便跟他步出草棚。突然从房侧面闪出一个人，拦路站着，和排长说了几句暗语，问：“你们是来取东西的？”当我看清是位小姑娘的时候，何排长反问她：“你是干什么的？”“我叫小妞，内线送出的东西存放在我家。送东西的人平安回去了。她临走说可能有特务跟踪，嘱咐多加小心，保护取东西的同志。我和爷爷分头出来寻找，刚才我躲到大树后边，把一切都看清楚了……”排长大概还不放心，又多方盘问了小妞，证明她说的是实话，我们才承认了自己的身份，并要她把东西速交我们带走。小妞说她们爷俩都是空手出来，东西由她奶奶藏着，要我们跟她回家取东西。发现我们犹疑不决，她说保证有办法进村。我不断扯排长的袖子，他推搡了我一把，倔强地说：“走！”

小妞带路，转弯抹角，没走街道就把我们领进她家。她爷爷已经回来了，小妞作了介绍，说明了一切。人倾听完了，又同何排长对证了联络暗号，然后叫他老婆到里间取出收藏的东西。何排长在黑暗中把东西掖到腰里，立刻同我一齐告辞。出了大门，沿着胡同朝北走，快要走出胡同口，迎面走来人群，老大爷看清是伪保长领着人来查户口，返身向我们打手势，他个人迎上前去。

“你是什么人，夜里干什么去？”坏蛋们高声喝叫。

“我姓张，就住这个胡同，老伴得了急病，我去瞧个医生。”

“张老宽！”保长说话了：“岗楼上派人来查户口，你满街胡跑，不要脑袋啦！”

老大爷和他们周旋的时候，排长领我藏到胡同尽头一所破庙里。坏蛋们吵吵闹闹地在外面搜查，我们紧张又烦躁地蹲在泥胎后边等待。磨蹭了约半个钟头，敌人滚蛋了。张大爷摸进庙来，何排长在黑暗中说："我们可以走了吧？"张大爷走到跟前低声说："现在天快明了，四街口有他们的人站岗，出入很不方便，索性等他们走了再说。"这个意见正确，我们重新回到他家。小妞又被派到外面探听情况。我们在套间里面呆呆等着，不睡，觉着疲乏，想睡又不敢合眼。这时，四下金鸡乱唱，天色似明不明。我心里十分矛盾，又怕天明又盼天明，心急火燎地等待着小妞回来。

敌人熬了一夜干巴眼，果然在黎明撤回炮楼了。小妞带我们从小路走出村，按照老大爷指点的路线，出村不远，沿着苇塘和矮树旁边小路朝东北走。这样炮楼就被村庄遮掩了。大清早走在空旷无人的路上，虽然安静，颇感紧张，每走几步总要左顾右盼的，生怕敌人从背后偷偷追上来。出村不远，一条笔直大道横在眼前，何排长想了想，要我提前登上大道。我在大道走了百十米，何排长才跟上来。走了不远，接近一道土堤，当我放慢脚步的时候，何排长赶过来说："小黄，你看，左后方发现了一队伪军。"我见伪军走得很安静，便说："这儿敌人经常换防，不一定是……""你的看法不对。"排长强硬的声音打断我的话："我们要立刻想办法。""这为什么，难道敌人知道咱们的情况？"排长遗憾地说："再沿着苇地多走一节有多好。净怨心急大意，犯了军事常识上的错误，过早地跟你挺身上道。怎么，你还不明白？咱们只说炮楼的瞭望哨肉眼看不清，却忘记了敌人的望远镜。"我听了后悔得要死。可事到如今，后悔卖给谁，只得暗暗加快脚步。走了不远回头一看，敌人的步伐也加快了。何排长见事不好，说了声"跑"，两人立刻撒开腿。我们跑，敌人也跑。跑出一两百米，再一看，糟糕，敌人展开了扇面形的包围圈。他们开始打破沉默，呼喊："不要跑啦，识趣的，快放下武器，给你们留条活命。"武器我们是有，每人一支枪，排长腰里还有三个瓜式手榴弹。当然更重要的还有内线送出的那件我不知名的东西。我说："排长，亮家伙抵抗吧！"他说"现在抵抗，倒给自己添麻烦。"他的意思是说，在这地方开枪，会像招马蜂一样使四下敌人闻声赶来。但老跑下去也不是办法，既然三面被包围了，不好跳出圈子去。若是在根据地，有群众支援，拼命顶到天黑再朝外冲。这里离城不到十里路，还没走出市封锁沟。我看了看东边天上刚刚升起的太阳，心中感到害怕了。

前面是慢上坡，排长要我加快跑。跑完这段距离，我们登上坡顶。这儿有两颗粗可合抱的大柳树。借树遮身回头一看，敌人只被拉了半里路，他们开始登上这段难走的慢坡。由于地形的限制，散开的扇形面缩窄了。排长沮丧的脸上泛出了希望。他说"小黄，你看！这个慢坡有三十度，开阔程度百十来米，用火力控制好，敌人一时半刻上不来。这样办，我留下阻击敌人，你冲出去，把内线带来的东西交给白洋淀驻军的首长。"说着他从衣袋里掏出那件东西，我仔细留神一看，原来是同小孩玩的弹球一般大的蜡丸。我知道它的分量虽小，内容准是可观的。否则，军区的参谋长不会亲自布置这项任务。但我不能收，用恳求的语气说："排长，把掩护任务交给我吧！"排长说："你穿着合法服装，脱开敌人就可能脱险。再说，掩护任务你完不成。""那咱们一块朝外冲，反正你不能单独留下。"排长生气了，瞪着发黄的眼球说："小黄，听话！这是讨论问题的时候？"说完将蜡丸塞到我手里，无论我心里怎样难过，也不敢再分辩了。时间哪许再拖延一秒钟呢，把心一横，我扭头就要跑。

"等一下！"排长叫住我："把这支枪也带回去。多一支枪，多一个战斗力。"

排长把他最爱惜的一刻也不离身的一支短八分的手枪交出来，他的决心还用问吗？我用湿润的眼睛瞧了他一眼，拒绝接受他的枪。

何排长两道黑眉倒竖，眼珠子瞪圆了：“给！有三颗手榴弹，足够对付他们个狗日的。”

“我的好排长呀！”我哭着扑过去。

“快跑！”他把枪套系在我的肩上，用力推我一把。我身不自主地向东北方向飞奔。这时节，我担心的不是自己而是我的何排长，是他付出生命的代价换取蜡丸和我个人的安全。想到他的这种高贵品质，情不自禁地放慢脚步回转头来，看见何排长像镇殿将军一样挺站在树后边，两眼不住瞻前顾后，这明明是一方面监视敌人，一方面看我跑出有多远。我没有权利留恋迟步了，排长要求我的不是软绵绵的难舍难分，而是硬朗朗地跑出危险地。当我跑出一里多路时，听到第一颗手雷的响声，接着敌人开始鸣枪还击，但火力不够密集。两分钟后又响了第二颗，之后是怕人的沉寂。怎么回事，莫非敌人被击退了？我心里真是矛盾，又想迅速朝外冲，又想回身接应何排长。正在犹疑不决，远远听得何排长喊：“留神东面！”我放眼一看，果然东方冲来一股敌人，为首的二人骑着马，笔直地奔着何排长冲过去。我不敢跑了，怕这股敌人来追我。果真如此，无论如何也跑不脱。既然排长把四面八方的敌人像吸铁石吸铁渣子一样粘到自己身上，那么，千斤的担子就都由他担承吧。我改成快步走，压低了姿势，竭力朝着苇地矮树林边靠拢。这虽然是走回头路，但求暂时躲开东面上来的敌人。还好，经过难熬的三四分钟，我走到矮树林前了。由于地势低陷，何排长那边的情况根本看不清楚。我估计他就要大火烧身了。这时候，天怒了，突然刮起一阵狂风，风卷黄沙呼哨作响，霎时天昏地暗，几步以外望不见人。我正担心排长的命运，骤然传来第三颗手榴弹的巨响。这种撕肝裂胆慑人神经的声音，把我的心都震碎了，必是排长为党捐躯尽忠了。我淌着眼泪，握紧蜡丸发誓：“排长，你安息吧！只要我黄小飞有一口气在，你留下的担子，由我挑起来……”我想乘着飞沙弥漫的机会返身再向外冲，怎奈风力大，脚下陷，每抬一次脚步，都费很大力气。几分钟后，狂风过去了，发现自己走错方向，离开矮树林并没多远，仍然处在敌人包围圈内，而且敌人已经分成多路拉网般地包抄过来。我想准是敌人杀害了何排长，没搜出那件致命的东西，特地返来追我。这样想时，我感到责任更大，心情更紧张了。我要学习排长的老练慎重，不能冒险朝外冲。火烧眉毛先顾眼下，我要再度返回五窑村。穿过矮林苇地是一片麦田，那里有一些耪麦子的老乡，他们也都心慌意乱站立不安。我试着同老乡们靠拢，企图把自己湮没在群众里。老乡们多用陌生的眼光看着我，迫使我不敢停住脚步，只得继续朝纵深里走。敌人开始在麦田里逐个搜查了。有的沉住气弯腰锄麦，多数被搜查后扛着锄头回家了。四下压来的敌人越来越近，能叫他们舀干了水捡鱼吗？我按了按交插在腰间被棉袍掩住的两支枪，把心一横，朝外冲！你们兵马多过长坂坡，我也学个浑身是胆的赵子龙。想到那颗叫人担心的蜡丸，我的脑子发凉，心跳得厉害了。自己叫着自己的名字，黄小飞呀黄小飞，你参加革命，不怕流血，这是对的，可这么多的敌人围着，你能硬冲出去？个人死了事小，这千斤担子又交给谁？眼下要有何排长拿个主意够多好，这样紧急复杂的情况，我这个新兵娃子怎能处理呢？我一时打不定主意，只有害怕，本能地躲着逼近的敌人，眼睛盯着稍远处的敌人。脚底下时而踩着坚硬的土块，时而踩到松软的麦苗，连看也不看，走了一节路，听到有人喊叫“表哥”，我也不理会。后来喊声近了，我还是死盯住敌人。直到喊声响到耳边并被人家牵住手，才发现眼前是小妞。小妞手里拿着一把短短的马鞭，她是赶着毛驴到地里驮粪的。我简单地向她说明了情况，两个人一块想办法。小妞的脑子挺快。她说：“你既然穿着适合都市的服装，就该用它来迷惑敌人。”她主张连枪支带蜡丸埋在她家麦地里，标个记号，躲过检查再来取。这当然也算是一种计策，但蜡丸有机密大事，枪支是革命军人的生命，更何况我带的短八分是何排长生命换的呢！我拒绝了这个主意。小妞一计不成又献二计。她提议：枪支由我带，蜡丸交给她，两人装作串亲模样，一同回到她家去。我同意这个办法，但没立刻把蜡丸交给她。小妞拉驴前走，我跟着走了几步，发现小驴拉粪，我灵机一动，马上掏出蜡丸，随手摘了一片野菜叶子包着，又打里面衣襟上撕下一小块布裹好，将它塞进小驴的肛门里。这样不管遇到什么情况，即使我牺牲了，蜡丸仍能保存住。经过这样的处置，心情开始觉着缓和些了。小妞很会择路，甩开那股靠我们最近的敌人，曲曲折折奔向她的住村。谢天谢地，这场眼前的灾难总算脱过了。我舒心地跟上小妞，踏着同何排长昨夜走过的菜园。前面不远处就是昨夜藏身的草棚。在阳光下，那高高的并排大树，那敞口儿的简陋草棚，看得一清二白。我这时心绪很复杂，一阵胜利躲开包围的喜悦，一阵回忆往事的凄酸。正在内心怔忡不安、脚步踉跄前进的当儿，突然从草棚后面走出几个人，拦阻我们的去路，我几乎要掏枪射击，又觉得不能过于莽撞。情况这样突然，简直叫人脑子转不过弯，一向聪明多智的小妞，也扭转身来给我要办法。我冷静了一下说："小妞，咱们看情况办事，你能掩护就掩护，该摆脱便摆脱。如果我有三差两错，就在两天之内，你要同爷爷把东西送到白洋淀那里的军区去。"小妞也不含糊，她说："别把事情说那么远，先看看他们是啥意思吧!"

"你们往哪儿去?"兔子脑袋长相的人先开口了，他有三十来岁，听着口音怪熟，一时想不起来。

"周先生，别给他们费唾沫，搜了再问。"这个说话的也是特务打扮，穿着日本军装上衣，一边说话已经把手枪掏出来，听到他叫周先生，我想这个兔头人就是带头追踪蜡丸的特务。昨夜里听过这个公鸭嗓子了，怪不口音有点熟悉呢。

小妞牵着毛驴叫他们搜过了。我想先闯一闯，要不行，就先开枪撂倒这两个坏家伙。现在该轮到搜查我了，我正要掏出枪来，那个兔头周兴许从我的衣着打扮上看出了什么，忽然从上到下打量了我一下，问：“你是从哪儿来？”

“他是俺表哥，从城里来的。”小妞不容我答言，即回头为我打掩护。

“你在城里做什么？”兔头周直接问我。

“我在华昌学买卖。”

“华昌？”华昌是城内鼓楼大街最驰名的绸缎庄。兔脑袋不大相信。“那你说说，华昌坐落何处，掌柜的是谁？”这一套我是对答如流，为了细致，连几个少掌柜的名字都念了一遍。

“你到这里做什么？”兔头周半信半疑了。

“跟少掌柜出来钓鱼，他要我到小苇河来找鱼食，顺便到表妹家看看，俺们少掌柜还在河那边等我哩，不信我们可以一同去看看。”我编排了这套莫须有的谎话，小妞接着又帮言了几句。我的镇静，小妞的证实，更重要的准是华昌老板的金钱和势力，这些使坏家伙们没产生过多的怀疑，表示我们可以走了。但坏蛋们又觉着小驴好玩，围住圈引逗它，小毛驴也看不起坏家伙，它发了倔强的脾气，又喷鼻子又打响嘴，稍微靠近它，就龇牙咧嘴尥蹶子。我正嘀咕毛驴要出事，它翘起尾巴放了个屁，可把我吓蒙了，如果塞的东西真个暴露出来，小妞全家和内线同志的安全，重要的军事机密，就都付诸流水了。我赶过去捶打它的屁股，小妞在前面拉缰绳，急得她头上直冒汗。想不到这些办法越闹越僵，小毛驴死撅着屁股不走。正危急中，张老大爷赶到了。老人家真有本领，上前攥住小驴的嘴巴，用力一捏，它喷了个响鼻，老老实实地跟着走了。坐在小妞家炕上，像坐着针毡一样，等了一个钟头，小驴拉了泡粪，总算把蜡丸拉出来了。我将它重新收藏好，请求老大爷替我打听何排长的下落。头一遭得到的消息说，敌人捉住一个八路军，用马驮往北面炮楼去了。我肯定这是谣言，“排长会当俘虏？见鬼啦”。第二次得的信说，一个八路军被敌人挑死在村东大柳树底下。这个消息估计可靠，想必是排长扔完第三颗手榴弹跟敌人同归于尽了。这时节，我的头发胀，眼发黑，全身忽忽悠悠的，像从高山跌到深海里一样。三分钟后，我想到强将手下不应该有弱兵，用袄袖擦干眼泪，咬了咬牙：我的好排长呵！等着吧，天黑下来，我一定去埋葬你。如果有可作纪念的东西，一定交到你的家里。小妞家为我作了好吃的，劝我无论如何先吃饭。我心里满是火，一滴水都咽不下去，急得在满屋子乱转。好容易熬到太阳落了，小妞探路回来说：敌人倒是走净了，外边还有过路行人，不过为了小心，她叫我再耐性等一会儿。

天色完全黑下来了。张老大爷和小妞带上锄头跟我出发。我们仍从北面出村，走着早晨走过的旧路。工夫不大，来到早晨肇事的地方。这个地方冷冷清清，什么也看不到。两棵挺拔高起的大树，孤孤零零，远处因风摇曳的矮树林，瑟瑟缩缩。天空愁云，地下秽土，敌占城郊的夜晚，呈现出无限凄凉，时间虽是三春，这里没有半点春意。我心里像有铅块似的东西压着，一句话也说不出。张老大爷看出我的情绪，安慰说：“小黄儿呀！你的心总算尽到了，这里并不安全，快动身上路吧！”他的安慰倒触动我的痛处，我面向长空，无限悲痛地说：“排长！我亲爱的排长哟！实指望跟着你多学点革命本事，想不到第一次出差，就同你永别了。”

这时柳树高头嚓嚓作响，接着有非常熟悉的声音说：“小黄！你怎么给活人念葬经呢！”说着，蓦地从大树杈跳下一个人来。他正是我们望眼欲穿的何排长。

我们怀着喜从天降的心情听他讲脱险经过："……敌人圈马赶到跟前，我想狠狠收拾这两个骑马的，老天爷帮忙刮了一阵大风。我乘势打出第三颗手榴弹，前边的人仰马翻，后面的从马上掉下来，我飞身上马，纵马乘风，夺路奔向西南，风沙停时我已跑出十里路。之后，找到抗日机关，交了马匹，问清情况。我担心你和你带的那件东西，日落之前，在民兵帮助下，我又往回赶，刚到这里，影影绰绰的有几个人，我才躲到树上头……"听了这么好消息，头脑清凉凉的，嗓子眼甜丝丝的，有说不出来的舒畅。我兴冲冲地打断排长的话头说："你把高兴话儿留下点吧，你看，枪支不缺，蜡丸在我身上，咱们……"我觉着这时话多了不甜，拉了排长一下，自己领路朝外走。何排长紧行几步，拉住我的手，要我跟他朝里走。这一来把小妞爷俩都闹糊涂了。我知道排长的脾气挺拧，不得不依他，又不能不劝他，便嗫嚅地说道："算了吧，赶路要紧！"

"正是为了赶路要紧。小黄呵，你想想，敌人怎么不知道你没有跑了呢？刚才我在树上看到好些敌人过去，就听得叽叽咕咕的，说是要严密封锁市沟抓你呢。我看很难冲出去，还是回五窑村吧。"

排长认为情况严重，当然是很严重的。但为什么又要回五窑村呢？我真是一点也摸不着头脑了。但情况这样严重，又不便多问，我只好同小妞家爷俩跟着他朝回走。

现在我们又蹲到菜园打麦场的草棚里了，何排长看了看四下没动静。他说："上级给我的时间是两天两夜。我们必须在今天前半夜冲出市沟。最好的办法是动员敌人帮帮手，我倒想找找那个姓周的！"

我见他胸有成竹，说得满有风趣，便插话说："姓周的家伙我见到了，是个兔子脑袋。今天还百般盘问我哩！"

张老大爷说姓周的是南炮楼中队长的表弟，假借贩白药，给敌人勾搭着。他经常住在城里，到这村来就住在孙寡妇的小酒馆里。何排长听完说：“既是这样，请小妞带路，咱们会会这个姓周的。”张大爷劝说：“姓周的扎手，村南头的酒铺靠近炮楼。别惹这些瘟神爷们。”排长提高声音回答说：“张老大爷，你不了解我的性格，作为大军区的警卫排长，我能害怕三姓家奴的特务狗腿子？”我同意俺们排长的自尊心。解铃要找系铃的，也许从他身上找出办法，还可给内线同志拔掉钉子，至少也能报仇出口气。因此我便捅了捅老人的衣袖不要他再作声了。

孙寡妇的小酒馆，矮矮三间房，外套土墙院。出门百步就是南炮楼，看样子坐在酒馆里大喊一声，炮楼上就会闻声而动。这些何排长都不在乎，按着预定计划，先叫小妞侦察一遭。小妞装作买零吃的进去了，发现姓周的仰卧炕头，叼着烟卷，指挥着伪保长和勤务兵搬桌椅洗茶杯端酒菜。看来像请客的样子。何排长认为三个人可以对付，叫小妞急忙躲开。我跟何排长接近小院的时候，这个勤务兵恰好走出院来，他走着双快步，像是到炮楼请客人。见了我们便呵斥道：“酒铺里请客，不卖东西了。”我想动手，排长示意不要理他，要我进院去。我刚进到院里，发现窗户纸上有个兔头摇晃着脑袋说：“保长，等一会儿中队长来喽，咱们好好喝两壶，没关系，我看东西没出市沟，今夜咱们村里秘密封锁，市沟沿有警备队包围着，除非他们长翅膀飞出去！……”我听了很生气，推门迈进去。孙寡妇正烫酒，连连摇手说：“啥也不卖了。”姓周的小子眼尖，霍地由炕上坐起来：“你不是华昌学徒的，为什么还不回去？……”有排长作后盾，我胆子大了，不管身旁擦碗筷的保长，也没等这小子说完，一个箭步扑过去。满打算抢先捉个俘虏，立它一功，不料这个家伙果然不简单，身子一滚，我扑空了。双方抽身抢时间亮武器，姓周的先掏出六轮子，他举枪冲着我的脑袋就要放，说时迟那时快，何排长一阵风赶进来，上前捉住兔头的手腕。周兔头要喊，他的兔唇空张了张，就被排长老鹰捉鸡似的按倒在地下。我也乘势揪倒那个帮虎吃食的保长。

市封锁沟果然有重兵把守，依仗血气之勇实难冲出去，何排长真有办法，他同兔头周握着手直奔封锁沟，我用枪逼着保长紧跟在后边，兔头周希望饶一条活命，他竟说我们四个都是“自己人”，胡乱混出沟去。出沟一节地，我们为了减少不必要的麻烦，又把他俩重新收拾改扮了一下。

一个钟头之后，两个俘虏嘴里塞着棉絮，背上扎着绳索，被我牵到根据地边沿第一个村的民兵队部。这里每逢夜间便是我们的天下，党政各部门都有人在这里坚持工作。排长办事挺干脆，坏人交给政府公安局，六轮子奖励了民兵队。我们饱吃一顿夜餐，继续前进。后半夜赶到下水淀，天不明找到了军分区。军分区负责同志听信就起来，亲自接受了我们几经艰险送来的礼物。登时鼓励我们一番，并叫管理科安排我们好好休息。我在铺着一领新苇席的炕上，躺下就睡着了。

睁开眼睛，已是第二天下午了。何排长笑着对我说：“军分区的首长说咱们很辛苦，特准两天假，咱们一块到我家瞧瞧去吧。”他家离驻地只有三里路，两人走出村边，登上一只小漂船。白洋淀无风无浪，水面亮得像一面大镜子。远处村庄好像浮在水里，低下头，可以看清丈许深处的绿色荇草。小船浮在水面，轻飘飘的像个树叶一般。我心里一时感到特别轻松舒适，参军几个月来，我的生活环境始终是静肃的巍巍群山，今天第一次到了开朗动人的浩浩洋洋的水地，过去抬腿爬山，今天乘舟代步。更重要的是两夜来的惊风骇浪，一旦间变得日丽风和，这一切，使我尝受到一个革命军人的艰辛和愉快，也体会到什么是真正的生活，什么是革命者的气质。

想到愉快的由来，我的嗓子眼真发痒，大着胆子问道：“何排长，我这包打听的毛病改不了。咱们送出来的那个丸丸，到底有多大分量？”

排长这回可没生气，他眉飞色舞，黄眼球放光，厚嘴唇一咧说：“这回不问也得告诉你。那个丸丸容量可大啦，它整整包住了二十个敌人，其中日本大佐一名，日军上尉军官两个，剩下来的是一伙腥臭难闻的汉奸特务。人员还在其次，更重要的是他们携往天津去的一份重要军事情报。这些，于今天上午十二点，在津保公路途中，统统被我们缴俘了。”

一九六〇年三月写于北京

一九六一年八月修改于保定

万人敌

昨天夜里，我到赵店参加了一次晚会，回来得太晚了。今天早晨到学校的时候，周老师已经开始讲课。我从教室后门悄悄走进去，发现在我同桌的空位置上，坐着一位男同学。他身形很魁梧，两条胳膊横着，占了整个书桌的多一半。我只好侧身坐下。才要用心听讲，旁边叫喜鹊的女同学冲着我说话了："王桂芬走运气，有了保镖的啦。"喜鹊和我同岁，今年十六啦，和她姐姐喜兰一块在这儿读补习班。我知道这个小康人家的女儿惯好讽刺人，也不理她。喜鹊继续说："胡须都半尺长了，还跑到小学来念书。"我怕她的话被人家听见，偷偷向同桌看了一眼。就见这位同学，头戴黄军帽，身穿上下青，腰系红皮带，宽肩膀、挺胸脯、方脸、凸鼻、大眼睛。说人家半尺胡须，真是造谣夸大。小伙子嘴巴上倒是毛茸茸的，论岁数，超不过喜兰，最多有十八九岁。多么好的一条汉子！要是到武装部门，贴准是好样儿的。我端详他的工夫，他也扭过脸来心不在焉地瞅我，又横着眼睛遍扫四面八方，这个讲堂对于他是格格不入，像个生性鸟儿硬装在笼里似的。不多一会儿，他突然发出笑声，但立刻又掩住口。我顺着他的视线，瞅向窗外，只见那里有红白两只公鸡搏斗，失败的白公鸡脱落几根翎毛，缩着脖子朝着篱边逃走。战胜者扬着脖子，高高翘起一只脚。我正猜思这个小伙子是什么心情的时候，听得讲台上周老师喊："万人敌！"

"有！"同桌霍地站起，衣服带着风声。

"好好听讲！历史这门功课，不是容易学的。"接着周老师问他："我刚才讲的五霸七雄，你听懂了没有？"

万人敌有些慌张，稍加思索，亮开喇叭嗓音说："五个恶霸是谁，我说不好。这七雄，是不是县里受奖的那些战斗英雄。”同学们都笑了，喜鹊的笑声最高。我和前面桌上的魏平，刚一发笑就控制住了。因为我俩是党员，既要尊重新同学，又得维持课堂秩序。这时，周老师制止了同学们的骚动，他介绍说：“万人敌同学是咱们邻县邱县长的勤务员，他们那里环境残酷，经常打仗。邱县长调边区受训，特意把他送到这里念几天书。大家要好好帮助他。别看他个子高大，同你们大家一样，他也是个不到二十岁的孩子。”

课余休息时间，万同学成了全班谈论的中心。

喜鹊姊妹一伙儿的表示不满：“咱班里几个男生才参了军，又来了个大块头。”

有人反对说：“你们是封建思想，害怕男同学吗？”

又有人说：“男女倒不关紧要，问题是把齐桓公晋文公当成恶霸，这够水平吗？”

我走过去对她们说：“人家是跟过邱县长的……”

“跟过县长等于什么资格。人家还没给你保镖，你倒给人家保起来了。”

喜鹊不等我把话说完，就当众打击我，我挺生气。正想反驳，上课铃响了。这一堂是白老师的算术。白老师最近改名叫白爱兰。他是地主儿子，读过高中，善打篮球，爱唱京戏，唱的是窄音，好学小生的笑，每逢他“哈哈哈哈”一笑，笑的人脊背上直冒凉气。常说教书是玩票，几时环境许可，他还要上北京念大学去。本来学校要他教音乐、图画和体育，他嫌是小三门，硬要反串一门算术。眼下时令刚刚开春，他洗净了脸，梳亮了背头，穿着崭新的蓝士林布大褂，迈着斯文脚步走进教室了。班上，因为争论万同学的问题，值日生忘了擦黑板，响铃之后，才猫儿洗脸似的舞爪了几下。白老师一进门，看到讲台上飘扬着粉末，登时把脸一沉说：“这大雪纷飞是咋的回事儿？”

他对粉末特别敏感，说着话就打喷嚏。于是，他掏出手帕，堵着鼻孔，说：“恶臭！恶臭！”他从讲台踱过来，习惯地站到喜鹊姊妹跟前，面向着喜鹊，眼睛却瞟着喜兰说：“别穿太单薄喽，提防春寒呢。”白老师对喜鹊姊妹格外亲近，特别是对十九岁的喜兰存有野心。他改名“爱兰”就是这个用意。喜鹊整天叽叽喳喳是个名符其实的喜鹊；喜兰与妹妹恰恰相反，是个不轻易开口的冻雀。不轻易开口，也不影响姓白的接近她。在公开场合，他惯于面向着小的、心向着大的谈长论短。大的虽不当场接话，但也不断用眼睛作回答。比如刚才姓白的说春寒防冻，实际是卖弄自己穿着的时候，喜鹊立刻说：“要得俏，穿单薄，看你那蓝大衫，连一点褶皱都没有，多漂呵。”姓白的听了还不动弹，微微斜睨着那一位。直到那个人瞟过赞许的目光又迅速低下头去，白爱兰才算达到预期的目的。他得到满足之后，深吸两口气，掏出手帕堵住鼻子，快步走过那些穿得褴褛的同学的座位。到我们书桌跟前，突然停住脚步，用惊奇的口气问道：“你是干啥吃的？”

我的同桌没有作声，可能他感到问话的人不礼貌。

我知道白老师好挑毛病，急忙站起，把周老师介绍的情况学舌了一遍。

“周老师怎么没和我谈？”

我看了看魏平，感到没法回答。白老师快快地走上了讲台。他掀开课本，想着讲课。突然又盯着我的同桌说：“周老师答应你读补习班，这当然可以。但你既听我的课，就得过过我这算术关。”

姓白的皱着眉头，看样子要出难题。我心里直嘀咕，根据刚才回答历史的水平，我怕万同学过不了算术关。更重要的是怕姓白的借故跟周老师起意见。周老师是本村的人，没到外地读过书。因他工作积极，又是党员，上级就把全班的生活行政都交他管。这恰恰引起白老师的嫉妒，常常无事生非。我担心姓白的今天又借端找碴儿。幸好，白老师正出难题之际，操场上传来球声。县司法科苏科长领着几个球友来打篮球。白老师和苏科长既是同学又是球友，听到球声，把他的魂都勾操场去了，立刻宣布：“这堂课改上体育!”说着，指名叫了五六位助手。

“你来!”万同学在这个科目上被他选中了。

“一块玩玩嘛?!”他用特殊亲昵的音调邀请喜兰。

要列队，周老师赶来劝阻。白爱兰理直气壮地说：“县里的科长都来了，还不陪陪人家?”

周老师要求给他代课，他拒绝了：“你别费心，我下午补课。”到了操场，他想起周老师是理想的对立面，撺掇着苏科长去叫他；经苏科长一叫，周老师只得来陪了。我们在观众席上，看到白老师分配力量，他和苏科长分在一边（自然有喜兰），周老师和万同学分到一边。周老师说力量悬殊太大，白老师说先打一阵再说。于是，一场激烈的争斗开始了。白、苏球技高超，其他配角顺手。喜兰虽然只能定点投球，有白老师不断供她好球，也不断得分。她每中一球，白老师和苏科长都争相喝彩。万同学和周老师表情上都不大愉快，我们当观众的也讨嫌这种球风。白老师把这些看到眼里，不但不知趣，反而改变了战术，不再争着积分，旨在用球耍人，目标集中在周老师和万同学。白老师声东击西，不断玩他们两人的过顶。他的传球速度飞快，球像流星闪电般地掠过他们的头发尖。即使这样，姓白的还不过瘾，准备了更歹毒的。当他带球前进发现万同学快步追来的时候，猛然转身，掷球出手。这回球路低了，正对准万同学的嘴巴，如果被球击中，准会打掉门牙，至少鼻孔出血。看看球就到对方跟前了，我们非常担心，就见万同学伸出拳头，嘭的一声，篮球飞入云霄，最后落到邻居的屋顶。白老师瞪了万同学一眼。战斗被迫结束了。

下午连着两堂都是白老师的课，头一堂是美术，白老师没出题，让大家随便画。万同学瞅着一张白纸出神，后来用铅笔先画一枚长柄手榴弹，又在旁边抹了两个圆溜溜的像是黑甜瓜。我怕惹恼白老师，小声告诉说：“你画的内容不调和吧。能把打敌人的武器和吃的瓜并列在一块？”他没作声，看意思有些不以为然。白老师判卷了，喜鹊的秃柄荷花给了九十分。喜兰的干枝梅又是一百。旁人也有给八十分的。接着他翻出了万人敌的作业。他把那篇纸抖的唰唰直响，展示给大家说：“两丸黑煤球，加上一把捣蒜槌子，这也算美术？”提笔写了三个字——不及格。万同学在喜鹊辈的嬉笑声中，取回他的卷子。我发现他鼻子尖上冒着汗珠，眼睛直勾勾地死瞅着墙角，一个钟头都没动弹。第二堂是上午移来的算术。我想：姓白的第一堂已经拿他杀了性子，这一堂就不会再出问题了。熬过这两堂课去，我找魏平商量一下，看看是怎样帮助他。干嘛对外来的同学这样欺生呢？正想着，白老师走进课堂，他似乎早有准备，一登讲堂，就像念喜歌一样地说：“一群老头儿去赶集，半路拾了一堆梨。一人一个少一个，一人半梨多半梨。简单明了一道题，专门考考你万人敌。”他念完了，用挑战的眼光盯着万同学。万同学避开他的视线，一声也不哼。我低声提示他，他紧皱双眉连理也不理。在难堪的沉默中，魏平急得直瞪我。我站起来说：“白老师，这道题课本上没有。”白老师轻蔑地笑了笑，说：“好，我就考考书本上的。”他翻开书本，指明本金、利率两个已知数字，要万同学算算是多少利息。喜鹊在旁边逞能地说：“这样的题呀，容易死啦。”万同学撑着脖子阴森着脸，还是不作声。白老师很刻薄地说：“你要打算捡大粪掏屎窖子，就不用说了。要是想当掌柜的管大账，怎能不懂利息呢？”

他的话刚说完，一直没有作声的万同学，腾地站起来，横眉瞪眼地说：“捡大粪掏茅坑并不丢人，当掌柜作资本家也不长脸。我学点文化，是为了干革命，从没打算拨拉算盘剥削穷人去！”

白老师的脸真气白了。我私下很解气，愿意在此刻听听他那京剧小生的道白。就见他先面向大家抱着委屈说：“抗日的年头，统一战线，减租减息，谁说要剥削穷人来着。”马上又翻了脸说：“你是存心给我扣大帽子，有你这样的学生，没我这样的先生。”他怒气冲冲地走了。

当天晚上，我正准备去找魏平，魏平恰好来到我家。她说：“县里调周老师去开会，万同学的事，要咱们两个负责解决。”我问周老师的看法，魏平说：“还是老原则。白老师是群众，要照顾要团结。万同学是党员，要涵养要忍让。快走吧，万同学在村北大庙里等着呢。”我和魏平擦着村边，奔向村北大庙。大庙一带，在白天像个风景区，红墙绿瓦映掩着茂密树林，看着挺秀气。到晚上，光线阴暗，树林深郁，给人一种神秘的感觉。再晚些蝙蝠横飞，鸱鸮号叫，年轻的孩子们都不愿意到这里来。我紧攥着魏平的手，并肩进入树林，瞥见一缕灯光从庙宇中射出。进门是一明两暗三间宿舍，一头住着孤老爷爷，一头是两位教员的休息室，白老师嫌这里清冷，他住在街道中心，根本就没到这儿来过。

我同魏平迈进周老师的房间。

万同学看到俺们两个，问：“周老师走了吗？”

我俩同声作了回答，万同学耸了耸宽肩膀，用倔强的喇叭嗓音说：“给你们谈谈也中，这个书我不想念了。明天一早，我就走。”

仅仅一天工夫，万同学给我的印象是深刻又复杂的。初见面时，觉着他很粗犷；对着红白公鸡嬉笑时，觉着他怪天真；受白先生虐待时，觉着他挺可怜；反击姓白的，觉着他有魄力；听说他是党员，对他很尊敬；现在他提出要明天走，我心里又是敬惜又是留恋，但安慰和解释的话，一句也说不出来了。魏平比我水平高，她听了万同学的话，就回答说："同志，不能任性子呀，有问题大家商量嘛。今天的事，大家都清楚，姓白的思想作风不好，但我们还要团结他。周老师临走时候说过我们三人都是党员，编成一个党的小组，这个小组不光讨论今天发生的问题，还要对整个补习班负责任。万同学是老同志，有啥意见，请在党的会议上发言吧！"万同学惊怔了一会儿，回嗔作喜地说道："原来这里有咱们党的组织，我只当是个空白点呢。"

接着，他像宣誓般地说："只要是党知道真实情况，我什么意见都没有；只要对集体事业有好处，我再忍受他姓白的一些也没关系。"万同学脾气真痛快，三言两语之后，那股雷霆火炮闹着要走的劲头下去了，不住嘴地催促说："没事啦，没事啦。研究学校的大问题吧。"接着我们讨论了争取教育同学的问题，仔细研究了对待白爱兰的办法。大家敞开思想，沟通情况，交换意见，小组会开得又醒脾又活跃。

第二天白老师果然不来上课，讲室里乱糟糟的，说什么的都有。按照我们讨论的办法，魏平以学生代表的资格，要同学们临时开个会。魏平在会上首先发言，她讲了些尊师爱生的道理。说到应该照顾白先生的自尊心之后，适当地指出了他的缺点。她的态度很客观，就连倾向白先生的几位同学也都无话可说，于是，按照预定计划，由魏平提议让万同学发言。

万同学站起来，一只手摘去头上的军帽，用大眼睛凝视了大家一会儿，才操着倔强的山东土音说："我是个穷讨饭吃的孩子，死了妈妈，丢了父亲，尝遍了饥寒冻饿，受尽了凌辱欺侮，人们起外号叫'万人欺'；现在这个名字，是共产党的工作团给改的。从小到现在，不用说学校的大门，连学校里的屎茅窖子都没蹲过。跟着邱县长才学认识字，我凭啥资格读你们这补习班呢?!"他说话是这样通畅有力，跟昨天课堂答案时完全是两个人。我很愿意叫他多讲几句，一来是教育大家，二来也叫那些不识高低的人看看他的真本事，便举手提议要他谈谈他的家庭经历。

“我的老家是山东。三岁上跟着爹妈逃荒到了河北，父亲在外打零工，母亲领着我和不满两个月的小妹住在破庙里。爹不能挣钱养家，母亲有病始终好不了，全家经常饿肚子。母亲发了发狠，决心把小妹扔出去。一个十冬腊月的下午，母亲抱着小妹到了阳关道口，看看四下无人，偷偷放下孩子，自己藏在断墙后边，窥探着过往行人。直到太阳落山的工夫，走来一个背粪筐的老汉，把小妹放在筐中，背起来就走。母亲很高兴，打算尾跟着他，看看是哪村哪户，也好知道孩子的下落。老汉走了几步，忽然停住脚，解开破麻袋一看，摇了摇头，原封放回老地方。这时天黑了，小妹冻得直哭。母亲踌躇了好久，最后把牙一咬回来了。当晚，她饭不吃，觉不睡，耳朵里老响着小妹的哭声。没奈何，她领着我一块到阳关道口。小妹仍在那里放着，但早已不哭了。母亲摸了摸，还有口气。才把她抱回来。

“在破庙连住了三年，母亲的病越来越沉，看孩子、讨饭吃的双重大事，放在我这六岁娃娃的肩上。为了想给母亲多讨一口，有一天我壮着胆子，奔向财主家的门口。财主老婆看见我们进去，呼哨了一声，登时只见黑白两条大狗，箭一般地扑过来。我怕伤着小妹，全身掩护她。两条狗集中对付我，黑狗叼着我的头发，从前庭拉到后院，白狗咬着我的赤脚，从后院拖到前庭。同学们，你们看！”万同学脱下鞋子，叫大伙看他脚部的伤疤。

“当我们兄妹两个血人一般哭立在母亲跟前时，她连疼带怕，病势突增，当天夜晚就死了。两个加在一起才十岁的孩子，在离村半里路的荒凉大庙里，守着刚刚死掉的亲人，整天粒米没入口。山门外面，朔风呼啸，刮得树枝吱吱号叫，刮得庙顶唰唰掉土。供桌上的神灯几次吹灭。点着灯，看到龇牙咧嘴的神像，觉着害怕，灭了灯，想到母亲闭了眼睛，又胆战心惊。同学们呀，受苦人的滋味，听听还可以，亲身尝受并不是容易的。

“第三天夜里，爹回来了。他像个哑巴，不哭也不说话，先看着母亲，后来又端详我们。我被他看怕了，不是怕父亲因我的过失痛打一顿，倒是害怕他犯了抽风的毛病。很久很久，父亲说‘孩子们，咱们搬家吧’。‘妈怎么办？’父亲说‘哪里黄土不埋人？庙后有大坑，叫她在坑里躺着去吧。咱们还得快走，露尸不埋，官面上会派人抓咱们的’。我们一家三口，带着破盆罐、麻袋片，一路行行住住，哭哭啼啼。在一个深夜里走到石亭镇。这个镇子五天有三个集日，我一个人可以凑合着讨饭维持生活，父亲下决心把我单独留下，说将来有了安身之处再找我。他背着小妹又朝北走了……

“从此，我流浪在石亭镇，饥一顿，饱一顿，热天露宿街头，冬天蹲庙旮旯。糊里糊涂地过了三四年。后来给财主家里扛小长活，一直待到十四岁。共产党的工作团到这儿开展工作，才把我带出来……”

他的经历是这么辛酸，讲得又是这样生动，我忍不住直擦泪。平时被我们团结着的那帮进步同学，一个个眼睛都湿润了。包括喜鹊姊妹在内那几个亲近白先生的同学，也都鸦雀无声。我们的万同学看到这种情形，立刻转变了话题。他说：“白先生说我水平低，我不恼，仗着文化挖苦人，没多大滋味。我的图画再不济，它们是长柄和甜瓜式的手榴弹，怎么是捣蒜槌和黑煤球呢？有文化是个好事，仗凭着文化，就瞧不起泥巴腿庄稼人，就不一定好。现在是翻天覆地的全民战争，是不是好样的不光是考考文化，还得叫环境考验考验呢。我的话就这样多。希望咱们班里能够坚持真理，批评歪风邪气。大家对我可以多提意见，如果我有对不起白先生的地方，我可以接受他的批评。”

魏平等同学去找白老师。他先说了一套万同学目无师长的话，后来答应回来教课，条件是罚万同学一周扫地，替老师们去河北边运公粮。万同学在一周内扫净了全班内外的空地，清除了堆了半年的垃圾，运完教员的全部公粮，还把白先生见了就头疼的三百斤湿榆木头劈碎了。他的刻苦劳动，感动了大多数同学。但白爱兰还不满足，仍然给他增添一些力气活儿。我心里很不乐意，觉着这是故意给穿小鞋儿。万同学反劝我说："桂芬，咱们能忍。我不惜力，愿意多干点活儿，只要他姓白的别离开大的原则……"

姓白的也会察言观色，看到这位新同学渐渐地在班里有了威信，连不大爱说话的喜兰都和他有说有笑，便不敢随便挑剔他，只在背地里造一点小谣言。后来，姓白的不知从哪里得到消息，说万同学是上级派来的支部书记。于是他表面上一反往日的态度，不再那么骄傲自负，甚至对万同学有点恭维了。班里的秩序渐渐好起来，我同魏平都很高兴，觉着万同学起了主要的良好作用。只有一件事叫我担心：万同学上课不好好听讲，课外作业从不按时交。我同魏平商量了一下，在党小组会上，向他好好劝说了一顿。

"感谢你们两位的好心肠，念书是件好事，为这个问题也受过不少奚落。其实，吃了饱饭啃书本，比火线上向敌人冲锋、比饿着肚皮挨狗咬容易得多。将来环境好喽，我死心塌地念几年书，也未必次于他姓白的。但现在不是时候。"他说临来的工夫，邱县长告诉他，根据地的形势可能起变化。他认为如果有什么风吹草动，我们这个补习班也许出毛病。

万同学真成了预言家，没有多久，敌人遮天铺地滚着疙瘩来了。这就是1942年历史上闻名的、日寇对冀中军区的"五一大扫荡"。敌人快窜到南河庄的时候，周老师又去县里开会。白爱兰早已王八吃秤杆——咽了星儿。我们班的同学们也只好随着大流跑。越跑越乱，人心惶惶。大伙正在心中无主的时候，万同学从人群中站出来，说：

“人无头不走，鸟无翅不飞，跑反也要有组织领导，乱跑就会钻到敌人网兜儿里。”大伙一合计，都同意老万同学带队，连喜鹊姐妹都愿意受他的指挥。万同学没有推辞，点了点人数是十六名，编成一个小队。我和魏平都指定作小组长。魏平被派到前头择选道路，万同学亲自断后监视敌人。路上，该行就行，该止就止，情况紧张就快步前奔，情况缓和就休息吃饭。同样走了一天，老乡们累得精疲力竭，我们小队保持了充沛的精力。这一来，万人敌在班里的威信更高了。

当天夜里，谣言四起，一会儿一个情况，老乡们黑夜起身，奔逃四散。我们队里有人要跑，被万同学制止了。他让大伙睡觉，自己去到村边站岗。黎明之前，我慢步走到村边，见他直着脖子，眼巴巴地望着西北——敌人来的方向。这个山东小伙子的行为，挺感动人。

我轻声说：“老万！你一天一夜还没休息，我替你一会儿。”

“桂芬，这个事，你顶不起来。快回去吧！这里怪冷的。”

老万同学自己冻了半夜，还怕别人受冷。别看他外表粗犷，同他合作办事，对人有礼有让有感情。现在强大的敌人压境，有老万这么个同志，心里还是很踏实的。我正在想着这些，老万突然说：“桂芬，快叫醒她们，赶紧跑。”我知道必是敌人突然出现了，也顾不及细看，忙着往村里跑，一面跑着听到他说：“奔正南！”

俺们女生都是大脚片儿，一阵跑出三里路。眼前有个不大的村庄，刚刚进村，老万赶来了，他说：“快快在街当中扎家。”

我们钻到一家后院的碾棚。老万跟着进去，捅开碾棚顶窗，又在外面落了锁。他一人留在外边放哨。就这样我们躲过了敌人那次最大的合围。事后，他给大家分析：敌人想吃大鱼不注意小虾米。同样原因，小村不被注意，一般不作重点搜查，就是搜查也不会从街心开始。最后，锁了外门打开天窗，必要时还可以串户打游击。“有这儿道防线，我在外面放哨并不怎么心慌。”大伙听了，一致承认老万有军事天才。

我们在河南打了几天游击，听说敌人要使回马枪，老万提议转移到河北。河北更接近敌人，有的同学没有去，小队精干到九个人。在河北休息了两天，决定转回学校，由魏平率领五个人提前走，如果没事，我们同老万喜兰姐妹这个小组日落之前再动身。这天下午，老万出村探听敌情的时候，突然出现了白老师，他穿的还是很干净，脸色灰洒洒的，不那么神气了。问他这些日子作什么来着，他吞吞吐吐地说掩藏在亲戚家里。又背着我把喜兰姐妹叫到外面，不知嘟念了些什么，就不辞而别了。老万回来，我向他汇报了这件事。老万当即找喜兰她们谈话。喜兰吭吭哧哧地没说清楚，喜鹊才透出：白爱兰要她俩留下，等安定之后再回河南去读书。因为当时还不能断定姓白的有啥政治问题，老万便征求她们姐妹的意见。妹妹没主意，姐姐坚持跟我们一致行动。老万认为这正说明了喜兰的觉悟程度，也说明了他们之间的真正关系，决定仍旧一块回南河庄。

天黑了，我们四个沿着滹沱河岸，寻找渡河的安全地方。走来走去，发现靠东面一里远处有个渡口。

我们正要投奔渡口时，身后高坡出现了两条大汉，冲着我们吆喝道："站住！"

我心里正在害怕，就听老万厉声反问说："你们是干啥的？"

"接你们回去！"

老万对我说："这两个人不是好东西，你们三人快跑！"

越说跑，喜兰姐妹越跑不动。一个大汉直起猛追，超过老万，抓住了喜兰。喜兰一面挣扎，口里直喊老万。老万也没言声，悄悄追赶上来，双手猛力将这个家伙推到河里去。然后伸左右手拉着她们姐妹俩朝东跑。剩下的那个家伙，并不援救落水的伙伴，拼命从岸上追赶。岸上地硬，下坡土松，很快追上我们。那个家伙用全副力量从高坡朝老万扑过去。我正担心害怕，就见老万横身卧倒，把追来的家伙绊了个跟头，老万爬起来抓住那人两条腿，又把他扔到河水深处。我们急忙跑到了东边渡口，我同喜兰三人不知都从哪里来的力量，不管渡口水深水浅，扎煞开双手像展着翅膀的鸭子，扑扑通通就蹚过河。上岸之后，头也不回，十二里路程，一口气跑到了家。

不久，根据地变质，各村成立了“维持会”，南河庄村西不远处安了一个炮楼。学校被迫停课，老万在村里待不住了，搬到西南三里路远魏平的老家赵店去。过了两天，魏平和老万把我也叫了去。三人见面先商量怎样坚持下来。老万就主张自己挖洞。一礼拜工夫，挖了三眼，每眼都能容我们三人，宽些的可钻五人。老万说：“现在不能公开活动，这儿就算咱学校的秘密机关，有啥军机大事，到咱这儿来解决。”同学们到这里都是解决思想问题，老万这一阵主要作的是安定情绪的工作。有一天喜兰姐妹来了，她们怕村里不安定，要老万给想办法。老万讲一套乌云遮不住太阳的道理，要她们放心大胆回去，说有了为难之处，定给她们想办法。

魏平的堂兄是赵店的民兵指导员，经过“扫荡”，一时与上级失掉联系。他见老万气魄不小，便问魏平说：“区上干部一时接不上头，工作的事能不能请示姓万的。”魏平不敢作主，把意见反映给老万。他大兜大揽地说：“别提请示两个字，有问题可帮助出个主意。”民兵指导员当天就来见老万，问当前应该作啥工作。老万说：“挖秘密洞。”几天时间，赵店又挖成了三眼洞，老万见他的话有效力，便叫民兵指导员通知附近各村都挖洞。这件事作的很有成绩。老万又听说附近村庄有打散了的八路军，叫指导员转告这些人说：目前找不到原部队的，先换上便服，保存好武器，等待区游击队的命令。老万就是这样大事也管，小事也问，白天钻洞，夜晚工作，居然成了一级领导机关。我和魏平当了他的亲密助手。

连续几个整夜，老万到外村给武装同志们开会，白天敌人又连续几次“清剿”，他的大眼睛都凹陷了，脸庞也消瘦了许多。我怕他搞垮了身体，把他转移到魏平邻居家的秘密洞里，让他吃饱了安睡两天。刚刚把他安顿好，喜鹊姊妹慌慌张张地跑来。二话不提，点名要见老万。老万闻声，惺忪着眼睛从暗间里走出来。

“你说吧！”喜兰促妹妹讲话。

“是这么档子事，咱们白老师，啐，就是那姓白的家伙，他已经进入敌人的炮楼啦。不知是啥差角，看着挺有权势。他派联络员给南河庄捎信，要村子里把俺姐送到炮楼去。超过三天，他要亲自带兵来洗村子。”

“你可同意？”老万问喜兰。

“人家要是同意，还跑到你这儿来？”喜兰红着脸，说完低下头。

“事到如今，我可要提说几句。”老万的态度变了，不像是同学对待同学，就像区干部对待犯错误的群众一样，甚至于还严肃一点。他说：“你们过去，对穷学生的看法有问题，对周老师的态度有问题，对那个家伙的关系也成问题。一句话，是资产阶级观点，对不对？”老万故意愣着等她们回答，她二人都不吭气。他又说：“姓白的为什么三番五次单找你们，不找别人，回答吧，是个啥问题？河边上有人追我们，是怎么回事？作风上有问题嘛！”喜鹊子第一次变成冻鹊，喜兰绯红着脸嘤嘤地哭了。

“当然，从‘大扫荡’以来，你们有转变，靠近了组织，表现了气节……好啦，今天的事，我担起来，放心大胆地回去吧！”

老万说了就干，当天下午，派民兵指导员到南河庄送讯说：不许理睬姓白的，不准挑唆喜兰姐妹，谁敢抗令不遵，按“通敌和贩卖人口”定罪。当天夜里，他亲自召集隐蔽在附近村庄的武装同志，商量对付白爱兰的办法。

三天过去了，南河庄平静无事，附近炮楼的敌人也没下来。我想：姓白的小子舌头底下压死人，好说浪言大话，未必敢动真的，心里暗暗高兴。不料，第四天上午，白爱兰居然来了，带着三十多名伪军，公开名义是催粮，进入南河庄直接到了喜兰家，同时把伪村长和联络员也找了去。他敲山震虎地说："我一为催粮，二为催人。十二点前你们帮我把喜兰带走，出一丁点差错，我要削一串脑袋挂在喜兰的家门口，首先开刀的就是你这村长和联络员。"接着他呵斥喜兰全家，叫快把她的东西整理好。他说："这遭带了她去，先在炮楼住一阵，几时太平了一块到大城圈里住着去。"

听说敌人到了南河庄，赵店村里的人都很惊慌。我们三人钻到洞里，讨论有关喜兰的事。魏平的意见不肯定，先是主张不管，又说管起来也不容易。我主张看看喜兰持什么态度。正争论中，外边送来一封鸡毛急信。内容只有八个潦草的字："老万救命，喜兰顿首。"

"我们不能袖手旁观。"老万说了一套不能袖手旁观的道理，派我回南河庄走一趟，要我想点拖延时间的战术，余下的事由他包起来。我回到南河庄给应敌人员讲了这番意思。他们便想了种种办法，先说粮食凑不够数。姓白的说，有多少先装多少。这个法子不灵。我只好去找喜兰，要她说东西准备不齐。在喜兰婶子屋里见到她，她的眼泡都哭肿了。我说明来意，她不言声，又哭起来。这时，当院里有个奇装异服的人出现了，这个人头戴白色法国盔，身穿鱼白大褂，米黄色西服裤，一双刚用大白粉涂过的运动鞋。我仔细一瞧，正是换了装的白爱兰。喜兰婶子怕他闯进屋，迎到院中，和他说了我刚才要喜兰讲的话。

"准备不好没关系，缺什么东西，我派人上天津卫给她买去。告诉她快点走。咦?"这个家伙眼尖，从窗玻璃口发现了我的影子，他闯闯地走进来，见到我，先打问万同学的情况。我说从河北回来之后，他就跟队伍走了。这家伙摇了摇头，突然提出要我代替喜鹊陪送喜兰。口气挺坚决，没有商量的余地。我一则是信赖老万的能力，又怕姓白的限制我的自由，便争取主动，痛快地答应了。但拖延战术仍没起到作用，姓白的立马追风地要走，应敌人员没了主意，问我要办法。我说“你们能不能从伪军身上打点主意”。他们听了我这么句普通话，如奉圣旨般地说：“只要有这句话，就好办事了。”原来他们把我这不起眼的人，当做上级代表来看待的。接着他们抛开姓白的，直接给伪军们说粮食上午凑不齐，准备请大伙吃顿午饭。一时外面传来捆猪捉鸡的声音，有人提着酒瓶子晃来晃去。伪军一个个嘴里流着哈喇子，看光景白爱兰拿鞭子也抽不动他们了。姓白的自己不敢出村，只好骂骂咧咧地催着赶快开饭。

伪军们正吃中午饭，老万派人通知我，他们要趁这个机会动手。听到这个信，很多人要我劝止老万，千万不能在村里打仗，免得敌人祸害村房。我在万般无奈中给老万写了信。

中午饭用过，伪军们乱乱糟糟地出发了。三辆大车拉粮食，喜兰一个人坐了一辆空车。姓白的对我有威胁，老万对我有委托，我不顾危险，上了喜兰那辆车。

出了南河庄往北走，姓白的放眼四下瞧看，见没什么动静，他对我说：“桂芬，你这个人平素很好，尽是姓万的那小子挑唆你，这遭到了河北，愿意留下，叫你跟喜兰一块念书，不愿意的时节，给喜兰做两天伴，准把你送回来。”我含糊答应着，不住四下观望。东面胡家坟山里雾气沼沼的，是便于隐蔽的好地方。“要是他们在这里够多好”，我正思谋着，当，坟里响了一枪，这定然是走火，老万要是领兵带队，他不会如此草率的。枪声一响，伪军们有了准备，摆开阵势，双方叮叮当当干起来。

白爱兰这小子真机灵，他给伪军头目说了几句，指挥着大车先走。拉粮车走得够快了，他还嫌不够意思，把我们坐的车赶到前边，亲自从把式手里接过鞭子，啪啪啪，抽的牲口脊背冒出几道白印。这辆车越走越快，后边枪声越来越稀，我的心渐渐沉重了。“老万他们的仗没打好，就是打了胜仗，也挽救不了喜兰子。何况，不单是挽救喜兰子的问题。”我一边想着，一边看了看前面，前面就是滹沱河，远远地能看到浮桥渡口。“救人救不成，反倒把自己搭上。这怎么办？只要过了河，可以说是姓白的天下，因为那边已经炮楼林立了。”我和喜兰子注目相视一筹莫展的时候，白爱兰精神振作了。他一面摇晃着鞭子，回过头来，看了看被他落下很远的运粮车，看了看喜兰——他的胜利品，看了看挺立在河北岸的三层炮楼，他突然高声“哈哈哈哈”地狞笑了。他的笑自然还是模仿京剧小生，我听了，不只脊背冒冷气，浑身起鸡皮疙瘩，简直像听夜猫子叫似的讨厌。

“孤王少小风流惯，不爱江山我爱……哟！”他突然把车停住了。凝视了一会儿渡口，转回头盯着我：“王桂芬，你们和姓万的有什么诡计？”他将鞭子交给把式，掏出手枪威吓我说：“你为什么这样镇静？是不是你们在渡口有埋伏？”我顾不上回答，眼睛盯着右前方的浮桥渡口。白爱兰的疑心变成了我的希望，真要是老万带几个人伏在那里有多好。姓白的继续逼问：“有埋伏没有？快说！”“鬼子在堤岸有这些炮楼，谁敢到渡口来设埋伏？！”我想麻痹他。其实我也不抱多大希望，我估计老万不在渡口。就听姓白的冷笑说：“有也好，没也好，圣人有七个心眼，我白爱兰长着八个窟窿。掌鞭的，你赶着空车直奔渡口。我们走个抄道。”他把我和喜兰逼着下了车，指着左前方一条羊肠小道。这条小道，直奔堤坡，比渡口近一里多路。堤坡北面那个大炮楼，隔河伸着长脖子，看得清清楚楚。我想不走，他拿枪逼着。想和他拼，一个人不是对手，丢魂失魄的喜兰定然帮不了忙。我咬着牙前进，心里有打算，长短不跟他过河。行行复行行，这半里路不知怎样走的。白爱兰心情美透了，竟当着我的面跟喜兰说了很多调情的话。我因为心绪万端，连一句也听不清。

快要迈上河坡，我的心都要炸了，眼前两条路：一是夺枪拼命，一是跳河。正在抉择，忽然听到人喊：“稍等一下。”只见这人敞着胸怀，呼哧呼哧、冒着满头大汗从斜刺里赶上来。我一眼看清是万人敌。要说是高兴，还不如说担心，因为这块地方事实上已被敌人炮楼的火力控制了。

白爱兰看到万人敌时，先是吃惊。发现对方赤手空拳，看了看隔河的炮楼，咽了口唾沫，他说：“万同学，你少管闲事！”

“多喽不管，就管这一遭。”

“你打算干啥？”

“把人留下，再教训教训你。”

“你真是我的冤家对头。你看，我冲着炮楼一招手，马上有人来收拾你。其实，这用不着。”他伸手扯出枪来。我正不知所措，喜兰吓得跪求马爬地给姓白的说好话。

老万像个旁观者一样，瞟了那支手枪一眼，用摊牌的口吻说：“姓白的，在你不离开大原则的工夫，我一向忍耐着。你现在不折不扣地当了汉奸，还敢抢霸妇女，欺压村坊。”说着扑赶过来。姓白的嘴里喷着唾沫说：“穷小子，是你自己找死。”说着对准老万举枪勾火，只听一声凄厉的尖叫，喜兰捂着脸栽倒了。老万纹丝未动。姓白的低头一瞧，机头还没敞开。伸手待扳，手枪已被老万踢落；他要猫腰捡时，发现老万一只脚踩着枪，背手在掏什么。他认为是在掏武器，吓得亡魂皆冒，撒丫子奔河坡跑，跑出有十多米，万人敌拾起他的武器，瞄了他一枪。枪声响后，姓白的嘴啃堤坡黑土，法国白盔滚到堤坡下边去了。

老万告诉我们，在南河庄村边，实因战士走了火，暴露目标，被迫作战。击退伪军后，又不见我们。他万不得已，只身赶到渡口，又追到这里来。他说，趁河北炮楼伪军来不及过河的时刻，他要去追截粮车，叫我领着喜兰先走。

天黑之后，我同喜兰才到了家，快进村边的工夫，喜兰突然握住我的手："桂芬！我有句话说不出口来，可又不能不说，你都清楚，已经这样子了，我要拿我这身子报答他……"蚊子似的音声，对我如雷贯耳，这真是出人意料的事。

回到家，父亲留我吃晚饭。我心里火燎一样，吃小米饭简直像吞沙子，总想把喜兰的信儿捎到，看看老万是个啥心思。我把饭碗一推，一个人黑灯瞎火地奔往赵店，也没去找魏平，照直到了老万住的堡垒户。老万还没回来，我坐等到深夜。听见有人跳墙，估计是他回来，故意不作声。他进屋点着灯，吃惊地问道："你干什么来了？"

"特来给你报喜信！"

"啥意思？"

"这意思！"我转达了喜兰的意见。

愣了一会儿，他说："我先问你可同意？"

"人家是十八岁的大姑娘呀！"我只能说出这个理由。

"再过两年还有十八岁的哩。"

我知道他的意思，没答言，感到肚子很空，摘下干粮篮子，一口气吃了三个窝窝头。

南河庄事件发生后，敌人连日出发烧杀抢劫。落后势力造谣说："尽是老万闯的祸。"别人发牢骚还不要紧，想不到县里的司法科长也跟着造谣。这位科长同一位女同志偷偷隐蔽在我村北头，多日来没有露面。现在公开喊叫："姓万的冒险胡为，违反党的两面政策。"这样一来，首先民兵指导员泄了气，他说："人家县里的科长都反对，老万准是搞错了。"消息扬出去，老万再传话也不灵啦。我同魏平找到他，要他拿个主意。他说："现在是什么政策，咱可没听到传达；依我看，打鬼子、除汉奸，不算犯错误。"魏平和我都支持他，并建议我们同武装同志们合编一个支部，把问题提交支部讨论，用支部的牌子，抗一抗司法科长的压力。老万觉着这是个好主意。第二天黑夜就在赵店村东果树园里开会，推出五个委员。老万是支书，魏平是组织委员，部队同志里有三个支委。支部大会还决定两件事：一是继续打击敌人，一是寻找上级领导。支部成立后，我们情绪更高。苏科长反对得更厉害，指名把我和魏平找了去，当场申斥道："谁叫你们胡来，要懂得，触犯党纪法权，比碰电网都厉害。"电网什么滋味，在乡里没尝受过。党纪法权这种字眼从一个司法科长嘴里说出，实在有些吓人。我只好打出招牌争辩说："一切重大问题，都经党支部讨论，怎能算胡来?!"

"你们党的负责人是谁？什么？是他！"听到老万的名字，苏科长暴躁的要跳。"他算个老几？一个端茶倒水的勤务员，发号施令坐天下，你们拿着鸡毛当令箭哩！"

魏平也气恼了，她说："闹革命，不在官大小；这里有比老万职务高的，可惜，罐子里的王八——缩着脖子不敢出来。"

苏科长脸红了，马上恼羞成怒地说："看你们是闷锣，敲不响的木头钟。实话告诉你们说，县里主要干部来了，对这里的情况很不满意，昨天给我谈了半夜，对于假传圣旨的人，一定要追查责任。你告诉姓万的，我念他年幼无知，让他悄悄离开，我可以不揭发检举……"

我和魏平终于被这位科长大人闹蒙了。回去学舌给老万。老万哑着喇叭嗓子说："多么厉害的上级，我没怕过，最怕上级直接找姓苏的，那样一来，什么罪名都得加在头上。"我动摇了，劝他暂时离开。魏平一时拿不定主意。我们三人直讨论到深夜。那位村民兵指导员跳墙过来告诉说："县检查团的同志们来了，指名要你们三人马上去开会。"

魏平想了想说："老万留下，由我和桂芬去，有啥问题，可先了解情况，也可分辩几句。"

万人敌站起说："上级指名，一定要去，功劳归大家，有祸我担当。"

我们走到南河庄，已是后半夜了。开会地点，是喜兰家的牲口棚。屋里一盏小小油灯，被烟气闹的看不清人。我们三人顺序走进屋子，紧靠着牲口槽蹲下。屋里坐着同一支部的三个支委，还有两三个村支部书记，炕上坐着县委宣传部长。他说，周老师领着会议主席到外边解手去了。正说着推门进来一位同志，白毛巾包着头，分不清是男是女，进门就打听我们来了没有。当我们从牲口槽站起时，这人上前抓住老万。我们同吃一惊，就听这个人说："小万，你们才来呀。"说着她掀去头巾，露出短短黑发，一对眼睛更显着亮了。

"想不到是你来了。"万同学回头对我俩说："过来认识认识，是我原先跟的邱县长。"

宣传部长补充说："现在是县委书记兼县长。"

邱书记先向万同学说，因情况紧急，她去路西学习未成，就被调到这里工作。接着她介绍说："县委马上要恢复组织，临时在河南分设一个领导机关，由我和宣传部长负责，打算搬到赵店办公，因为那里地洞挖得好，群众条件也好。另外，就在此地成立区委……"

"邱县长，邱书记。"老万抢话了："我打断首长一下，我们请求，先解决我们的错误。"

"你这是什么意思？"邱县长糊涂了。

"我们私自打了敌人。"

宣传部长哈哈笑了："打敌人，谁敢说犯私？"

周老师冲着我们投出热情的眼色补充说："南河庄的事，上级都调查清了。"

万人敌不放心地说："还有第二条罪状——假传'圣旨'。"

邱县长笑着说："老假传'圣旨'是不行的，应该真传'圣旨'。现在我代表县委宣布，这里正式成立河南区委，由县委宣传部长兼区委书记。委任万人敌同志代理区长兼区游击队长。"接着把到会的几个村支书和部队上的三个支委都宣布了新的职务，魏平是区妇联会的主席，周老师负责教育工作。说完，他问老万的文化学的怎样。老万说：“不沾，不沾，拿笔像握麻刷子。”邱县长指着我说：“叫桂芬给新区长当秘书。”我高兴得难以言语形容。冲口问道：“那司法科长哩?”

“他的科长当不成了。”

魏平和我见这位女书记好说话，又是老万的老上级，接着问了一连串子事。邱书记故意沉着脸说：“这一辈子的事都要今天解决吗?看。”她摘下布帘，推开窗户，一股沁人肺腑的晨风吹散了笼罩在我们周围的烟气。我抬头一看，黑夜已经过去，太阳出来了。

林

漫

家　庭

媳妇打清早出门，到天弥黑才回来。

婆婆走进屋子，就看见当地躺着一架木头机子，一看到拿起露出旧棉花的袖子擦汗的媳妇，就明白了，准定是媳妇把她自己娘家纺车搬来了。媳妇老爱向人夸赞她做姑娘时候自己用过的纺车，像惦记着什么亲人似的总忘不了。一到妇救会主任在大会上讲了什么纺线织布，媳妇可更乐上了，成天就嚷着纺线纺线。如今真的打老远的二十五里外的娘家把纺车搬来了。

看着障眼的木头机子，想到这将是一场落空的胡闹，婆婆心里就说不出的嫌恶。

媳妇却满身的疲倦都像溶解在她脸上的微笑里，俯下身子整着打村合作社领来的棉花，搓成絮节。

婆婆真爱雪一样白的棉花，要说什么，可是没有说，就上了炕，偎起被子坐着。媳妇也一句话没说，抱起打奶奶身旁一歪一扭走过来的小庆，坐在锅台旁的蒲团上，翻着两眼想说什么。

丈夫回来了，也没有说什么，一屁股坐在炕头上，心事像山一样重，一家四口，总得想个办法。

妻把睡着的小庆轻轻地放到炕头上睡好，点起灯，就向丈夫说："你先睡吧！我要待一会儿。"

丈夫闷不作声。妻就把灯放到锅台上，坐下地，凑近纺车，拿起把子试摇了两下，然后把絮节瞄到锭子上，纺车轴就转起来了。

"呜隆——呜隆——呜隆——"

这调子一响动，妻就说不出的心里畅快，好像又回到六年前作姑娘的时候了。姑娘们坐在一块纺线是最有趣不过的，一边纺线，一边说这说那。可是从嫁到这老远的山里来以后，就和她每天做伴的纺车断了缘，这里男人在外种地，娘儿们在家里做饭缝衣裳，从不兴纺线织布什么的。

婆婆躺在被窝里老是咳嗽着，不断地拿眼角瞟着纺车和坐在纺车旁边的媳妇。饥饿和疲倦迫着要她昏昏地睡去，可是像星星一样的闪烁着的小灯光又逼着她。她心里格外痛惜油灯里剩着的那一点点油。家里已经早就习惯晚上不点灯了，媳妇却正因几次的断线苦恼着，直抱怨油灯的光焰太不顶事，怎么也顾不上想到婆婆的心事。婆婆听到“呜隆——呜隆——”的声音，就好像毛刷子刷着心那么难受，忍到最后忍不住了，就咕哝着：“五毛钱一两，什么紧要的公事，耗油费灯的……”

困坐的丈夫也突地站起来，粗声粗气地说：“睡觉!”

还没有绕上三道的细线又断了，从锭子上滑下来。

小庆给吵醒了，哇哇地哭。

丈夫闷声闷气的声音和婆婆的咕哝还在耳边响着，媳妇心里乱的不像样，推开手边的絮节，站起来，一骨碌上炕抱着小庆就躺进被窝里了。

婆婆还在里头炕上咳嗽。婆婆平常嫌媳妇不听话，跑到外面开会干什么的，媳妇又嫌婆婆不热心抗日工作，加上一个性格沉闷的丈夫，一家子有时候闹得谁对谁好几天也不讲话。这会儿大家饿肚子，一顿接不上一顿，谁也发愁，谁也没好气，三个人话就更讲得少了，都紧绷着一张脸，憋着满肚子的气。

一个小屋里四个人，除去四岁的小庆，三个人各有各人的惆怅，不和睦的家庭比监牢还坏。

身旁的丈夫已经呼呼睡去了，妻可怎么也睡不着。

不和睦的家庭是苦恼，说什么也要搞成功。饿肚子，没饭吃，只恨鬼子太凶残，又烧又抢，弄成这结果，也不能光靠政府救济，也不能光等男人弄粮食来。她不像有些妇女，她相信妇救会主任的话，她相信纺织生产可以战胜鬼子造成的灾荒，她知道这事情是只有好处的，没有坏处的。

第二天一早起来，就赶紧做饭。

吃过饭，锅碗刷洗完，她就坐在纺车旁边，把断了的线缠到锭子上，右手摇起把子，左手里的絮节就不断地引出一条长长的线来。

“呜隆——呜隆——呜隆——呜隆——”

纺车叫着，可是媳妇的手还是不很如意，不是左手和右手叫不对头，就是线忽然断了。婆婆拿眼角斜瞟着这种情形。丈夫又出门去了。小庆时不时跑到这里来，娘就不得不放下两手的活儿，抱起他，亲着脸，一面说：“跟奶奶玩儿，看娘正忙着！”

可是时不时还是打奶奶怀里跑到娘怀里，有时还冷不防把线给打断。婆婆的眼角老是斜瞟着，好像她什么都不相信。

胳膊也酸起来了，不及姑娘时候呢，还是好几年不纺线的缘故呢？可是媳妇一直忍着，坚持着。

“呜隆——呜隆——呜隆——”

纺车叫着，越叫越紧，居然锭子上的穗子一时比一时粗起来。

媳妇脸涨得红红的，对婆婆说：“这就是织布的线，用紧一下，双股合起来就是咱们缝衣裳的线。”

婆婆嫌恶的眼睛吃惊地睁大了，可是还带着不相信。

天黑，媳妇从纺车旁站起来，腰酸腿麻，拿秤一称，就高兴地喊叫：“今儿纺了六两多！”

丈夫回来，她又讲给丈夫。丈夫点了点头，口里嗯一声。妻却兴奋得连饭都不吃，不管天黑，把线送到合作社去了。回来的时候，就再也掩不住她的喜欢，小孩子似的嚷叫：“娘，你看，合作社当下就发的工钱，换成斤半玉茭子，你看！”

婆婆简直有点不相信自个儿的眼睛了。她手颤抖地摸着小升子里一粒一粒金黄的玉茭子，声音颤抖地说：“是真的吗……”

沉默的丈夫没有讲什么，眼睛里却闪着光彩，死钉在他脑袋里的四口人的生活，像放开的发条一样松弛了。妻纺线，他也参加了运销小组，政府还要贷一笔运销贷款哩。

婆婆眼睛有点湿了，看着媳妇说：“这，这……一个人就养活两口人……我……我……也想……”

媳妇说：“你不会呢，娘！”

“你教给我！”

媳妇就真的教婆婆纺线。

婆婆手太不灵便，絮节瞄不到锭子上，赶到絮节瞄上锭子，手又不作主，右手一摇把子，左手就引不出线来，左手勉强引出一点线，右手又顾不上摇把子。

而且老是断，老是断。

婆婆只好叹一口气，停下来。看着媳妇熟练的两只手的动作，说不出来的羡慕。心里奇怪过去为什么老是不满意媳妇，媳妇才是个能干的身手。

她高兴自个儿有一个能干的媳妇。

就连过去媳妇跑出去开会什么的，她也觉得是对的了。就这样，感觉自个儿太不行了。“学不会的，”她想，“不是容易事儿呢！”

小庆还是往媳妇怀里跑，不断地使媳妇放下手里的活儿。

婆婆就把小庆拉到自个儿怀里，用手轻轻地拍着他的脊背，柔声地说：“乖乖的！莫打搅娘！来跟奶奶玩儿！”

媳妇还给选成生产小组长，她自个儿纺线积极，领导小组更积极。每天打合作社领取棉花，分给组员们，再从组员手里收起纺好的线，把工资发给她们，不会纺线的还得花工夫教。

婆婆也编到媳妇的小组里。婆婆先是不打算学纺线了，媳妇总是跟她说，又教给她，她就生硬地拿起絮节，摇开把子了。

媳妇打合作社领上棉花，走回家来的时候，婆婆从锅里拿出一碗热腾腾的豆腐来，端到媳妇跟前。

媳妇惊地张开了口，说：“娘，你哪里来的钱买豆腐！”

“你不要管，吃吧！”

“你吃！娘！你真是……”媳妇不好意思了。

婆婆也不好意思了，脸上干橘子似的皮肤扯动着，喃喃地说：“给小庆吃一碗，这一碗是给你的。”

婆婆把碗推给媳妇，媳妇把碗推给婆婆。

这情形给突然进来的妇救会主任看见了，主任就笑着说：“你们婆媳俩儿真亲热呵！”

婆婆不好意思地红了脸，走到锅台边去。

主任跟媳妇说着话。婆婆就坐到纺车旁，不熟练地摇起纺车来。

主任转过脸，瞅了一会儿，就笑嘻嘻地说：“胡大娘，你真要作模范呵！”

婆婆觉得妇女主任也怪可爱了。她小孩一样的，话不对头地说：“真个的，是小庆她娘教会我的。”

一九四三年五月

（原载《晋察冀画报》第6期）

柳杞

守　卫

一

瘦小的，狡猾的，像一只偷鱼掠肉的猫儿一样，马栗子这孩子真是一个小怪物。

他被捕了，乌溜溜的两只眼睛像两池生满水草的深潭一样，脸是圆的，黄色还带点菜青。特派员问他：“十几岁了？”

“十一了！”

“你来边区侦察过几次了？”

“放我回去，再来一次就是十个整数了！”

“日本人给了你些什么东西？”

“给我吃了几顿肉，还有两件洋布衣服！”

“还有吗？”

“还有吗？”马栗子想了想：“还有三个耳光子，一顿臭皮鞋，奶奶的！”

“哈哈！小流氓，你的家在哪里？”

“家？”马栗子似乎听不懂，想了想。噢，想起来了：“没有！”

“爸爸呢？”

“没有！”

“妈妈呢？”

“没有！”

“见鬼！你怎么长大的呢？”

“这个？”马栗子想了想，他学着店老板算不清账的时候那样，搔着脑袋说：“问我知道的吧！”

后来，知道的全说了，没有说的，就是不知道。马栗子打着饱嗝，还出洋相地把黑眼珠藏起来，凶着死鱼般的白眼睛。人们围着他，似乎看不懂他，他是一小个怪物，一个谜。

他被捕一年了，一年来的时间证明，他知道的全说了，没有说的就是不知道。

毛脸文书老冯，一填到马栗子的军人履历表，他的漂亮的蝇头小楷只能星散地写几个“不详”或“没有”，像田地里不够苗的庄稼一样。老冯就拍着桌子发脾气：“妈的，他要不是妖精养的，杀我的脑袋当夜壶!”

人们闲谈起马栗子的时候，炊事员贾三就拿野生植物打比喻说：“你们说菟丝子没有根吗？真的，有根哩，天下谁见过无根草!”

午睡时，外号叫宋扫光的理发员粗声地发表理论说：“哪吒还是娘生的哩！妈的，难道马栗子是石头缝里蹦的！树丫杈结的?”

马栗子听得冒火了，就到理发员的面前，对准他，用大力气放了一个响屁，拔腿逃走了，一边跑一边骂：“奶奶的！你是个屁崩的，你是个屁崩的!”

二

生活就是歌唱，马栗子走着路也在歌唱，他自己能唱四部轮唱的“保卫黄河”。他提着一个作投掷练习用的手榴弹在手上，听吧，河水在奔腾澎湃了：“风在吼……风在吼……在吼……马在叫……在叫……在叫……黄河在咆哮……在咆哮……在咆哮……”

他唱完了，自己就高声喊：“唱得好不好——好！好，再来一个！要不要——要，要!”

再来一个，他把嘴巴一扭，就唱起大鼓书来——秦叔宝在哀伤地卖他的黄骠马了。马栗子是猫一样的小孩子。理发员宋扫光最爱逗他玩，看见什么就逗什么，看见他人小鞋子大，就把他的大鞋说成是他睡觉用的摇篮，过河用的渡船。果真是这样，后方军用鞋厂里没有他穿的那么小的鞋子，再挑再拣也没有。发下来的鞋子，只好在那鞋子的后面用针线再缝一道堤，像一座大房子分为两间，中间垒了一层隔壁一样，他的小脚丫就住在那所大号房间里，那小房间虽说小，也实在不小，房东老太太测量过了，她吐着舌头告诉大伙："哈哈！能容下两个指头！等我有空给他做一双吧。"

鞋子后边的小房间里，每天并不寂寞，有自己跳进来的石子，有通讯员王小二偷放进去的弹壳，走起路来，托托托的声音还混杂着叮叮叮的声音。

托托托、叮叮叮的声音响着，突然碰上了指导员，于是马栗子就用唱歌的声音喊："敬礼！报告指导员，王小二又偷偷向我鞋里放石子啦!"

"真的吗?"

"真的！不信，你看，石子像锥子一样，哎哟!"

"去吧，我批评他！处罚他!"

一转过身来，马栗子扮了个小鬼脸，满脸嬉笑，舌头在口腔里学着打竹板的声响，溜开了。不久，他又在用石子投掷正在房顶上吹上课号的司号员："奶奶的！数你能，你头上就缺少了个大窟窿!"他喊着，舌头打着竹板，响着节奏。说实在的，他最不喜欢听上课号。下课了，托托托、叮叮叮的音乐又响了起来。有采访写作材料的人在路上挡住他，但他是一尾不好捉住的泥鳅哩，他从一个墙角角，一猫腰又溜到另一个墙角，拦他的人计上心来，买了一些大红枣。

"甜吗?"

"很甜。"马栗子公平地评论着："就是不香，要是买点花生就又甜又香了。"

嚼着花生，咬着红枣，马栗子得意扬扬地坐在石凳上。他把三个米珠大的大花生叩开两条缝，夹在耳朵上当耳环，又把枣核从嘴里射出来当弹丸。采访的人守着他，像矿工守着金矿，马上开始采掘了。

“你叫什么呀？我忘了。”

“姓马，哟，尥蹶子马的马，叫马栗子！”

“哈哈，你是尥蹶子的马！能尥吗？你还是一匹小马羔哩！”

“就是小马羔，”马栗子喷射出一粒枣核说，“也得学着尥，不尥是不行的！你听人说过，人善有人欺，马善有人骑！我喜欢自由平等，不喜欢人骑着我！”

“你的家在哪里呀？”

“没有那些啰唆玩意！”

“爸爸是干什么的？”

“谁知道！我不知道，你不知道，谁也不知道！”

“妈妈呢？”

“她呵，倒听说过。妈妈是个掉蛋的鸡，掉下了我就不见了。”

“真的吗？唉！真是可怜的孩子呵！”

问的人叹息着，马栗子不愿听人们哀怜他。哀叹和怜悯对他倒成了羞辱。马栗子的眼睛瞪圆了，他愤怒地喊着：“真的！谁骗人谁是你老祖宗！你！好个悲观失望的家伙！”

他大把地抢走了枣和花生，像野猫公开在谁的筷子上掠走了一尾小鱼那样疾速地溜开了。人们大笑着，好意恶意地骂：“小汉奸，真是个小汉奸！”

托托托、叮叮叮的音乐响着，油条和猪肉的香味把他吸进一家小铺子里。店老板前天大清早往酒缸里放凉水，今天才过午又正往烟草末里掺豆叶呢。马栗子既不抽烟又不喝酒，管他这些屁事。可是老板的规矩也真严，简直像课堂上不许睡觉一样，这里有红字条写着：

“概不赊欠！”

“老板”，马栗子看了看货架，吸溜着口涎说，“打赌呀，打赌吃猪肠子！”

店老板六十多岁了，他的相貌是：头发像短银条，两眼都是血的玫瑰丝。他喜爱做生意，又爱打赌，一有生意加打赌就一脸愉快的孩子气。现在他一脸孩子气地嚷：“好呀！二十口吃完一条猪肠子，算是白吃，要是吃不了，你赔我五元钱。你知道一条猪肠值多少钱？我还亏着血本哩！”

“二十口呀！哎，二十口我吃掉一口大猪哩。”

“哈，孩子不大，牛皮可不小呀。”

“牛皮不是吹的，火车不是推的，泰山不是垒的，光说不练是假把式！来吧，我十五口吃掉它。”

“不！不不！！我一定让你二十口吃完哩。”

老头子的眼睛里闪着精彩的玫瑰丝，有好些条皱纹都被激奋赶跑了。他提着一条抹着油彩的猪肠子，要知道在敌后根据地，这是非常耀眼的东西哪。赌赛成立了，马栗子大口吞食着猪肠子，舌头被委屈得像挤城门洞里的乡村女人，二十口肠子吃过后，肚子里有些胀饱，他把剩下的一段放下了。

“掌柜的”，马栗子抹着油光光的嘴巴要走了，“给我记上账，记上马栗子输了一次——下次一定赢过来！”

三

布谷鸟催得很急，高粱谷子都下种了，同志们在小河边上开了一片荒地，把选好的肥大的花生米种下去了，后来，发芽的种子像老牛抵角的姿态，怒狠狠地顶起土瓦出来了，但经过清点却只有九十二棵。大家叹息地说：“种了那么多，为什么只出来九十二棵呢？”马栗子惊异地想：“为什么还能够剩下九十二棵呢？月下看得太不仔细了……”

马栗子告诉指导员说：“花生籽一定是兔子吃了，要是人，人不会那么傻。兔子糟蹋庄稼是成片的。”这话完全是内行的庄稼话。房东老汉同意地补充着说：“是呵，兔子糟踏庄稼是成片的呵，可怎么还剩下九十来棵呀？这一定是只一狡猾的小兔子，想把这个事情赖给人！”房东老汉是聪明人，他微笑、点头，似乎早已看透马栗子就是一只狡猾的小兔子。

树上的杏子可以塞满鼻孔了，马栗子吃饭的时候嚷牙痛，是青杏酸倒了牙呢？还是牙齿真的有了病？这是秘密。指导员叫炊事员给他做了软软的病号饭，他满头大汗吃完了，剩下的饭盆里，就暗暗地放上几粒白樱桃般的苦杏仁，据说是给贪嘴的炊事员贾三下的地雷，贾三曾经偷吃过他的病号菜……

实在的，马栗子犯过了不少纪律啦，真是那种大纪律不犯，小纪律不断的人物。

下了政治课，指导员叫住了他，他乌溜溜的眼睛盯着指导员额上的那块伤疤，那伤疤一发脾气就变成褐色，一经欢喜就烧得火红了。现在，那伤疤不是褐色也不发红，像是藏着不测的风云，藏着揣摩不透的事。

“马栗子，那领瞎子过路、扶老人过桥的孩子小松子好吗？”

“好！”马栗子答应着，眼睛还盯着指导员，怪不得呢，那伤疤不红也不暗，原来是温习讲过的老故事，扯家常哩！

“那满口怪话，偷摘人家王瓜种的孩子小周呢？”

“他吗，可真是一个坏蛋！那王瓜种半老不熟，不能吃也不能种，他损人也不利己！”

“坏蛋吗？他无知识，不是专搞破坏的。他不傻，倒很聪明哩。”

并排坐在石头上，指导员又温习起小茅茨的故事来了。但一讲到那小茅茨偷卖子弹换烧饼吃，他那伤疤像会表情的眼睛一样，立刻愤怒地变成褐色了。讲完，指导员敲着石头说：“真是个坏蛋，他就是个不好改造变好的流氓无产阶级一员呀！”

马栗子觉得有什么东西在他心里乱撞，比方说，那像装满苍蝇的玻璃瓶子，里外透明，谁都看见那是很脏很丑的东西。他满脸发烧地说：“这坏蛋也怪可怜，他是天生的坏蛋吗？像野鸭子蛋里走出来的小鸭，走起路来总是一摆三歪的！”

“不，他是学坏的，因为不听话！”

“能学好吗？像扶老人过桥的孩子小松子一样？”

“他再坏下去，就不能学好了！可是马栗子你是能学好的，因为你坦白，你能勇敢承认错误。你的前途很好，太阳正迎着你笑呢，你能学好的！”

“我还没有听你的话。”马栗子喘息着：“指导员，我又做了坏事了！”

“什么坏事呀？”指导员总是纸糊的灯笼——心里明，就抓住机会说：“马栗子你是很坦白的，承认错误要有勇气！”

“我偷吃了咱们地里种下的花生。”

“还有吗？”

“吃了小铺子里的猪肠，赊了账！”

“还有吗？”

“理发员的小刀子是我刻竹竿刻坏的。”

“……”

“还有吗？”

“没有了。”

没有了。马栗子的脾气就是这样的，知道的全说了，没说的就是不知道。

四

白报纸涨到八角钱一张了，再贵也要买两张。马栗子有一个找人定制的很贵重的白报纸本，还有一根红蓝铅笔，红色的一段使得很快，蓝色的一段却不轻易使呢。写同志是用红的，写共产党、八路军和新四军是用红的，写抗日民族统一战线本来也是用红的，后来忽然又得了一点知识，把抗日民族统一战线几个字镶上了道蓝边。

小本子上有字也有画，那写着节约生产的一页上，就画个小人，那小人正在洗碗，听说这是卫生员背着上级浪费公物呢。文化教员看见了，赞美了一番，但后来说："涂掉吧，影响团结。"

文化教员有说不尽的好处。比方说他喜欢书，喜欢画。有时他斜着一只眼，像木匠在打线，又把铅笔竖在鼻梁上说："写生哩，小鬼，不要动！"还有，文化教员说话很好听，比如，他要同志们学写字，就说："同志，请写吧，铁杵磨成针呀！"一样的意思，要经马栗子一说那就是："嗨，大文盲！快识字比赛啦，别要滑！你死心塌地当乌龟呀！"文化教员还是克服困难的模范，当粉笔的价钱涨到一角钱一根的时候，他赌咒一定要用粉墙写黑字，克服暂时的困难。每天早上他就喊："喂，马栗子，你的腿快，像草上飞，请你到伙房找几块木炭写字好吗？"

文化教员有说不尽的好，但他有一件最不好，他给马栗子写过一次生，画着的那个小人的旁边写着："无父无母的可怜的孩子找到了温暖的怀抱！"妈的，他简直是骂人，他还硬要贴在墙上哩！他就不懂得马栗子倔强的个性，把怜悯当成污辱。

上课了，文化教员在粉墙上写着联句题：

"虽然……但是……"

马栗子把铅笔咬在舌头上，沉思着，像啄木鸟叮叮叮地啄了几嘴树干那样侧耳倾听有没有小虫的光景。二十分钟以后，马栗子心中忽然明白了“虽然”和“但是”的关系，那像一匹马一直向前跑，前面是一条很深的断崖呀，突然，那马折了一个弯子——噢，噢，这就是“但是”！三十分钟以后，他把卷子交上去，就咬着铅笔跑开了。

文化教员看了卷了。他的感情像是杨树叶，风一吹，杨树叶就久久不停地哗哗响着。现在，他的脸兴奋得绯红，他立即摸索着各个衣袋，翻江倒海地才从小裤袋里摸出一条当过纪念品的手帕来，他欢喜极了，一直追出了课堂喊：“马栗子呀，喂，小鬼！”

发生了什么事呀？人们都知道这是文化教员的老脾气又犯了。他的老脾气是：特别高兴特别感动的时候，他就要流眼泪，就要把心爱的东西送人。现在他满脸通红两眼含泪，拿着一条手帕。

原来，马栗子的联句卷子这样填写着：

“虽然”下面的蓝字是“我当过小汉奸，干了坏事”；“但是”下面的红字是“我要努力改错、学好，要抗战，要革命，要解放！”

这，多么动人的聪明，多么动人的变化呵，文化教员的感情比如杨树叶，那树叶被这几个字震得哗哗作响。

五

星期日了，洋槐花落满了一院子。

大家洗完了衣服都在擦枪。外号宋扫光的理发员在摩擦他的小刀子，司号员在修饰他那霞光般的“红绸子布”，那红绸子布是军号的美丽衣裳，有它陪衬，军号声似乎特别响亮……马栗子干什么呢？他在辘轳把旁边找到了卫生员丁方喜。这家伙是个小胖子，马栗子在节约生产的一页下用蓝笔画过他的手腕要比他满是黑灰的脖子还要粗。他喜欢打，也喜欢骂，但是最恶狠的话在他嘴里骂出来，也能把对方骂得一脸憨笑，大家都喜欢他，都喊他：“小肉蛋呀，小肉蛋！”

丁方喜有一点最糟糕：当大家站成一排唱歌时，正唱得狂热迷醉，正要唱到一个极高的音调的时候，忽然糟了，整个音律都被破坏了，丁方喜这小子唱不了高音，他硬要唱，像癞狗爬高墙，爬不上去也硬要爬，在紧要关头，他走了调子，像大磨石压了小狗的耳朵，他竟吱吱怪叫。立刻大家的脸色变了，都骂他：“坏蛋，真是个坏肉蛋！”

肉蛋正在像知了一样单调地唱着，一面擦他的雪亮的小剪刀、晶亮的艳红的名叫二百二红药水瓶子，还揩一个可以盛酱菜的玻璃盘……

擦呀擦呀，左擦右擦，这肉蛋似乎在磨洋工，似乎他永远擦不完那玻璃盘。马栗子有点气愤，真想再画一幅浪费人力的小漫画。

“这也还要擦吗？”他不平地说。

“自然咧，这是我的武器咧！”

“什么武器？”

“治病的武器，工作的武器，革命的武器！”丁方喜饶起舌来，话就像燃起了一挂爆竹：“炊事员有切菜刀！司号员有军号！文化教员有纸有笔……全是武器！”

没意见，不想吵架，马栗子就掏出他的红蓝铅笔，咬在舌尖上。

“又要联句哩！”卫生员拉稳了架子说风凉话：“你像一个新闻记者！”

“鬼话！”

“鬼话！”卫生员放下盘子说：“上次你联的句子才说鬼话哩，来！这次你写上吧，‘虽然’要革命，要抗战，要解放，‘但是’你的武器呢？——兔崽子！”

“兔崽子——你才是！”

“你是小汉奸！”卫生员摆开要打架的样子说：“小汉奸还不如兔崽子，什么也不如！”

马栗子这次没有起火，他想着什么大事走开了，他找到了排长。

六

排长没有胡子，但排长嘴角的小黑痣上长着长长的一撮黑毛。排长爱哈哈大笑，一大笑的时候，痣上的黑毛就前扑后仰，像被大风吹动的高粱棵。

排长爱讲故事，也爱听故事。

马栗子讲给他的故事很多，有箱子当卧室的故事，有店老板空抽屉的故事，有寻找小老鼠的仓房的故事……排长最爱听的还是喜鹊的故事。

“再讲讲那穿花衣服的喜鹊吧，真好玩，我爱听，再讲一遍吧，小鬼！”排长说。

“说起喜鹊嘛，它穿精白花暗底子的长袍，很有点派头哩。每年二月初二，她雇一个啄木鸟来盖房子，给她的窝上架大梁。老鸦、鹭鸶和别的鸟都没有这种本事。哈，她们嘛，生活很有计划哩，冬天没有到，就准备过冬的粮食了。喳喳喳！她们各处飞，衔了许多花生插在坟岗和土丘的小洞里，你悄悄地跟着她们盯着她们，她们有贮藏的记号，你有寻找的记号，找嘛，搜吧，肚子饥饿时就有办法了，冬天也就容易过了……”

“哈哈，有办法，是老喜鹊们供养你过冬天！这是谁教给你的生活办法呵？”

“是一个老头子！”

“什么样的老头子？”

“杀过人的老头子，他说过，他被有钱的人赶出来，因为他老的无用了，以后他不愿意到人家门口喊大爷、老爷，还惹得狗叫，老爷还骂‘去吧，讨吃鬼！没有给你做下的……’”

“哈哈哈!”排长拍着马栗子的头：“你是棵马齿苋野草，你在哪里都能生长啊!”

排长爱讲陆伯伯的故事，陆伯伯是把排长抚养大的。他有一个毛病就是太爱钱，哪怕压在马蹄子底下的一文钱也要找，决不怕踢；哪怕是噙在死人嘴的一文绝气钱也要找，全不嫌脏……

“七月七日卢沟桥事变不久，他到日本人那里找钱去了!”

“当汉奸了，哎，多糊涂!”

“不是假糊涂，是死心塌地的当汉奸呀，劝不回头，我把他打死了……”

“排长!”马栗子闪着乌黑的恐惧的眼睛说：“你是一只老虎，你很厉害咧!”

“厉害吗?”排长哈哈笑着，痣上的黑毛在前仰后合：“不要怕，我是你的同志，你能改变好，你是一匹可爱的小红马!”可爱的小红马打着哈欠要睡了，临睡前他说出了今天早晚一定要说出的话：“排长，什么是我的武器呀?”原来马栗子在警卫部队生活、学习，还一直没有武器。

“你的——什么武器?”

“工作的武器，像你有支驳壳枪、卫生员有个红十字卫生包、司号员有把军号、炊事员有菜刀有炒勺……”

马栗子说了就睡熟了，他猫一样打着规律的、平静的呼噜，动着长长的睫毛，驱赶着飞来的小虫……

排长在一旁守着他，猜谜一样地看着他菜黄色圆形的脸蛋，在他的眉心里啄了一嘴唇。

七

傍晚，课外活动的时间到了，砚田村小河边的丛林里，飞扬着尘土，飘荡着笑声，足球飞的比杨树尖还高，把一窝喜鹊吓得搬家了。

马栗子随着队伍，托托托来到操场的一边，同志们把步枪嘴对嘴地架了几个圆圈，把机关枪架平，把掷弹筒、手榴弹排成行列，这样做好以后，都跳到笑声里、尘雾里去了。

马栗子不去，队长和排长说要马栗子当守卫，守卫枪支弹药不受偷盗，守卫的工作很重要哩。

卫生员挎着红十字卫生包，炊事员有雪亮的切菜刀……是呀，各人都有他的工作呀。现在马栗子也有自己的工作了，他佩着一把小刺刀守卫着，仰着脑袋，挺着胸膛，像第一只小鸭子刚刚走上河岸的那股神气。他学着军人姿态很好的一班长的样子，把下颚收紧，把小腿绷直，就那样走来走去，走来走去……这样干着守卫工作，负着很重要的责任哩。每天傍晚这样走来走去，全神贯注，守卫武器，半个月过去了，一个月过去了……

大家围坐检查自己的工作成绩，司号员说他没有误过一次上课号，又学会了一个新号谱；卫生员说他用偏方治好了两个顽固性疟疾，用兔子肝治好了十几个夜盲眼……但马栗子的工作成绩在哪里呢？噢，有一次，那个破足球突然从树那边炮弹一样的飞了过来，不偏不斜恰恰对准了架成圆圈的步枪。那时马栗子绷紧了小腿正走呢，他一看，就把头拼上去处理这个意外。说时迟，那时快，圆圆的足球和圆圆的脑袋撞在一起，足球跳走了，马栗子的帽子飞了，人倒了。远近的人们大笑起来："好呵，小汉奸！好呵，小汉奸！"

小汉奸这难听的名字，此时此地听起来竟像抹了许多油和蜜！

也还有一次谁的螺丝钉丢了，被他捡起来了。但假若两个月以前捡起来那还好，也许还明光闪亮，而现在那螺丝钉已锈得不如一根挂衣服用的洋钉了……哎，平凡的岗位显不出好的工作成绩呵。

败兴哪，没有成绩的工作算什么工作呢？马栗子每天傍晚在沙滩旁佩着刀走着，走来走去，走来走去……河床上，有水鸟在沙石上疾走，有鸽子在河道上饮水，可是没有出现假设的那种人：那人戴着草帽，背着钱褡子，他偷偷摸摸地溜过来，把一支枪偷走了……马栗子拔出刺刀追上去，像追一只断了前腿的兔子一样，捉住了他。哈！那是多么好的成绩！那才真正是守卫的成绩！

一个战士不想着战斗，哪算个什么战士呢？

八

要发生的事情发生了。

王连成的弹簧不见了。

王连成过去就是个不知道爱护武器的家伙，一次放警戒，他回来时，竟把一颗大号手榴弹忘在一棵柳树下。那时候，他是一个新战士，呆头呆脑的，以为丢了一颗手榴弹就像丢了一根烟管一样哩！大家批评他，责备他，他流着眼泪，但听说手榴弹早被一个割草的小孩拾去放响了。

“真是个坏家伙，武器是同志们用鲜血换来的，是我们第二生命！他竟然忘了，现在又丢了弹簧！”指导员叫来了他，他石碑一样站得直挺。

“又是你，你又丢了弹簧！”

仍是不言不语，石碑一样站立着，两只怯生生的眼睛对着指导员，它潮湿羞怯，似乎在说：“我错了，指导员！”

“木头人吗？说呀，你把它丢在哪里？大伙好帮助你找呀！哎，你知道它是同志们流血拼命换来的呀！”

农民呀，那像是抗旱的夏天，脚下的禾苗快要冒烟了，他久久地望着天边的一朵乌云。他的眼珠一分钟不动，两分钟不动，忽然欢喜泛上他的眉梢，就嚷着："想起来了，指导员，一定的！一定是丢在沙滩里啦！"

是丢在沙滩里呀，同志们一听，像听到一个同志负了重伤，但还有法子把他治好，立刻向沙滩里寻找。晚去的朱喜生还借了一个密孔的筛子来，大家就在沙滩上抓呀翻呀筛呀……

太阳快落山了，全翻遍了，空气里流荡着众人的喘息："没有了！"

大家把帽子摘下来摇着，当扇子扇。王连成的脸孔变得灰白，他还抓着沙子，头也不抬，死板又苦涩地说："就丢在这里！一定就丢在这里！"

不知什么时候，马栗子像鲫鱼一样溜来了，他呵哈了一声说："报告——指导员，弹簧找到了。"

大家的眼睛做证，弹簧确确实实地找到了。

弹簧找到了，指导员挥着帽子擦着汗，他脸上的伤疤开始变成褐色，仿佛现在他才有心情发怒了，他喊："喂，王连成，来，来站着和马栗子照相！"

王连成靠近马栗子站在大家面前，犯了错误的王连成是要立正的，大家的眼睛是镜头，"照相"开始了。指导员站在队伍前指点着说："同志们看吧！一个是马栗子，他是互助友爱的模范，爱护公物的模范；一个是王连成，他不知道爱护武器……"

大家哄笑着，又听着指导员讲述王连成的那支枪不同寻常的来历，后来大家愤怒地嚷："罚他坐禁闭，罚他坐禁闭！"

"自然要处罚他！"指导员说："这是军纪，王连成，你有什么话要向大家说呀？"

王连成的脸上成了羞愧和喜悦的游戏场，他颊上泛着红光说：“同志们，这是军纪，谁犯了也是一样呀，弹簧找到了，罚我什么，我全乐意！”

“谁还有意见呀？”

“不能关王连成的禁闭！”马栗子挥着汗，舌头像打了结扣，好容易才说出点理由：“因为弹簧找到了！”

“这是民主的意见呀！你不同意？”

“这是军纪呀，马栗子……”

在特定的历史条件下，没有理由不关王连成的禁闭。王连成坐在禁闭室里了，那是一间很小很清静的房子。怪话大王蔡小亭说：“是一间很好的休息室呢。”但究竟不是荣誉的房子，一个哨兵在门外巡守着。

晚点名的时候，天空烧着橘皮色的红霞，马栗子伏在小房子的窗口说：“喂，王连成，你要什么？你要吃一块豆腐吗？”

幽暗的光线下，王连成忙着抛开识字课本，在窗口握着马栗子的手说：“喂，小栗子，你要什么我就给你什么，你要我那双厚底的涞源山鞋吗？噢，那太大了。你要我的带铜帽的变色的铅笔吗？”

“不要！”马栗子喘息着说：“王连成你要什么呀？你要吃一块豆腐、一块花糕吗？”

“不要！”王连成潮湿的眼睛波动着多么热情的波浪呀：“马栗子你真聪明呀，你找到了弹簧，你想一支枪少了弹簧能打仗吗！我那枪还是荆山战斗得来的。你记得吗？那个好说好笑的王德甲同志，就为这支枪在那里牺牲了……”

不知什么时候，马栗子梦一样地离开了那个小窗口，他手里被强硬地塞进了一支戴铜帽的变色铅笔。以后，他闯进了指导员的屋子。

“什么事？马栗子，为什么呀？”

“不能关王连成的禁闭!”马栗子使劲地转着舌头说：“关我进去吧，弹簧是我偷藏起来的，因为我没有工作成绩，我表现工作成绩表错了……”

指导员迷惑地看着他，他乌溜溜的眼睛闪着从不轻易流出的泪，不言不语地站着，脸上泛着可怕的青色，半晌才又说：“我又干了坏事啦，指导员!”

这发生了什么事呀？这真是一个小怪物，一个谜。

九

一个小怪物，一个谜呀……一天下午，马栗子突然不见了!

司号员还藏在芦苇里，肩上多背了那条德国造的大光面驳壳枪，卫生员丁方喜，在远远的树那边挥着手，打着暗号，他还咬着宋扫光的耳朵说：“看呀看呀，马栗子他真是一个笨瓜呀，他还当守卫哩，他守卫的驳壳枪没有了。看呀，他还一点不知道哩!”

他们兴冲冲地玩着捉迷藏，这是一场多么残酷的游戏……

十

沿右河滩一直走下去。

沿着山脚一直走下去。

走呀，走呀，捡着僻静的羊肠小道走呀，石头碰破脚尖也不觉痛，荆棘拉住衣裳也不在意。把累赘的托托托的大鞋提在手里，换上房东大娘给做的可脚的新鞋走呀，鞋印子打在沙土上，那样小那样短，要是再深一些，竟像一头小毛驴的蹄印……

走呀，走呀，乌溜溜的眼睛惊讶地搜寻着前面，脸色更黄更青，鼻尖上沁出豆大汗珠来了。走呀，走呀，他讲过许许多多的故事，比如说：像箱中的卧室，当卧室的箱子着火了，祸事来了，走了就完了。像指点喜鹊仓库的那老头子，他说："我杀了人，什么都不要想，鞋底上抹油，走吧，三十六计走为上策呀!"

生活留给的教育，事情一有岔子，走了就完了。现在驳壳枪丢了，走了也就完了，想什么呀。

黄昏快来了，旷野的天空里开始飘动着蝙蝠的翅膀，一圈灌木丛围绕着一大片池水，一群抹得像泥鳅一样的孩子，正追打，玩太平洋大战哩。

"好呀!"马栗子乌黑的眼珠转动着，青黄的脸上泛起了狡猾的欢喜。他趁大家正玩得热闹、高兴得发昏的机会喊着："喂！看那边的一只鸭子，那算是日本鬼的军舰，大家追呀！美国的、英国的军舰都追上去呵!"

"呀……"有人喊起了呀声。接着，孩子们发了一声喊："追呵，追呵!"于是溅起了扑脸的水花，追上去了。他们毫不理会什么人在那里喊叫指挥，他们像旋转着捉弄自己尾巴的小猫，除了快乐，也只有快乐了。

"谢谢！借你的光!"马栗子悄悄地卷起了岸边的一身衣服，转身走到树丛里，像一只青蛙跳进水里没有踪影了。

"打呵，打呵，看大炮呵!"

"捉呵，捉住呵，扭住日本军舰的脖子!"

那只水陆两用的"日本军舰"，拍打转翅膀，慌乱地摆着两只橙黄色的小桨，呱呱呱狼狈地叫嚷着。叫声渗进了前面的一片灌木丛里，马栗子正在那里骂着傻瓜蛋们，一面扯去军衣，换上便衣，开始变成一个普通孩子了。

浅蓝色的短裤，土红色的小褂子，这样穿着就不像一年来的马栗子，就不再是军人，就无拘无束，就不惹人注意了，真是一套舒适的衣裳呵。

像梦境一样，军帽被丢在树根那边，像是和谁打架被打落了。小刺刀在军衣的一旁，委屈地默不作声。他站着，远处的村庄那边隐约传来连队同志们的歌声，他咂着嘴，像品味着吃过的一块橡皮糖……他站着，天色渐晚，晚霞消落，仍是站着。一只红色的蜻蜓掠过来，落在他旁边的小树枝上，准备安静地宿营了。马栗子呆呆地看着它，眼睛一直凝视出泪水来，他才深深地呼了一口气。

不远的地方，一个人戴着没有边沿的草帽向他挥着手。哎哟，那是谁呀？一身冷汗出来了。定神看去，呸！他原来是一个警戒麻雀的谷草人！

快些！应该是快快走掉的时候了！但他却迷恋地看着横在地上的小刺刀、军帽和军衣，像和亲人作别……后来，他狠狠地骂了一句："去！滚你的蛋吧！"迈步要走，但两条腿像是绊了索，不听使唤，说走，却仍然是站着不动。噢，莫不是鞋子太重了？那鞋是房东老大娘新给做的拥军鞋呵！平时脚步轻捷，现在却这般沉重！做鞋的老大娘的声音响在耳边：孩子，人朝高处走，水向低处流。唉，你去哪里……迷蒙的蒸雾一样的思想，开始凝结。雾气开始潮湿在树叶上，眼泪忽然滚落在他的手背上了！

"噢！换掉这套军衣，这样我就不像一匹小红马，不再是一个八路军战士，不再是连里的一个同志了，这是开了小差的逃兵……"没有爸爸，没有妈妈，什么亲人也没有的野孩子，在世界上他第一次感到了孤独。

拍拍军衣上的泥土，又捡起扔在树根边的军帽和刺刀，突然的动作，把那只睡梦中的红蜻蜓吓得飞逃了；那站在黑暗中的谷草人，戴着没有边沿的破草帽，挥着臂，莫名其妙地站着，莫名其妙地观察这变化着的人和事……

"呆瓜！不许你笑话我！"马栗子向谷草人奔去："给你穿上这套

便衣，看你神气的要做侦察员了!”说完，他把那套小便衣草草穿在谷草人身上，又告别说：“帮点忙吧，老伙计，把这衣服还给那孩子，辛苦你!”

十一

走呀，走呀，像箱中的卧室一样，火起了，祸事来了，走了就完了。像指点喜鹊仓库的老头子，那老头子杀了人，他说三十六计走为上策呀，天大的事走了也就完了。现在驳壳枪丢了，驳壳枪是排长的，排长打死过他的陆伯伯，排长是一只老虎呀。他今后不会再说：“你真是一匹可爱的小红马了。”枪丢了。必须逃走，走了一切事情都烟消云散了。

走呀，走呀，走向哪里去呢？这是没有答题的行动呵。可是，怎么办呢？不必管他，走了就完了，这是生活的经验呀!

歌声还在远处流荡着，萤火虫像在寻找什么，来来去去打着灯笼飞舞。白杨树默默不语，沉思地站着。叫蝈蝈在豆田里开始了音乐比赛，歌声有点栖栖惶惶。远近村庄都在夜雾中入睡了。这，没有风的八月的夜。

跨过了谁家菜园的篱笆，一大片宁麻围着一个小山坡，将脚踏在这有壕沟的山坡上，马栗子怔住了，那里有两个人像埋伏着一样地等待他，那是什么人呀？他们像早已知道马栗子的事了。

“不要跑了，小伙计，他们到前面捉你去了。”

马栗子喘着粗气，真不知道又发生了什么事情了。

“怕吗?”一个人捉住马栗子的刺刀说：“不要怕，他们三个穿军衣的早过去了。”他们问这里一个浇园的说：“有个穿军衣带刺刀的孩子过去了吗?”浇园的不知道，我回答说：“看见了，就在前面村子里……”

“是排长他们三个来捉我的呀！”马栗子说着，跳着要跑了。

“不怕！”一个穿青衣的人说：“你犯了什么错呀！”

“丢了一支德国造的驳壳枪，是排长的。”

“哟，那要杀头的哟！”

“也许要的，你们自卫队吗？”马栗子记起了扛着红缨枪押解逃犯或是汉奸的自卫队了，他从头到脚感到一阵冰凉。

“自卫队是狗东西们干的，不要怕，这里是你救命的爸爸！”

“救命的爸爸？”马栗子重复着，这真新鲜呀！从来没听说过。

“怕什么？什么样的狗排长呀，捉你的三个家伙要是再回来，就用这喂饱他。”

穿青衣的拔出手榴弹来，马栗子吃惊地哦了一声，他想起来了……半月前黑石沟的小道上，通讯员白岑的大腿被打断了。以后，警卫班长被杀死在河岸上。因为这种情况，队长每次都嘱咐哨兵和通讯员说：“小心注意武装汉奸呀！”

那时，为了捉武装汉奸，马栗子的小腿也绷得更紧过。

望着天上的星星，星星使着眼色。是了，马栗子不是那谷草人，他当过小汉奸，九次侦察过边区哩！马栗子是聪明的，现在会见风使舵，也会就坡上驴。

“我当你们是自卫队哩，好啊，他们想捉我，我呀，先下手为强，我也想喂他们一个哩，你们只有一颗手榴弹吗？”“给他一个吧！”那个说：“一齐投出去，都要投得准，可是你会使吗？”马栗子接过手榴弹，一下子就把拉线扣在小指上，穿青衣的人喜欢地打了他一个轻轻的耳光子说：“真是个小江湖！”

山坡下，那条装在峡谷里的小道上，萤火虫携着小灯巡逻着。远远的黑暗那边，有人在埋怨着什么在走路，隐隐约约那是司号员的声音……

以司号员为主，卫生员、理发员参加的这场盗取驳壳枪的游戏。这是一场残酷游戏，现在也在残酷地戏弄着他们自己……

十二

第二天，人们纷纷传说又发生了武装汉奸的案子了。

这回被打死的，是一个三十多岁的黑牙齿的汉子，穿着青上衣，软底布鞋，样子像一个买卖人。他是哪里的人呢？有人说他在集市上见过一个卖布的，长相和他差不多，只是撕布时故意用劲咬布的牙齿不如现在这样黑。有人说，他许是一个贩羊毛的贩子，山中曾经出现过挨家串户打听羊毛的人，也是一口黑牙。又有人说，去年秋季，敌人进攻时，走在敌人前面的那个带路的和他长相一模一样，讲的人又补充说："那时我藏在草堆里，他领着敌人过来了，我看得可真切呢！"

又有人反驳说："想问题只能用头脑，不能用后脚跟，想一想吧，这是武装汉奸打死的，汉奸还会打死汉奸吗？！"

这个被打死的汉子，呲着黑牙齿，铺着一摊黑红的血污躺在那里一直没有人来认尸，只有绿得生光的蝇子哄闹着。

传说又来了：昨夜这件凶杀案，据说有三四个八路军同志在这附近道上走路，但他们还没有走到跟前，汉奸的手榴弹就自己走火爆炸了……

"这一定是个坏蛋！"后来有人用脚踢那黑牙齿的尸体。

侦察连派来了几个同志，有四个人追踪一条血迹，跳过菜园的篱笆，向山庄那边追去了。留下的两个青年战士，他们在不远的地方捡起了一把小刺刀，刺刀的皮扣环被拉断了……

他们追踪那把小刺刀的主人是谁，他逃往哪里，后来只寻到了几个脚印，此外再也找不到什么。

十三

三天以后。

在一块断崖对岸的小山神庙里，马栗子在那里像一个厨师一样，烧烤着马铃薯。烟是暴露目标的信号，他掌握木柴只许旺盛地吐着火苗。他烤熟了马铃薯，就烧上了一把兔腿豆角，这是吃马铃薯的小菜，另外，他仰放的军帽上还放着一把山韭菜。

马栗子是马齿苋野草，他在哪里都能生根长苗生活得很好。他把马铃薯烤得酥酥的一包面，一把豆角也烧熟了。他一个人，对着有络腮胡的神像，慢慢地想着什么吃起来了。吃着，想着，开始想的是：这时候要是在连里吃饭多有趣呀，大家打突击，十分钟把饭吃完。那王小二的上下牙齿动得像水磨一样快；那个朱喜生同志常夹起一块豆腐一根粉条荡着说，“吃吧，马栗子，这个让给你……”

山坡那边，老乡赶着毛驴送公粮，嘟嘟嘚嘚的呼唤声，时时在断崖间回响着。马栗子想着听着，正把一口马铃薯咽下去，把舌头学着打竹板的声音，愉快地响了一下，忽然一个冒冒失失的孩子闯了进来。

完全是意外，是两个人的意外碰到一起来了。

进来的孩子接近门口却又转身对另外的什么人嘱咐说：“快走吧，我们在砚田村边见！”说完他转身进门，眼睛碰见了正在早餐的马栗子，他慌忙地几乎想转身退出去，可是，他还是进来了，嘴角上流出口水说：“哎，烧得真香啊！”

突然来了人，又听说砚田村，马栗子也慌了，他打量着来人，但不认识。这人穿一套布满油污的花格衣裳，脸是青黄色的，像一个倒放的凹腰葫芦，长长的手指甲装满了黑灰，手里提着一串用龙须草串着的蚂蚱，那些蚂蚱有些已经干瘪了，不用说这些蚂蚱在龙须草上已受了一两天苦刑了。一面打量着来人，一面捡起一块马铃薯，吹去了上面的浮灰，马栗子镇定了态度说：“闻到香味了吗？小伙计，吃这块吧！”

来人一点也不客气，消瘦的面颊挤出了笑容，就捧起滚热的马铃薯，嘘着舌头吃起来了。

真是个可怜的孩子呀，马栗子看他这饥饿的样子，就又递过一撮山韭菜去，说：“吃吧，小伙计，你从哪来？是砚田村吗？”

“从北边水口来！”来人惶惑地说：“水口是我舅家，来得太早了，还没有吃饭！”

“看你还没洗脸哩，看你脸上的灰，塌下来要砸死人。”

来人苦笑着，吃得更猛。

“好多的蚂蚱呀！”马栗子望着火堆说：“为什么不烧了吃，香着哩！”

“刚才捉下的，没有火。”来人边吃边说，觉得有什么说错了，又接着说：“现在要烧吗？哎，烧吧，烧吧。”

把一串蚂蚱投在火堆里，翅膀冒着白色轻淡的烟气，有几只蚂蚱用大腿拼命地蹬着、挣扎着，大部分蚂蚱早已死掉，干瘪得发红了。

“这是刚才捉下的？”马栗子咬着一只蚂蚱尾巴说：“它在哪里晒足了太阳，已经干得没味了。”

来人也找寻出一只快烧熟的蚂蚱，他把话岔开说：“你自己吗？你在这里，你……”

“我吗？”马栗子坦然地说：“我是出差的！你知道什么是出差吗？就是出去办公事哩！我饿了，就在这里烧点吃的……”

“你们住在哪里？”

“前边，你听呀，远处正在吹号的那个地方！”

“住一个连吗？”

“不，差不多一个连，噢，要比一个连还多些！”马栗子玄虚地回答。

两个人头上全流着汗珠，嘴上吹着蚂蚱身上的浮灰，吃着，谈着。来人说八路军真苦哇，马栗子就说他是吃苦的模范。来人说：“敌人的大炮可多哩！”马栗子说：“敌人大炮被夺过来好。”精明的马栗子，决不露一点点他是个八路军逃兵的破绽。一点不错，他把精力全用在掩盖自己的处境上了，他没有心情去研究对方……

“我还有一把日本小刺刀哩！”马栗子摸着身边说，可是什么也摸不着，赶紧补充说：“噢，放在另一条小皮带上了，没有带来。”

吃完，来人说：“你不忙回去吗？我要先走了！”

“先走吧！我还有公事要办哩！”

来人急忙摆动着细长的身子，跳过了一个小山坡，走上一片大麻地，隐没了。

还有什么公事要办哩？马栗子明白自己在说大话，现在他是一个逃兵，有什么公事可办哩！他把几块马铃薯又投进火堆里，预备烧熟了做干粮，把几根豆角放在衣袋里，作为吃干粮的小菜。以后，他把衣服铺在地上，躺下去……

躺下去并没有睡着，他多高兴自己没有露出破绽，把那小子支应走了。现在，轮到他品味来人的时候了。贪污犯怕查账，一查就露馅。这小子怕品评，一品评，就觉得他来路奇怪、可疑。突然，他霍地跳起来了，追下去了，跨过那片大麻地，可是，那小孩子早已没影没踪了！

“好家伙！这不是一个小汉奸才怪哩？！”马栗子才发现自己在高度的警觉聪明里，有件事情自己变傻了：“噢，噢，他莫不是投放毒药来了！”他跺着脚，大鞋响着托托托。

又回到小山神庙里，一年前的一些旧事都找到他自告奋勇作证人来了，一件往事挺胸作证：一次日本小队长说，“你是好的，能干的！”翻译官嘱咐了他，给了他三包毒药，拆开一看全是白色的粉末，据说吃下去一点点连指甲都变成紫的，就死了……他不大相信，后来放进池塘里，漂起了鱼虾……

他被简单的往事证人恐吓着。

是呀，再过十分钟、二十分钟、三十分钟，也许排长躺倒了，朱喜生躺倒了，指导员躺倒了……全躺倒了，大家的指甲全变成紫色的……噩梦般的恐怖想象扩大着、描写着。他披上军衣，踢飞了埋在火堆里的山药蛋，竟向那逃避了四天没见面的砚田村跑去。

已经望见了哨兵，他沿着墙根溜进谁家的牛栏里，浑身冰冷地想起来了：丢了一支驳壳枪要杀头的呀？而且又是逃兵……

街巷里，集市上，有卖豆芽菜的，有卖水萝卜的，谁见过卖后悔药的呀……

“好啦，天黑再逃吧！”马栗子埋怨自己说：“见鬼！你自己是找死来的呀！听说世界上有人找财宝，有人找官做，有人找老婆，也有人找死的吗？”

坐在牛栏的一角上，屏息着气，牛粪的气息很新鲜，呼吸着，感觉世界上的一切都在生长，都很亲切，怀中不再像揣着一只小兔子了。这时的井台上，响着水桶相撞的声音、扁挂铁环靠在墙上的声音。王小二在远处母鸭似的嚷叫着：“贾三，水开了吗？同志们出操回来了！”

“不要急红你的狗脸蛋啦！”贾三俏皮地骂着：“早开一百个滚子了。”

是哟，早开一百个滚子啦，同志们出操回来了，那朱喜生丢了碗也许正向房东老乡借碗呢！那丁方喜也许正嚷：“吃药吧，病号们，水开啦！”可是，有人警惕那个来投毒的小子吗？再过上半点钟、一点钟，朱喜生也许躺倒了，排长躺倒了，丁方喜躺倒了……人们全躺倒了，大家的指甲都变成暗紫，死了！

马栗子的鼻尖沁出了大颗大颗的汗珠，他忘记了自己丢失驳壳枪的错误，忘记了自己是一个逃兵，忘记了排长是一只老虎……他自投罗网回到砚田村来了，向大家报告敌情来了。他像平日一样托托托地走在街道上，脚穿大鞋，手提新鞋，踏上颇为宽阔又平坦的街道，他心里只记得一件事。现在呀，同志们将很快地找到他，他也将又一次“被捕”了。

一九四二年八月于易县岭东

（原载 1943 年《山》第 2 期）

徐水城下

火车响着铁鼻，喘息着，吼叫着，穿过南方橙黄橘绿的田野，飞驰过石家庄、保定；或是驰出京都，越过丰台、良乡……每到这里，总觉得有件什么心事沾在心上：它是到了我的目的站了吗？它是经过我的故乡田园了吗？仿佛是，又仿佛不是。为怕错过，我时常问邻座旅客："这是什么地方，徐水站到了吗？"假若快到了，这时，东窗以外的世界多么引人呵！仿佛我看见了明媚的平原春天，看见游击队员们在柳堤上穿行……假如徐水车站已经过去了，但这只是假设，它一次也没有在打盹迷困和任何忽略中闪过。它总是用炊烟、用灯火故人般地向人招手："久违啦，旅客！你还记不记得过去的烟尘？记不记得徐水城下战斗的春天？"

我应该这样回答：徐水，我记得你，怀念你，能表证记忆和怀念的，也还有以下这些日子的日记。日记是我记忆的助手，我们深刻记住徐水城下难忘的人和事，难忘的战斗往昔……

1944 年 4 月 10 日

接好了关系，走出山口。东边是辽阔的大平原。侦察员席金子指着远处说："那就是敌人的王八窝徐水城，我和苇子进进出出，在好多家小铺里吃过烧饼哩，多好的烧饼呵，芝麻一厚层……"

春风拂面，斑鸠在遥远的树丛里声声啼唤。榆树从黑乎乎的枝条上开始展放出鲜嫩的榆钱。要是在山中根据地，妇女小孩都要来摘采，在青黄不接的季节里，这是很好的菜蔬，还要代一部分粮食用呢。平原究竟是富庶的，累累满枝的榆钱当路低垂，也少有人摘取。

我们在寻找徐水游击队，只要寻到任何一个小队，就可以掌握线索，找到中队和大队。昨天在大平原上走了一整天。今日午饭后，席金子说："到随城集上逛逛去吧，到那里就会打听出队伍的下落。"涉过一条小河，来到随城。真不愧是侦察员的眼睛，席金子在人丛里三转两转就寻到了四队长梁书臣。他是一条高大粗黑的汉子，络腮胡须，三十多岁，束一条皮带，挎一支乌黑油亮的驳壳枪。看来，他生成就是个游击队长的样子。背后一个游击队员，肩横步枪，腰系手榴弹，闪着一双圆溜溜的大眼，正和乡亲们打招呼。一经介绍，知道他们现驻元头村。随后，就赶到那里。

夜晚，梁队长布好了哨，说："好啦，我们就睡吧。就睡在这地道口边上。夜里有了什么大情况，就下地道。哎哎，局面打开啦，日子过痛快啦。要是去年前年，可不能睡得这么太平呵，一宿要转移好几个地方还不能睡稳咧……"

他讲起那时的局面，一直讲到哨兵换了第三班哨。

1944年4月11日

沉沉的春睡。醒来，红霞满天，空气里满是花香和葱蒜的味道。村抗日联合会主任钱洛海的五箱蜜蜂，在院中一字儿摆开。千万只蜜蜂正围绕着院中的几株桃花嗡嗡嚷嚷。欢乐的蜜蜂们，忙于竞赛收采，时常不管不顾地向人们脸上眼上冲撞。妇女们正接接连连从墙根边的地道口钻出。她们有的提着饭篮，有的端着针线筐和纺车，差不多像是走亲串门那样随便习惯。

早饭后，梁队长布置完了工作，舒了一口气说："咳，心都累碎啦。好，我们出去走走吧。"我们又一次到了随城。这是个市镇，原是敌人的强固据点，解放不久，墙上敌人的"大东亚共荣圈"之类的标语还没有完全擦净。

梁队长是本乡本土人，这一带村庄他全都熟悉。随他出村进村，这一天，我们真是享足了烟茶，受够了招待。每到一村，就有人说："喝，老梁呵，正想打着灯笼找你咧，你来啦!"主人立即邀请进家，按照当地礼俗脱鞋上炕，围桌正坐。窗外冒起香丝丝的烟火，茶水端上来了。接着，主人的邻居也来了。乡亲们争着把家务事情告诉他，请教他，请他评论，说出是非，甚至把婆媳之间的纠纷也请他解决。老梁照例皱了皱眉头说："我看呵，开个家庭会议吧。"可是对方趁热打铁，马上请他当家庭会议名誉主席的时候，他不能不走开了。一边走，一边回答追上来的人说："队上事情忙哪，找村里干部、乡亲解决吧。"

在随城附近村庄，一个值班站岗的老头子当头拦住说："表侄呵，我想买点大查酒治老病，你看行吗?"

老梁皱皱眉头，笑起来说："什么病呵？表叔，酒瘾攻心了吧。不能买敌人的酒。咱们有自造的枣儿酒、柿子酒，有钱你跳进酒缸里泡着就是啦。"

快到谢坊村，又一个妇女追上来说："表弟呵，话不说不明，木不钻不透呵……我那兔崽子准是偷偷参加你们队上了吧？你查查看，实说给我，我就是他一个命根子，哎哎，他哪儿去了呵……"

老梁回答："你到我家里看看找找吧，看看我的媳妇像不像，他许是男扮女装嫁给我啦。"

谢坊村近处村边坐落着梁队长自己的家，那是用土坯垒成的平顶房，房前是队上同志们种植的大菜园。晴明无风的春日下午，蝴蝶正在菜花间翩翩飞舞。梁队长三十五岁了，新生的第一个孩子才两个月，老祖母抱着孩子在炕上拉话："爸爸回来啦，看，爸爸打鬼子回来啦……"

1944 年 4 月 14 日

侦察员席金子这两天来了又走了，走了又来了。在这辽阔的大平原上，他到处出没，像是大海中自由出没的鱼儿。他细长身材，漫长面孔，在微张着的嘴唇上，在被太阳晒得红黑透亮的面皮上，总是挂着甜笑。对一切年老的女人，他尊称老大娘；对一切有了胡子的老汉，他喊叫老大爷。他身穿青布衣褂，脚蹬帆布鞋，腰系皮带，肩横步枪，腿上还模仿正规军的样子打了绑带。走起路来，似乎脚下安装了弹簧。看他那利利洒洒的样子，走遍世界他都可以到处为家。介绍说：他无兄无弟也无姊妹，是五十多岁老父的独生子。母亲早去世了，耕种洗晒一切家务都落在老父身上。对于这样的老父，席金子连对亡母的爱情都加在他身上。每逢接近自己的乡村，总要绕一个弯子挤出一点时间到家瞧瞧。那是一个小庭院，只需三五分钟就打扫好了。特别他知道老父亲喜爱鱼虾野味，常常等不及老父回家，就把一串小鱼带着柳叶挂在门环上，告诉一下邻人，自己早走远了。

昨天由他带领，我们找到了支队的总支书记姬长馥同志。今天拂晓，我们参加了庞村边上的埋伏，在这里等候伏击从漕河据点出来抢掠的敌人。可是因为他的群众关系，麻烦来了。几个老大娘争着要留他吃点什么，用点什么。队伍在夜间秘密出动，也还有个老大娘追出村口呼唤："金子！金子！"

有人担心地说："瞧，别让金子的群众关系暴露了队伍的行动秘密！"

太阳升起。露珠闪闪，原野里飘着一层淡蓝色的烟雾。伏击部队等了再等，前面，看不见敌人的踪影；后面，老乡们成群结队送慰劳品来了。这是我们昨夜出发地村庄的老乡，他们像是沿着路标一直走来，可是我们并没有设下路标呀！他们挑着担着食品赶来，一进入伏击地区，就用教训的口气向当地农民们说："我们远道的都送葱花饼来了，你们还不快些炒鸡蛋呀！抗日是大伙的事嘛！"

伏击战打不成了，军事机密暴露了。队伍在畦边渠边和井台上用早饭。席金子耐住性子向乡亲们说：“看看哪，不给你们知道，你们偏偏偷着知道；不叫你们来，你们偏偏偷着来。这可好，我们张好了网，快入罐的王八，都叫你们的葱花大饼给吓跑了……”

1944年4月16日

早晨，席金子带来一位脸盘宽大笑声震耳的青年人，介绍说：这是五队政治指导员赵登山同志，从山地受训才回来，在这里找寻队伍。似乎我们没见面之前早就该是要好的朋友了，立刻说呵笑呵搅在一起。

这一夜我们翻了两道封锁沟，到徐水城东找寻徐水游击队的另一部分队伍。接近徐水城东了，席金子仗着有赵登山引路，和我们分手，分两路去找寻。在茫茫无际的大平原上，他轻步如飞，鱼儿般地在一片小树丛中消失了。

赵登山同志原来就是城东一带人，说是闭上一只眼睛也不会迷失方向。跟随他一会儿踏上麦田，一会儿钻进树林，一会儿避开村庄，走上荒僻小道，总之，成一条直线在大平原上奔走。月亮下落的时候，老赵喘一口气说：“到啦，快到崔庄啦，到我家里吃点东西吧。”

小路口，我们和两三个拉牲口的老汉顶头相遇。他们说牲口笨大，进不了地道，为了防备敌人拂晓包围抢掠，每夜每夜要到郊野来躲避。据说，有些嫌地道憋闷的老年人，他们也披星戴月宿在郊野，就是十冬腊月，也不能有个疏忽例外。

荒野，春风剪剪，凉夜如水。可以设想平原的春夜图画不只是花开花落。它是：敌人在窥探，在出动，准备突袭、抢掠；游击队在转移，在埋伏，随时准备战斗；地道下，孩子们在熟睡，母亲们在缝织，郊野坟堆间，狐兔惊慌了，它们不能明白为什么人们带着牛驴前来陪伴它们……

在崔庄村东，老赵轻轻地敲门。门开了，老赵把我引进自己的家。

现在，我是坐在灯下，想想吧，外出的小主人新回，一家人团聚，这盏灯今夜应该结花。我也想过，千里之外我也有过自己的家。

1944 年 4 月 18 日

醒来，红日满窗，小小的农具室里充满了泥土和柳花的香气。窗外，鸡啼鸟叫，蝶舞蜂飞，多好呵，平原的春天，温暖的农家！

村庄蒙着一层淡淡的朝雾，朝雾中到处是劳动的笑声、歌声、人语。北边一条小河绕着村边蜿蜒流过，人称小瀑河。河堤上柳绿花红，一片春天的锦绣。这一带村庄密集，土地肥沃。村前村后，水车的挡片当当响着，织成一片醉人的音乐。赵登山的老父忙着选择豆角瓜种，又忙着介绍说："这一带土地好极了，诚实极了。只要水到粪到工夫到，庄稼就愣不吃地长！从不欺哄人！"这一带一年四个秋（收获之意），那就是麦秋、蓝靛秋、葫芦秋、秋天的大秋。人们种庄稼就像种菜园，畦畦垄垄都做得精工细致。又说："这里不怕旱，不怕涝，只要不下冰石头（雹子）就能丰收！"

午后，到东史端村，见了四分队长徐光荣。他浓眉大眼大嗓门，时常用吵嚷般的声调和谁开玩笑。他肩上挂着驳壳枪、望远镜、子弹带、皮带……这些啰唆东西凑在一起，却衬得他威武而又潇洒。这是个急性人，三言五语，就邀我们去看敌人的炮楼："瞧瞧他们那狗熊样子吧，真是个新式棺材，困死闷死他们啦！"

在相隔一条大路的邻村边沿上，耸立着一个圆筒形的建筑物。它浑身上下密布着射击孔，里面随时可喷出火舌。在望远镜中展望这个怪物时，伏在墙垛边的敌人也正在观察我们。

瘦小的、留着一丛小胡子的牛天飞，黑夜常到那炮楼跟前去喊话。喊的是："兄弟们，中国人不打中国人！不当汉奸兵！不当亡国奴！"敌人在炮楼上唱完了小五更，回答说："来吧，好汉！来喝四两老白干！人生三痛快，吃喝嫖赌打牙牌！"老牛恼了，忘记了上级的嘱咐，和敌人楼上楼下对骂起来。第二夜，一本正经地对敌喊话，又从第一句"兄弟们"那里开始。其实那是些什么"兄弟们"，只是一伙流氓恶棍，老牛恶心透了！

据报告：敌人的两辆汽车连日早晨在田村铺村边通过，当晚全体干部计议，要在田村铺边打一个干脆漂亮的伏击。战士们也在热烈议论着，连火烧汽车的家伙都准备好了。

田村铺是坐落在铁路线上的敌据点，是徐水之敌的紧身外围。由平素的表现看来，它是敌人的"爱护村"。我们踏着月色走来巡看地形，村中响着巡逻梆子，敌人梦呓般地呼叫口令。风吹花落，田村铺冷清阴森而又陌生！

鸡不叫，狗不咬，田村铺村边悄悄地印上了游击队的脚印，画下了埋设地雷的标号……

1944 年 4 月 20 日

天色黑洞洞的，游击队出发了，三五辆伪装着柴草的独轮小车藏着游击队的机枪和步枪。队员们有的扛着锄头，有的提着篮子，有的背着搭囊，因为不是智取什么据点炮楼，化装是很潦草的。只不过是在拂晓以后，略掩一下敌人的耳目。汽车不是牛车，它飞奔而来，等它发觉这伙人打扮得不伦不类的时候，手榴弹已经开花了。

游击队在麦田小径上悄然行进。侦察员席金子不知什么时候也走在这行列中了。他是大队的侦察员、通讯员，行动自如，范围宽阔，大概全部徐水游击部队他都认识，整个徐水平原都叫他走遍了。这一回，他解除了皮带、绑带和步枪，挎一只篮子，提一串白条鱼，人们说笑他：像个探看姥姥的小后生。又说，要是有方便条件，这串白条鱼能挂在他老父的门环上，那就更称心适意了……

拂晓的寒凉过去了。接着，鸟声喧闹，红霞满天。汽车路两旁的伏兵倾听着，遥望着。只要有一片尘土飞起，队伍就紧急传递讯号：“准备好，过来了！”一次又一次，来到的却都是骡马货车。

太阳升高了，高过树梢了，仍然看不见敌人汽车的踪影。田村铺静悄悄的，似乎有什么秘密在暗中进行。

队伍早该转移撤走了。可是，埋伏在村中的一个小队求战心切，竟一直冲进乡公所去了。乡公所门窗大开，空无一人。正在这时，枪声炮声却在东北方面响起，敌人从我们侧后迂回包围上来了。队伍在意外的袭击下，退守在村边断坎地带。队长徐光荣吆喝着，命令着，暴怒把他的嗓门变得更大更响，他嚷：“照准打！苇子！打那几个从坟堆里跑过来的！打！打他妈的！”

苇子是个高大粗黑的壮汉。人们说笑他是三天不打仗眼上就生眵目糊的人物。队上枪少人多的时候，他常是拉一根特别长大的竹箫走在行列里，队伍从村庄经过，这景象常引起孩子们的争论和惊奇。他们说：“嗨，看哪，这是什么样的武器，乌黑光亮的！”“一定是支新式花机关枪！”“可是这多像一根笛子，枪栓装在哪里？”苇子哈哈大笑说：“这叫气枪，七个音的气枪！”队伍化装埋伏时，他原装原样拉着长箫说：“由你们猜猜看，我像个干什么的！”现在情况紧急，他到处抢夺别人的武器自己射击。每一发射出的子弹，他总是附上一句简单的咒骂：“你奶奶的！回你老家去！”

一场伏击战，变成了腹背受敌的抗击战。队伍匆匆搬出阵地转移了。还好，只有一个队员受轻伤，一支步枪被击坏套环。据报告，敌人伤亡四五名。

转移到胡渠村宿营。沿途梨花盛开，队员们走在花丛大道上，嘻嘻哈哈谈论着今天的战斗。

1944年4月21日

大西张、贩马庄等地，被敌人乘夜包围抢掠，队伍赶过来，敌人已经逃远了。在白塔遇见李子清同志，他是本地区的副支队长。去年，在山地刘家台英雄模范大会上，他被评为平原游击战争英雄。在隘门口的临水人家，他围火讲过许许多多战斗经历。在战斗最为残酷的1942年，他们夜出昼伏，经久不见阳光，战斗员们个个苍白，像是书生……

好不容易战斗过来的日月，局面终于逐渐打开了。我们可以在大白天迈着大步走向大西张村了。

大西张村在悲伤中。民兵中队长李大群在反抢掠的战斗中牺牲了！整个村庄的农民都出来送葬。民兵们鸣枪宣誓：向敌人讨还血债！给李大群同志复仇！

葬礼进行中，消息传来：敌人一早包围了崔庄，正在四出抢掠。崔庄，这不是我们几天以前住宿过的村庄吗？那里有赵登山同志的勤劳的老父，他的温暖的家园；那里有水车旋转的音乐，有一年四个收获的田亩；有锦绣如画的小瀑河岸的春色……

南北徐城一带响着枪声，满野是逃难的人群，大车载着妇女，沿着交通沟飞奔……人们希望救助，到处询问："队伍呢？我们的队伍呢？"我知道许多农民认识李子清，可是找他时，他早不知什么时候赶到崔庄前线去了。

1944年4月23日

一早，席金子从崔庄前线来了。真是突然，真像是从地皮下钻出来的一样。我们这样说他，他说明这两天确实是在地皮底下生活的。

说来话长：敌人进占崔庄后，队员们也跟着进入崔庄，不过敌我之间隔了一层地皮，敌人在地上，我们在地下就是了。一次，大白天，队员们从地下来到崔庄，刚出洞口，喝，两个日本兵走在苇坑小道上。看吧，春日的中午，人人无酒自醉，两个日本兵半醉半醒的样子追赶一只鸡，鸡越墙逃了。他们忽然发现一个娇娜行走的红衣女人，他们追进大门，突然被扭住了，被按倒了，连一声饶命都没及喊出，就被敲碎了脑袋。席金子说："你们猜那红衣女人是谁？猜中了才怪咧！他就是四队的大麻子杨二青。"又说打死的两个日本兵，一个叫森岛光男，一个叫铃木良策。说也凑巧，旁边两个防空洞，恰恰就是他们的坟穴。埋葬工作干干净净，一切悄无痕迹，真是杀猪不闻猪叫的好把式！大队敌人发现他们连连吃了这样的亏，就四处叫喊，说是若不放出他们的人来，就要把整个崔庄毁掉……

席金子也还讲到了他的老父。老人不在家，也没有看到一个邻人，猜想早就钻进地道走了。这一次是在严重的敌情下，门环上没有挂一串小鱼，仓促之间，只在门上用粉笔写着："鬼子汉奸，小心地雷。"

由席金子带路，曲曲折折绕到崔庄以西的田庄。从这里到崔庄，界线只是村边的丛林，阡陌纵横的一片土地。太阳平西了，敌机在示威飞行。队员们刚刚在一个大院里吃了饭，分散在村边村后，射击那些挖掘小瀑河堤岸的敌人。

小瀑河，它从远方蜿蜒曲折而来，因为河床长年淤积，堤岸逐渐加高。看来，村中的房舍竟低过堤岸。敌人瞅准了小瀑河对于村庄地道的利害关系，想挖开河堤，水淹地道。

地道，它是整个崔庄人民坚持战斗生产的阵地。敌人来了，他们从炕洞里、桌底下、墙角草堆间遁入地下。经过组织联络和摸索，大多数农民从另外村庄的地道出口爬上地面来了，或者早坐在亲友家中用过午饭了。但也还有些妇女和老人，经不起惊吓，迷失在地道中的某些“疑路”（地道中的死胡同，为迷惑敌人用的）角落里。饥渴、潮湿、阴冷，十分够受了。游击队和民兵们一面袭扰敌人，还一面寻找他们。

小河堤岸，关系着整个崔庄的安全。抢救河堤的斗争，在坚决顽强地进行。机关枪焦躁地进行点射，正表明这种意志。敌我双方隐蔽在大树和土坎的背后，双方在瞄准射击。

崔庄，这个欢乐勤劳的村庄，现在是在水深火热的灾难中。一边是浓烟滚滚，敌人在烟熏地道；另一边，敌人动用了铁锹镐头，要破坏河堤。游击队的全体队员都是本乡本土人，不难想象崔庄有着他们的父母兄弟姊妹和亲友，这个战斗是心心相连血肉相关的战斗。

射击、咒骂、叫好……村边丛林处在硝烟中，愤怒中。正在这时，有人低声喊叫：“金子喂，席金子！”

伏在一棵大树背面，正在瞄准射击的席金子，这时茫然四顾，仿佛做梦一样，不明白周围究竟发生了什么。其实，他早已看见发生了什么，只不过一时不能完全明白不能完全相信就是了。

前方，正在被队员们瞄准射击的河堤边上，突然出现了几个农民。显然，他们是被敌人从什么地方搜捕来的，被刺刀棍子驱赶着挖掘河堤来了。夕阳中，可以清清楚楚看见一个留着长须的老人，凭身影和脸相，难道这不是席金子常常在他的门环上挂几条小鱼的老人吗！难道这不是队员们称他席大伯、常在他家留宿过夜的老人吗？

残酷无情的事实！这正是席金子的老父。老人被驱赶着来到火线，他要用自己的双手去做毁坏崔庄乡亲的工作。面对着压制这种破坏工作进行的激烈枪火，老人也许会想到：“这颗子弹就是我儿子打出来的呵！”

射击突然停下来。寂静呵，人们互相听到彼此深长的呼吸。晚风习习，遥远传来布谷鸟忧愁的啼唤。

在刺刀威逼下，农民们终于向着河堤举起镐头来了。但似乎是在一声号令下，大家突然转过身来，向另一方扑去。这时候，沉寂下来的战场突然敌我双方又互相开始了射击。

黄昏终于来到小瀑河岸，游击队员们开始从地下向崔庄运动。老人家怎样了？没人能够知道他。

1944 年 4 月 24 日

游击队分布在崔庄前后的紧邻村庄。崔庄地道战在进行着，整日夜枪声断断续续。

随游击队主力驻在南北徐城。说是城，实际是普普通通的村庄。它西去徐水城八九里，是崔庄通往县城的要道。在这里的好处是：既可以西截县城增援之敌，又可以切断崔庄之敌的抢掠，敌人的抢掠大车，难能从这大道上通过。这里，它还是崔庄小瀑河的上游，可以用人力控制河水，保卫崔庄地道。总之，游击队主力坚决要在这里按下钉子。副支队长李子清命令部队：做工事，堵窗户，准备地雷阵、关门战、挑帘战。

听说准备战斗，战士们欢乐得吹柳哨、唱小曲，纷纷动手搬坯块、运砖头，有人竟把坯块叠成一座小塔，两手捧着运走。原来，这个南徐城地上地下早有战斗设备。墙角下，草堆边，随处都有地道秘口，曲折转入地下。这里的地道干线，宽阔得可以奔跑，但“反口”（预防敌人施放毒气和熏烟的地道卡口）去处，弯曲细小，恰像鸡鹅啼叫之前的脖颈。到此，必须蛇一样地爬行。地道各处都编有号数标记，看号数就可以知道地面上是什么去处。村中十字路口、丁字路口，都密布着地道暗堡的射击孔、展望孔。不过平日用砖瓦石块伪装隐蔽起来就是了。战斗来了，只要简单地修整一下，整个村庄就是一座战斗堡垒。它到处是眼睛，到处吐火花，地下是战斗，地上也是战斗。

扼守北徐城河边住宅的一个班，布下了节节抗击敌人的层层阵地，从院外到院内，他们要敌人步步留下鲜血。房内关门战准备好了，退守地道的工事准备好了。最后，队员们在平顶房上放了乱草，戴上了破草帽，这是给集团手榴弹设下的伪装，手榴弹上一条粗线直通屋中地道口。敌人敢从房上进攻，这个“叶底藏花”的玩意，就立即开花！

一个肥胖的女房东出来干涉队员们的战斗准备。起先，她只是指桑骂槐，后来就索性咬着牙根说：“我这房子就要吃了你们的亏！实说吧，谁堵我的窗户会瞎眼！我要到区里去告你们！”

战士们用坚决的工作回答她。

午后，敌人扬言要来夹击南北徐城。在一阵紧密的枪声后，大家进入地道阵地。

整个村庄在准备战斗，但敌人却不敢进入村庄。在地道里渴极了，冷极了。后来，我们从谁家的房中爬出来找水喝，一出洞口是明朗温暖的世界，一幅南洋兄弟烟草公司的广告画——一个浓妆少女还在那里笑吟吟地吹着笛子，仿佛世上的一切变化都不在话下。

整个村庄地面，悄无人迹。各家的鸡群任意串门访友，闲步寻食。在春天特有的满是浮土的街道上，到处是密密麻麻的兽印禽迹。人们第一眼看见这样满是鸡爪图案的街道，就不禁要问，人们呢？哎，人们呢？

1944 年 4 月 25 日

早晨，战斗来了。敌人大模大样踏响了村边地雷，随后，埋伏等候的队伍开始了冲锋。来犯之敌，大部是日本兵，猛烈的冲击并不能使他们四散溃逃。他们一经省悟这是发生了什么，立即回转身来就地卧倒抗击。在敌我相距约有二三百步的麦田里，躺着敌我双方的五六名伤员。双方的伤员都无力爬回己方，双方都想抢回自己的伤员。这样，不能不对峙的局面形成了。

焦急的汗珠在同志们的额上滚动，必须抢回伤员，必须发动再一次冲锋，也必须在冲锋前先给卧倒瞄准掩护的敌人一个震动。中午时候，侧翼出击的部队运动过去了，一架掷弹筒、三发掷弹筒弹调过来了。掷弹筒在这时是游击队少有的近迫火器，是当成迫击炮用的。李子清亲自指挥发射。射手由一个司号员临时来充当，据说，他在正规兵团看见过这种炮火如何射击。一切准备好了，第一颗小炮弹飞出去了，它像出笼的鸟儿一样，越过目标落在敌人的后方。接着，第二颗飞出去了，这一颗直升高空，竟在高空爆炸。蓝色的烟朵随着微风缓缓飘动。只有三颗小炮弹已放了两发了，是时候了！冲锋号响起，左右两侧的部队冲出去了，正面的部队也呐喊冲上。正在这时，敌方背后的树丛里，尘土飞扬，刀光闪动，子弹炮弹飞来，敌人的增援大队迎上来了。郊野里一片枪声和呐喊，硝烟弥漫。

战斗结束了。我们重又来到郊野战场。晚霞满天，晚风拂面，麦苗绿油油的，从脚下似乎一直绿到天边。前面，一架水车的侧旁，横躺着六区小队的九个游击队员，他们衣服破碎，泥土满身，鲜血染红了家乡的麦苗和土地……

大家静悄悄地摘下了帽子，没有帽子的脱下了羊肚毛巾。没有人说话，没有人叹息，寂静使人们听出自己的心跳。晚霞暗淡下来，淡淡的月色开始笼上田野。

正在这时，一旁忽然传来了女人的啜泣声，大家回头看去，原来是一个穿着花格布衫的年轻妇女。她本来想看看打死了多少日本和汉奸，骂上几句解恨的。但当她突然看见同志们脱帽肃立的时候，她愣住了，明白了，扭过身来想要跑开，可是，悲痛使她迈不开脚步，使她软弱下来，终于站在麦田埂上低低哭泣。

有人告诉她：“别哭啦，这里没有你家的人哪。”

她哭出声来，气愤地回答：“谁家的人也是一样呵！都是我们的人！都是为了我们呀！”

简简单单的话语，它要使整个原野一同哭泣。队员们不一定认识她，可是都从心底知道她是自己的姊妹。一时消失了和年轻女人接近时的羞怯，一齐来解劝她、安慰她、送她回家。月光下，席金子也出现在人群里，他用粗大的手臂搀扶着这个伤心的姊妹。其实，近来他那消瘦的样子，也正需要人来搀扶。

夜，明月当空，榆钱子雪花般地在村边飘落。

1944 年 4 月 26 日

县委副书记王庆云同志来来去去。他动员人们送来猪肉菜蔬，又发动广大农民用劳动支援崔庄地道战。一连几天，崔庄以西的小瀑河上游村庄，身强体壮的农民都来到河堤上。于是，平静美丽的小瀑河出现了这样的景象：河堤柳荫下，水斗子、水柳罐、桔槔、水车、辘轳把都动起来了。小河两岸的麦苗饮了丰足的河水。那些惯于漂浮乱窜的白条小鱼，常被装入水斗，卷上堤岸，随着渠道误入麦田。那些精细的鲫鱼就沉在河底，暂时和泥鳅混在一起。可是后来，菖蒲、水草都在河边露出脚跟的时候，多热烈的喧闹呵，有人在那里徒手捉鱼了。

人民用患难相共的紧张劳动控制了河水，崔庄一带的河道干涸了，敌人纵然掘开了崔庄的河堤，也只等于破坏了一节小土山，如此而已。

战斗要来没有来，农民们爬出地道在街口谈论什么。按这一带风习，没有结婚生过儿女的青年，死后不能埋入正当坟地，只应埋在乱坟场。昨天战死的烈士中，就有这样没有结婚生过儿女的青年，人们在这个问题上发生了争论。多数人们主张说：烈士为大家牺牲了，一定要尊敬烈士，打破旧风俗！新日月了，反对保守，反对查看老皇历……

夜，站在房上可以看见崔庄敌人燃烧的火光。关了大门，关了二门，房上放了岗。同志们集在有地道口的大房子里睡觉。大家头朝里脚朝外，不脱衣服鞋袜，预备一有敌情就能从炕上跳下来。苇子睡觉时，一定要松了领口、腰带、绑带才能睡好解乏，大家取笑他，责备他，可是他一经松了这些东西之后，早呼呼睡去了，而且说起梦话来了。

1944 年 4 月 27 日

队员们一批一批连续出动，连夜袭扰进占崔庄之敌。天色朦明，敌人来了。整个村庄在匆忙中迎接战斗。在匆忙中，民兵王振国、赵廷琛带领我们进入地道。王振国端一盏小油灯引路，经过“反口”走过干线，曲曲折折来到一座小暗堡中。他挪动一块砖头，外面投进来一线光亮，这是展望孔。随即在展望孔中，我明白了我们究竟来到哪里。

原来，我们所在的这座小暗堡，在以前的闲静时刻，工兵参谋李炜同志曾有意带领大家从这地面上走过，装做随便看看的样子。他曾经对这座小暗堡有过赞美性的介绍：“别小看这座小庙呵，花的工夫可不少，这可是一座眼观四路、侧射八方的堡垒咧！”这座小土地庙坐落在南北徐城之间的大道上，也几乎是在河边上。它的南方西方都是开阔的射界，东面是大路、房舍，北部是麦田河堤，再北是北徐城。几棵老槐、老榆、老柳比邻生长，使这座小土地庙显得清幽入画。小庙的门窗都塞死了，据说，打开门窗也一无所有，地下却是一座极好的暗堡。有人问：“要是小炮弹将小庙炸塌了，可怎么好？”回答说：“不要紧，反倒好，地下暗堡的衣层更加强固了。”

现在，我们来到这小庙下面的暗堡中。出乎意料，这个可以眼观四路、侧射八方的暗堡却只能看到东、南两方的大路；西、北两面是麦田，连日以来，麦苗喝足了小瀑河水，它们忽然之间长高了，抽挺拔穗了，一片绿色的屏障挡住了视线。北面，枪声急如骤雨，可是我们什么都不能看见。

把所有的展望孔、射击孔都打开，光线投进来，我们可以清清楚楚看见彼此的脸面了。民兵王振国清秀菜黄的面孔满是尘土，他一次又一次到别处联络。回来总要带点萝卜山芋来解渴，然后坐下来，要我说些什么。他十七岁了，家中有母亲小弟，三口人只种一亩半地。阴历三月，他已穿起了单衣。他爱抽烟，有一只小烟袋。烟，总要使他连连咳嗽起来。

就是这个可爱的青年人，他背着一支惹人发笑的长枪，人称独角一，又叫单打一。昨日他也趁热闹参加了冲锋，冲锋中他只放了一枪。为什么只放一枪呢？他回答：“我总共才有三发子弹呀。”剩下的两发子弹，现在宝贝般地攥在手里，磨得光亮闪闪。可爱的青年人，可爱的兄弟！我设想：在未来的战斗中，我们会彼此用生命去支援对方。你浑身是泥土，可是你纯白如玉！坚强如钢！

一整日间，枪声断断续续。鸡们鸟们在枪声爆响时突然沉寂了，躲藏了。可是三五分钟后，它们又各自出来争吵、啼叫。对于人间所发生的一切，它们像是从不记忆。

地道里，阴冷潮湿。展望孔外的地面上，是明媚温暖的盛春。小蝴蝶在菜花上翩翩飞舞，柳絮、榆钱在随风飘落。战斗在四周进行，这座小土地庙，这座眼观四路、侧射八方的暗堡，真是冷落透了！

天黑下来，大家爬出地道。北徐城一片火光。消息说，崔庄的敌人悄悄地从村北逃走了。又说，席金子回来了，他昨夜摸进县城，打了警察局，缴了武器，现在早进入崔庄了。

1944年4月28日

确确实实，敌人扔下抢掠物资逃走了。县委副书记王庆云同志唤人给他找点食盐来，找点下火的绿豆来，焦灼弄得他满嘴是火疱，现在才突然觉得痛楚难忍了。他身材高大，脸上总是挂着甜笑。现在这种甜笑更加灿烂了，他遇见苇子这般队员就说："喝，真是好样的小伙子呵！"还竖起了大拇指。

为了围困打击进占崔庄之敌，徐水平原的游击部队大部分调集过来了。他们各在一方进行袭扰战斗。徐光荣、赵登山等同志们呢？姬长馥、梁书臣等同志们呢？虽然我们相处不久，在战斗之后，我多想看望他们、知道他们。

崔庄，在灾难中度过一周的乡村。我希望马上就能仔仔细细看到它，首先看看那曾经在门环上常挂着几条小鱼的家门，那受惊受难的老人，他究竟怎样了……

一九五八年一月整理